탐 정 매 뉴 얼

이 도서의 국립중앙도서관 출판시도서목록(CIP)은 e-CIP 홈페이지(http://www.nl.go.kr/ecip)와
국가자료공동목록시스템(http://www.nl.go.kr/kolisnet)에서 이용하실 수 있습니다.
CIP제어번호 : CIP2014015493

탐정◉매뉴얼

제더다이어 베리 장편소설

이경아 옮김

엘릭시르

01
미행에 대하여

탐정이라면 미행을 할 때 눈에 띄지 않아야 한다.
특징 없는 무미건조한 인상을 풍기라는 말이 아니다. 용의자의 그림자가 되어라.
마치 그곳이 원래 자신의 자리라는 듯 말이다.

세부 사항을 단서로 착각하지 않도록 다음을 기억하라. 찰스 언윈은 이 도시에서 내내 살아왔으며 자전거로 매일 출퇴근을 한다. 비가 오는 날도 마찬가지다. 그는 우산을 활짝 펼쳐 든 채 자전거를 몰 수 있도록 우산 손잡이를 자전거 핸들에 거는 방법을 생각해 냈다. 이렇게 하면 자전거를 몰기가 까다로워지고 시야도 좁아진다. 하지만 날마다 남에게 말 못 할 이유로 말 못 할 외출을 하러 중앙역으로 가야 한다면 그 정도 위험은 따르기 마련이다.

언윈은 원체 남의 시선을 끄는 법이 없는 인물이지만, 우산을 쓰고 자전거를 타는 모습은 누가 봐도 눈에 띄었다. 행인들은 자전거의 작은 벨이 따르릉 하고 울리기도 전에 양쪽으로 갈라져 길을 터 주었다. 엄마들은 아이들을 몸에 꼭 붙였고 아이들은 언원의 요란한 모습을 입을 떡 벌리고 지켜보았다. 교차로에 들어선 언원은 자동차 운전자들의 시선을 피했다. 길을 양보할 거란 인상을 주기 싫어서였다. 오늘 그는 평소보다 늦었다. 오트밀을 태워 먹었고 엉뚱한 넥타이를 매었으며 하마터면 손목시계를 차지 않고 그냥 나올 뻔했다. 잠을 깨기 직전에 꾼 꿈 때문이었다. 역으로 가는 동안에도 꿈이 좀처럼 기억에서 지워지지 않아 심란했다. 어느새 양말이 축축하게 젖는 걸 느낀 그는 페달을 밟는 속도를 한층 높였다.

언원은 중앙역의 서쪽 출입구 앞에 자전거를 세운 후 전봇대에 자전거의 체인을 걸었다. 회전문이 쉴 새 없이 돌아가며 빗길로 승객들을 밀어내자 검은색 우산들이 연달아 활짝 펴졌다. 그는 우산을 접은 후 시간을 확인하며 중앙 홀로 재빨리 들어갔다.

지난 이십 년간 성실하게 근무한 공을 인정받아 탐정 회사에서 기념으로 받은 손목시계는 태엽을 감을 필요가 없었다. 시계는 중앙역의 심장부에 위치한 안내소 위에 걸린 사면四面 시계에 맞춰져 있다. 초 단위까지 정확하게 말이다. 시계를 보니 7시 23분이었다. 회색 모자 속에 머리를 핀으로 고정하고 격자무늬 코트를 입은 여자가 역의 남쪽 출입구에 나타나기까지 정확하게 삼 분이 남아 있었다.

언원은 아침거리를 파는 간이매점으로 가 줄을 섰다. 바로 앞에 선 남자가 크림을 빼고 설탕만 두 개 넣은 커피를 주문했다.

"오늘은 좀 꾸물거리네요, 그렇죠?"

언원이 말을 붙였지만 앞에 선 남자는 아무 대꾸도 하지 않았다. 새치기라도 할 요량으로 말을 건다고 생각하는 것 같았다.

어떻든 언원은 대화를 피하는 편이 더 나았다. 집에서 일곱 블록만 가면 되는 사무실을 두고 왜 매일 아침 중앙역에 들르는지 누가 물어보면 그는 커피를 마시러 왔다고 대답할 생각이었다. 하지만 거짓말이다 보니 애초에 대답할 일이 생기지 않기를 바랐다.

매점에서 김이 무럭무럭 나는 기계를 맡고 있는 소년은 네빌이라고 적힌 이름표를 달고 있었다. 네빌은 피곤한 표정으로 컵에 설탕을 한 숟갈씩 넣은 후 휘휘 저었다. 크림은 빼고 설탕만 두 개 넣은 커피를 주문한 앞쪽 남자가 손목시계를 힐끔 보았다. 한편 언원은 격자무늬 코트의 여자가 이쪽이든 중앙 홀의 남쪽 저 끝이든 모습을 드러낼 시간이 일 분도 남지 않았다는 사실을 보지 않아도 알 수 있었다. 솔직히 언원은 커피를 마시고 싶은 생각도 없었다. 하지만 왜 매일 아침 같은 시각에 중앙역에 오느냐는 질문에 커피를 마시러 온다고 대답을 했는데 정작 손에 커피가 없다면 어떻게 되겠는가? 거짓말보다 더 끔찍한 것은 아무도 믿지 않는 거짓말이다.

언원의 차례가 되자 네빌은 크림과 설탕 중 무엇을 넣을지 물어보았다.

"커피만 줘요. 급하니까 좀 빨리."

네빌은 정성스럽게 커피를 부은 후 그보다 더 정성스럽게 컵의 뚜껑을 닫고 냅킨 한 장으로 컵을 감쌌다. 언원은 커피를 받아 들고 소년이 거스름돈을 챙겨 주기도 전에 서둘러 자리를 떴다.

출근하는 직장인들이 역의 구내방송과 조간신문의 바스락거리는 소리에 맞춰 잠에 취한 걸음을 재촉했다. 언원은 과거에도 현재에도 절대 태엽을 감을 필요가 없는 손목시계를 확인했다. 그 바람에 뜨거운 커피가 뚜껑 아래로 흘러나와 손가락을 적셨다. 곤혹스러운 일은 이것으로 그치지 않았다. 서류 가방이 무릎에 자꾸 부딪히고 우산은 겨드랑이에서 자꾸 흘러내렸다. 구두 밑창은 대리석 바닥에 닿을 때마다 삑삑 소리를 냈다. 하지만 아무도 언원의 발길을 막을 수 없었다. 언원은 지금까지 한 번도 그 여자보다 늦은 적이 없었다. 마침내 14번 게이트의 높다란 아치에 도착하니 시계는 7시 26분을 가리키고 있었다. 회색 모자 속에 머리를 핀으로 고정하고 격자무늬 코트를 입은 여자가 때맞춰 회전문을 통과해 아침의 중앙역을 가득 메운 녹색을 띤 빛 속으로 들어왔다.

여자는 우산에서 물기를 털어 낸 후 마치 더 많은 비를 예고하는 하늘을 보기라도 하듯 둥근 천장을 올려다보았다. 그녀는 장갑을 낀 손에 대고 재채기를 했다. 그것도 두 번을. 문서 보관 담당자가 새롭게 손에 넣은 서류에 열의를 발휘하는 것처럼 언원은 지난 며칠 동안 한 번도 보지 못했던 재채기를 마음속에 잘 새겼다. 여자가 역을 가로지르는 길은 한결같았다. 서른아홉 걸음 만에(절대 서른여덟 걸음보다 적지 않았고 마흔 걸음보다 많지 않았다) 늘 서는 자리에 도착했다. 게이트에서 몇 걸음 떨어진 곳이었다. 두 볼을 붉게 물들인 그녀는 우산을 꼭 쥐고 있었다. 언원은 코트 주머니에서 낡은 기차 시간표를 꺼냈다. 그는 그녀와 함께(아니 혼자인가) 기차를 기다리면서 짐짓 시간표를 살펴보는 척했다.

격자무늬 코트의 여자가 그곳에 서 있는 모습을 처음 본 이후로 얼마나 많은 아침이 지나갔을까? 기차에서 내리는 수많은 사람들 가운데 누구를 기다리는 걸까? 그녀는 아름다웠다. 홀로 있어 눈에 잘 띄지 않는 이들이 그들을 주목한 사람의 눈에는 아름답게 보이듯 은근한 아름다움이 느껴졌다. 누가 그녀와 한 약속을 깬 걸까? 일부러? 아니면 예기치 못한 불운으로? 물론 이 일은 탐정 회사의 서기에 불과한 언원이 깊이 파고들 만한 문제도, 조사 비슷한 조치를 취할 문제도 아니었다. 여드레 전 그는 중앙역에 들러 기차표를 한 장 샀다. 당분간 이 도시를 떠나고 싶었기 때문이다. 정확히 말하자면 그런 기분이 드는 것만 같았다. 하지만 격자무늬 코트를 입은 여자를 본 순간 그는 떠나지 않기로 했다. 그녀를 본 순간 까닭 없이 호기심이 일었다. 그 까닭 없이 찾아든 호기심을 떨칠 수가 없었다. 아침마다 중앙역을 찾는 일은 차마 남에게 말할 수 없었다. 그녀가 바로 남에게 말 못 할 이유였다. 그게 다였다.

지하의 바람이 선로에서 휘몰아치자 그녀의 코트 자락이 펄럭였다. 7시 27분, 기차가 평소처럼 일 분 늦게 역에 도착했다. 쉭쉭 소리를 내며 기차가 정차하자 반짝거리는 문들이 스르륵 열렸다. 백 명도 넘게 검은 레인코트 차림의 사람들이 기차에서 동시에 쏟아져 나와 게이트로 향했다. 하차객 행렬은 그녀 앞에서 두 갈래로 갈라졌다. 그녀는 까치발을 하고 연신 좌우로 지나가는 사람들을 살폈다.

마지막 레인코트 무리가 바삐 지나갔다. 아무도 그녀를 알아보고 발길을 멈추지 않았다.

언원은 기차 시간표를 주머니에 다시 넣고 우산을 겨드랑이에 끼운 후 서류 가방과 커피를 집어 들었다. 오늘도 그녀의 고독한 시간을 방해한 이는 아무도 없었다. 다행이라고 생각한 걸 미안해해야 할까? 누군가 그녀를 보고 멈춰 서지 않는 한 그녀는 계속 중앙역을 찾을 것이다. 그렇다면 그도 계속 중앙역에 들를 것이다. 여자가 회전문을 향해 발길을 떼기 시작하자 언원도 뒤를 따랐다. 세워 둔 자전거까지 가는 동안 몇 걸음 차이로 그녀를 뒤따르기 위해 부러 보조를 맞추었다.

언원은 그녀의 회색 모자 아래로 흘러내린 갈색 머리카락 몇 가닥을 볼 수 있었다. 뒷덜미에 박힌 주근깨가 몇 개인지도 알 것 같았다. 하지만 그런 숫자 따위, 아무 의미도 없었다. 그녀에 관한 모든 것이 여전히 수수께끼이니 말이다. 그는 전날 아침에도 그랬고 그 전의 일곱 번의 아침에도 그랬듯이 생기 없는 영혼에 남은 힘을 모두 쥐어짜 시간이 멈추기를 바랐다. 마치 선로 끝에 서 있는 기차처럼 멈추기를 말이다.

그런데 그날 아침 그의 바람이 이루어졌다. 격자무늬 코트의 여자가 우산을 떨어뜨린 것이다. 그녀가 몸을 돌려 그를 보았다. 한 번도 그렇게 가까이서 본 적이 없었던 그녀의 눈동자는 낡은 거울처럼 흐릿한 은회색이었다. 순간 기차의 도착과 출발을 알리는 전광판의 숫자가 얼어붙었다. 구내방송도 멎었다. 사면 시계의 초침 네 개도 숫자들 사이에서 멈춰 선 채 부르르 몸을 떨었다. 태엽을 감을 필요가 없는 언원의 손목시계 속 톱니바퀴도 모두 멈췄다.

언원은 시선을 아래로 떨어뜨렸다. 두 사람 사이에 우산이 떨어져 있었다. 하지만 그에겐 빈손이 없는데다 우산은 꽤 멀리 떨어져 있었다.

바로 그때 뒤에서 누가 말을 걸었다.

"찰스 언원 씨?"

전광판이 생기를 되찾았다. 시계들도 째깍거리며 자신들이 바로 여기에 엄연히 존재한다는 사실을 상기시켰다. 역은 다시 소음으로 가득 찼다. 돌아보니 퉁퉁한 체구에 헤링본 무늬 양복을 입은 남자가 녹황색 눈으로 언원을 바라보고 있었다. 남자는 왼손에 들고 있는 모자의 챙 위로 굵은 오른손 손가락을 춤추듯 흔들었다.

"찰스 언원 씨."

남자가 다시 언원을 불렀다. 이번에는 확인을 하는 어조가 아니었다.

격자무늬 코트의 여자는 떨어진 우산을 집어 들고 멀어져 갔다. 헤링본 양복의 남자는 여전히 언원의 대답을 기다렸다.

"커피 마시려고요."

언원이 변명을 하려고 말문을 열었지만 남자는 그의 대답을 무시했다.

"이쪽으로 가십시다, 언원 씨."

남자가 이렇게 말하면서 역의 북쪽을 모자로 가리켰다. 언원이 힐끔 뒤를 돌아보니 여자는 이미 회전문을 돌아 사라진 뒤였다.

남자를 따라가는 것 외에 달리 무엇을 할 수 있겠는가? 남자는 언원의 이름을 알고 있었다. 어쩌면 비밀까지 알지도 몰랐다. 남에게 말 못 할 이유로 남몰래 중앙역에 들른다는 사실을 말이다. 남자는 길게 이어진 복도로 언원을 안내했다. 복도에 늘어선 철제 의자에 앉은 남자들이 신문을 읽는 동안 손 빠른 소년들이 그들의 구두를 닦고 있었다.

"어디로 가는 겁니까?"

"둘이서만 이야기를 할 수 있는 곳입니다."

"그러면 직장에 지각을 할 겁니다."

헤링본 양복의 남자가 불쑥 지갑을 펼치더니 탐정 회사의 신분증을 꺼내 보였다. 신분증에 따르면 새뮤얼 피스라는 탐정이었다.

"당신은 업무를 시작했습니다. 지금 이 순간부터요. 평소보다 삼십 분이나 일찍 말이죠, 언원 씨."

두 사람은 두 번째 복도로 갔다. 그곳은 첫 번째 복도보다 더 어두컴컴했고 바닥에 물기가 있다는 경고판을 줄지어 세워 놓아 통로가 막혀 있었다. 그 너머로 셔츠와 바지가 통으로 이어진 회색 작업복 차림의 관리인이 더러운 대걸레로 반원을 그리듯 대리석 바닥을 느릿느릿 설렁설렁 닦고 있었다. 울긋불긋한 떡갈나무 낙엽으로 뒤덮인 바닥 위로 발자국이 남아 있었다. 더 이른 시각에 운행하는 기차로 교외에서 도착한 승객이 남긴 흔적이리라.

피스 탐정이 목청을 가다듬자 관리인이 발을 질질 끌며 다가왔다. 그러더니 표지판 하나를 치워서 두 사람이 지나갈 수 있게 길을 터 주었다.

바닥에는 물기라고는 보이지 않았다. 언원은 관리인의 양동이를 힐끔 보았다. 텅 비어 있었다.

"이봐요, 이제부터 내 말 잘 들어요."

피스 탐정이 모자의 챙으로 언원의 가슴을 툭툭 치며 말 한 마디, 한 마디를 강조했다.

"당신 참 괴상한 친구더군. 독특한 습관이 있지. 이번 주 아침마다 매일 같은 시각에 찰스 언원, 당신이 중앙역에 나타났소. 물론 기차로 출근을 하려고 온 게 아니었지. 회사는 집에서 일곱 블록만 가면 되니까."

"저는 여기에⋯⋯."

"젠장, 언원. 닥쳐요. 우리는 수사원이 나름대로 수수께끼 몇 개쯤 가지고 있는 쪽을 더 좋아해요. '매뉴얼' 96페이지."

"하지만 전 수사원이 아닌걸요. 저는 서기입니다. 14층에 근무하는 서기요. 죄송하지만 아무래도 시간만 허비하신 것 같은데요. 게다가 탐정님도 저도 벌써 지각입니다."

"말했잖소, 당신은 이미 업무중이라고. 14층은 잊으시오. 2919호실로 가시오. 당신은 승진했소."

탐정은 그렇게 말하면서 코트 주머니에서 얇은 하드커버 책을 한 권 꺼냈다. 녹색 표지에 금박으로 '탐정 매뉴얼'이라는 글씨가 박혀 있었다.

"일반판이오. 이 책 덕분에 목숨을 몇 번이나 구했지."

언원에게 빈손이 없었기에 피스 탐정이 대신 책을 언원의 서류 가방에 밀어 넣었다.

"뭔가 착오가 있는 것 같은데요."

언원이 말했다.

"좋든 싫든, 누군가 당신을 알아차렸소. 이제 눈에 띄지 않을 도리가 없지."

피스는 언원을 지긋이 바라보았다. 검은색의 굵은 눈썹이 아래로 축 처지고 입매는 일자로 꾹 다문 표정이었다. 하지만 다시 말문을 열었을 때 피스의 목소리는 더 차분하고 한결 상냥해져 있었다.

"간단히 말할 테니, 잘 들어요. 당신이 맡을 첫 번째 사건이 더 수월하다면 좋을 텐데. 난 그랬지. 하지만 당신은 이 일에 좀더 깊이 발을 담그고 말았소, 언원. 탐정 회사에 근무한 지 너무 오래된 탓일지도 모르지. 당신에게 모종의 친구나 적이 있기 때문일지도 모르고. 어느 쪽이든 내 알 바 아니오. 요는……."

"잠시만요."

언원이 시계를 힐끔 보며 말허리를 잘랐다. 벌써 7시 34분이었다.

피스 탐정은 허공으로 담배 연기를 내쫓듯 한 손을 휘저었다.

"이미 정해진 것보다 더 많이 알려 줬소. 요는 당신에게 곧 새 모자가 필요할 거라는 거요, 언원."

언원의 모자는 녹색 트릴비가 다였다. 그는 자신이 이 모자 외에 다른 것을 쓴다는 것이 상상도 되지 않았다.

피스는 자신의 페도라를 쓰고는 앞으로 살짝 기울였다.

"나를 다시 볼 때는 모르는 척하시오. 알겠소?"

그는 관리인을 향해 손가락을 딱 튕기며 인사를 했다.

"또 봅시다, 아서."

헤링본 양복의 사나이는 이내 모퉁이를 돌아 사라졌다.

관리인은 하던 일을 계속했다. 그는 마른 대걸레로 복도에 떨어진 떡갈나무 낙엽 더미를 이쪽저쪽으로 치우며 마른 바닥을 훔쳤다. 언원은 매주 시바트 탐정으로부터 받는 보고서에서 탐정 회사의 정식 직원이 아니지만 이런저런 사건을 요모조모 아는 사람들에 대해 종종 읽은 적이 있었다. 시바트 탐정은 이런 사람들을 '관련자'라고 불렀다. 이 관리인도 그런 사람들 가운데 한 명일까?

이름표에는 그의 이름이 둥근 글씨체에 붉은 실로 수놓아져 있었다.

"아서 씨?"

아서는 일손을 멈추지 않았다. 언원은 커다란 반원을 그리며 바닥을 닦는 대걸레 뒤로 훌쩍 뛰어 피해야 했다. 관리인은 두 눈을 꼭 감고 입을 살짝 벌리고 있었다. 그는 나지막히 속삭이는 듯한 묘한 소리를 냈다. 언원은 무슨 말인지 들어 보려고 몸을 앞으로 숙였다.

그런데 아무 말도 아니었다. 알아듣고 말고 할 것도 없었다. 관리인은 코를 골고 있었다.

밖으로 나온 언원은 커피를 쓰레기통에 던져 버리고 시내로 시선을 돌렸다. 탐정 회사의 회색 건물이 거대한 돌기둥처럼 우뚝 솟아 있었다. 꼭대기에 가까울수록 층들은 빗줄기에 가려 흐릿하게 보였다. 몇 해 전 언원은 회사 건물의 외양이 도무지 마음에 들지 않음을 결국 인정했다. 그림자는 너무 길게 뻗어 있고 차가워 보이는 석조 벽은 무덤 같았다. 그래도 하루 종일 저 모습을 보는 것보다야 안에서 일을 하는 편이 낫지, 그는 이렇게 생각했다.

언원은 허비한 시간을 메우기 위해 할 수 없이 골목길로 질러 가는 것을 택했다. 골목의 폭은 우산을 펼친 채 간신히 지나갈 수 있는 정도였다. 길에 깔린 오래된 자갈 때문에 자전거 바퀴가 덜컹거리며 요란하게 미끄러질 때마다 우산살 끝 부분이 양쪽 벽을 긁었다.

그는 마음속으로 자신의 승진을 가장 잘 묘사할 보고서의 초안을 잡기 시작했다. 이 초안에는 승진이라는 단어에 당연히 따옴표를 쳐야 했다. 왜냐하면 아무 표시도 없이 승진이라고 써 버리면 그는 꼼짝없이 승진을 해야 할 테니 말이다. 탐정 회사에서는 실수를 거의 저지르지 않았다. 하지만 그곳도 수많은 부서와

국으로 구성된 거대한 조직이었고, 언원은 이들 대다수를 알지 못했다. 그런 수많은 국이나 부서 가운데 누군가 실수한 것이 분명했다. 그런데 그 실수를 아무도 알아차리지 못하는 사이 당사자에게 잘못된 지시가 전달되는 최악의 상황이 벌어진 것이다.

언원은 골목 바닥 여기저기에 떨어져 있는 깨진 병 조각을 피하기 위해 속도를 늦춰 요리조리 자전거를 몰았다. 그가 방향을 틀자 우산살이 벽에 눌려 구부러졌다. 언제 타이어가 터져서 쉭쉭 소리가 날지 모른다고 바짝 긴장했지만 그도 자전거도 털끝 하나 다치지 않고 골목길을 빠져나왔다.

피스 탐정이 몸소 중앙역까지 와 알려 준 누군가의 실수는 이제 언원이 지어야 할 짐이 되었다. 기꺼이, 라고 할 수는 없지만 어쨌든 그는 그 짐을 지기로 했다. 게다가 14층에 근무하는 가장 경험 많은 서기이니 이런 재앙에 대처할 준비가 가장 잘되어 있다고 생각하며 애써 기운을 냈다. 언원은 보고서에서 페이지마다 사실을 넌지시 알릴 것이다. 최종 보고서를 받아 든 상관은 다 읽은 후 의자에 편히 기대며 이렇게 혼잣말을 하겠지.

"이런 수고로운 일이 다른 별 볼일 없는 작자가 아니라 찰스 언원에게 떨어졌다니 천만다행이군."

언원은 똑바로 달리려고 페달을 힘껏 밟아 총알같이 골목길을 튀어 나갔다. 그 기세에 놀란 비둘기 무리가 빗속으로 푸드덕 날아올랐다.

언원은 탐정 회사에서 근무를 시작한 이후로 해결책이 없는 문제는 한 번도 보지 못했다. 오늘 아침의 일이 평범하지는 않지만 예외는 아니리라. 그는 모든 문제가 점심시간까지 해결되리라 기대했다.

그런데 언원은 새로운 걱정거리를 눈앞에 두고도 잠에서 깨기 직전까지 꾼 꿈에 정신을 빼앗겼다. 꿈에서 깨고 보니 너무 당황스럽고 심란해서 오트밀을 태운데다 하마터면 격자무늬 코트의 여자까지 놓칠 뻔했던 것이다.

그는 천성적으로 꿈을 세세하게 꾸었다. 한밤의 꿈들을 선명하게 떠올릴 수 있을 정도라 스스로도 희귀한 능력이라는 것을 알고 있었다. 그래서 그는 지난밤 꿈에 함부로 끼어든 충격적인 이미지가 낯설었다. 마치 그가 만들어 낸 이미지가 아니라 공식 성명을 보는 것 같았기 때문이다.

꿈속에서 언원은 잠자리에서 일어나 몸을 씻으러 갔다. 그런데 웬 낯선 남자가 욕조를 쓰고 있는 것이 아닌가. 남자는 모자만 달랑 걸친 채 풍성한 비누 거품에 몸을 파묻고 욕조에 기대 있었다. 그가 피우는 시가에서 가슴팍으로 떨어진 재 때문에 그 부분의 거품이 회색으로 얼룩졌다. 남자의 피부도 잉크가 번진 신문지처럼 회색이었다. 샤워 커튼 위로는 커다란 회색 코트 한 벌이 걸쳐져 있었다. 유일하게 남자의 시가 끝만 빨갛게 색을 갖고 있었다. 어찌나 뜨겁게 타는지 욕조 위의 김마저 발갛게 달아

올라 있었다.

언원은 새 타월을 팔에 걸고 허리끈으로 가운을 여민 채 욕실 문가에 서서 생각했다. 고작 목욕이나 할 거면 무엇 때문에 일부러 남의 아파트에 몰래 숨어드는 수고를 한 거지?

남자는 아무 말도 하지 않았다. 욕조에서 꺼낸 한쪽 발을 손잡이가 기다란 솔로 북북 밀기만 했다. 그러고 나서 이번에는 솔에 비누를 칠해 천천히 거품을 내더니 다른 쪽 발을 밀었다.

언원이 모자챙 아래 감춰진 얼굴을 더 잘 보기 위해 몸을 숙이자 면도를 하지 않은 두툼한 턱이 보였다. 신문에 실린 사진에서 익히 본 적이 있는 턱이었다. 남자는 탐정 회사의 수사원으로, 언원은 그가 작성하는 사건 보고서를 전담하고 있었다.

"시바트 탐정님, 제 욕조에서 뭘 하고 계신 겁니까?"

언원이 물었다.

시바트는 솔을 물속에 내려놓고 물고 있던 시가를 손에 들었다.

"이름은 말하지 마. 적어도 내 이름은 안 돼. 누가 들을지도 모르니까."

그는 거품 속으로 쑥 들어갔다.

"이 자리를 만들려고 얼마나 고생을 했는지 자네는 모를 거야, 언원. 탐정들에게는 각자의 서기가 누군지 말해 주지 않는다는 사실을 아나? 오랜 세월 동안 나는 14층으로 보고서를 보냈어. 그게 다 바로 자네에게 보낸 거더군, 이제야 알게 되었지만. 그런데 자네는 다 잊어버리고 말지."

언원이 그렇지 않다는 뜻으로 양손을 들어 올렸지만 시바트는 시가를 휘두르며 말을 이었다.

"이넉 호프만이 11월 12일을 훔쳤을 때 자네는 조간신문에서 월요일이 곧장 수요일로 넘어간 걸 보고도 다른 사람들처럼 화요일을 잊어버렸어."

"레스토랑들까지 화요일 특선 요리를 건너뛰었죠."

언원이 한마디 했다.

시바트의 시가 끝이 더 뜨겁게 타올랐다. 욕조에서 김이 무럭무럭 피어올랐다.

"내 생일도 잊었지. 카드도 안 보내고 아무것도 없었어."

"제가 탐정님 생일을 어떻게 압니까."

"자네라면 알 수 있었을 텐데. 내 사건들을 자네만큼 잘 아는 사람이 또 누가 있나. 자네는 내가 그녀를 잘못 보았다는 걸, 몽땅 잘못 보았다는 걸 알아. 그러니 자네는 내게 최고의 기회인 걸세. 이번 기회를 잘 살려, 알겠나? 자네가 기억해 둬야 할 게 있네. 이걸 기억하게, 제18장. 알겠나?"

"네."

"날 따라하게. 제18장(챕터 에이틴)."

"코끼리 장(챕터 엘리펀트)."

언원은 자신도 모르게 이렇게 대답했다.

"가망이 없군."

시바트가 중얼거렸다.

평소라면 언원은 '18'이라고 말해야 할 때 '코끼리'라고 말하지 않을 것이다. 설령 꿈속이라고 해도 말이다. 하지만 그때는 시바트에게 야단을 맞고 서운한 나머지 그만 엉뚱한 소리가 튀어나오고 말았다. 아주 오래전 먼지가 풀풀 날리는 마음속 서류 서랍에 '코끼리는 절대 잊어버리지 않는다'는 사실을 넣어 둔 탓이었다.

시바트가 다시 말문을 열었다.

"그 여자……."

언원은 탐정이 뭔가 중요한 것을 털어놓으려 한다는 인상을 받았다.

"내가 그녀를 잘못 봤어."

바로 그때 방금 전 언원의 실수로 소환되기라도 한 듯 어디선가 우렁찬 울음소리가 들렸다. 의심할 나위 없이 코끼리 소리였다.

"가야겠군!"

시바트가 소리치더니 욕조 뒤에 있던 샤워 커튼을 확 걷었다. 언원의 눈앞에는 타일이 따닥따닥 붙은 벽 대신 빙글빙글 소용돌이치는 놀이 기구의 빛과 줄무늬 천막이 늘어선 모습이 보였다. 천막 안에서는 넓적한 형체가 웅크리고 있거나 풀쩍 뛰어올랐다. 그 너머에는 사격 연습장과 대관람차, 동물들의 우리, 회전목마 등이 있었는데, 빙빙 돌아가는 별들 아래서 모두 빙빙 돌고 있었다. 이때 코끼리가 다시 울었다. 이번에는 뚝뚝 끊어지는 날카로운 소리로 울었다. 그 소리를 잠재우기 위해 언원은 자명종을 꺼야 했다.

증거에 대하여

사물도 기억을 한다. 문의 손잡이는 누가 자신을 돌렸는지,
전화기는 누가 자신을 쥐었는지 기억한다.
총은 제일 마지막으로 발사된 것이 언제이며 누가 발사했는지 기억한다.
탐정은 사물의 말을 배워야 한다.
그래야 사물에게서 들을 말이 있을 때 귀 기울여 들을 수 있다.

　화강암으로 마감한 거대한 탐정 회사 건물의 정문에 도착한 언원이 자전거에서 내릴 즈음에는 양말이 다 젖어 걸을 때마다 구두 속에서 찍찍 소리가 났다. 인근 몇 블록을 통틀어 가장 높은 탐정 회사 건물은 격자 모양으로 구획된 시내와 구불거리는 골목길이 사방으로 뻗어 있는 옛 항구 마을 사이에 망루처럼 우뚝 서 있었다.

　언원은 탐정 회사 건물의 남쪽에 있는 구역을 돌아다닐 엄두조차 낸 적이 없었다. 언원은 시바트의 보고서를 통해 그가 돌아다닌 수상쩍은 선술집이며 옛 항구의 수많은 작은 동네에 펼쳐진 구불거리는 뒷골목에 대해 알 만큼 알고 있었다. 때로 바람만

잘 불어 주면 그를 어리둥절하게 하고 약간은 겁도 나게 만드는 냄새를 맡을 수도 있었다. 냄새는 그조차 쉽사리 설명할 수 없는 방향으로 그를 잡아끌곤 했다. 마치 발치에 바닥 문이 열려 깊이를 가늠할 수 없고 정체도 몰랐던 뭔가를 볼 수 있게 된 것 같았다. 세상이 끝나는 날까지도 비밀로 남을 비밀 말이다. 하지만 냄새는 그가 찾아내기도 전에, 어디에서 불어오는지 알아내기도 전에 금세 자취를 감추곤 했다. 그러면 언윈은 고개를 흔들며 자신을 꾸짖었다. 그쪽을 어쩌다 한 번씩 보다 보니 평소에는 그곳에 무엇이 있는지 잊고 살 때가 많다. 바다 말이다.

언윈은 자전거를 로비로 가지고 들어갔다. 비가 오는 날이면 수위는 자전거를 안에 들여놓도록 허락해 주었다. 언윈은 안내 데스크 뒤에 걸린 시계를 힐끔 쳐다보지 않을 수 없었다. 지각을 했으니 상관인 더든 씨에게 보고서를 하나 더 제출해야 하리라. 사실 바로 더든 씨가 최근에 언윈이 손목시계를 받을 수 있도록 추천한 사람이었다. 하지만 부하 직원이 손목시계가 대변하는 덕목을 인정받아 부상으로 손목시계를 받았다고 한들 늘 그 덕목을 지킬 것이라고 생각하지는 않겠지?

『탐정 매뉴얼』은 피스 탐정이 일러 준 96페이지는 고사하고 아예 펼쳐 보지도 않는 편이 나을 것 같았다. 매뉴얼이 무슨 비밀을 품고 있든 찰스 언윈을 향한 것은 아닐 테니 말이다.

남은 고민은 이제 하나뿐이었다. 아침에 중앙역에 간 이유를 뭐라고 둘러대면 좋을까? 커피 이야기는 씨도 안 먹힐 터였다. 단어로 만들어진 얼룩인 듯 탐정 회사의 문서 보관소들에 영원히 남아 그의 서기 경력을 더럽힐 터무니없는 거짓말이었다! 하지만 진실은 공식 보고서에서 밝히기에 결코 적당하지 않았다. 그 부분은 언급하지 말고 은근슬쩍 넘어간 후 아무도 알아차리지 못하기를 바라는 편이 최선일 듯했다.

승강기 승무원은 머리가 하얗게 센 노인으로, 검버섯이 핀 두 손을 덜덜 떨며 레버를 움직였다. 그는 문 위에 달린 눈금을 보지도 않고 승강기를 세우며 알렸다.

"14층입니다."

14층에는 책상이 스물한 개씩 세 줄이 늘어서 있고 줄과 줄 사이에는 경계선처럼 서류 캐비닛과 선반이 있었다. 책상마다 전화기와 타자기, 녹색 전등갓의 스탠드, 편지 접시가 하나씩 놓여 있었다. 탐정 회사는 개인적인 취향에 따라 책상을 꾸미는 일을 금지하지도 않았지만 권장하지도 않았다. 그래도 작은 화병과 사진, 아이가 그린 그림 같은 개인적인 물품을 여봐란듯이 올려놓은 책상도 있다. 동쪽 줄의 열 번째 자리인 언원의 책상에는 그런 물건들이 전혀 없었다.

어차피 그는 트래비스 T. 시바트 탐정의 여러 사건을 기록하는 담당 서기일 뿐이다. 목청을 드높이지는 않지만 시바트 탐정이 없으면 이 탐정 회사도 없을 것이라고 공공연히 주장하는 사람들도 많다. 아마 과장된 의견일 것이다. 왜냐하면 늘 시바트가 가장 최근에 맡은 사건만큼 온 도시의 바와 이발소며 온갖 수준의 클럽과 응접실에서 사람들의 추측과 억측이 난무하는 사건도 없기 때문이다.

서기들은 시민들이 시바트의 사건에 보이는 열광적인 반응이 통 이해되지 않았다. 사실 이들은 개인적으로 자신이 담당하는 탐정을 최고로 치기 때문이다. 언론은 시바트를 '탐정 중의 탐정'으로 치켜세우지만 14층에서는 서기들이 담당하는 수많은 탐정 가운데 한 명일 뿐이었다. 서기들은 정보를 구하기 위해 신문을 펼칠 필요도 없었다. 그들 곁에는 언원이 있지 않은가. 언원이 시바트의 사건 파일을 작성하는 기간이 되면 동료들은 언원이 자주 열어 보는 서랍이며 자주 참조하는 색인 목록을 남몰래 눈여겨본다. 개중에 좀 더 대담한 동료들은 언원에게 내용을 물어보기도 한다. 물론 언원은 늘 애매하고 감질나는 대답으로 얼버무릴 뿐이다.

동료들조차 관심을 보인 사건 파일들 가운데에서도 '최고령 피살자'와 '베이커 대령의 세 번의 죽음' 사건을 비롯해 몇몇 사건의 보고서는 서기들 사이에서 보고서의 귀감으로 일컬어졌다. 더든 씨조차 서기들에게, 특히 일 처리가 꼼꼼하지 못하다고 질책을 할 때면 언원과 비교를 하곤 했다.

"파일 작성 솜씨가 언원과 맞먹으면 좋겠지? 그런데 자네는 단검과 스틸레토의 차이도 모르지 않나?"

가끔은 이렇게만 말하기도 했다.

"언원이 '최고령 피살자' 사건을 담당하지 않았으면 어떻게 되었을까?"

삼천 년 묵은 미라가 도난당한 사건은 언원이 신참 시절 맡은 사건 가운데 하나였다. 언원은 시바트가 쓴 그 사건의 첫 보고서를 배달원에게서 받은 날을 지금도 기억했다. 이제는 십이 년도 더 지난 십이월 초 눈이 내리는 날이었다. 사무실의 직원들은 모두 숨을 죽이고 뭔가를 기대하는 듯, 주의 깊게 그를 지켜보는 것 같았다. 그때만 해도 언원은 14층에서 가장 신참에 속했다. 그래서 시바트가 서둘러 작성한 보고서를 넘겨 보는 동안 손을 벌벌 떨 정도로 바짝 긴장했다. 시바트는 대단한 한 방을 기대하고 있었다. 언원도 남몰래 한마음으로 기대했다. 대단한 사건 아닌가! 대중의 주목을 받는 절도 사건 말이다. 신문 1면을 채우고도 남는 기삿감이다.

언원은 냉정을 잃지 않기 위해 연필을 몇 자루나 뾰족하게 깎았다. 깎을 연필이 떨어지자 책상 서랍에 있는 클립과 고무줄을 몽땅 크기별로 정리했다. 그다음으로는 펜에 잉크를 채우고 펀치에 쌓여 있던 달 모양의 작은 종잇조각들을 모두 비웠다.

마침내 작업에 들어간 언원은 확고한 목적의식을 갖고 일에 매진했다. 지금 생각해 보면 정말 무모했던 시절이었다. 그는 보고서가 지시문일 경우 그 사건의 구체적인 특징에 맞춰 바꾸고, 새 보고서가 들어올 때마다 그때그때 봐 가며 기존의 보고서에 덧붙였다. 또한 되풀이해 꾸는 악몽처럼 앞으로 탐정 회사의 사건 파일에 자주 등장할 용의자들의 신원 기록을 우연찮게 처음으로 작성했다. 문제의 악당들은 재스퍼와 조사이어 루크 형제와 클레오파트라 그린우드, 극악무도한 복화술사 이넉 호프만이었다.

그 주에 언윈이 잠은 제대로 잤을까? 언윈은 자신이 서류를 작성하는 능력에 시바트의 조사 진척이 달려 있는 것만 같았다. 말하자면 다음 단서는 이전 단서들이 제대로 분류된 다음에야 명확하게 드러날 것만 같았다. 시바트는 온갖 메모와 단편적인 사실, 의혹의 실마리 등을 가지고 왔다. 이런 것들을 모두 정리해서 중요하지 않은 것들을 삭제하고 수수께끼를 납득할 만한 유일무이한 해결책으로 이어 줄 유일한 실마리만 남기는 것이 바로 서기의 일이었다.

이제 와 그때를 떠올리면 타자기 옆에 쌓인 서류와 창틀에 쌓인 눈, 하루가 끝날 즈음 14층에서 유일하게 그의 스탠드만 켜져 있을 때 동료가 그의 어깨를 짚어 소스라치게 놀란 일 외에 하루를 어떻게 보냈는지 전혀 기억이 나지 않는다.

언윈은 자신이 다룬 옛 사건들에 대해 이런저런 말을 듣는 걸 좋아하지 않았다. 특히 '최고령 피살자' 사건이 그랬다. 이 사건은 감당할 수 없을 정도로 커져 버렸다. 시바트에게도 마찬가지였고 심지어 광기 때문에 이 모든 사건을 저지른 전직 무대 마술사 이넉 호프만에게도 마찬가지였다. 사람들의 입에 오르내릴 때마다 사건은 본래보다 보잘것없는 존재가 되어 갔다. 수수께끼가 모두 사라져 버렸기 때문이다.

언원은 지난 이십 년간 시바트의 서기로, 그의 보고서를 정리하고 여러 메모의 의미를 파악해 완전한 사건 파일을 작성하는 업무를 담당했다. 언원은 자신의 탐정에게 하고 싶은 질문이 무척 많았다. 수사 철학에 대해서도 묻고 싶었고 그가 사용하는 방법의 세세한 부분들도 궁금했다. 무엇보다 '11월 12일을 훔친 남자' 사건에 대해 더 알고 싶었다. 그 사건은 한 시대의 종말을 몰고 왔다. 그러나 시바트의 메모에는 유별나다 싶을 정도로 특별한 이야기가 없었다. 시바트는 어떻게 호프만의 계략을 정확히 꿰뚫어 보았을까? 시민들이 신문과 라디오를 믿을 때 어떻게 시바트만은 그날이 수요일이 아니라 화요일이라는 사실을 알았을까?

언원은 우연히 탐정 회사의 복도에서 시바트와 스쳐 지나가거나 승강기에 같이 탔다고 해도 그를 몰라봤을 것이다. 신문에 실린 사진을 봐도 시바트는 대개 사건 현장에서 주변으로 비켜나 있었다. 언제나 레인코트를 입고 모자를 쓴 채 어둑한 곳에 있었고, 그가 물고 있는 시가의 불빛만으로는 얼굴을 알아볼 수 없었다.

언원은 사무실이 발산하는 조화로운 활기에 마음이 안정되었다. 줄의 맨 끝에서는 타자기 소리가 났고 전화기가 울리고 파일이 든 서랍들이 덜커덩거리며 열리고 닫혔다. 종이 묶음이 책상 위에 가지런히 쌓여 있고 사방에서 글자를 빳빳한 흰 공간에 영원히 박아 넣는 톡톡 소리가 들렸다.

저 근면함과 열기를 보라, 이 얼마나 근사한가! 한편으로는 본질을 꿰뚫고 있지 않은가. 오로지 충실한 서기들만이 저 파일들을 문서 보관소에 가져가 쉬게 할 수 있다. 문서 보관소에는 온갖 수수께끼가 완전한 아름다움을 갖춘 채 범주와 종류별로 분류되어 보관되어 있다. 다시 말해 수수께끼는 낱낱이 분석되어 있고 비밀의 정수는 사진, 도청 장치와 암호, 지문과 녹취록으로 적나라하게 드러나 있다. 적어도 언원은 문서 보관소를 이런 모습으로 상상했다. 사실 그는 한 번도 문서 보관소를 보지 못했다. 왜냐하면 하급 서기만이 그곳에 드나들 수 있기 때문이다.

언원은 모자를 벗었다. 그런데 그의 책상 옆 옷걸이에 이미 모자가 걸려 있었다. 평범한 회색 모자로 그 아래에는 격자무늬 코트도 있었다.

그 여자가 그의 자리에 있었다. 격자무늬 코트의 여자가 말이다. (물론 입고 있는 옷이 늘 보았던 격자무늬 코트는 아니었지만 어쨌든 놀랍게도 다른 누구도 아닌 바로 그녀였다.) 그녀는 그의 책상에 앉아 녹색 전등갓의 스탠드 불빛을 받으며 그의 타자기를 치고 있었다. 검지를 Y키 위에 얹은 그녀는 꿈을 꾸다 만 것 같은 표정을 하고 고개를 들어 언윈을 보았다.

"어떻게?"

언윈은 어떻게 된 일인지 묻고 싶었지만 그녀의 시선이 자신에게 꽂히자 더 이상 말이 나오지 않았다. 모자는 손에 딱 붙어버린 것 같았고 서류 가방은 납이 가득 든 듯 무거웠다. 그는 순간 어떤 느낌에 사로잡혔다. 발치에 바닥 문이 열리고 아주 미세한 바람 한 가닥이 불어 그를 밀어뜨릴 것만 같은 느낌 말이다. 하지만 현기증을 부른 것은 바다가 아니었다. 구름이 모인 듯한 그녀의 은색 눈동자였다. 그 눈동자의 구름 너머, 시선이 미치지 않는 곳에 있는 무언가였다.

책상 옆에 서 있던 언윈은 발걸음을 떼기 시작했다. 동료 서기들은 언윈이 가까워지자 타자기를 두드려 문장을 만들어 내던 손을 일순 멈췄다. 언윈은 그런 동료들을 본체만체 지나쳤다. 자신이 어떻게 보일지 알 것 같았다. 혼란에 빠져 몸을 벌벌 떨고 불안해하는 것처럼 보일 것이다. 그들이 아는 언윈이 아니라 언윈의 모자를 쥐고 있는 낯선 남자로 보일 것이다.

언윈은 제 눈으로 확인하기 전에는 자신도 어디로 가고 있는지 몰랐다. 이곳에 있는 상급 서기의 사무실에는 주인인 더든 씨를 빼면 거의 아무도 다가가지 않으니 말이다. 불투명한 재질의 유리 창문이 매우 독특했다. 어제까지만 해도 언원은 그 문을 멀리서나마 힐끔 본 것이 다였다. 그런 그가 지금은 서류 가방을 내려놓고 노크를 하려고 손을 들었다.

그런데 노크를 하기도 전에 문이 안쪽으로 휙 열리며 더든 씨가 나왔다. 연한 색의 머리카락에 동그란 얼굴을 가진 더든 씨가 빠른 말투로 말문을 열었다.

"죄송합니다, 언원 님. 뭔가 착오가 있었던 것 같습니다."

언원은 지금껏 남에게 '님'이라고 불린 적이 한 번도 없었다. 그는 언제나 '언원'이었고 그게 다였다.

"그렇습니다. 죄송합니다만 더든 씨, 뭔가 착오가 있었습니다. 오늘 제가 몇 분 지각을 했습니다. 자세한 사정은 곧 보고하도록 하겠습니다. 어차피 전부 보고서에 써야 하는 만큼 당장 작업을 시작하고 싶습니다. 당장 작성을 하고 싶습니다. 그런데 지금 다른 사람이 제 자리에서 제 타자기를 쓰고 있어서 보고서를 작성할 수가 없습니다. 이미 너무 늦었으니 어서 확실히 조치를 취해 주십시오."

"아닙니다, 언원 님. 그럴 리가요. 지각이 아닙니다. 단지…… 말하자면, 뭐라고 할까요, 승진을 하셨다는 통보를 받았습니다. 물론 옛 동료들을 만나기 위해 이곳에 내려오고 싶으셨던 건 저희도 기쁩니다만, 탐정 회사의 정책에 반하는 행동입니다. 그러니까 탐정 말입니다. 탐정이 배달원을 통하지 않고 서기와 직접 연락을 취하는 것 말이죠."

"회사 정책이라, 물론 그렇죠."

언원은 서기가 된 후 상관과 이렇게 오래 대화를 나눈 적이 없었다. 예외라면 약 삼 년 전에 동쪽 줄에 배치된 서기들 간에 선반의 공간을 배정하는 문제에 대해 메모를 교환한 일 정도였다. 그것은 엄밀히 말해서 대화라고 할 수도 없었다. 그래서 언원은 한참을 망설인 끝에 이렇게 물었다.

"하지만 더든 씨와 저는 자유롭게 이야기를 나눠도 되지 않습니까, 아닌가요?"

더든 씨는 사무실을 재빨리 둘러보았다. 아무도 타자를 치지 않았다. 어디선가 전화벨 소리가 울렸지만 아무도 받지 않았다. 이윽고 주위가 조용해졌다. 마침내 더든 씨가 입을 열었다.

"사실 제가 14층의 책임자이기는 하지만 저도 서기입니다. 엄밀히 따지자면 그렇죠. 그러니 아시겠지만 이 대화도 회사의 정책에 위배되는 거죠."

"그럼 이 대화를 어서 끝내야겠군요, 정책에 따라."

언원이 말하자 더든 씨가 안심이라는 듯 고개를 끄덕였다.

"저는 이 건물의 다른 곳에서 새 책상을 찾아야겠네요."

언원의 말에 더든 씨는 이렇게 대답했다.

"제가 받은 메모를 보면 29층의 2919호일 겁니다."

물론 이것도 사내 통신의 결과겠지! 이 정도로 확실한 안내를 받았으니 언원은 이제 사태의 근원을 되짚어 가서 직접 문제를 해결할 수 있을 것 같았다. 더든 씨에게 전달된 메모에 대해 자세히 묻는 건 정도를 살짝 비껴간 것 같지만 지금 더든 씨는 언원이 자신보다 더 높이 승진을 했다고 믿고 있으니 대답을 거부할 수 없을 것이다. 하지만 다시 생각해 보니 혼란에 빠진 상관을 이용하는 건 언원이 지금 해명하고 싶은 오해를 이용하는 것이라는 생각이 퍼뜩 들었다. 이러고 나서 작성해야 할 보고서를 생각해 보라. 부록과 보충 설명에 주석에 또 주석의 주석까지 달아 관련 사실을 보충해야 할 것이다. 보고서에 이것저것 추가하다 보면 필요한 것이 점점 더 늘어날 테고 어느새 종이 기둥이 벽을 메우고 복도까지 늘어서겠지. 높이 쌓인 종이 기둥들이 언원을 나선처럼 빙 에워싸고 다 쓴 타자기 먹끈 꾸리가 주위에 쌓여 갈 것이다.

그런데 그 순간 더든 씨는 언원이 달라고 하지도 않은 메모를 보여 주어 그를 괴로운 운명으로부터 구해 주었다.

발신 : 36층, 관찰자, 레이미크
수신 : 14층, 책임자, O. 더든
귀하의 감독하에 있는 직원 찰스 언원 씨가 이 시각부터 탐정으로 승진해 그에 따르는 권리와 특혜, 책임을 모두 부여받았습니다. 그의 개인 소지품을 2919호로 보내 주시고 제반 업무를 규정

에 따라 처리해 주시기 바랍니다.

메모의 마지막에는 탐정 회사의 공식 인장이 찍혀 있었다. "절대 잠들지 않는다"는 글귀 위에 번쩍 뜬 눈 하나가 둥둥 떠 있는 그림이었다.

언원은 종이를 반으로 접은 후 코트 주머니에 집어넣었다. 그는 더든 씨가 기록을 위해 메모를 돌려받고 싶지만 돌려 달라는 말을 선뜻 꺼내지 못하는 것을 알 수 있었다. 다행이었다. 어차피 언원도 보고서를 쓰기 위해 메모가 필요할 테니 말이다. 언원이 말문을 열었다.

"아직 이름도 못 들은, 제 자리에 앉은 여성이 제 일을 넘겨받겠군요. 제가 지난 이십 년 칠 개월하고도 며칠 동안 담당했던 일 말입니다."

더든 씨는 미소를 지으며 다시 고개를 끄덕였다. 그는 그녀의 이름을 말해 주지 않았다.

언원은 동료들과 특히 자신의 자리에 앉아 있는 여자의 시선을 애써 피하며 왔던 길로 되돌아갔다. 하지만 원래 자신의 코트가 걸려 있어야 할 자리에 있는 격자무늬 코트를 힐끔 훔쳐보지 않을 수 없었다.

승강기에는 근사한 양복(검은색, 녹색, 군청색) 차림의 남자 세 명이 조용히 이야기를 나누고 있었다. 그들은 언원이 타든 말든 전혀 신경을 쓰지 않았다. 세 사람은 어엿한 탐정이었다. 탐정이 아니어도 그 정도는 알 수 있었다. 그는 탐정들에게 등을 돌리고 섰다. 승강기 승무원이 다리가 셋인 의자에서 벌떡 일어나 문을 닫았다.

"올라갑니다. 다음 층은 29층입니다."

언원이 36층으로 간다고 우물거리듯 말했다.

승무원은 자신의 귀를 톡톡 두드리며 말했다.

"좀 더 큰 소리로 말해요. 몇 층이라고요?"

탐정들이 입을 다문 가운데 언원은 몸을 숙여 다시 말했다.

"36층요."

승무원은 어깨를 으쓱하더니 레버를 밀었다. 눈금이 15를 지나고 16, 17을 지나가도록 아무도 말을 하지 않았다. 하지만 언원은 탐정들이 자신을 탐색중이라는 사실을 알 수 있었다. 세 사람은 피스 탐정과 아는 사이일까? 피스 탐정은 언원을 한동안 지켜본 것이 틀림없었다. 언원이 매일 아침 중앙역에 들른다는 사실을 알아차릴 정도로 말이다. 피스 탐정이 지켜보았다면 다른 사람들도 지켜보았을지 모른다. 그를 지켜보는 눈이 사무실에만 있는 게 아닐지도 모른다. 언원은 절대 깜박거리지 않는 탐정 회사의 눈이 그를 지켜보고 있는 듯한 기분이 들었다. 이제 그 눈길을 피할 길이 없을 것이다.

어쩌면 여드레 전 언윈이 격자무늬 코트의 여자를 처음 본 그 날 아침에도 누군가 언윈을 지켜보았을지 모른다. 그날은 일찍 눈이 떠졌다. 옷을 입고 아침을 챙겨 먹고 출근을 했는데, 출근 길을 반이나 가서야 온 도시가 여전히 잠들어 있다는 사실을 알 아차렸다. 무작정 사무실로 갈 수는 없었다. 그도 그럴 것이 열 쇠 꾸러미를 가지고 있는 수위가 출근하려면 몇 시간은 더 기다 려야 했기 때문이다. 그래서 언윈은 아직도 어둠이 물러나지 않 은 근처 거리를 어슬렁거리기 시작했다. 시간이 흐르며 배달 트 럭들이 가게 앞에 차를 세웠고 머리 위 가로등이 꺼졌다. 술꾼 몇 명이 서로 어깨동무를 한 채 갈지자로 비틀거리며 집을 찾아 들어갔다.

지금은 모든 일이 꿈만 같았다. 중앙역의 회전문을 통과한 일 이며 아침을 파는 간이매점에서 산 커피 한 잔, 안내소의 선반에 서 뽑은 시간표 등이 말이다. 모든 기차며 노선 들. 언윈은 그 노 선 중 하나를 골라 기차표를 끊을 수 있었다. 이 도시에서 벗어 나 버리자. 보고서 더미 따위 책상 위에 영원히 쌓여 있으라고 하지, 뭐. 요즘 시바트에게 배정되는 수수께끼의 사건들은 예전 에 맡았던 사건들에 비하면 공허하기 짝이 없었다. 루크 형제는 11월 12일 사건 이후 자취를 감추었고 클레오파트라 그린우드 도 도시에서 사라졌다. 이녁 호프만은 빼어난 마술 솜씨를 완벽 하게 발휘해 자신을 사라지게 만들었다. 이 도시는 여전히 시바트가 필요하다고 생각했다. 하지만 언원만은 진실을 알고 있었다. 이제 시바트는 그림자에 불과했다. 고로 언원은 그림자의 그림자였다.

그래서 그는 자신도 모르는 새에 교외로 출발하는 다음 기차표를 들고 14번 게이트에 서 있었다. 돌아올 계획은 딱히 없었다. 그는 손목시계와 안내소 위에 붙은 사면 시계의 시간을 맞춰 보았다. 언원도 자신의 행동을 이해하지 못했다. 탐정 회사의 서기가 모처럼 새벽같이 일어나더니 변덕스러운 기분에 휩싸여 도시를 떠나 버릴 기차표를 구입했다. 탐정 회사의 사람이라면 이런 행동에서 어떤 동기를 유추할까? 분명 언원을 스파이나 이중첩자라고 생각할 것이다.

그렇다면 이 승진도 착오가 아니라 일종의 시험일지 모른다. 시험이라면 언원은 이것이 착오이며 착오일 수밖에 없다고 일관된 주장을 펼쳐 의심을 불식시켜야 한다. 그는 지금의 일을 원하며, 서기 그 이상도, 그 이하도 원하지 않는다는 사실을 증명해서 말이다.

언원은 여드레 전날 아침 결국 기차에 오르지 않았고 교외로 떠나지도 않았다. 격자무늬 코트를 입은 여자를 본 순간 그는 발길을 멈추었다. 그 여자는 수수께끼 같은 존재였다. 언원의 일탈을 막기에 충분한 수수께끼였다. 그녀가 매일 아침 그곳에 나타난다면 그도 그녀와 함께 기다릴 터였다. 그녀를 만나러 오는 사람이 없다면 그는 일터로 돌아갈 것이다. 그것이 그가 그녀를 처음 보았을 때 생각해 낸 암묵적인 결론이었다.

승강기를 같이 탄 세 탐정은 여전히 언원을 지켜보고 있었다. 언원은 등에 꽂히는 눈길을 따가울 정도로 느꼈다. 그는 라디오에서 들은 노래를 흥얼거리며 우산 끝으로 바닥을 탁탁 쳤다. 그런 행동은 무척 계산적으로 보일 것 같았다. 그도 그럴 것이 노래를 흥얼거리고 우산으로 바닥을 두드리는 행동은 평소의 그답지 않았던 것이다. 바닥을 두드리는 걸 그만둔 언원은 우산을 지팡이처럼 짚고 체중을 살며시 이쪽저쪽으로 옮겼다. 이것이야말로 언원의 진짜 습관이라 할 수 있는 행동이었다. 하지만 관심을 돌리기 위해 한 짓치고는 너무 수상쩍었다. 언원은 『탐정 매뉴얼』을 펼쳐 본 적도 없었다. 반면 세 탐정은 그 책을 처음부터 끝까지 샅샅이 알고 있을 것이다. 심지어 수사원들은 수수께끼 몇 개 정도는 가지고 있어야 한다는 새뮤얼 피스의 말에 숨어 있는 뜻도 알지 몰랐다.

승무원이 승강기를 29층에 세우자 탐정들이 언원을 지나친 후 돌아섰다. 검은 양복의 탐정은 옷깃 바로 위에 난 뾰루지를 긁으며 마치 언원 때문이라는 듯한 눈빛을 보냈다. 덩치가 크고 구부정한 녹색 양복의 탐정은 반쯤 감긴 눈으로 둔하고 비열한 눈빛으로 그를 쏘아보았다. 군청색 양복의 탐정이 언원의 앞에 섰다. 콧수염이 입술 위로 말려 올라갔다.

"그 모자는 36층에서 쓸 모자가 아니오."

다른 두 명이 껄껄거리며 고개를 흔들었다.

승무원은 언원을 슬며시 노려보는 탐정의 코앞에서 승강기의 문을 닫았다. 승강기가 올라가는 것을 나타내는 표시에 다시 불이 들어왔다. 머리 위에서 삐걱거리는 소리가 들렸다. 승강기가 올라갈수록 소리가 점점 더 커졌다. 마침내 문이 열리자 승강기의 통로에서 새어 나온 으슬으슬한 바람이 발목을 휘감았다. 양말은 여전히 축축했다.

복도는 튤립이 뒤집힌 것처럼 생긴 조명으로 노랗게 밝혀져 있었다. 전등 사이마다 있는 문에는 창문이 없었다. 복도의 저쪽 끝에 창문이 하나 있어 빗물을 매단 회색 빛줄기가 사각형 창틀 안으로 쏟아져 들어왔다.

"36층입니다."

승무원이 알렸다.

쪽지를 보면 레이미크는 자신을 관찰자라고 밝혔다. 언원은 처음 듣는 직위였다. 하지만 탐정 회사의 복잡다단한 직급 체계를 일개 직원에게까지 알려 줄 필요는 없을 것이라고 생각하며 그러려니 했다. 탐정 회사에는 서기가 수도 없이 많았다. 아래로는 하급 서기, 위로는 상급 서기도 수없이 많았다. 게다가 서기가 어떻게 일하느냐에 따라 모험의 성패가 좌우되는 기사들, 다시 말해 탐정들도 있었다. 한편 건물 곳곳에는 배달원들이 돌아다녔다. 지위로 보자면 하급 서기보다도 낮지만 어디든 지나갈 수 있는 특권을 가진 이들이었다. 그도 그럴 것이 언제라도 회사의 최고층에서 배달원의 입을 빌려 전달할 사항이 생길 수 있기 때문이다. 그렇다면 이렇게 높은 층에 상주하는 직원들은 어떤 사람들일까? 얼마나 대단한 권력을 가진 걸까? 직위는 뭘까? 언원은 그 점에 대해서 한 번도 관심을 가진 적이 없었다. 그건 지금 우리도 마찬가지다. 다만 이 점만 명심하도록 하자. 36층에서는 관찰자들이 각자의 이름이 적힌 청동 문패를 단 문 안에서 맡은 바 업무를 처리하고 있다.

오른쪽으로 일곱 번째 방(언원은 오면서 열셋을 세었다)에 그가 찾는 이름이 보였다. 그 방은 다른 곳과 달리 문이 살짝 열려 있었다. 그는 살며시 노크를 한 후 열린 틈으로 이름을 불렀다.

"레이미크 씨?"

아무 대답도 들리지 않았다. 언원은 좀 더 세게 문을 두드렸다. 그러자 문이 안쪽으로 훌렁 열렸다. 실내는 어두웠지만 복도에서 비쳐 들어온 빛의 기둥에 밤색의 널찍한 깔개와 푸른색이나 갈색 책등의 두꺼운 책이 꽂힌 선반들, 방 안쪽으로는 쿠션을 놓은 의자 두 개가 책상을 향하고 있는 것이 보였다. 한쪽에 커다랗고 시커먼 구체가 있었다. 창 앞에는 육중한 구를 닮은 반들반들한 두상이 어렴풋이 보였다. 책상 위에는 전화기와 타자기, 불을 켜지 않은 스탠드가 있었다.

언원은 문턱을 넘으며 다시 불렀다.

"레이미크 씨, 불쑥 찾아와서 죄송합니다. 저는 찰스 언원이라고 합니다. 14층에서 근무하는 서기입니다만, 승진 건 때문에 왔습니다. 아무래도 착오가 있는 것 같습니다."

레이미크는 아무 대답도 하지 않았다. 어쩌면 문이 열린 채로 이야기를 나누고 싶지 않은지도 몰랐다. 언원은 문을 닫은 후 그에게 다가갔다. 눈이 어둠에 적응하자 큼지막한 얼굴과 넓은 의자 등받이만큼 넓은 어깨, 책상 위에 포개져 꿈쩍도 않는 커다란 손이 눈에 들어왔다.

언원이 말을 덧붙였다.

"물론 레이미크 씨의 착오라는 말이 아닙니다. 불러 주신 내용을 받아쓴 사람이 잘못 썼거나 오래된 전화선의 접속이 나빴을지도 모릅니다. 비가 오는 날은 어떤지 아시잖습니까. 잡음도 심하고 불통이 되기도 하죠."

레이미크는 책상 앞에 서 있는 언원을 잠자코 지켜보았다.

"최근에는 비가 자주 왔지 않습니까. 벌써 열나흘째입니다. 평소보다 비가 더 많이 왔죠. 형편없는 배수가 문제입니다. 그것 때문에 전화선이 영향을 받는 거죠."

선이 뽑힌 전화기가 언원의 눈에 들어왔다. 뽑힌 전화선이 책상 아래로 늘어져 있었다. 관찰자는 아무 말도 하지 않았다. 들리는 소리라고는 유리창을 때리는 빗소리뿐이었다. 그래서 자신이 온통 날씨 이야기만 늘어놓고 있나 하고 언원은 생각했다.

언원은 큰맘 먹고 다시 말문을 열었다.

"괜찮으시다면 스탠드의 불을 켜겠습니다. 그러면 제 신분을 증명할 만한 걸 보여 드릴 수 있겠죠. 제 문제를 처리하시기 전에 그것부터 확인하고 싶으실 것 같군요. 쓸데없이 레이미크 씨의 시간을 뺏고 싶지 않습니다. 요즘은 믿을 사람이 없지 않습니까, 그렇죠?"

언원이 스탠드를 켜는 끈을 잡아당겼다. 스물두 개의 층 아래에 있는 언원의 책상을 밝히는 것과 똑같은 스탠드였다. 흐릿한 녹색 불빛이 책상 위와 쑥 내민 언원의 손, 앉아 있는 남자의 깍지 낀 잿빛 손가락, 그의 육중한 잿빛 얼굴을 비추었다. 그 얼굴의 두 눈은 붉게 충혈되어 툭 튀어나온 채 더 이상 아무것도 보고 있지 않았다.

언원은 시체가 처음이 아니었다. 수년간 그가 담당한 보고서에 등장한 시체도 수백 구나 되었다. 물론 온갖 세세한 정보도 빠짐없이 기술되어 있었다. 사람들은 독에 당하거나, 총에 맞거나, 칼에 배를 찔리거나, 목이 매달리거나, 산업용 기계에 잘게 썰리거나, 시멘트 덩어리에 끼여 납작해지거나, 냄비로 두들겨 맞거나, 창밖으로 내던져지거나, 내장이 제거되거나, 산 채로 태워지거나, 매장되거나, 오랜 시간 물속에 밀어 넣어지거나, 계단에서 밀려 떨어지거나 이도 저도 아니라 그저 죽도록 차이고 두

들겨 맞아서 죽었다. 말하자면 14층의 서기에게 이런 사건을 둘러싼 갖가지 요소는 일상이었다. 솔직히 언윈의 머릿속에는 사인死因에 대한 모든 정보가 체계적으로 정리되어 있었다. 언윈은 획기적인 살인 사건이 일어나 사인을 추가하거나 그 범주를 넓혀야 할 때 새로운 제목이나 부제를 만들어 내기도 했다. 가령 '방치된 보아뱀에 의한 교살'이 그의 작품이었다. '독이 있는 딸기류가 들어간 머핀'도 마찬가지였다.

그러므로 누군가를 완전히 보내 버리는 온갖 방법에 정통한 남자라면 실제로 벌어진 살인 사건의 결과를 유독 무덤덤하게 지켜볼 수 있지 않겠는가. 이 경우 누군가 피살자의 목을 졸라 피살자는 목에 멍이 들어 있었고 질식하여 혀가 쑥 나와 있고, 같은 이유로 안구가 두개골 밖으로 거의 튀어나와 있었다.

언윈은 손을 쑥 빼고 몇 걸음 뒤로 물러나다가 깔개의 가장자리에 발이 걸려서 푹신한 쿠션이 놓인 의자로 털썩 주저앉고 말았다. 쿠션이 아무리 푹신한들 그가 받은 충격은 조금도 줄어들지 않았다. 어두컴컴한 구석마다 살인자가 그를 공격할 기회를 호시탐탐 노리며 웅크리고 있을 것만 같았다. 앉은 자리에서 조금이라도 움직이면 살인자들 가운데 한 명에게 그만큼 더 가까워질 것 같았다.

그래서 언윈은 레이미크 씨와 정식으로 면담을 하는 것처럼 허벅지에 서류 가방을 올린 채 미동도 하지 않았다. 면담은 한동

안 계속되었다. 뭐든 할 말이 있는 쪽은 날씨뿐이었다. 물론 날
씨는 자신의 이야기만 늘어놓았다.

03
시체에 대하여

사건은 대부분 시체에서부터 시작된다.
이런 시작이 당황스러울 수는 있지만 적어도 당신의 위치는 확실히 알 수 있다.
문제는 수사 도중에 나타나 만사를 꼬아 버리는 시체이다.
그러므로 곧 시체가 나타난다는 것을 전제로 하고 사건에 임하는 것이 가장 좋다.
그렇게 하면 위와 같은 상황에 처할 가능성이 줄어든다.

노크 소리에 언원은 정신이 번쩍 들었다. 그 자리에 얼마나 앉아 있었을까? 눈이 어둑한 실내에 적응할 정도는 된 듯했다. 사무실에 자신과 레이미크의 시체뿐이라는 사실을 확실히 알게 되었으니 말이다. 누군가 그를 죽일 작정이었다면 지금쯤 그는 이미 산 사람이 아닐 것이다.

또다시 노크 소리가 들렸다. 이번에는 좀 더 큰 소리였다. 언원은 시체를 보자마자 그곳에서 뛰쳐나갔어야 했다. 소리를 지르거나 복도로 튀어 나가 기절이라도 했어야 했다. 그렇게 했다면 사건에서 그가 맡은 역할도 확실해지지 않았겠는가. 그는 끔찍한 범죄에 휘말린 운 나쁜 최초 발견자가 되었을 것이다. 하지만 이제 와서 그가 문을 열며 이렇게 말한다면 사람들은 무슨 생각을 할까?

"어서 들어오세요. 들어와서 여기 좀 보세요. 책상에 죽은 사람이 있어요. 정말 이상하죠?"

그는 책꽂이 뒤에 몸을 우겨 넣을까도 생각해 보았다. 하지만 그곳은 몸을 숨기기에 적절한 장소가 아니었다. 그곳에 숨어 있다 들키기라도 하면 의심만 더 사게 될 것이다. 죽은 듯 있으면 문밖의 사람은 단념하고 가 버릴지도 몰랐다.

언원은 잠시 기다렸다. 더 이상 문을 두드리는 소리는 나지 않았다. 대신 여자 목소리가 들렸다.

"레이미크 씨?"

그는 이미 시체였다. 언원은 시체를 어떻게든 처리해야 했다. 그는 레이미크의 의자 뒤로 돌아가 넓고 횡한 머리를 내려다보았다. 그 각도에서 보니 시체가 시체로 보이지 않았다. 그저 몹시 피곤해서 편하게 앉아 잠시 낮잠을 청한 사람 같았다. 죽은 레이미크에게서는 언원이 상상한 시체 냄새도 나지 않았다. 오히려 면도하고 바르는 로션 냄새가 났다.

아무리 그래도 선뜻 시체를 만질 용기가 나지 않았다. 언원은 레이미크의 의자를 꽉 잡고 천천히 뒤로 뺐다. 레이미크의 커다란 두 손이 책상에서 떨어지면서 양쪽으로 툭 벌어졌는데 손가락이 뻣뻣하게 굳어 있었다. 갑자기 팔이 책상에서 툭 떨어지자 상체가 앞으로 푹 고꾸라졌다. 언원은 의자를 뒤로 젖혀서 죽은 남자의 머리가 책상의 가장자리에 부딪히지 않도록 했다. 의자는 시체의 육중한 체중에 눌려 삐걱삐걱 소리를 냈다.

밖의 여자가 다시 문을 두드렸다. 이번에는 이 층의 사람들에게 다 들릴 정도로 큰 소리가 났다.

"기다려요!"

언원이 소리를 쳤다. 그러자 설마 정말 대꾸를 할 줄은 몰랐다는 듯 "어머!" 하고 놀라는 소리가 작게 들렸다.

언원은 한쪽 발을 의자의 다리에 받쳐 고정한 후 양손으로 시신을 끌어 올리며 밀었다. 시신이 점점 더 앞으로 고꾸라지며 등줄기에서 연신 우두둑 소리가 들렸다. 그때마다 언원은 소스라치게 놀랐다. 그는 눈을 질끈 감고 숨을 참으며 다시 밀었다. 이번에야말로 시신은 의자에서 스르르 미끄러져 내려와 소리도 없이 컴컴한 책상 아래로 굴러 들어갔다.

언원은 레이미크를 찾아온 여자에게 최대한 명령조로 들어오라고 일렀다.

여자는 목과 소매 주위에 하얀 레이스가 달린 검은 원피스 차림이었다. 매우 아름다운 원피스였다. 언원은 도시에서 팔 년 이상 그런 디자인의 원피스를 입은 여자는 단 한 명도 보지 못했다. 그녀는 두 손으로 작은 핸드백을 꼭 쥐고 있었는데, 묘하게 그것도 유행이 한참 지난 디자인이었다. 틀어 올린 머리 위에는 검은 레이스 캡을 썼는데, 비를 맞아 젖어 있었다. 언윈보다 열 살가량 연상으로 보이는 여자는 몹시 아름다웠다. 눈이 번쩍 뜨일 미인. 시바트라면 이렇게 기록했을지도 모르겠다. 한편 그녀는 언윈이 본 중에 가장 피곤해 보이는 여자이기도 했다. 조심스럽게 실내를 둘러보는 여자의 눈 아래 그늘이 어찌나 짙은지 처음에 언윈은 이국적 분위기가 나는 화장을 한 줄 착각했다.

"들어오시오."

언윈이 말하자 그녀는 꿈이라도 꾸듯 머뭇거리며 앞으로 다가왔다. 발걸음을 뗄 때마다 발이 걸려 비틀거릴 듯했지만 기적적으로 넘어지지 않았다.

"안녕하세요, 레이미크 씨."

여자가 말하자 언윈은 자리에 앉은 채 그녀가 레이미크의 얼굴을 모른다는 사실에 안도의 한숨을 내쉬었다. 하지만 왼쪽 구두코가 책상 아래로 밀어 넣은 시신에 닿은 순간 충격을 감추기 위해 헛기침을 해야만 했다.

"여기는 이런 식으로 일을 처리하지 않는다는 사실을 잘 알아요."

그녀가 운을 떼자 언윈은 속이 울렁거렸다. 벌써 들킨 걸까?

그녀는 계속 말을 이었다.

"일단 약속부터 잡아야 하죠. 그러면 누가 제 사건을 담당할지 알려 줄 테고요. 하지만 가만히 앉아 있을 수 없었어요. 아무나 만날 수는 없었어요. 레이미크 씨 당신을 꼭 만나야 했어요."

그랬다. 규정을 위반한 사람은 그녀였다. 언원은 목청을 가다듬으며 그녀를 엄한 눈초리로 바라보았다. 그러고는 자신이 너그럽다는 인상을 주기 위해 그녀에게 앉으라는 몸짓을 했다.

여자는 두툼한 쿠션을 보자 눈꺼풀이 스르르 내려가는가 싶더니 이렇게 말했다.

"안 돼요. 앉자마자 잠들어 버릴 거예요."

앉는다는 생각만으로도 끔찍한 것 같았다. 그녀는 핸드백을 꼭 쥔 채 한동안 눈을 감고 있었다.

언원은 그녀를 부축해야 할 것 같아 자리에서 일어났다. 하지만 여자는 비틀거리지 않고 잘 버티더니 눈을 몇 번 깜박거린 후 말했다.

"저도 조사 비슷한 것을 했어요. 덕분에 선생님이 시바트 탐정님의 관찰자라는 사실을 알아냈답니다."

그녀의 말이 옳았다. 레이미크는 시바트의 관찰자였다. 언원이 시바트의 서기였던 것처럼 말이다. 그런데 이제 언원은 한꺼번에 세 사람이 되고 말았다. 원래는 서기였는데 탐정으로 승진한 후 우연히 관찰자가 되어 버렸다.

"저는 비라 트루즈데일이라고 해요. 끔찍한 수수께끼의 희생자죠."

언원은 당분간 연극을 계속해야겠다고 생각하며 자리에 다시 앉았다. 서류 가방이 다른 의자에 놓여 있었으므로 언원은 책상의 제일 위 서랍을 열어 필요한 물건을 찾았다. 메모장이었다. 그는 메모장을 앞에 놓고 연필을 들었다.

"계속하시오."

"삼 주 전에 이 도시에 왔어요. 지금은 길버트 호텔 202호에 묵고 있죠. 그런데 계속 더 높은 층으로 방을 옮기라는 요청을 받고 있어요."

언원은 속기로 그녀의 말을 받아 적었다.

"왜 방을 옮기라는 거죠?"

"수수께끼 때문이죠."

대답하는 트루즈데일 양의 목소리에는 초조한 기색이 역력했다.

"제가 더 높은 층으로 방을 옮기면 그들이 들어올 수 없을 테니까요."

"누가 말이오?"

"그건 저도 몰라요!"

트루즈데일 양은 소리치듯 대답하더니 폭이 좁은 실내를 서성거리기 시작했다.

"아침마다 일어나 보면 주위에 온갖 잡동사니가 흩어져 있어요. 빈 샴페인 잔들이며 색색의 종이에 장미들. 그런 것들이요. 사방에 흩어져 있어요. 심지어 침대 위에도 떨어져 있죠. 마치 제 방에서 누가 파티를 연 것 같아요. 파티 내내 저는 잠들어 있지만 실제로는 잔 것 같지 않아요. 요즘은 몇 년 동안 한숨도 못 잔 느낌이에요."

"샴페인 잔, 색종이 그리고…….."

"줄기가 긴 장미요."

"장미라, 줄기가 길고. 이게 다입니까?"

"아뇨, 더 있어요. 창문이 열려 있어요. 그래서 방이 몹시 추워요. 사방에 습기가 차 있고요. 진저리 나게 차가운 습기예요. 더 이상은 버틸 수 없어요. 이대로라면 정신이 나가 버릴 게 분명해요."

트루즈데일 양은 눈을 휘둥그레 뜨며 말을 이었다.

"어쩌면 벌써 미쳤는지도 몰라요. 그럴 수도 있나요, 레이미크 씨?"

언원은 이 질문을 짐짓 무시했다. 어차피 레이미크 씨라도 이 질문의 해답은 몰랐을 것이다.

"우리가 도와 드릴 수 있을 것 같소."

말은 이렇게 했지만 언원은 연필을 내려놓고 메모장을 옆으로 치웠다. 그가 처리할 수 있는 수준이 아니었다. 관찰자라면 여기서 어떤 조치를 취할까?

"그럼 그 사람을 보내시겠군요."

언원은 어쩔 줄 몰라 하며 레이미크의 책상 위에 놓인 다이어리를 펼쳤다. 종이를 화르륵 넘겨 오늘 날짜를 찾았다. 10시 면담 칸에 언원의 이름이 연필로 적혀 있었다. 시계를 힐끔 보았다. 레이미크는 지금으로부터 몇 분 후에 언원과 면담을 가질 생각이었던 것이다.

트루즈데일 양은 여전히 대답을 기다리고 있었다.

"사람을 보내겠소."

트루즈데일 양은 언원의 대답이 만족스럽지 않은 것 같았다. 또다시 핸드백을 꼭 쥐는 바람에 손의 관절이 하얗게 변했다. 그녀는 무슨 말을 하려다가 서가 뒤의 벽에서 삐거덕거리는 소리가 나자 입을 다물었다. 두 사람은 소리가 나는 곳으로 시선을 돌렸다. 언원은 책상 밑에 숨기고 있는 거대한 시체를 향해 어떤 괴물 쥐가 절대적인 후각을 자랑하는 코를 벌름거리며 징두리 벽판을 기어오르는 모습을 떠올렸다. 삐걱거리는 소리가 천장 가까이에서 나더니 뚝 그쳤다. 그때 책상 위의 작은 벨이 두 번 울렸다.

"받지 않으실 건가요?"

트루즈데일 양의 물음에 언원은 더든 씨가 뭔가 마음에 들지 않을 때 종종 그러듯이 어깨를 으쓱했다.

"이제 그만 가 보시오. 선약이 있어요. 평소대로 미리 잡혀 있는 일정이죠."

그녀는 이런 반응을 예상하고 있었다는 듯이 고개를 끄덕였다.

"길버트 호텔 202호실이에요. 꼭 기억해 주세요, 네?"

그는 메모지에 그 내용을 받아쓰고 크게 읽었다.

"길버트 호텔 202호실. 자, 이제 가서 좀 쉬시죠, 트루즈데일 양."

언원은 자리에서 일어나 여자에게 문을 가리켰다. 그녀는 하고 싶은 말이 더 있는 듯했지만 고분고분 지시에 따랐다. 언원은 그녀가 무슨 말을 더 하기 전에 시선을 피하며 문을 닫았다. 그리고 잠시 밖에서 나는 소리에 귀를 기울였다. 한숨 소리가 들리더니 불규칙적인 발소리가 복도 저쪽으로 멀어졌다. 이윽고 승강기의 문이 열리고 닫힐 때 바람이 훅 빠져나가는 소리가 들렸다.

벨이 다시 울렸다.

언원은 벽으로 다가가 손바닥을 대었다. 벽이 차가웠다. 그는 숨을 죽인 채 벽에 귀를 대고 숨을 참았다. 건물의 숨은 공간에서 마치 바람이 터널이나 환기통을 빠져나갈 때처럼 낮게 흐느끼는 듯한 소리가 났다. 저 뒤에는 무엇이 숨겨져 있을까? 언원은 시바트가 베이커 대령의 저택에 대해 기록했던 내용을 떠올렸다. 시바트는 보고서에서 세 번이나 죽었던 그 불쌍한 남자에 대해 시간순으로 기록을 했다.

'그곳에는 실제 통로보다 비밀 통로가 더 많아. 그리고 거울은 모두 양면 거울이지. 서재 문을 열기 위해 기사 갑옷의 팔을 흔들었다니까. 이게 믿어지나. 그런 늙은이들은 옛날 거라면 사족을 못 쓰거든.'

혹시 레이미크 씨도 그런 사람이었을까? 언원은 책꽂이로 다가가 찾아보기 시작했다. 꽂힌 책들은 로마 숫자와 알파벳순으로만 구별할 수 있었는데, 방대하고 복잡한 원칙에 따라 배열된 참고 서적들인 것 같았다. 막상 책을 보니 자신이 무엇을 찾아야 할지 구체적으로 알아낼 필요도 없었다. 딱 한 권의 책등만 자주 손을 타 닳아 있었기 때문이다. 책을 앞으로 꺼내자마자 벽에 붙어 있던 패널 하나가 훌쩍 열리며 소형 승강기처럼 생긴 것이 나타났다. 승강기 안에는 갈색 봉투가 있었다. 가로세로 삼십 센티미터 정도인 봉투에는 쪽지가 하나 붙어 있었다. 내용이 간략해서 한눈에 들어왔다.

> 에드워드에게
> 여기 당신이 특별히 지시한 물건이 있어요. 훔쳐보지는 않았어요. 혹시 내 조언을 듣고 싶다면 이거예요. 잠자는 시체는 그대로 둬요.
>
> 키스를 보내며
> P.

회사에 이런 소형 승강기가 설치되어 있다니 기절초풍할 일이었다. 언원은 지금껏 아무리 사소한 내용이라 할지라도 직원 간 연락은 배달원이 담당한다고 알고 있었다. 교환대의 교환수는 직원들을 연결할 수조차 없었다. 회사 규정에 따라 전화는 외부

통화만 가능했다. 대체 얼마나 특별한 지시였기에 이렇게 유별난 방법으로 죽은 자의 사무실에 보낸 걸까?

봉투는 묵직했고 접혀 있지도 봉해져 있지도 않았다. 레이미크는 언원과 면담을 할 때 이 봉투를 건네줄 작정이었을까? 언원은 봉투의 입구에 손가락 하나를 살짝 집어넣어 벌렸다.

안에는 레코드판이 들어 있었다. 음반 가게에서 본 것들과 달리 투명할 정도로 희었다. 중앙에는 탐정 회사의 외눈 로고가 박혀 있었는데, 레코드판을 끼우는 구멍이 외눈의 동공이었다. 좀 더 자세히 살피니 판의 가장자리에 새겨진 알파벳 문자 몇 개와 숫자가 보였다. 알파벳 세 개 TTS는 언원이 지난 이십 년 칠 개월 하고도 며칠 동안 책상을 거쳐 간 모든 보고서에서 본 머리글자였다. 바로 트래비스 T. 시바트의 머리글자다.

벨이 다시 울리자 소형 승강기가 왔던 곳으로 내려갔다. 언원은 패널을 닫았다. 다시 서기로 돌아간 기분이었다. 침착한 상태로 계속 일을 이어서 진행할 준비가 되어 있고 문제인 것과 아닌 것에 대해 몰입했을 때의 기분 말이다. 레이미크의 책상으로 돌아간 언원은 트루즈데일 양과의 면담 내용을 기록한 메모지를 뜯어 주머니에 넣었다.

언원은 전화기를 힐끔 보았다. 전화 코드가 왜 빠져 있을까? 그는 코드를 전화기에 다시 꽂고 녹색 전등갓 스탠드를 껐다.

그가 알기로 레코드판은 범죄 현장의 증거물이었다. 그것을 가져가면 또 다른 범죄가 일어나는 것이다. 하지만 잠시 후 레이미크의 사무실 문이 닫히고 승강기가 36층에 도착했을 때 레코드판은 언원의 서류 가방 속 『탐정 매뉴얼』 옆에 얌전히 들어 있었다.

이렇게 엄청난 위법 행위를 저지른 이유를 뭐라고 설명해야 할까?

시바트가 담당한 사건과 관련된 것이라면 그게 뭐든 언원이 가히 탐욕스럽다고 할 정도로 욕심을 낸다는 사실은 전혀 놀랄 일이 아니다. 만약 '탐정 중의 탐정'의 전담 서기로 선택된 사람이 웬 사건 파일을 맞닥뜨렸다고 하자. 그렇다면 파일의 형태가 아무리 묘하다 할지라도 그것을 검토하고, 등록하고, 제대로 보관할 모든 권리를 가지고 있으면서도, 마치 시바트의 최신 사건이 원래부터 존재하지 않았다는 듯이 파일을 그대로 두고 돌아선다면 이게 말이 되는가? 언원은 레코드판을 그냥 둘 수도 있었다. 하지만 별것 아닌 것처럼 보이는 보고서조차도 해가 지기 전 도시가 그림자에 감싸여 있는 순간에 불쑥 떠올라 그를 유령처럼 괴롭힐 수도 있었다.

드물지만 언원은 그런 저녁을 보낼 때도 있었다. 더 이상 아무 희망도 바랄 수 없는 시간 말이다. 승강기가 도착하자 언원은 승무원에게 29층으로 가자고 말했다. 자신의 새 사무실을 살펴보고 싶었다.

29층에도 복도가 길게 뻗어 있고 끝에 창문 하나가 덩그러니 있었다. 하지만 36층과 달리 카펫이 깔려 있어야 할 바닥에는 반들반들 윤이 나는 검은색 목재가 깔려 있었다. 얼룩 하나 없이 어찌나 반들거리는지 빛나는 액체를 보는 듯했다. 바닥 때문에 언원은 우뚝 멈췄다. 반들거리는 바닥을 걸을 때면 구두에서 끽끽 소리가 나는 저주에 걸려 있었기 때문이다. 어떤 구두를 신든 소리를 피할 수 없었다. 밑창이 젖었든 말랐든 상관없었다. 구두가 언원의 발을 감싼 채 윤이 나는 바닥을 두드리기 시작하면 어김없이 끽끽 소리가 모두에게 다 들릴 정도로 크게 울리기 시작했다.

집에서는 양말만 신고 있었다. 그렇게 하면 이웃에게 피해를 주지 않을뿐더러 가끔씩 바닥을 가로지르며 쌩하니 미끄러져야 할 때 편했다. 가령 아침에 오트밀을 먹으려고 하는데 건포도와 흑설탕이 방의 맞은편 찬장에 들어 있는 경우였다. 양말을 단단히 신은 채 온 세상의 반들반들한 곳을 활강하듯 미끄러질 수 있다면 정말이지 근사할 텐데! 하지만 언원의 아파트는 아무리 잘 봐 줘도 좁아터졌고 세상이 신발도 신지 않은 채 촐랑거리는 사람에게 다정할 리 없다.

언원은 승강기의 승무원이 보는 곳에서 구두를 벗을 수 없었다. 오늘 오전 두 차례의 일탈만으로도 언원은 충분히 수상쩍은 사람이었다. 승강기 노인을 보면 조금도 그렇게 생각하는 것 같지 않았지만 언원은 결연한 태도로 승강기에서 나와 자신이 일으킨 소란을 듣고도 못 들은 척했다.

그곳은 36층보다 문이 더 많고 폭도 더 좁았다. 게다가 문에는 명패 대신 불투명한 유리 위에 검은색으로 이름이 적혀 있었다. 줄지어 선 사무실에서는 쉴 새 없이 타자기 소리가 들렸고 여기저기서 알아들을 수 없는 작은 목소리들이 들렸다. 그가 나타나자 목소리가 갑자기 낮아진 듯한 것은 그의 과민 반응일까?

2919호는 복도를 반쯤 가니 나왔다. 그런데 그곳에는 이미 누군가 와 있었다. 문에 난 창문으로 호박색 불빛이 새어 나오고 있었다. 언원은 유리를 만져 보았다. 원래 있던 이름을 최근에 닦아 내었는지 검은 페인트 부스러기가 아직 틀에 남아 있었다.

언원은 문득 같은 자리라는 사실을 깨달았다. 그의 새 사무실은 29층의 동쪽 면의 중앙에 있으니 14층에 있는 그의 낡은 책상의 바로 위였고 36층의 레이미크의 사무실의 아래였다. 층마다 바닥에 구멍을 뚫은 후 레이미크의 책상에서 동전을 떨어뜨리면 동전은 2919호를 통과해 곧장 스물두 개의 층 아래에 있는 언원의 책상에 떨어질 것이다.

언원이 문 앞에 가만히 서 있는데 뒤에서 문이 열리며 콧수염을 가느다랗게 기르고 군청색 양복을 입은 탐정이 복도로 나왔다. 탐정은 담배에 불을 붙이려던 참이었다. 하지만 언원을 보더니 핏기 없는 입술을 비틀며 비웃었다.

"내가 말했지. 그런 모자로는 36층에서 환영받지 못할 거라고. 그런데 그건 여기도 마찬가지야."

"죄송합니다."

언원은 이 말밖에 떠오르지 않았다.

"물론 그렇겠지. 그런데 당신 뭐야?"

언원의 신분증은 코트 주머니에 들어 있었다. 하지만 그것은 29층에 해당 사항이 없는 서기의 신분증이었다. 그래서 신분증과 함께 레이미크의 메모를 보여 주었다. 탐정은 두 가지를 낚아채듯 받아 들어 신분증을 힐끔 보고 거칠게 돌려준 후 메모를 천천히 읽었다.

"이건 당신 앞으로 보낸 게 아니잖아. 내가 직접 레이미크에게 확인하는 게 낫겠군."

그는 이렇게 말하며 메모를 자신의 주머니에 쑤셔 넣었다.

"레이미크 씨는 방해받고 싶지 않으실 겁니다."

탐정이 낄낄거렸다.

"누군지도 모르는 평발 서기한테야 당연히 방해받고 싶지 않겠지. 이런 녀석을 트래비스 대신 데려다 놓다니."

언원은 반박을 하려고 입을 열었다가 들은 말의 의미가 막 이해되어 그대로 입을 다물었다. 그렇다면 내가 시바트 탐정을 대신한다는 말인가? 그는 훈련을 받은 적도 업무를 바꿔 달라는 요청을 한 적도 없었다. 그는 서기였다. 서기로서는 확실히 뛰어났다. 게다가 기민한 태도와 뛰어난 감식안, 사건의 요소에 대한 백과사전적인 지식 덕분에 동료들 사이에서 신망도 두터웠다. 그는 일 처리에 있어서 집요했으며 필요할 때는 통찰력을 발휘할 수 있었다. 하지만 그것도 글로 쓰인 것을 다룰 때뿐이었다. 그는 시바트가 아니었다. 시바트는 어떻게 된 걸까? 무엇 때문에 그를 대신할 사람이 필요하게 된 걸까?

탐정은 불을 붙이지 않은 담배로 그를 가리켰다.

"자네를 지켜보겠어, 이웃사촌."

그는 재킷 주머니에서 손수건을 꺼내 사무실 문의 바깥쪽 손잡이를 닦더니 안쪽 손잡이도 닦았다. 그러다 언원이 자신을 바라보고 있다는 사실을 깨닫자 이렇게 쏘아붙였다.

"나는 온갖 형태의 불결함을 혐오하지."

그러고는 손수건을 주머니에 쑤셔 넣고 방으로 들어가 문을 쾅 닫았다. 유리에 적힌 이름은 벤저민 스크리드였다.

언원은 우산을 겨드랑이에 낀 채 2919호를 향해 돌아섰다. 그랬다. 바로 이곳이 시바트의 방이었다. 그런데 이제 그가 주인이 될 참이었다. 한편 격자무늬 코트의 여자는 14층 언원의 책상을 차지했다. 그렇다면 그녀가 그의 서기일까? 그가 첫 번째 보고서를 제출할 때까지 그녀는 무엇을 하며 지낼까? 이대로라면 그녀는 아주 오랫동안 기다려야 할지도 몰랐다.

04
단서에 대하여

모든 대상은 대부분 두 가지 범주 즉, 세부 사항과 단서로 분류할 수 있다.
이 두 가지를 구별하는 것은
구두의 왼짝과 오른짝을 구별할 줄 아는 것보다 더 중요하다.

2919호실은 작고 창문도 없었다. 방의 중앙에 책상이 하나 있었는데, 타이프 용지가 그 위에 엉망진창으로 널려 있고 스탠드는 켜져 있었다. 책상에는 얼굴이 동그랗고 숱이 많은 붉은 머리를 틀어 올려 정수리에 핀으로 고정한 젊은 여자가 고개를 의자 등 쪽으로 꺾은 채 앉아 있었다. 살짝 벌어진 입술 사이로 이가 보였는데, 작고 치열이 삐뚤빼뚤했다. 뭉툭하고 통통한 양손은 타자기의 키보드 위에 축 늘어져 있었다.

이 사무실에서 저 사무실로 옮겨 갈 때마다 신선한 시체를 발견하는 것이 언원의 운명인가? 아니다, 이 여자는 살아 있었다. 어깨가 살며시 오르락내리락했고 코를 고는 소리도 들렸다. 언윈이 헛기침을 했지만 여자는 미동도 하지 않았다. 그는 좀 더 가까이 다가가 그녀가 타자기로 무엇을 치고 있었는지 보려고 책상 위로 몸을 숙였다.

　잠들지 마. 잠들지 마. 잠들지 마. 잠들지 마. 잠들지 마. 잠들지 마.

지면의 반이 이런 식으로 채워지다가 이렇게 끝이 났다.

　잠들지 마. 잠들지 마. 잠들지

　언윈은 모자를 벗고 다시 헛기침을 했다.
　여자가 의자에 앉은 채 몸을 뒤틀자 고개가 왼쪽 어깨에서 오른쪽 어깨로 기울어졌다. 핀으로 고정한 머리카락이 풀어져 그대로 쏟아져 내렸다. 머리카락 몇 가닥은 립스틱을 바른 입술에 달라붙었다. 스탠드의 불빛이 그녀의 안경에 반사되어 번쩍거렸지만 그녀는 일어나지 않았다. 그녀는 점점 더 심하게 코를 골기 시작했다.
　언윈은 몸을 더 숙여서 타자기의 나르개 늦추개를 눌렀다. 굴대가 쨍그랑 소리를 내며 줄의 끝까지 날아갔고 벨이 높고 청명한 소리를 냈다. 그러자 여자는 잠에서 화들짝 깨어 의자에 똑바로 앉더니 말했다.

"여기에 맞는 노래는 아무것도 몰라요."

"무슨 노래 말입니까?"

안경 뒤에 숨은 눈이 깜박거렸다. 소녀 같은 얼굴에 비해 그 안경은 너무 컸다. 언원이 탐정 회사에 처음 출근을 했을 때와 비슷한 나이인 것 같았다.

"언원 탐정님이신가요?"

"네, 제가 언원입니다."

그녀는 자리에서 일어나 머리를 틀어 올려 고정했다. 잘 보니 핀이 아니라 뾰족하게 깎은 연필이었다.

"담당 비서인 에밀리 도펠입니다."

푸른색 모직 원피스의 매무새를 가다듬은 에밀리는 책상 위의 꼬깃꼬깃한 종이들을 주섬주섬 모아 폐지 통에 넣었다. 그녀는 손을 살짝 떨었다. 그 모습을 본 언원은 잠시 자리를 피해 그녀가 정신을 차릴 시간을 줘야 하는 게 아닌가 싶었다. 그러나 그녀가 잠시도 쉬지 않고 손을 놀리며 빠르게 말을 했기 때문에 양해를 구할 수 없었다.

"저는 뛰어난 타자수입니다. 게다가 능력이 되는 만큼 일도 열심히 합니다. 탐정 회사가 맡은 사건들 가운데 굵직굵직한 사건들도 다 살펴보았습니다. 야근도 싫어하지 않습니다. 그런데 예고도 없이 곯아떨어지는 심각한 단점이 있습니다. 이 회사의 가장 중요한 모토에 비추어 보면 이런 증상이 있는 직원이란 참 아이러니하죠, 하지만 이런 단점을 다른 것으로 메우려고 노력을 기울인 결과 일에 대한 열의는 기대 이상으로 강렬해졌습니다, 앞으로 코를 골게 될 때를 대비해 미리 사과드립니다."

이제 책상 위에 남은 것이라고는 타자기와 전화기, 스탠드를 제외하면 반짝이는 검은색 도시락 통뿐이었다.

에밀리는 책상 앞으로 돌아 나와서 언원의 모자를 받으려고 손을 내밀었다. 언원이 모자챙을 꼭 쥐고 주지 않았다. 그러자 비서는 모자를 꽉 쥐고 그의 손에서 힘이 빠질 때까지 잡아당겼다. 그녀는 트릴비의 먼지를 탈탈 턴 후 옷걸이에 걸었다.

에밀리는 언원에게 바짝 붙어 있었다. 그러자 그 방은 둘만 있기도 너무 좁게 느껴졌다. 공기 중에 그녀의 향수 냄새가 났다. 라벤더 향이었다. 그녀가 서류 가방을 받으려고 손을 내밀었다. 그러자 그는 양손으로 가방을 감싼 채 가슴에 꼭 안았다.

"괜찮아요. 이게 제 일인걸요."

그녀가 미소를 지으며 말하자 삐뚤빼뚤한 치아가 보였다.

그랬다. 언원과 달리 비서는 자신이 맡은 일이 뭔지 잘 알았다. 둘이서 이제 무엇을 해야 할까? 언원은 14층에 있는 자신의 책상에 앉아 있으면 뭔가 좋은 생각이 떠오를 것 같았다. 그곳에는 항상 타자를 쳐 두어야 할 라벨과 분류해야 할 서류철이 있었다. 분류는 알파벳순이나 오래된 사건순, 최신 사건순으로 해야 했다. 언원은 그런 사소한 업무도 즐겁게 처리하던 터라 그런 업무와 이렇게 이별하고 싶지 않았다.

그가 코트에서 한쪽 팔을 빼고 가방을 다른 손으로 옮겨 잡는 동안 에밀리는 코트를 스르르 벗겨 모자 아래 걸었다. 그녀는 언원이 미처 알아차리기도 전에 우산도 받아 들었다.

"나는 할 일이 많아요."

언원이 말했다.

에밀리는 양손을 맞잡은 채 서서 말했다.

"물론 우리 사건에 대해서 모두 들을 준비가 되어 있습니다. 탐정님은 이미 관찰자와 이야기를 나누고 오셨을 테니까요."

"나는…… 그 신사와 상의를 했죠."

그가 대답했다.

그때 누군가 노크를 했다. 언원이 말릴 새도 없이 에밀리가 냉큼 문을 열어 주었다. 복도에는 빳빳하게 풀을 먹인 하얀 셔츠와 노란색 멜빵을 한 남자가 서 있었다. 언뜻 봐서는 나이를 짐작할 수 없었다. 헝클어진 금발 머리를 보면 열세 살가량의 소년 같았다. 하지만 망설임 없이 차분한 태도로 방으로 들어서자 나이가 더 들어 보였다. 그는 갈색 종이로 포장된 구두 상자만 한 소포를 들고 있었다.

"탐정님의 배달원이 왔습니다."

에밀리는 언원이 마치 그들과 떨어진 곳에 있는 것처럼 말했다.

언원은 꾸러미를 받아서 포장을 뜯었다. 그 모습을 비서와 배달원이 지켜보았다. 안에는 탐정 찰스 언윈의 탐정 회사 신분증이 들어 있었다. 게다가 권총도 있었다. 언윈은 상자를 재빨리 닫으며 물었다.

"이걸 누가 보냈죠?"

"그 정보는 전달 사항에 없습니다."

배달원은 멜빵의 끈을 엄지손가락으로 훑으며 말했다.

언윈이 전에 상대해 보니 배달원들은 대체로 자신의 업무와 관련된 규정을 자신에게 유리하게 이용하는 경향이 있는 무뢰배 같은 부류였다. 이 배달원도 분명 예외가 아니었다.

"이걸 언제 보냈는지 알려 줄 수 있나요?"

언윈은 일단 물어나 봤다.

배달원은 그 질문을 받아들이면 두 사람 모두에게 수치라는 듯 천장만 바라보았다.

"그럼 지금 전달 사항을 받아갈 수 있나요?"

언윈은 이 질문으로 배달원이 꼼짝달싹 못하게 되었다는 사실을 알아차렸다. 배달원은 짐 꾸러미든 말이든 전해 받은 것만 전달해야 한다. 그리고 언제든 부탁을 받으면 메시지를 전해야 했다. 언윈의 질문에 그는 한숨을 쉬며 멜빵에서 손을 뗐다.

"말요? 글요?"

"글입니다. 에밀리, 방금 뛰어난 타자수라고 했죠?"

"네, 탐정님."

에밀리는 타자기로 돌아가 탐정 회사의 인장이 찍힌 깨끗한 종이 한 장을 끼웠다. 그녀는 키보드 위로 양손을 올린 후 고개를 왼쪽으로 살짝 기울였다. 두 눈이 저 멀리 조용한 곳을 지긋이 바라보는 것처럼 살짝 멍해졌다.

언원이 구술을 시작했다.

"수신인, 쌍점, 36층, 쉼표, 관찰자, 쉼표, 레이미크, 다음 줄, 발신인, 쌍점, 14층, 쉼표, 임시로 29층, 쉼표, 서기, 쉼표, 찰스 언원, 다음 줄.

이제 본문입니다. 관찰자님, 쉼표, 정중하게 요청합니다, 마침표. 최근에 이루어진 저의 승진 건을 즉시 살펴봐 주시기 바랍니다, 마침표. 무언가 착오가 있었던 것 같습니다, 마침표."

에밀리는 자신감 있는 태도로 약간은 요란스럽게 타자를 쳤다. 복잡한 피아노 곡의 악보를 한 장씩 넘기듯 먹끈 걸개를 자연스럽게 밀어 다음 줄로 넘어갔다. 문장이 끝날 때마다 손가락이 키 위로 춤추듯 날아올랐다. 그녀가 일을 하는 모습을 보며 언원은 의지를 확고하게 다졌다.

"아시다시피 저는 트래비스 T, 마침표, 시바트 탐정의 사건 파일들만 담당을 하고 있습니다, 마침표. 당연히 저는 최대한 빨리 원래의 업무로 복귀하고 싶습니다, 마침표. 이 메시지에 회답을 주시지 않는다면 문제가 해결된 것으로 알고 앞으로는 필요한 경우 외에는 성가시게 굴지 않겠습니다, 마침표. 물론 보고서를 한 부 보내 드리겠습니다, 마침표."

에밀리는 타자기에서 종이를 꺼내서 세 부분으로 접은 후 봉투에 넣었다. 배달원은 봉투를 가방에 넣고 나갔다.

언윈은 소매로 이마를 닦았다. 배달원은 곧장 36층에 있는 레이미크의 사무실로 올라가 시체를 발견할 것이다. 그러면 언윈은 그 사실을 직접 보고해야 할 책임에서 벗어날 것이다.

에밀리가 생각에 잠긴 채 말문을 열었다.

"서기라. 이거 완벽한 위장인데요, 탐정님. 범죄자들은 당연히 평범한 서기를 과소평가하겠죠. 서기가 자신들의 계획을 저지할지도 모른다는 사실을 상상조차 하지 않을 거예요. 탐정님은 지금 이 역할에 잘 어울리세요. 제 말에 마음 상하지는 마시고요. 탐정님이 외부뿐 아니라 회사 내부도 속이려고 하시는 걸 보면 분명 이번 사건은 내부 사정이겠군요. 역시 시바트 탐정님을 이을 분으로 탐정님을 고른 이유가 있었어요."

에밀리는 자리에서 일어나 몸짓으로 방의 안쪽을 가리켰다. 쭈뼛거리는 모습은 벌써 사라졌다. 훌륭한 타자 실력을 뽐낸 덕인지 어느새 자신감을 되찾았다.

"탐정님, 개인 사무실로 안내해 드리겠습니다."

책상 뒤에는 문이 하나 있었는데, 벽과 똑같은 칙칙한 색으로 칠해져 있었다. 그래서 언윈이 문을 미처 알아보지 못했던 것이다. 에밀리는 은은한 녹색 불빛에 감싸인 방으로 언윈을 안내했다. 담배 연기 냄새가 배어 있었지만 어두운색 카펫을 깔고 그보다 더 어두운색의 벽지를 발라 놓아 나무가 빽빽이 들어선 숲에서 나무를 약간 베어 내고 만든 공터에 와 있는 느낌이 났다.

하나뿐인 창문은 14층보다 훨씬 전망이 좋았다. 창가에 서니 오래된 항구 마을에 오밀조밀 들어선 건물의 지붕과 마을 너머 거대한 회색 반점처럼 펼쳐진 만이 눈에 들어왔다. 만에는 여러 선박에서 피어오르는 연기와 비가 뒤섞여 있었다. 시바트가 사건에 대한 보고서를 작성하는 동안 때때로 눈길을 돌렸을 때 바로 이런 풍경이 눈에 비쳤으리라. 저 아래 바다 근처로 시선을 돌리자 다 허물어져 가는 '칼리가리 카니발'이 보였다. 오랫동안 이넉 호프만이 자신의 본거지로 삼았던 곳이었다. 시바트 탐정님이 의자에 편안히 앉아 적수의 소굴을 볼 수 있었다니 기분이 묘하군. 언원은 이런 생각이 들었다.

호프만의 소식은 오래전에 끊어졌다. 11월 12일을 훔친 남자 사건이 일어난 후 구 년 동안 아무도 소식을 몰랐다. 카니발은 폐허가 되었다. 혹시 시바트도 사라진 걸까? 문득 시바트의 보고서를 보다가 은퇴 계획을 살짝 알아차렸던 일이 떠올랐다. 물론 언원은 그런 내용은 신중하게 삭제했다. 필요 없는 내용이기도 했거니와 시바트가 수사중인 사건이 없어 우울해하는 시기가 찾아올 때마다 우울한 분위기의 보고서를 보냈기 때문이었다. 이런 보고서는 11월 12일 사건 이후 눈에 띄게 잦아졌다. 그래서 언원은 오로지 자신만이 시바트가 그 사건으로 겪는 고통을 알고 있다고 짐작했다.

'나는 그녀를 잘못 보았네.'

아마 시바트는 클레오파트라 그린우드를 염두에 두고 그렇게 썼을 것이다. 정말 그랬다. 시바트는 그녀를 잘못 보았다.

시바트의 은퇴 계획에는 시골 어딘가에 있는 작은 집에서 회고록을 쓰는 것도 있었다. 시바트의 묘사가 어찌나 세세한지 언원은 깜짝 놀랐다. 그의 계획에는 마을의 북쪽 끝에 있는 강가 근처 숲속의 작고 하얀 집이며 블랙베리 덤불로 뒤덮인 비탈, 타이어 그네, 연못 등이 나왔다. 게다가 숲속의 공터로 이어지는 오솔길도 있었다.

'낮잠 자기 좋은 곳.'

탐정은 공터를 이렇게 묘사했다.

언원은 시바트가 끝내 그런 집을 못 찾을 수도 있다는 사실을 깨달았다. 뭔가 끔찍한 일이 벌어졌을 것이다. 36층에 시체가 왜 있었겠는가?

언원의 생각을 읽기라도 한 듯 에밀리가 불쑥 말문을 열었다.

"그분의 실종에 관해 공식적인 발표는 전혀 없어요."

"비공식적인 발표는 있나요?"

그 말에 에밀리가 인상을 썼다.

"탐정님, 비공식적인 발표 같은 건 없어요."

언원이 고개를 끄덕이며 말라붙은 목으로 침을 삼켰다. 비서와 이야기를 할 때조차도 신중하게 표현을 골라야 할 것 같았다.

에밀리는 책상 위 스탠드를 켰다. 이제야 목재 서류 캐비닛과 방문객용 의자들, 텅 빈 책꽂이, 구석의 낡은 선풍기 등이 눈에 들어왔다. 언원은 서류 가방을 바닥에 놓고 의자에 앉았다. 의자는 너무 컸고 책상은 터무니없을 정도로 넓었다. 그는 신분증과 권총이 든 상자를 타자기 옆에 내려놓았다.

에밀리는 뒷짐을 진 채 앞에 서서 기다렸다. 에밀리가 서기라는 신분이 위장이 아니라는 사실을 알게 되면 어떻게 할까? 라벤더 향수 냄새와 시바트의 담배 냄새가 뒤섞인 냄새에 코가 간질거렸다. 머리도 어질어질했다. 그는 점잖게 고개를 끄덕여 그녀를 내보내려고 했다. 그러나 에밀리는 같이 고개를 까닥일 뿐이었다. 그녀는 나갈 생각이 없었다.

언원이 말했다.

"당신은 직무에 요구되는 조건을 갖추는 훈련은 물론 탐정 회사에서 실시하는 기본 연수를 다 이수했겠군요."

"물론이죠."

"그렇다면 지금 이 순간 내가 당신에게 무엇을 기대하는지 말할 수 있겠죠?"

에밀리는 다시 인상을 썼다. 이번에는 아까보다 더 어둡고 경계하는 듯한 표정을 지은 것만 달랐다. 언원은 비서가 오랫동안 이날을 고대했다는 사실을 알 수 있었다. 마침내 첫 지시를 받는 날을 말이다. 그는 비서가 실망할 위험을 감수하고 질문을 했다. 문득 비서가 정말로 실망하게 되면 위험할 거라는 생각이 들었다.

그녀는 자신이 처한 상황에 대해 달리 생각하기로 한 듯 갑자기 환한 표정을 지었다.

"지금 절 시험하시는 거군요!"

눈을 감은 에밀리는 눈꺼풀 뒤에 적힌 내용을 읽으려는 것처럼 고개를 살짝 뒤로 젖히고는 암송하듯 대답을 했다.

"새 사건을 맡은 날 탐정은 비서에게 비서가 알아 둬야 한다고 생각되는 세세한 부분들을 알려 준다. 대체로 문서 보관소에서 찾아낸 관련 사건의 정보뿐 아니라 중요한 연락처와 날짜 등을 이른다."

언원은 커다란 의자에 등을 기댔다. 그는 저 위에 수수께끼를 가득 품은 채 누워 있는 시체를 떠올렸다. 뭔가가 등을 타고 올라오는 것 같았다. 얼른 떼서 던져 버리지 않으면 오히려 자신이 무덤에 내동댕이쳐질 것만 같았다. 레이미크는 그에게 무슨 사건을 맡기려 했을까? 그게 뭐든 언원은 손톱만큼도 관여하고 싶지 않았다.

그가 말문을 열었다.

"에밀리 양, 당신은 예리한 지성의 소유자군요. 이제 믿을 수 있겠어요. 짐작한 대로 이번 사건은 내부 사정입니다. 우리 앞에 놓인 CEU001호 사건 때문에 내가 지금 이 자리에 있는 겁니다. 우리의 임무는 간단합니다. 트래비스 T. 시바트 탐정님을 찾아서 가능한 한 빨리 업무에 복귀하도록 설득하는 거죠."

언원은 말을 하면서 계획을 짰다. 비서가 잘 도와준다면 시바트가 탐정 회사로 복귀할 때까지 탐정 행세를 할 수 있을 것이다. 그러면 시바트는 관찰자의 시체며 트루즈데일 양의 줄기가 긴 장미 사건이며 레이미크의 사무실에서 발견한 레코드판에 대해 합당한 설명을 찾아낼 것이다.

에밀리는 언원의 이야기에 완전히 빠져 있었다.

"그러면 단서는요, 탐정님?"

"아무것도 없어요. 하지만 이곳은 원래 시바트 탐정님의 사무실이잖아요."

언원이 탐정의 책상을 뒤지는 동안 에밀리는 서류함을 살폈다. 첫 번째 서랍에는 레이미크의 요청으로 미리 옮겨진 자신의 개인 물품이 들어 있었다. 작은 글씨를 볼 때 필요한 돋보기와 탐정 회사에서 십 년 근속 기념으로 받은 은제 종이칼, 아파트의 여분 열쇠였다. 두 번째 서랍에는 타자 용지만 잔뜩 들어 있었다. 그걸 본 순간 언원은 더 이상 참을 수가 없었다. 용지를 몇 장 꺼낸 후 한 장을 타자기에 끼웠다. 타자기는 좋은 모델이었다. 암녹색 본체에 동그란 키는 검은색이고 타이프 바는 은색으로 반들반들 빛이 나는 게 전체적으로 날렵하면서도 진중한 느낌이 났다. 이때까지 언윈이 탐정으로 승진해 좋다고 느낀 것은 이 타자기를 보았을 때뿐이었다.

"텅 비었어요. 아무것도 없어요."

에밀리는 서류함을 모두 살펴보고 서가로 발걸음을 옮기며 말했다.

언윈은 비서의 말을 들은 체 만 체하며 여백을 살펴보고 좌우의 맞추개를 조정했다. (그는 개인적으로 좌우의 여백을 정확하게 사 센티미터로 맞추기를 좋아했다.) 그는 E와 S처럼 자주 쓰는 철자 몇 개와 스페이스 바를 살짝 눌러서 스프링이 얼마나 팽팽한지 알아보았다. 결과는 만족스러웠다.

그는 키보드를 두드리지 않고 허공에서 손가락을 움직이며 타자를 치는 시늉을 했다. 보고서를 당장 작성하고 싶어 좀이 쑤셨다! 이렇게 시작하면 될 것 같았다. '오늘', 이렇게 쓴 다음에 '아침에.' 바로 이거야. '오늘 아침에 커피 한 잔을 산 후.' 이건 아니지. 커피가 아니야. 커피로 시작할 수는 없었다. 그렇다면 '나'는 어떨까? '나'로 시작하면 어떤 식으로든 문장을 시작할 수 있다. '나는 유감스럽게도 이러저러한 보고를 하게 되었습니다'로 시작하면 괜찮을 것 같았다. 아니면 '나는 중앙역에서 새뮤얼 피스라는 탐정에게 이야기를 나누자는 말을 들었습니다.' 아니면 '나는 서기입니다. 일개 서기일 뿐입니다. 그런데 지금 탐정들이 쓰는 엄청나게 큰 책상에 앉아 이 글을 쓰고 있습니다.' 안 돼, 이렇게는 안 되겠어. '나'로 시작해서는 아무것도 안 되었다. 너무 개인적이었고 주제넘어 보였다. 아무래도 '나'는 배제해야 할 것 같았다.

에밀리가 다시 책상 앞으로 다가와 숨 쉴 틈도 없이 말을 내뱉었다.

"여기에는 아무것도 없어요, 탐정님. 관리인이 말끔하게 뒷정리를 해 버렸어요."

그 말에 언원은 좋은 생각이 퍼뜩 떠올랐다.

"내 말 잘 들어 봐요. 베테랑 서기의 꼼수를 한 가지 알려 줄 테니까. 14층 사람들 사이에는 업계 비밀 같은 게 있어요."

"탐정님도 손 놓고 계신 것만은 아니군요."

그는 비서에게 좋은 인상을 남길 기회가 생겨서 뿌듯했다. 잘만 하면 신뢰도 얻을 수 있으리라.

"14층처럼 정신없이 바쁜 곳에서는 때로 문서가 없어지기도 해요. 아주 드문 일이니까 신경 쓰지 말아요. 서류함 밑으로 들어갔거나 실수로 누군가의 점심 쓰레기와 함께 버려졌을 수도 있죠. 에밀리 양이 방금 한 말로 생각이 났는데, 의욕에 찬 관리인이 청소를 한답시고 버렸을 수도 있어요."

언원은 타자기의 뚜껑을 열고 먹끈 통을 살며시 비틀어 뺐다.

"먹지로 만든 복사본이 없는 경우에는 없어진 문서를 복구할 수 있는 방법이 딱 하나 있어요. 타자기 먹끈 표면에 새겨진 글자들은 말이죠, 워낙 희미해서 환한 불빛에서 꼼꼼하게 살펴봐야 알아볼 수 있지만 이미 종이에 찍힌 것들이에요. 여기 이 먹끈에는 사용한 흔적이 별로 없지만 시바트 탐정은 분명히 이걸로 작업을 했을 거예요."

그는 타자기 먹끈을 에밀리의 손에 쥐여 주었다. 그녀는 의자를 책상 가까이 끌고 와 앉았다. 언원은 스탠드의 각도를 먹끈이 가장 잘 보이도록 조정했다. 그녀는 양손에 통을 들고 먹끈을 죽 풀었다. 스탠드 불빛에 커다란 안경이 반짝거렸다.

언원은 타자기에 막 끼웠던 종이를 빼고 가방에서 펜을 꺼냈다.

"내게 읽어 줘요, 에밀리 양."

그녀는 눈을 가늘게 뜨고 먹끈에 남은 흔적을 읽기 시작했다.

"관물박립시. 이게 뭘까요? 암호일까요?"

"설마요. 먹끈에 남은 첫 글자는 시바트 탐정님이 마지막으로 친 글자겠죠. 그러니까 우리는 이걸 거꾸로 읽어야 합니다. 계속 읽어요."

에밀리는 또다시 조급해했다. (언원은 그편이 의심을 하는 것보다 낫다고 생각했다.) 그녀는 타자기 먹끈을 읽으며 내내 손을 떨었다. 이십 분 후 그녀의 손은 온통 잉크 범벅이 되었다. 언원은 이렇게 읽으면 될 거라고 생각하며 최종본을 타자로 쳤다.

수요일. 터무니없는 헛소리로 들리겠지만 나는 생각지도 못한 곳에서 튀어나온 뭔가를 위해 배정받은 사건을 다 제낄 생각이네. 규칙 따위, 알게 뭐야. 나는 규칙을 너무 잘 알아서 때로는 위반해도 되는 권리를 얻은 것 같다네. 그러니 어이, 서기, 자네가 이 보고서를 혹시라도 보게 된다면 부디 이 사실을 알아주게. 내가 아주 희한한 방법으로, 세상에 전화로 말일세, 나는 몰랐지만 나를 잘 알고 있는 자에게 연락을 받았다네. 그러니까 그자는 내 이름을 알더라 이 말일세. 번호는 어떻게 알아냈을까? 나도 내 전화번호를 모르는데 말이야. 그 사람이 이렇게 말하더군.

"트래비스 T. 시바트 씨?"

그래서 내가 대답했지.

"그렇소."

그러자 그가 말했어.

"우리는 의논할 일이 많습니다."

뭐 이런 식이었어. 그는 시내의 어느 으리으리한 건물에 있는 카페에서 만나자더군. 아마 배후에 호프만이 있을 거야. 함정이겠지. 그렇지 않겠나? 오늘 내 보고서는 이걸로 끝이네. 나는 이제 그곳으로 가네. 시립 박물관.

  언원은 그 글을 두 번 읽은 후 비서에게 건넸다. 그녀는 내용을 읽은 후 물었다.

"그 전화가 최고령 피살자 사건과 관계가 있을까요?"

언원은 그녀가 시바트의 사건들에 대해 잘 알리라 짐작했어야 했다. 하지만 자신이 만든 사건명을, 처음 만난 사람이, 그것도 서기도 아닌 사람이 입에 담는 모습을 보니 오싹한 기분이 들어 그만 움찔하지 않을 수 없었다. 에밀리는 그의 반응을 나서지 말라는 뜻으로 받아들였는지 시선을 떨어뜨렸다.

물론 에밀리의 추측이 옳을 가능성도 배제할 수 없었다. 다시 말해 그 전화는 십삼 년 전 문서 보관소로 보냈던 사건, 즉 박물관의 오래된 시체와 관련이 있을지도 모른다. 문득 레이미크 앞으로 온 소형 승강기의 메모가 떠올랐다.

'잠자는 시체는 그대로 둬요.'

P가 조언 속에 언급한 '시체'가 바로 그 '사건'은 아닐까?

그런 건 중요하지 않았다. 언원은 시바트만 찾으면 되었다. 그리고 용케 행선지를 알아냈다. 그는 새 신분증을 들어 소매에 문질러 닦았다. 반짝반짝 빛나는 탐정 회사의 외눈에서 '탐정 찰스 언원'의 모습이 뒤틀려 보였다. 이 글자는 누가 새겼을까? 그는 재킷 주머니에서 서기의 신분증을 꺼내고(그곳에는 번쩍이는 그림 따위는 없었다. 타자로 친 닳고 닳은 카드뿐이었다) 새로운 신분증을 집어넣었다. 적어도 스크리드를 다시 만날 때 이 신분증이 쓸모가 있을 것이다. 그러면 총은? 총은 낡은 신분증과 함께 책상에 넣었다. 총이 필요할 일은 없을 것이다.

에밀리가 그를 따라 바깥 사무실로 나왔다. 그는 비서가 도우려는 것을 거절하면서 코트와 모자, 우산을 선반에서 집어 들었다.

"어디로 가세요?"

비서가 물었다.

"시립 박물관으로 갈 거예요."

문득 상황이 상황이니만큼 뭔가 기운을 북돋을 만한 말을 해 주어야 할 듯싶었다. 그래서 예전에 신문에 실렸던 탐정 회사 광고에서 본 문구를 써먹기로 했다.

"이 사건에서 우리는 좋은 팀이 될 거예요. 진실이 우리의 목적이니까요."

그러자 에밀리는 이렇게 대꾸했다.

"하지만 협박을 받을 때 쓸 비밀 신호도 연습해 보지 않았잖아요."

언윈이 손목시계를 힐끔 봤다.

"꼭 필요하다고 생각하면 직접 만들어 봐요."

"지금 당장요?"

"당신 생각이잖아요, 에밀리 양."

그녀는 그렇게 하면 생각을 더 잘 볼 수 있다는 듯이 다시 눈을 감았다.

"좋아요, 이건 어떨까요? '악마는 세부 사항에 있다'고 하면 '그러면 더블린 인 버블리'라고 대답하는 거예요."

"좋아요. 그거면 되겠어요."

에밀리는 여전히 거대한 안경 뒤의 눈을 가늘게 뜨고 있었다. 걱정 탓인지 짜증 탓인지 아니면 둘 다인지 모르겠지만. 언원은 에밀리에게 할 일, 그러니까 업무를 만들어 주어야 했다. 가방에 든 레코드판은 시바트 탐정의 사건 파일 같은 것이므로 시바트를 찾는 데 쓸모가 있을지도 몰랐다.

"에밀리 양, 맡길 일이 있어요. 축음기를 찾아와요. 여기라면 어딘가에 분명히 있을 거예요."

언원은 비서가 지시에 만족했는지 살펴볼 겨를도 없이 몸을 돌려 문으로 향했다. 막 문의 손잡이를 잡은 손이 밖에서 뭔가 움직이는 듯한 소리에 그대로 얼어붙어 버렸다. 창문에 그림자가 어른거렸지만 노크 소리는 들리지 않았다. 누군가 엿듣고 있었던 것이 분명했다. 더 나쁜 상황인지도 몰랐다. 마침내 레이미크의 시체가 발견되어 누가 그를 신문하려고 온 것이다.

언원은 고갯짓으로 비서에게 가만히 있으라고 한 후 가방을 내려놓았다. 침입자는 마치 자신만의 비밀 신호를 보내는 것처럼 유리를 아주 살짝살짝 두드리고 있었다. 언원은 검을 치켜들기라도 하듯 우산을 머리 위로 쳐든 후 문을 활짝 열어젖혔다.

그 바람에 복도에 있던 남자가 뒤로 벌러덩 나자빠졌다. 손에 들고 있던 양동이에서 검은색 페인트가 쏟아져 남자의 옷과 턱, 광을 낸 바닥으로 튀었다. 남자는 뒤따라올 공격에 자신을 방어

하기 위해 페인트 붓을 머리 위로 쳐들었다.

언원은 우산을 내리고 문에 난 유리창에 페인트로 갓 쓰인 글자를 바라보았다. '탐정 찰스 언'이었다. 뒤는 없었다. 왜냐하면 글씨를 쓰던 남자가 일어서서 붓을 페인트 양동이에 꽂은 후 뒤를 돌아 투덜거리며 승강기로 가 버렸기 때문이다.

때맞춰 스크리드 탐정의 사무실 문이 열렸다. 그는 바닥에 쏟아진 페인트와 복도를 따라 이어진 검은 발자국을 보았다. 그는 지저분한 것을 닦아 내려는 듯 재킷에서 손수건을 꺼내더니 대신 자신의 이마를 훔쳤다. 그러고는 문을 다시 쾅 닫았다.

"에밀리 양, 관리인에게 연락을 해요. 부탁해요."

지시를 마친 언원은 페인트를 훌쩍 뛰어넘어 복도를 걷기 시작했다. 구두에서 연신 끽끽 소리가 났다. 사무실 문이 연달아 열리고 그때마다 탐정들이 나와 그를 보았다. 그들 가운데에는 스크리드와 함께 승강기에서 보았던 탐정 두 명도 있었다. 문에 적힌 이름에 따르면 한 명은 피크고 다른 한 명은 크랩트리였다. 두 사람은 언원이 지나가자 고개를 절레절레 흔들었다. 특히 피크는 옷깃 근처에 난 발진을 여전히 북북 긁으며 조롱하듯 휘파람을 불었다.

05
기억에 대하여

서류로 뒤덮인 책상을 상상해 보라.
지금 당신의 머릿속에는 온통 책상 생각뿐이다.
이제 그 뒤에 서 있는 파일 서랍장을 떠올려라. 당신이 아는 것은 그것뿐이다.
책상과 파일함을 최대한 가깝게 두는 것이 바로 요령이다.
그러면 서류를 깔끔하게 보관할 수 있다.

언원은 바닥이 흠뻑 젖고 그림자가 드리운 드넓은 시립 공원
을 따라 북쪽으로 자전거 페달을 밟았다. 이 시간에는 길가의 차
들도 점점 드물어졌다. 하지만 지나가는 마차를 피하느라 두 번
이나 인도로 올라가야 하기도 했다. 한번은 방향을 틀다가 파라
솔을 펼친 땅콩 노점에 너무 가깝게 붙는 바람에 욕을 먹었다.
시립 박물관에 도착할 즈음 언원의 양말은 또 흠뻑 젖어 버렸다.
자전거에서 훌쩍 뛰어내린 언원은 지나가는 버스가 튀기는 흙탕
물을 펄쩍 피한 후 가로등에 자전거의 체인을 걸었다.

박물관 입구 한쪽에 있는 분수는 폐쇄되었다. 하지만 빗물이
분수에서 흘러 넘쳐 인도를 지나 배수로로 흘러 들어갔다. 그곳

의 주변 풍경은 저주를 받은 듯 지리멸렬했다. 언원은 박물관이 방문객을 반기기보다 그들로부터 비밀을 지키기 위한 곳 같다는 인상을 받았다. 그는 곧장 몸을 돌려 집으로 가고 싶은 마음을 애써 참았다. 한 발씩 앞으로 내디딜 때마다 자신의 행동을 해명하는 보고서의 길이도 따라서 길어졌다. 하지만 예전 업무로 복귀하려면 먼저 시바트부터 찾아야 했다. 사라진 시바트의 행선지가 바로 박물관이었다.

언원은 우산을 기울여 매섭게 몰아치는 습기 찬 바람을 막으며 널찍한 계단을 올라갔다. 박물관의 회전문을 통과하는 사람은 그 혼자뿐이었다.

그레이트 홀을 덮은 유리 돔에서 들어온 빛이 안내소와 매표소, 갤러리 입구 옆에 늘어선 활엽수 화분들을 흐릿하게 비추었다. 그는 식기가 짤그랑거리는 소리를 따라 구내 카페로 향했다.

남자 세 명이 카운터 자리에 앉아 등을 구부리고 말없이 점심을 먹고 있었다. 열 개가 넘는 테이블 가운데 빈 곳은 한 군데뿐이었다. 카페 안쪽에서 금발 턱수염을 뾰족하게 기른 남자가 휴대용 타자기로 일을 하고 있었다. 남자는 손을 멈추거나 생각을 할 때마다 노래를 흥얼거리며 빠르게 타자를 쳤다.

언원은 카운터로 가서 칠면조와 치즈를 넣은 호밀 빵 샌드위치를 주문했다. 수요일에 먹는 샌드위치였다. 세 남자는 스프를 조심히 먹는 데만 집중했다. 주문한 음식이 나오자 언원은 금발 턱수염을 가진 남자 근처 테이블에 자리를 잡았다. 그는 접시 옆에 모자를 뒤집어 놓고 서류 가방을 바닥에 내려놓았다.

뻣뻣한 턱수염은 남자가 일을 하는 동안 연신 움직였다. 그가 타자로 치는 글자를 소리 없이 계속 따라 읽었기 때문이다. 언원은 종이 윗부분이 말려 흘러내린 것을 보았다. 타자 내용을 힐끔 보니 '매일 같은 시간에 점심을 먹는다'와 '직장 동료와는 거의 말을 하지 않는다'라는 구절이 보였다. 좀 더 읽기도 전에 남자가 어깨 너머로 언원을 보고 종이를 바로 세웠다. 인상을 쓰자 턱수염이 얼굴에서 뻣뻣하게 들고 일어났다. 남자는 다시 타자에 정신을 집중했다.

언원은 그동안 탐정의 활동에 대해 그렇게 많이 읽었지만 정작 자신은 수사를 어디서부터 어떻게 시작해야 할지 난감했다. 시바트는 누구를 만났으며 둘 사이에 무슨 일이 있었을까? 이제 와서 이곳에 온다고 무슨 소용이 있을까? 시바트의 표현을 빌리자면 이 길은 이미 '차갑게 식었는데' 말이다.

언원은 서류 가방을 열었다. 『탐정 매뉴얼』을 절대 보지 않겠다고 다짐을 했지만 일단 탐정 역할을 하기로 한 이상 대충 훑어보기라도 해야 할 것 같았다. 그는 상황을 돌파해 나갈 최초의 실마리를 찾는 데 도움이 될 정도로만 읽어 보자고 마음먹었다. 어떻게 시작하는지만 알면 돌파구는 쉽게 찾아낼 수 있을 것 같았다.

그는 책을 양손에 쥐고 뒤집었다. 표지를 싼 천의 가장자리가 닳아 있었다. '이 책 덕분에 목숨을 몇 번이나 구했지.' 피스 탐정은 이렇게 말했다. 하지만 언원은 이런 책이 있다는 이야기조차 들어 본 적이 없었다. 그런 것을 보면 탐정 회사는 이 책의 존재를 비정규직 직원들에게는 알리고 싶지 않은 것이 분명했다. 그는 책을 테이블 대신 다리 위에 놓고 펼쳤다.

탐정 매뉴얼

절차와 현장, 방법론적 문제를 기술하고,

유용한 도판과 그래프를 곁들여

적절한 사례를 정확하게 설명하고,

심화 학습을 위한 연습 문제와 실험, 제안을 곁들인 부록이 포함된

현대의 탐정을 위한 기술과 조언을 담은 개요서

제4판

그는 목차로 넘어갔다. 장마다 수사 진행의 일반적인 요소에서부터 다양한 감시 기술과 신문법에 이르기까지 수사 기술의 세부 항목을 하나씩 집중적으로 다루었다. 하지만 주제의 범위가 너무 광범위해서 언원은 무엇부터 읽어야 할지 결정을 내릴

수 없었다.

색인을 뒤져 봐도 그의 상황에 딱 들어맞는 것이 아무것도 없었다. 다만 '사건 초기에 실마리로 보이는 수수께끼'라는 항목이 관련이 있어 보였다. 그는 해당 면을 찾아 읽기 시작했다.

미숙한 탐정의 경우 유력한 단서를 몇 가지 잡았을 때 가능한 한 즉시 그것들을 추적하고 싶어 할 것이다. 하지만 수수께끼는 암실과 같아서 그 안에는 무엇이 웅크리고 있다고 해도 이상하지 않다. 사건이 이 단계라면 당신보다 당신의 적들이 더 많이 알고 있다. 뒤집어 말하자면 그런 이유로 그들이 당신의 적인 것이다. 그러므로 특히 조사를 시작할 때는 에둘러 처리하는 것이 무엇보다 중요하다. 이를 따르지 않으면 무슨 행동을 하든 그것은 당신의 주머니를 뒤집어 보이고, 머리 위에 램프를 밝히고, 셔츠 가슴팍에 표적을 붙이는 것이나 다름이 없다.

축축한 양말에 자리 잡고 있던 한기가 다리를 타고 올라오더니 배 속으로 스며들기 시작했다. 바보 같은 실수를 몇 개나 저지른 걸까? 언원은 몇 쪽을 더 읽었다. 그리고 수사 과정의 기본을 다룬 장들의 시작 부분들도 훑어보았다. 『탐정 매뉴얼』은 읽는 족족 그를 위해 특별히 마련된 경고인 것 같았다. 그는 또 다른 신분을 준비하고, 변장을 하고 오거나 뒷문으로 들어왔어야 했다. 확실히 무기를 지녔어야 했다. 줄줄이 예시된 사건 파일을 보면서 언원은 탐정들이 이런 기술들을 실제로 쓰고 있다는 사실을 알 수 있었다. 하지만 여러 기법을 심사숙고해서 써먹는 것은 아니었다. 시바트가 정말 그렇게 치밀했을까? 누군가를 따돌렸든 주먹을 먹였든 시바트는 막 그 생각이 떠올랐다는 듯이 행동했다.

언원은 책을 덮고 테이블에 올려놓은 후 위에 양손을 올리고 심호흡을 몇 번 했다. 금발 수염의 남자는 여전히 빠른 속도로 타자를 쳤다. 언원의 눈에 '습관을 보면 지루하지만 잠재적으로 위험한 성격임을 짐작할 수 있다. 텅 비거나 구름이 잔뜩 낀'이라는 구절이 들어왔다. 그리고 막 타자를 친 부분은 이랬다.

'만약 그가 행방을 감춘 탐정과 접촉하고 있다고 해도 그는 그 사실을 모를 것이다.'

이거 어쩌면 행운의 자리가 얻어걸린 것일지도 몰랐다. 언원은 손짓으로 남자의 주의를 자신에게 돌렸다.

남자는 자리에 앉은 채 몸을 돌렸다. 턱수염이 날선 비난을 하는 듯 뾰족했다.

"실례합니다만, 혹시 최근에 시바트 탐정님을 이곳에서 만나신 분 맞습니까?"

언원이 물었다.

남자의 인상이 점점 험악해졌다. 양 눈썹이 축 처짐과 동시에 턱수염이 삼 센티미터 정도 위로 솟았다. 이를 악문 남자는 아무 대답도 하지 않았다. 그러더니 타자기에서 종이를 꺼내 양복 상의에 쑤셔 넣고는 주먹을 꽉 쥔 채 자리에서 일어섰다. 언원은 남자가 곧 공격해 올 거라 확신해 등을 꼿꼿이 폈다. 그러나 남자는 언원의 테이블을 지나 카페의 가장 안쪽으로 쿵쿵거리며 향했다. 그쪽 벽에 공중전화가 달려 있었다. 남자는 수화기를 들어 교환원에게 번호를 말해 준 후 동전 구멍에 십 센트 동전을 넣었다.

카운터 자리의 세 남자가 스프를 먹다가 지친 얼굴로 몸을 돌렸다. 언원은 이 사람들이 자신을 수상쩍게 여기는 건지 타자 소리를 멈추게 해서 고마워하는 건지 분간할 수 없었다. 그냥 고개를 끄덕해 보이자, 그들은 아무 말 없이 먹다 만 점심을 먹기 시작했다.

언원은 책을 다시 집어 들었다. 양손이 덜덜 떨렸다. 책장을 휘리릭 넘기며 낡은 종이 냄새를 훅 들이마시자 문득 화약 냄새가 났다. 그는 자신이 저지른 실수를 하나하나 꼽아 볼 수도 있었다. 지금도 목록에 추가할 짓을 하는 중인지도 몰랐다. 하지만 여전히 어디에서 시작해야 할지 갈피를 잡을 수 없었다.

"그자는 여전히 어디에서 시작해야 할지 갈피를 못 잡고 있습니다."

타자를 치던 남자가 전화기에 이렇게 말하는 소리가 들렸다.

언원은 뒤를 돌아보았다. 지금 제대로 들은 걸까? 금발 턱수염의 남자는 등을 돌린 채 한 손을 전화기 위에 올리고 고개를 숙이고 있었다. 조곤조곤 이야기를 하던 남자는 무언가를 잠시 듣고 있더니 고개를 끄덕였다.

언원은 숨을 깊이 들이쉬었다. 현장에 이제 막 처음 나왔지만 이미 신경이 너덜너덜해진 것 같았다. 언원은 다시 책을 보며 정신을 집중해 보았다.

"지금은 집중을 해 보려고 합니다."

남자는 전화에 대고 이렇게 말했다.

언원은 책을 내려놓고 자리에서 일어섰다. 잘못 들은 것이 아니었다. 영문을 모르겠지만 금발 턱수염의 남자가 지금 언원의 생각을 소리 내어 말하고 있었다. 생각만으로도 언원의 손이 벌벌 떨렸다. 식은땀이 흐르기 시작했다. 카운터의 세 남자가 또다시 몸을 돌려 언원이 카페 안쪽으로 들어가 남자의 어깨를 톡톡 치는 모습을 지켜보았다.

금발 턱수염의 남자가 고개를 들었다. 두 눈이 호전적인 눈빛으로 번득였다.

"다른 전화를 찾아봐요. 내가 지금 쓰고 있는 거 안 보이쇼."

"방금 제 이야기를 하신 겁니까?"

언원이 물었다.

그러자 남자가 수화기에 대고 이렇게 말했다.

"방금 자신에 대해 말했는지 알고 싶다고 합니다."

그는 잠시 듣고 있다가 고개를 몇 번 끄덕이더니 언원에게 이렇게 대답했다.

"아니오, 그런 적 없소이다."

언원은 무시무시한 공포에 사로잡혔다. 당장 몸을 돌려 자신의 자리로 돌아가고 싶었다. 아니, 집으로 돌아가고 싶었다. 돌아가서 『탐정 매뉴얼』에서 읽은 내용도, 그날 자신에게 일어난 일도 깡그리 기억에서 지워 버리고 싶었다. 하지만 그러지 않고 더 생각할 겨를도 없이 남자의 손에서 수화기를 빼앗아 귀로 가져갔다. 언원은 여전히 부들부들 떨고 있었지만 목소리는 차분하게 나왔다.

"이보세요, 내 말 잘 들어요. 당신이 누군지 모르지만 당신 일이나 신경 쓰시죠. 내가 지금 뭘 하는지 당신이 무슨 상관입니까?"

수화기에서는 아무 소리도 나지 않았다. 언원은 수화기를 귀에 바짝 붙였다. 무슨 소리가 들리긴 했다. 하지만 너무 조용해서 전화선의 치지직하는 잡음과 거의 구분이 가지 않았다. 아마도 부드러운 바람에 낙엽이나 종이가 바스락거리는 것 같았다. 다른 소리도 들렸다. 그가 듣고 있는 동안 새가 구슬프게 우는 소리가 들렸다가 사라졌다. 비둘기들이 잔뜩 모여 구구거리는 것 같았다.

언원은 전화를 끊었다. 금발 턱수염의 남자가 쏘아보며 턱을 위아래로 움직였지만 아무 소리도 나지 않았다. 언원은 잠시 그와 눈싸움을 하다가 다시 자리로 돌아와 앉았다. 그리고 주문한 샌드위치를 허겁지겁 먹기 시작했다.

카운터 자리에 앉아 있던 남자 한 명이 의자에서 일어섰다. 그는 박물관 안내원이 입는 평범한 잿빛 제복을 입고 있었다. 하얗게 센 머리는 숱이 적었고 빗질도 하지 않았다. 창백한 얼굴에 검은 눈이 깊이 파묻혀 있었다. 그는 오른손으로 냅킨 한 장을 꾸깃꾸깃 구기면서 수염 사이로 숨을 내쉬며 언원에게 비틀비틀 다가왔다. 테이블 앞까지 와서는 손에 쥔 냅킨을 언원의 모자에 떨어뜨렸다.

"미안합니다. 당신 모자를 휴지통으로 착각을 했군요."

그러자 금발 턱수염의 남자가 다시 전화기에 대고 이렇게 말했다.

"그자가 모자와 휴지통을 착각했습니다."

그런데 안내원이 카페를 나가면서 하필이면 금발 턱수염의 남자가 앉아 있던 테이블로 쓰러졌다. 유리잔이 넘어지면서 타자기 옆에 쌓여 있던 종이에 와락 물이 쏟아졌다. 금발 턱수염 남자는 수화기를 떨어뜨린 채 욕설을 내뱉으며 자리로 달려왔다.

언원은 모자에서 냅킨을 꺼냈다. 푸른색으로 적힌 뭔가가 보였다. 냅킨을 펼친 언원은 급하게 휘갈겨 쓴 메모를 읽었다.

'이곳은 안전하지 않습니다. 그자가 정신이 딴 데 팔려 있을

때 따라오시오.'

그는 냅킨을 주머니에 넣고 물건을 챙긴 후 자리를 떠났다. 금발 턱수염 남자는 젖은 종이에서 물기를 터느라 언원이 나가는 것도 알아차리지 못했다.

박물관 안내원은 언원의 팔을 잡더니 북쪽에 있는 첫 번째 회랑으로 이끌었다. 이름표에 적힌 이름은 에드윈 무어였다. 그는 몸을 기울여 언원에게 귓속말을 했다.

"말을 할 때는 단어를 신중하게 고르세요. 특히 당신은 꼭 그래야 해요. 당신이 무슨 말을 하든 나는 잠이 들기 전에 그 내용을 기억에서 지워 버리려고 귀중한 몇 분을 들여야 하니까요. 내가 끼어들 때까지 기다리게 해서 미안합니다. 당신이 하는 말을 듣기 전에는 당신도 그들 중 한 명인 줄 알았거든요."

"그들 중 한 명이라뇨?"

무어는 걱정스러운 듯 위로 숨을 내쉬었다.

"나도 말할 수 없어요. 처음부터 몰랐을 수도 있고 의도적으로 기억에서 지워 버렸을 수도 있죠."

두 사람은 전투 장비를 전시하는 홀로 들어섰다. 그곳에는 텅 빈 갑옷이 텅 빈 마감 위에 걸터앉아 있었다. 금과 은으로 만든 무기들이 상자에 담겨 번쩍거렸다. 날렵하게 생긴 중세 단검이며 우아한 양날 검, 이연발 바퀴식 방아쇠 권총 등이었다. 언원은 그 무기들을 알고 있었다. 탐정 회사의 무기 색인에 전부 나와 있기 때문이다. 물론 이렇게 오래된 구식 도구에 할애된 면들은 현대에 들어와 좀 더 대중화된 도구들인 권총이나 교살용 흉기, 주물 프라이팬을 다룬 면들에 비해 들춰 볼 일이 별로 없었다.

무어는 말을 할 때 언윈 쪽을 보기는 했지만 시선을 맞추려고 하지 않았다.

"나는 지난 십삼 년 칠 개월하고 며칠 동안 이곳 시립 박물관에서 근무했습니다. 복도들을 지날 때면 항상 같은 길로 가죠. 길을 잃은 아이가 도움을 청할 때처럼 꼭 필요할 때가 아니면 경로를 바꾸지 않습니다. 나는 계속 움직이는 걸 좋아해요. 당연히 전시된 그림을 보는 건 좋아하지 않죠. 여기서 그 세월 동안 근무를 했더니 이제 더 이상 그림을 보지 않게 되었어요. 차라리 텅 빈 화폭이나 하얀 하늘로 난 창문이 더 낫죠."

금발 턱수염의 남자는 이렇게 썼다.

'습관을 보면 지루하지만 잠재적으로 위험한 성격임을 짐작할 수 있다.'

이런 표현도 있었다.

'텅 비거나 구름이 잔뜩 낀.'

그 남자가 타자기로 작성하던 글의 주인공이 무어였을까? 알게 된 사실을 몽땅 잊으려고 애쓰다니 도대체 뭐 하는 사람인가? 살짝 미친 게 틀림없었다. 언윈은 단어를 조심스럽게 고르라던 지시에 신경이 쓰여서 잠시 입을 다물기로 했다.

어느새 두 사람은 널찍하고 둥근 방에 도착했다. 언윈도 아는 곳이었다. 돔 형태의 천장 꼭대기에 난 작은 천창에서 빛이 쏟아져 내려와 받침대에 놓인 유리 관을 잿빛으로 감싸 안았다. 최고령 피살자는 견학을 나온 초등생 어린이들에게 둘러싸여 있었다. 남보다 더 대담하고 호기심이 왕성한 아이들은 관에 더 다가가 구경을 했다. 유리에 얼굴을 바짝 붙이고 들여다보는 아이들도 있었다. 언윈과 무어는 아이들의 인솔자인 등이 구부정한 트위드 코트의 청년이 아이들의 인원수를 확인한 후 데리고 나갈 때까지 잠시 기다렸다. 아이들의 발걸음 소리가 멀어지자 실내에는 머리 위 창문을 때리는 빗소리만이 가득했다.

두 사람은 관으로 다가갔다. 휑한 방 안에 언윈의 구두 밑창 소리가 찍찍 울렸다. 받침대 아랫부분의 바닥에는 명판이 하나 있었는데, 이렇게 새겨져 있었다.

이 보물을 적법한 안식처로 되돌려준 트래비스 T. 시바트 탐정에게 시립 박물관의 이사회는 변치 않을 고마움을 전합니다.

최고령 피살자는 가슴 앞으로 팔짱을 낀 채 옆으로 웅크리듯 누워 있었다. 피부는 노랗고 푹 꺼졌지만 시신이 습지에 유기된 덕분에 수천 년이 흐른 후에도 온전하게 보존되어 있었다. 그는 사냥꾼이었을까? 아니면 농부? 전사나 족장이었을까? 두 눈은 완전히 감기지 않았고 시커멓게 변한 입술도 말려 올라가 무섭다기보다 유쾌해 보였다. 그의 목을 졸랐던 삼노끈이 여전히 목 주위에 꼬여 있었다.

언원이 말했다.

"저는 늘 저 이름이 잘못되었다는 생각을 해 왔습니다. 우리가 발견한 피살자 중에 가장 오래되었을지 몰라도 다른 이에게 목숨을 빼앗긴 최초의 사람은 아니겠죠. 어쩌면 그 자신도 살인자였을지 모릅니다. 아무튼 그는 여전히 우리의 가장 오래된 수수께끼이고 풀리지 않은 문제이죠. 살인 도구는 알지만 동기를 모르니까요."

에드윈 무어는 듣고 있지 않았다. 언원이 말하는 내내 천장을 보다 말했다.

"빛이 더 환하게 비치면 좋을 텐데."

"그건 왜요?"

구름에 일부가 가려지기는 했지만 태양이 돔의 천창에 다다르자 실내가 느닷없이 환하게 밝아졌다.

"자, 봐요. 내가 항상 순찰을 돌 때 같은 길로만 다닌다는 말을 했던가요? 매일 오후 똑같은 시간에 이 방에 도착하기 위해서랍니다. 어떤 여자가 있었어요. 그랬던 것 같아요. 그 여자는 내게 어떤 것을, 바로 이것을 보게 하려고 했어요. 그 여자는 누구였을까요? 다 꿈이었을까요? 나는 되도록 이걸 보지 않으려고 해요, 탐정님. 나는 한두 가지 이야기를 알아요. 오늘이 무슨 요일인지도 알죠. 그 정도만 알면 나머지는 몰라도 크게 상관이 없어요. 하지만, 보세요. 저기를 보라고요. 저것을 알아차렸다고 나를 비난할 수 있겠습니까?"

무어는 유리 관을, 죽은 자의 살짝 벌어진 입술을 가리켰다. 언윈은 처음에 특별한 것을 전혀 보지 못했다. 시바트가 보고서에서 '그럴 수밖에 없어서 웃고 있는 유감천만인 듯한 서글픈 얼굴로, 한잔 사 주고 싶다'고 묘사했던 침울한 얼굴밖에 보이지 않았다. 바로 그때였다. 시체의 입안에서 반짝이는 것이 보였는데, 마치 『탐정 매뉴얼』의 금박 글자처럼 보였다. 그는 우산으로 균형을 잡으며 무릎을 꿇은 채 견딜 수 있는 한 최대한 유리 관에 바짝 붙었다. 그와 미라는 유리 하나를 사이에 두고 마주 보았다. 바로 그때 빛의 위치가 바뀌자 죽은 자의 비밀이 드러났다.

치아 하나가 금으로 때워져 있었다.

우산을 떨어뜨린 언윈이 벌떡 일어나 미라에서 물러나다가 그만 제 발에 걸려 넘어졌다. 그는 숨결이 우산과 함께 빠져나가 그의 손이 닿지 않은 곳을 마구 돌아다니는 것 같은 묘한 기분이 들었다. 그는 우산도 숨결도 모두 필요했다. 하지만 그것들을 잡으러 갈 수 없었다. 그가 서 있는 건 에드윈 무어가 부축해 준 덕분이었다.

'잠자는 시체는 그대로 둬요.'

소형 승강기의 메모에는 그렇게 적혀 있었다. 최고령 피살자의 입안에서 금니가 반짝하고 빛났다. 마치 시신이 그를 말없이 비웃는 것만 같았다. 이 상황이 암시하는 바가 탐정 회사의 문서 보관소 깊숙이까지 들어가 언원의 파일에 다다랐다. 그는 자신이 깨달은 사실을 소리 내어 말했다.

"최고령 피살자는 가짜였군요."

"아니요, 최고령 피살자는 진짜입니다. 다만 이 박물관에 없을 뿐이죠."

무어가 말했다.

방의 바깥쪽에서 발걸음 소리가 나자 언원과 무어가 흠칫 돌아보았다. 금발 턱수염의 남자가 휴대용 타자기를 든 채 문턱에 서 있었다.

무어가 귓속말을 했다.

"계속 움직여야 합니다. 저 남자는 오늘 처음 보았지만 인상이 마음에 들지 않아요."

언원은 이제 자기 힘으로 서 있었다.

"저 남자가 고작 십 분 전에 카페에 나타난 게 아닐 텐데요."

"그런 걸 따지고 있을 시간이 없어요."

무어가 말했다. 그는 언원의 우산을 주워 그의 손에 쥐여 주었다. 두 사람은 초등학생들이 나간 쪽으로 발길을 돌렸다. 아치로 된 문을 지나 회랑들 사이의 어둑한 홀로 들어갔다.

무어가 말문을 열었다.

"내 입장을 이해해 주세요. 전부 잊으려고 무던히 애를 썼습니다. 수도 없이 성공을 했었죠. 하지만 매일 다시 이와 충전재가 떠오르는 겁니다. 그리고 그 여자요. 그 여자가 자꾸 내가 그것을 보도록 합니다. 뇌를 콕콕 찌르는 것 같아요. 어쩌면 내 머릿속에 충전재가 박히는 편이 나을지 모르죠. 나는 어떻게든 그 사실을 잊어버려야 합니다. 뭐든 많이 알수록 위험해지니까요. 그러니 어서 당신이 한 실수를 바로잡아 주세요."

"제 실수라고요?"

"그래요. 이 사실을 당신에게 알리는 역할만은 맡고 싶지 않았습니다, 시바트 탐정님. 하지만 탐정님이 이넉 호프만과 처음 맞선 밤에 '원덜리호'에서 찾아낸 시체는 가짜였습니다. 일종의 미끼였죠."

이런 사실을 알리는 무어의 표정은 슬퍼 보였다. 그의 숨이 한군데로 모인 수염 사이로 휘 하고 빠져나갔다.

"호프만에게 속으신 겁니다, 탐정님. 자신을 도와 시신을 훤히 보이는 곳에 숨기도록 당신을 이용한 거라고요."

"그 시신은 누구입니까?"

"저도 모릅니……."

"아니면 의도적으로 기억에서 지워 버렸거나요."

언윈이 자신의 말허리를 자르고 끝을 맺자 무어는 놀란 것 같았다. 하지만 아무 말 없이 언윈의 팔을 잡고 복도에서 다른 곳으로 이끌었다. 두 사람은 중세 회화가 전시된 여러 방을 지나쳤다. 기사와 귀족 숙녀, 왕자가 금박 액자 속에서 두 사람을 노려보았다. 이윽고 빛으로 가득 찬 곳이 나왔다. 대리석 기둥에 도자기 파편들과 어마어마한 크기의 항아리들, 오래전 사라져 간 도시들의 모형이 있는 방이었다. 무어는 언윈을 끌고 점점 빨리 걸었다. 한편 금발 턱수염의 남자도 계속 두 사람의 뒤를 밟았다. 두 사람은 조각상들의 방에서 아까 그 초등생들과 다시 만났다. 어둑하고 좁은 회랑에는 코끼리 머리를 한 남자들과 이상한 땅의 현명하고도 조용한 신들의 조각상이 따로 나뉘어 있었다. 그림자 사이에서 보석이 반짝였다. 공기는 무겁고 따뜻했다.

"제 실수가 아닙니다."

언윈이 마침내 털어놓았다.

무어가 그를 노려보며 되물었다.

"당신의 실수가 아니면 누구의 실수란 말입니까?"

"당신은 일주일 전에 시바트 탐정님에게 전화를 하셨죠. 분명히 그분을 만난 후에 잊어버린 겁니다. 제게 보여 주신 것을 시바트 탐정님에게도 보여 주셨을 거예요. 이야기를 다 듣고 탐정님은 어떻게 하셨습니까? 꼭 기억해 내셔야 합니다. 탐정님이 어디로 가셨는지 말씀해 주셔야 합니다."

"당신이 시바트 탐정님이 아니라면 도대체 누구입니까?"

코끼리 머리를 한 괴상한 신들의 냉담한 시선이 언원에게 날아와 못 박혔다. 언원은 순간 말을 할 수가 없었다.

'저는 시바트 탐정님의 서기입니다. 제가 바로 탐정님의 날조된 승리를 낱낱이 기록한 장본인입니다. 그것은 제 실수입니다, 제 실수요!'

이렇게 말하고 싶었다. 하지만 코끼리 사람들은 그 소리를 듣자 그를 짓밟으려 했다. 보석을 단 엄니로 그를 들이받고 코로 목을 조르려고 했다. 그들은 아직도 완전히 깨지 않은 언원의 꿈속에서 이렇게 말했다.

'이번 기회를 잘 살려, 알겠나? 자네가 기억해 둬야 할 게 있네.'

"코끼리 장."

언원이 불쑥 말했다.

"뭐라고요? 지금 뭐라고 하셨나요?"

무어가 물었다.

"제18장!"

언원이 고쳐 말했다. 그는 가방에서 『탐정 매뉴얼』을 꺼내어 책장을 넘기며 꿈속에서 시바트가 기억하라고 말했던 18장을 찾아보았다.

무어가 부들부들 떨기 시작했다. 눈처럼 하얀 머리카락이 씩씩 숨을 쉴 때마다 흔들렸다. 그는 언원이 들고 있는 책을 쏘아 보며 말했다.

"『탐정 매뉴얼』에는 18장이 없어요."

초등학생들 몇몇은 더 이상 전시물을 구경하지 않고 대신 두 사람 주위로 몰려들었다. 마치 두 사람이 박물관에서 본 전시물들 가운데 가장 괴상한 것인 양 말이다.

언원이 마지막 페이지까지 책장을 넘겼다. 그랬다. 17장이 마지막이었다.

"어떻게 아셨죠?"

언원의 물음에 무어는 얼굴을 찡그리고 무시무시한 눈빛으로 몸을 앞으로 숙였다.

"왜냐하면 내가 그 책을 썼으니까요!"

무어는 그 말을 끝으로 그대로 쓰러졌다.

06
실마리에 대하여

실마리에 추적당하지 않도록 당신이 먼저 실마리를 추적하라.

시바트는 최고령 피살자 사건에 대한 최초 보고서에서 이렇게 썼다.

'수사를 시작할 정도로 정보를 모았네. 그래서 지금 신경이 곤두서 있다네.'

도난 사건이 일어난 밤에 박물관의 청소부 여자가 붉은색의 낡은 증기 트럭이 고대 불가사의 전시관 뒤 나무들 사이에 숨겨져 있는 것을 발견했다. 탐문 과정에서 그녀는 시바트에게 이렇게 증언했다. 지난 삼십칠 년간 박물관에서 일하면서 괴상한 것을 실컷 보았다. 바닥을 닦는 동안 초상화에 그려진 공작과 장군들의 눈이 그녀를 좇아 움직인 적도 있고, 대리석으로 조각한 님

프상이 달빛을 받으며 가느다란 오른쪽 다리를 오 센티미터가량 움직인 적도 있고, 18세기에 내실에 놓던 소파에서 열두 살 소년이 자다 깨서는 왜 이렇게 어두우며 부모님은 어디로 갔는지, 자기에게 샌드위치를 줄 수 있는지 물어본 적도 있다고 했다. 하지만 그날 밤 목격한 증기 트럭만큼 괴상한 것은 처음이라고 했다. 그도 그럴 것이 트럭이 기관차의 굴뚝을 달고 있던데다 이야기책에 나오는 괴물처럼 집채만 했기 때문이다.

'유난히 눈에 잘 띄는 물건이라 수월하게 찾아낼 수 있었다네. 칼리가리의 순회하지 않는 카니발은 그날 밤에는 열리지 않았어. 오는 동안 아무것도 없었는데도 오래된 팝콘 냄새가 나더군. 트럭이 판자를 깐 길 근처 가건물 옆에 세워져 있었어. 엔진 위에 달린 굴뚝에 엄지손가락을 대어 보니 아직 따뜻했지.

안을 슬쩍 살펴볼까 말까 망설이고 있는데 부두 쪽에서 누가 나타나는 바람에 후다닥 몸을 숨겼어. 출입구 옆 천막을 보니 입구가 젖혀져 있기에 재빨리 들어갔지. 제발 내 모자를 아무도 못 봤기만 바랐다네. 하지만 잠시 후 위험을 감수하고 밖을 내다볼 수밖에 없었어.

제일 먼저 키가 큰 남자가 눈에 들어오더군. 그자는 아주 괴상하게 생긴 컵을 들고 있었어. 점토로 만든 잔 같았는데, 온통 파이고 투명했지. 그자의 눈은 밝은 녹색이었어. 그자가 운전석을 들여다보았는데, 숨결에 유리가 뿌옇게 되더군. 그러고는 한숨을 푹 쉬더니 어딘가로 걸어가기 시작했지.

나는 그곳을 벗어나려고 서둘러 나왔다네. 그런데 그만 다른 놈에게 곧장 다가가고 말았지 뭔가. 정말 희한했다네, 서기. 방금 반대 방향에서 본 남자와 똑같이 생긴 남자였던 거야. 알고 보니 이 악당들은 쌍둥이였어.

나를 본 놈이 형제를 부르더군. 쌍둥이는 나를 순식간에 붙잡더니 매우 전문적인 방식으로 난폭하게 다루었어. 잔교까지 가는 길은 별로 낭만적이지 않았지. 그곳에는 밀수업자의 선박이 정박되어 있었어. 녹이 잔뜩 슨 '원덜리호'였지. 배에 올라가니 사방에서 악취가 나더군. 마치 더러운 항구 바닥에서 금방 인양한 것처럼 말이야.

그곳을 지키고 있는 자는 구겨진 회색 양복을 입은 키가 작고 땅딸막한 남자였어. 카니발의 포스터에 나온 '1001가지 목소리의 남자'는 마법 같은 초록색 빛을 배경으로 있을 때 훨씬 더 근사했지. 실제로 본 마술사는 힘든 하루를 보내고 엉뚱한 곳에 오게 된 회계사라고 해도 믿겠더라고. 그는 슬픈 표정으로 주위를 둘러보며 고개를 절레절레 흔들었어. 나도 같은 심정이라 그렇게 말했지. 조목조목 확실하게 말이야.

우리는 한참 이야기를 나눴어. 그의 진짜 목소리는(그런 게 정말 있다면 말이지만) 어린아이처럼 부드럽고 높았다네. 그는 최고령 피살자가 얼마나 오랫동안 카니발의 주요 구경거리였는지 말해 주더군. 오랫동안 그 미라를 찾고 있었다고도 했지.

"나는 단지 집으로 데려가려는 것뿐이오."

이러지 뭔가.

"그렇다면 배는 왜 필요한 거요?"

내가 물었어.

이녁 호프만이 실실 웃으며 이러더군.

"배는 당신 몫이지."

말이 떨어지기 무섭게 부하 두 명이 나를 짐칸으로 던져 버렸어.'

탐정의 탈출담은 다음 날 신문에 실렸다. 간단히 말하자면 시바트가 배에서 미라를 발견하고 구명보트를 내려서 밤새 노를 저어 해안에 도착했다는 내용이었다. 그날 탐정 회사의 대표자들이 빗발치는 질문과 쉴 새 없이 터지는 카메라 플래시를 헤치고 최고령 피살자를 박물관에 돌려주었다.

그런데 진짜 미라가 박물관에 없다면 도대체 어디에 있단 말인가? 미라 대신 누워 있는 시체는 과연 누구인가?

초등학생 몇 명의 도움을 받아 언원은 무어를 뒷방으로 옮겼다. 박물관에서 전시를 할 예정이거나 내보낼 작품들을 보관하는 장소였다. 회랑에 전시되어 으리으리했을 물건들이 이곳에서는 상점에서 팔다 남은 물건들처럼 여기저기 널려 있었다. 벽에는 그림이 겹겹이 기대 세워져 있었고 구석마다 석관이 모여 먼지를 뒤집어쓰고 있었다. 대리석 조각상들은 포장지에 반쯤 묻혀 있었다. 아이들은 에드윈 무어를 낡고 긴 푸른색 소파에 뉘었다. 그러자 양팔로 얼굴을 가린 무어가 벌벌 떨며 무슨 소리를 웅얼거렸다.

"이 아저씨는 기사예요?"

아이 한 명이 물었다.

"아니야, 화가야."

다른 아이가 말했다.

"미라야."

또 다른 아이가 끼어들었다.

언원은 아이들을 전시장으로 데리고 나가 인솔자 뒤에 늘어선 아이들 사이에 끼워 넣었다. 인솔자는 그 아이들이 잠시 자리를 떠난 줄도 몰랐다. 손을 흔들어 인사를 하는 아이들에게 언원도 손을 흔들어 주었다. 아이들이 사라지자 그는 복도를 걸어가 모퉁이를 살짝 돌아보았다. 금발 턱수염의 남자는 어디에도 보이지 않았다.

무어는 소파에 누운 채 물을 청했다. 언원은 여기저기 상자를 뒤져 그릇을 하나 찾았다. 표면에 열십자 무늬가 빙 둘러져 있는 검은 점토 그릇이었다. 척 보기에도 무척 오래되고 값을 따질 수 없는 유물이라 물을 담아 마셔서는 안 될 것 같았다. 하지만 선택의 여지가 없었다. 그는 복도에 있는 음수대에서 그릇에 물을 받아 양손으로 들고 소파로 왔다.

무어는 재킷에 물을 흘려 가며 몇 모금 마셨다. 그러더니 다시 누워 한숨을 쉬더니 금세 몸을 떨기 시작했다.

"도저히 숨길 수 없었어요. 입을 꾹 다물려고 했지만 어느 순간 모두 털어놓고 말았어요."

"시바트 탐정님을 만나셨군요."

"그래요, 만났어요. 만났죠."

그는 얼굴에서 팔을 내렸다. 그의 얼굴은 하얗게 센 머리만큼 핏기가 하나도 없었다.

"말하지 말걸 그랬어요. 그는 잔뜩 흥분한 채 이곳을 떠났죠. 시가를 어찌나 잘근잘근 씹던지 두 조각으로 부러뜨릴 기세였죠. 그런데 당신! 당신은 누구요?"

언원은 신분증을 보여 줄까 했지만 생각을 바꿨다.

"저는 탐정 회사의 서기인 찰스 언원입니다. 담당 탐정님이 행방불명이라 지금 찾으러 다니는 중입니다. 무어 씨, 탐정님이 어디로 가셨는지 말씀해 주셔야 해요."

"내가요? 나는 이미 너무 많은 것을 기억하고 있어요. 지금쯤 그들이 나를 잡으러 오고 있을 거예요."

그는 물이 담긴 그릇을 가리켰다. 언원이 물그릇을 입에 대 주었다. 물을 마시고 기침을 한 무어가 다시 말문을 열었다.

"설령 탐정 회사라도 모든 수수께끼를 다 해결하려고 들지는 않아요, 언원 씨."

언원이 그릇을 옆에 내려놓으며 말했다.

"저는 뭔가를 해결하려는 게 아닙니다."

마침내 무어의 시선이 초점을 되찾는 듯했다. 얼굴에도 점점 핏기가 돌아왔다. 그는 언원을 난생처음 보는 것처럼 바라보더니 차분하게 말을 이었다.

"당신이 시바트의 서기라면 그가 어디로 갔는지는 당신이 알고 있겠죠. 금니를 본 순간 그는 몹시 당황했소. 정보가 필요했죠. 가장 신뢰할 만한 정보가 말이오. 어떤 대가를 치르고라도 알아내야 했어요."

시바트가 보고서에서 언급했던 곳들 가운에 어떤 곳은 언원에게는 외국이나 다름이 없었다. 그는 보고서에서 자주 그런 지명을 마주친 덕에 실제로 존재하기는 하나 보다고 생각할 정도였다. 하지만 자전거로 그런 곳들을 찾아다니는 건 터무니없었다. 언원의 머릿속에는 두 개의 도시가 존재했다. 하나는 일곱 블록을 사이에 두고 있는 그의 아파트와 탐정 회사 건물이었다. 다른 하나는 더 크고, 모호하고, 더 위험한 곳이었다. 그곳은 사건 보고서와 가끔 꾸는 불안한 꿈의 형태로 그의 상상력에 난입했다. 이곳에는 그림자가 드리워진 어느 구석에 모험심을 가진 사람과 모사꾼, 절망한 사람들이 몰래몰래 모이는 바가 있었다. 시바트는 모든 가정이 잘못되었다고 드러났을 때나 모든 실마리가 막

다른 곳에 다다랐을 때 그곳을 찾았다. 그곳이 사건과 직접적인 관련이 있는 경우는 드물었기 때문에 언원은 대개 파일에서 그곳이 나오는 부분을 삭제했다.

"포티 윙크스."

언원이 말하자 무어가 고개를 끄덕였다.

"언원 씨, 탐정의 행방을 꼭 추적해야겠다면 빠를수록 좋을 겁니다. 내가 폭탄의 타이머를 작동시켰는데 언제 폭발할지 몰라 두려워요."

무어는 긴 소파에서 갑자기 일어섰다. 혼자 설 수 있었지만 조금 어지러운 듯했다.

"아까 말씀하셨던 여자 이야기는 뭡니까? 그 여자가 금니를 보여 준 겁니까?"

언원이 묻자 무어가 얼굴을 찡그리며 대답했다.

"당신이 뭔가를 해결하려는 게 아니라고 한 말을 너무 곧이곧대로 믿었군요."

언원은 아래턱에 힘을 주었다. 깊이 생각할 겨를도 없이 절대 묻고 싶지 않았던 질문을 해 버렸다. 이제 『탐정 매뉴얼』은 치워 버려야겠다 싶었다.

"그럼 이쪽으로 가요. 뒷문이 있는데, 그 길이 가장 안전할 겁니다."

무어가 알려 주었다.

비상구는 언원의 허리 정도밖에 오지 않았다. 텅 빈 상자 더미로 막혀 있어서 두 사람이 함께 상자를 옆으로 치웠다. 문을 여니 박물관 뒤쪽으로 숲이 울창한 공원이 나왔다. 좁은 길이 울긋불긋한 떡갈나무 낙엽들로 뒤덮여 있었다. 언원은 몸을 웅크리고 비상구를 통과한 후 나가서 우산을 펼쳤다.

무어가 몸을 구부려 그를 보았다.

언원이 말했다.

"하나만 말해 주세요. 사실입니까? 『탐정 매뉴얼』을 쓰셨다는 게?"

"그래요, 내가 썼죠. 처음부터 끝까지 헛소리뿐이에요. 그런 책은 탐정에게 쓰라고 했어야죠, 내가 아니라. 내가 뭘 알겠어요?"

"그럼 탐정이 아니셨습니까?"

"나는 서기였습니다."

무어는 그렇게 대답한 후 언원이 뭔가를 물을 틈도 주지 않고 문을 닫아 버렸다.

언원은 시내를 통과해 남쪽으로 자전거를 몰았다. 자전거를 모는 내내 우산을 펼쳐 들고 있었다. 한낮의 교통 체증을 빠져나가면서 운전자들의 성난 경적 소리와 고함 소리는 고개를 푹 숙인 채 모두 무시했다.

자신이 사는 아파트 건물의 좁은 녹색 문을 지나친 언원은 칙칙한 중앙역도 지나쳤다. 마침 간이매점에서 아침을 팔던 네빌이 언뜻 눈에 들어왔다. 소년은 비를 피해 담배를 피우고 있었다.

언원은 다음 블록에서 동쪽으로 방향을 틀어 탐정 회사 건물도 피했다. 스크리드 탐정을 마주칠 위험을 감수하고 싶지 않은 데다 심지어 자신의 비서조차 당장은 피하고 싶었다. 철골 구조의 창고 건물과 제분소 건물이 주위에 점점 늘어날수록 자동차의 소음은 점점 줄어들었다. 빗물은 처마 돌림띠가 달린 지붕에서 거세게 쏟아져 내렸다. 온몸이 벌벌 떨렸다. 자전거를 한참 몰았다거나 추위 때문이 아니었다. 박물관의 유리 관에 안치된 시체의 얼굴 때문이었다. 끔찍한 웃음을 지으며 금니를 드러낸 시체가 언원을 계속 비웃는 것 같았다. 수수께끼를 해결책으로 이어 줄 한 줄기 실마리가 어둠 속에서 환하게 빛났다고 생각했다. 하지만 시바트가 고른 실마리는 엉뚱한 것이었고 언원은 그것들을 엮어 마치 진실인 양 보이게 했다. 도대체 가짜 실마리가 어디로 이어졌던 걸까?

오래된 항구 지역으로 들어서자 언원은 사람들로 북적이는 구불구불한 길거리로 접어들며 속도를 낮췄다. 쏟아지는 빗줄기에도 사람들은 생업을 멈추지 않았다. 음식 가게의 차양 아래에서든 창문을 통해서든 사람들은 거래를 했다. 언원은 감시를 당하는 기분이 들었다. 그것도 한 사람이 아니라 수많은 사람들로부터 말이다. 그에게 탐정 회사의 직원이라는 사실을 알아볼 만한 표시 같은 게 있을까? 이곳 사람들은 보이지 않는 표식을 읽는 법이라도 아는 걸까?

그는 우산을 잡은 손에서 힘을 빼며 연신 페달을 밟았다. 어느새 빗줄기가 가늘어졌다. 격자 형태로 구획된 도심지보다 훨씬 앞서 만들어진, 미로 같은 오래된 거리를 자전거로 지나가면서 그는 통나무로 지은 창고며 공장의 쓰레기들로 가득 찬 오래된 시장 광장을 보았다. 용도를 짐작조차 할 수 없는 기계들이 자갈 위에서 붉게 녹슬고 있었다.

길을 돌아다니는 사람들이 확 줄었다. 굴뚝마다 구부러진 손가락 같은 연기가 구름 속으로 피어올랐다. 거리 위에 축 늘어진 텅 빈 빨랫줄에서 물이 뚝뚝 떨어졌다. 몇몇 창문은 하루 종일 거리를 뒤덮은 어둠을 몰아내듯 노랗게 빛났다. 언원은 속도를 높였다. 머릿속으로는 시바트의 보고서에 대한, 지도나 다름없는 기억을 열심히 헤집어 마침내 세인츠 힐 묘지에 도착했다. 잡초가 무성하고 길의 흔적은 희미해진데다 포도 덩굴이 울타리를 뒤덮은 묘지는 영묘가 모두 허물어질 듯했다.

그곳의 남동쪽 구석에 회색 돌로 지은 낮은 건물이 있었는데, 허물어져 가는 영안실이었다. 그 영안실 아래 포티 윙크스가 있었다. 언원은 내심 그런 곳이 존재하지 않기를 바랐다. 하지만 보도에서 지하로 이어지는 깨진 계단이 정말 있었다. 그는 건물의 처마 아래 묘지 울타리에 자전거의 체인을 걸어 놓았다.

계단 꼭대기에 내려서니 당구공이 맞부딪치는 소리며 술잔이 쨍그랑거리는 소리가 들렸다. 원한다면 지금이라도 집으로 돌아갈 수 있었다. 다음 날이 되면 모든 것이 제자리에 돌아와 있기를 바라며 잠자리에 드는 것으로 하루를 마감할 수도 있었다. 그런데 바로 그때 보도와 같은 높이에 난 창문이 삐걱거리며 열리더니 누군가 언윈의 냄새를 맡으려는 것처럼 코를 찡긋거리며 고개를 들어 그를 바라보았다. 커다랗게 뜬 핏발 선 갈색 눈 한 쌍이 유리 뒤에서 연신 깜박거렸다.

"들어올 거요? 말 거요?"

남자가 아래에서 물었다.

돌아가기는 이제 너무 늦었다. 언윈은 우산을 접으며 계단을 내려갔다. 계단을 다 내려가니 물이 잘 빠지지 않아 생긴 물웅덩이에 담배꽁초 몇 개가 둥둥 떠 있었다. 우산 끝으로 문을 밀어 연 언윈은 물웅덩이를 훌쩍 뛰어넘어 포티 윙크스로 들어갔다.

테이블을 밝히는 불은 양초뿐이었다. 그나마 묘지에 면한 부분은 천장 근처에 난 창문 몇 개의 덕을 보고 있었다. 창문으로 녹색이 감도는 빛이 술병들 위로 쏟아졌다. 술병은 대부분 키가 크고 길쭉한 보관장의 선반에 놓여 있었는데, 보관장의 문은 열려 있었다.

보관장이 아니잖아. 언윈은 뒤늦게 그 사실을 알아차렸다. 그것은 관이었다.

입구 근처에는 남자 두 명이 각자의 모자를 앞에 두고 앉아서 펄럭거리는 양초 불꽃 위로 이야기를 나누고 있었다. 안쪽 공간에는 녹색 유리 갓을 씌운 전구가 당구대 위에 낮게 매달려 있었다. 키가 매우 크고 똑같은 검은 양복을 입은 남자 두 명이 한창 당구를 치는 중이었다. 그들은 잔뜩 시간을 들여 공을 치면서 느긋하게 게임을 했다.

시바트는 어디에도 보이지 않았다. 언원은 바에 자리를 잡고 앉아 서류 가방을 앞에 내려놓았다. 창으로 말을 걸었던 남자가 창문을 세게 닫고는 양손에서 먼지를 탈탈 털었다. 그리고 올라서 있던 통에서 훌쩍 뛰어내렸다. 그는 다가오며 손으로 바를 훑는가 싶더니 접힌 신문을 집었다.

"신문을 보니 탐정 회사에서 살인이 벌어졌다는군. 그쪽은 내부 사정이라고들 하던데. 유력한 용의자로 직원 한 명을 주시하고 있다지."

검은색 곱슬머리 한 가닥이 뒤집어진 물음표처럼 이마 한가운데에 늘어져 있었다. 그는 묘지 관리인이자 이곳의 유일한 무덤 파는 일꾼인 에드거 즐라타리였다. 무덤에 묻을 사람이 없을 때는 술을 팔아 생계를 유지했다. 그는 쓸 만한 정보를 그러모으는 소식통이었다.

즐라타리가 계속 말을 붙였다.

"새 얼굴은 새 고민을 가져온다, 이런 말이 있지. 당신은 어떻소? 스스로 문제를 불러들인 거요? 누가 문제를 떠안긴 거요?"

언원은 어떻게 대답해야 할지 알 수가 없었다.

"오늘 아침에 베개에 혀를 두고 왔소? 당신의 입장이 뭐요, 친구?"

즐라타리가 언원의 서류 가방을 의심스러운 눈빛으로 바라보았다. 그러자 언원은 가방을 냉큼 무릎 위로 내렸다.

"좋아, 합죽이씨. 그러면 뭘 하겠소?"

"저요?"

언원이 물었다.

바텐더가 눈을 굴리며 주위를 둘러보았다. 그에게서 위스키와 젖은 흙냄새가 났다.

"'저요'래. 그것참 우습군."

테이블에 앉아 있는 두 남자는 낄낄거렸지만 당구를 치는 남자들은 웃지 않았다. 이 모습에 즐라타리의 웃음도 자취를 감추었다.

"이봐요, 친구. 마실 거 말이오. 뭘 마시겠소?"

그가 언원에게 물었다.

보관장에는 술이 너무 많아서 뭘 골라야 할지 알 수가 없었다. 시바트라면 뭘 주문했을까? 탐정은 수도 없이 자신이 마신 음료를 보고서에 언급했을 것이다. 하지만 언원은 보고서에서 술의 이름을 가차 없이 빼 버렸다. 이제 와 기억을 떠올리려고 하니 아무 생각도 나지 않았다. 대신 에밀리가 비밀 암호의 대답으로 지어낸 구절이 쓸데없이 떠올랐다. '그러면 더블리 인 버블리.'

"루트 비어로 주세요."

마침내 대답을 했다.

즐라타리는 그런 건 처음 들었다는 듯이 눈을 몇 번이나 깜박거렸다. 그러더니 어깨를 으쓱한 후 바 아래로 들어갔다. 금전등록기 뒤의 벽에는 너덜너덜한 벨벳 커튼이 쳐져 있었다. 즐라타리가 커튼을 열어젖히자 작은 주방이 언뜻 보였다. 그곳의 라디오에서 음악이 흘러나왔다. 언윈도 아는 노래였다. 호른 몇 대가 느리게 연주하는 반주에 맞춰 여자 가수가 노래를 불렀다. 현악기의 소리가 커지면서 가수의 음성도 따라 커졌다. 언윈은 분명히 이 노래를 다른 곳에서도 들었다고 확신했다. 그곳이 어디인지 생각이 나려는 찰나 즐라타리가 커튼을 당겨 닫았다.

언윈은 의자에서 몸을 꼼지락거렸다. 거울로 그의 뒤에 칸막이 자리에 앉은 남자들이 보였다. 한 명은 이야기를 하면서 흥분해 모자를 툭툭 두드렸다.

"내 이야기 좀 들어 봐!"

그러자 상대편 남자가 이야기를 잘 들으려고 몸을 앞으로 숙였다. 할 이야기가 있다는 남자의 목소리가 워낙 커서 여기 있는 사람들이 다 들을 수 있었지만 말이다.

"내가 요전 날 밤에 본스 카일리를 만났거든. 우리는 비즈니스를 하듯 진지하게 이야기를 하던 중이었어, 알지? 그런데 본스가 뜬금없이 비즈니스 이야기를 시작하는 거야. 그래서 내가 말했지. 어이, 이봐, 지금 비즈니스 이야기를 하려는 거야? 자네가 이야기하려는 게 비즈니스라면 우리는 비즈니스를 하듯 진지하게 이야기해서는 안 돼. 왜냐하면 비지니스를 하듯 진지하게 하는 이야기와 비즈니스는 다르거든."

"하."

상대방이 대꾸했다.

"내가 이렇게 물었어. 본스, 비즈니스에 대해 이야기를 하고 싶다고 하니 말인데, 자네는 어떤 비즈니스에 몸담고 있나?"

"하하."

"그러니까 본스가 심각해지지 않겠어. 눈썹을 가운데로 모으고 말이야. 이렇게……."

"하."

"그러더니 눈을 가늘게 뜨고 나를 보면서 목소리를 쫙 깔고 이렇게 대답하더군. 나는 피의 비즈니스에 몸담고 있다네."

상대방은 아무 대꾸도 하지 않았다.

"그래서 내가 그랬지."

이야기를 하는 남자는 언성을 훨씬 더 높이며 이야기를 끝맺었다.

"피의 비즈니스라고? 피의 비즈니스? 이봐 본스, 피의 비즈니스가 아니면 그건 비즈니스가 아니지!"

두 남자는 껄껄거리며 동시에 각자의 모자를 두드렸다. 양초의 불꽃이 펄럭이자 울퉁불퉁한 돌벽에 비친 두 사람의 그림자가 뒤틀렸다.

이야기를 하던 남자가 이야기를 하는 동안 당구를 치던 남자들은 큐를 내려놓았다. 두 사람의 얼굴은 똑같았고 입술은 파리한 잿빛이었으며 반짝이는 두 눈은 녹색이었다. 언윈은 이들이 이녁 호프만을 도와 최고령 피살자를 훔쳤으며 호프만의 범죄 활동이 극에 달했던 시절 수도 없이 악행을 저질렀던 쌍둥이 악당 재스퍼와 조사이어 루크 형제일지도 모른다는 생각이 들었다. 시바트는 종종 보고서에 이렇게 쓰곤 했다.

'일어날 수 있는 최악의 일과 또 다른 최악의 일.'

두 사람은 어깨를 맞대고 걸음을 내디딜 때마다 서로에게 기대며 다가왔다. 전해지는 이야기로는 루크 형제는 원래 샴쌍둥이였는데 실험적인 분리 수술을 받은 결과 둘 다 다리를 절게 되었다. 재스퍼는 왼쪽 다리를, 조사이어는 오른쪽 다리를 말이다. 두 사람의 부츠 치수는 양쪽이 달랐는데, 돌이킬 수 없는 수술을 시행한 쪽의 치수가 더 작았다. 그러므로 두 사람을 구별하는 법은 부츠를 확인하는 것뿐이었다.

쌍둥이는 언윈에게 등을 돌린 채 테이블을 내려다보고 섰다.

때문에 그 테이블에 앉은 두 남자가 가려져 보이지 않았다. 언원은 쌍둥이로부터 엄청난 열기가 느껴져 뒷덜미가 바싹 마르는 것 같았다. 두 사람은 막 보일러실에서 나온 것 같았다.

둘 중 하나가 침착하게 말문을 열었다.

"내 형제가 당신들에게 당장 이곳을 나가라고 충고하라고 내게 충고했소. 나는 형제의 충고를 언제나 받아들이기 때문에 지금 당신들에게 당장 나가는 게 좋겠다고 충고하는 거요."

"당신들, 누군데 우리보고 이래라저래라 하는 거요?"

이야기를 들려준 남자가 대꾸했다.

그러자 아까와 다른 쌍둥이가 형제와 똑같지만 좀 더 낮은 목소리로 말했다.

"사실 관계를 따지자면, 내 형제는 이래라저래라 하는 게 아니오. 충고를 하는 거지."

"그런데 나는 당신 형제를 몰라. 그러니 그 사람 충고를 따를 이유도 없어."

이야기를 들려준 남자가 대꾸했다.

곧이어 침묵이 뒤따랐다. 언원은 거울이 걸린 벽 바로 뒤 무덤에 잠들어 있는 망자들조차 귀를 쫑긋하고 어떤 상황이 벌어질지 궁금해하는 것 같았다.

쌍둥이 한 명이 엄지와 검지의 끝에 침을 묻히더니 테이블로 몸을 기울였다. 그는 두 손가락으로 촛불을 잡았다. 칙 소리와 함께 불이 꺼졌다. 컴컴한 칸막이 자리에서 입을 틀어 막힌 듯한 비명 소리가 새어 나왔다. 이윽고 쌍둥이가 나와 문으로 향했는데, 그들 사이에는 방금 전 이야기를 하던 남자가 지면에서 몇 센티미터 들린 채 발버둥을 치고 있었다. 쌍둥이가 남자를 문밖으로 내동댕이치는 바람에 그는 문 앞의 물웅덩이에 얼굴을 처박혔다. 그는 둥둥 떠 있는 꽁초들 사이에 고꾸라진 채 웅덩이에서 고개를 들려고도 하지 않았다.

쌍둥이는 원래 있던 공간으로 되돌아갔다. 한 명이 큐에 초크 칠을 하는 동안 다른 한 명이 당구대를 가만히 바라보았다. 당구를 치자 공 하나가 구멍으로 들어가고 다음 공도 뒤를 이었다.

칸막이 자리에 여전히 앉아 있던 남자는 느닷없이 찾아온 어둠에 여전히 적응을 못 했는지 연신 눈을 깜박거렸다. 그는 모자를 쓰고 포티 윙크스를 나갔다. 잠시 머뭇거리며 고개를 돌려 안을 힐끔거리나 싶더니 웅덩이에 쓰러진 친구를 부축해 계단을 올라갔다.

즐라타리는 커튼 뒤에서 나와 투덜거리며 문을 닫으러 갔다. 돌아와서는 손에 쥔 병의 뚜껑을 열어 바 맞은편에 있는 언원에게 밀어 주었다.

안쪽 공간의 두 남자가 게임을 끝냈다. 그리고 당구대에서 제일 가까운 칸막이 자리에 나란히 앉았다. 둘 중 한 명이 즐라타리에게 고개를 끄덕이자 바텐더가 한 손을 들며 이렇게 말했다.

"알았어, 재스퍼. 잠시만 기다려."

재스퍼와 조사이어 루크 형제의 이름이 시바트의 보고서에 등장한 후로 구 년이라는 세월이 흘렀다. 호프만처럼 쌍둥이 형제도 11월 12일을 훔친 남자 사건 이후 자취를 감추었다. 언원은 그들이 다시 모습을 드러내면 좋겠다고 생각한 적이 몇 번 있었다. 물론 직접 보는 게 아니라 신문으로 보고 싶었지만 말이다.

그때 즐라타리가 언원에게 말을 걸었다.

"오늘 당신 운 좋군. 포커 게임을 하려던 참인데 마침 한 명이 더 필요했거든."

그러자 언원이 한 손을 들며 말했다.

"고맙지만 사양해야겠군요. 저는 카드 게임을 잘 못해서요."

조사이어가 재스퍼에게 귀엣말을 했다. 시바트의 보고서에 따르면 충고를 하는 쪽이 언제나 조사이어였고 충고를 전하는 쪽은 재스퍼였다. 역시나 재스퍼가 언원에게 말했다.

"내 형제가 당신에게 우리와 같이 하자고 충고하라고 충고했소."

언원은 선택의 여지가 없다는 것을 잘 알았다. 그는 술병을 들고 즐라타리를 따라 테이블로 갔다. 그리고 즐라타리의 오른쪽에 앉았다. 루크 형제는 눈을 전혀 깜박이지 않은 채 그를 지켜보았다. 얼룩덜룩한 점토로 찍어 낸 듯한 그들의 기다란 얼굴은 작은 눈색 눈동자만 아니었다면 생기 없는 가면처럼 보였다. 그들의 눈만큼은 무척 생기에 넘쳤고 동시에 탐욕스러웠다. 빛을 잡으면 결코 놓아주지 않을 눈이었다.

즐라타리가 카드를 돌리자 언원이 말했다.

"죄송하지만 돈이 별로 없는데요."

"돈은 여기서 필요 없소."

조사이어가 말했다. 그러자 재스퍼가 냉큼 덧붙였다.

"분명히 하자면 내 형제가 당신더러 공짜로 게임을 하라고 한 건 아니오. 그렇게 들릴 수도 있겠지만. 그러니까 우리는 돈을 걸고 게임을 하지 않으니 당신 돈은 말 그대로 이 테이블에서 아무 가치가 없다는 말이오."

즐라타리는 휘파람을 불며 고개를 저었다.

"험프티 덤프티에게 겁먹지 마쇼, 합죽이 씨. 저 친구들이 나름 신사적인 매력을 발휘한 거니까. 내 매력은 전통적인 관대함이지. 물주가 게임을 시작할 수 있게 당신에게 판돈을 좀 줄 거요. 그리고 저 친구가 말했다시피 우리는 돈을 걸고 게임을 하는 게 아니오. 질문을 걸지."

"질문을 할 권리를 건다고 하는 편이 정확하겠지. 한 판에 질문 하나씩이오. 판을 이긴 사람이 질문을 할 수 있지."

재스퍼가 덧붙여 설명을 했다.

언원은 포커에 대해 아는 게 별로 없었다. 다른 카드들보다 더 좋은 카드 조합이 몇 가지 있다는 정도만 알 뿐 어떤 카드가 어떤 카드를 이기는지는 잘 몰랐다. 그야말로 믿을 것이라고는 포커페이스밖에 없었다. 아무리 그라도 포커 판에서 포커페이스가 미덕이라는 사실쯤은 알았다.

"밑돈은 질문 하나요."

즐라타리가 말했다.

언윈은 흰색 칩을 테이블 위에 다른 칩들 옆에 놓고는 자신의 카드를 살펴보았다. 다섯 장 가운데 네 장이 그림 카드였다. 그는 자신의 차례가 되자 질문 하나를 걸었다. 물론 망설이는 척하는 것도 잊지 않았다. 그런 후에 그림 카드가 아닌 한 장을 다른 그림 카드와 교환했다. 새 카드는 킹 카드였다. 한 손 가득 왕족이 들어왔다. 이보다 더 좋은 패가 있을까? 포커페이스를 유지하려고 했지만 그는 자신의 패를 보며 인상을 찌푸렸다.

이후로 몇 차례나 판돈을 걸고 콜을 하고 죽기를 반복한 후에야 마침내 언윈과 조사이어만 남았다. 조사이어는 자신의 카드를 테이블에 펼쳐 놓았다. 그러자 재스퍼가 대신 말했다.

"투 페어."

언윈은 누군가가 대신 말해 주기를 바라며 자신의 카드를 보여 주었다.

"킹 트리플."

즐라타리가 불쑥 말했다.

"합죽이 씨가 판돈을 다 챙기고 여전히 별명대로 입을 꾹 다물고 있군."

언원은 칩 더미를 챙기며 좋아하는 티를 내지 않으려고 조심했다.

"이제 질문을 해도 됩니까?"

"어서 해 보쇼."

즐라타리가 말했다. 루크 형제가 져서 유쾌한 듯했다.

그러자 조사이어가 말했다.

"벌써 질문을 했잖소. 그러니 이제 당신은 칩 하나가 줄었소."

그는 이렇게 말하면서 함께 카드를 시작한 후 처음으로 눈을 깜박거렸다. 마치 눈을 깜박이는 게 아니라 신중하게 눈을 닫았다가 다시 뜨는 것 같았다.

"게임을 시작하기 전에 규칙부터 알려 주면 안 됩니까?"

언원이 불쑥 말하자 조사이어가 대답했다.

"우리가 요람에 있을 때 아무도 국법을 일러 주지 않지. 그리고 지금 당신은 한 개만 허락된 질문을 하나 더 했소."

조사이어가 대답했다.

"그냥 혼자 해 본 말이었어요."

언원은 그렇게 말했지만 자신의 칩 두 개를 밀어냈다.

그러자 즐라타리가 말했다.

"이봐, 새 친구에게 공평하게 하자고."

그는 게임의 규칙을 설명해 주었다. 질문 두 개는 취조 한 개, 취조 두 개는 철저한 조사 한 개, 철저한 조사 두 개는 교리 문답

한 개, 교리 문답 두 개는 신문 한 개 같은 식으로 끝도 없이 이어졌다.

다음 판에서 언원의 패는 첫 판보다 강하지 않아 보였다. 그래서 다음에는 좀 더 좋은 카드를 받는 게 낫겠다며 일찌감치 판을 접었다. 하지만 점점 더 나쁜 카드만 나왔고 세 사람은 그를 무시한 채 서로에게 질문을 쏟아 냈다. 언원은 그들의 대답을 주의 깊게 들었지만 애초에 질문을 제대로 이해할 수가 없어서 별 소용이 없었다. 나오는 이름들은 처음 듣는 이름들이었다. '일'에 대해서 말할 때도 '한다'라고 하지 않고 '저지른다'라는 표현을 썼다. 그래서 그들의 대화는 평범한 말이 아니라 암호처럼 들리기 일쑤였다.

이런 식이었다. 즐라타리가 이렇게 물었다.

"업타운의 브롬화물에 모자를 씌우는 짓은 추문을 얻는 걸까, 낚시를 가는 걸까?"

조사이어의 대답은 이랬다.

"똥이 몇 번 돌면 귀신이 보이지."

다음 판이 끝나자 재스퍼가 철저한 조사를 할 수 있을 만큼 칩을 땄다. 그는 즐라타리에게 이렇게 물었다.

"말해 봐. 시바트를 마지막으로 봤을 때 말이야."

즐라타리는 의자에서 몸을 뒤척이더니 지저분한 손톱으로 목덜미를 긁었다.

"글쎄, 어디 보자. 한 일주일 전이었어. 날이 저물 즈음 여기 나타났지. 그런데 평소와 다른 짓을 꽤 하더군. 초조한 듯도 했고 안절부절못하고. 내게 질문 같은 건 하지 않았어. 그저 구석에 앉아서 책을 읽었지. 그 남자가 글을 읽는지 그때 처음 알았지 뭔가. 양초 하나가 다 탈 때까지 앉아 있더니 그냥 가 버렸어."

루크 형제는 그 대답이 영 만족스럽지 않은 것 같았다. 철저한 조사에는 비중이 꽤 큰 질문을 던지고 그에 대한 대답도 훨씬 더 자세해야 하는 것 같았다. 즐라타리는 한숨을 푹 쉬더니 계속 말을 이었다.

"한동안 자기를 볼 수 없을 거래. 클레오가 돌아왔으니 찾으러 가야 한다는 거야."

즐라타리는 이 말을 하면서 언원의 반응을 보려는 듯 힐끔 쳐다보았다. 언원은 자신의 칩만 내려다볼 뿐이었다.

클레오라면 분명 클레오파트라 그린우드이리라. 언원은 오래전부터 보고서에 그녀의 이름이 다시 등장할 날을 두려워했다. 나아가 그날을 혐오하기까지 했다. 그녀는 칼리가리의 순회 카니발과 함께 처음 이 도시에 나타난 후 오랫동안 시바트의 주요 정보원으로 암약했다. 하지만 그녀의 동기나 목적에 대해 뭐든 자료를 정리하는 일은 한 달 후 그 계획을 철회할 만큼 힘든 작업이 될 위험이 다분했다. 그녀가 지나간 자리에는 어느새 수수께끼들이 배로 늘어나다가 이윽고 뭔가 다른 것으로 변해 버린

다. 사람을 압도해 버릴 수도 있는 뭔가로 말이다.

'나는 그녀를 잘못 보았네, 서기.'

그러고 보니 언원이 이 끔찍한 고백을 떠올리고 이전에 일어났던 일에 대해 허겁지겁 수정하려 달려갔던 적은 또 얼마나 많았던가.

세 사람은 언원이 다음 판의 질문을 걸기를 기다렸다. 그가 딴칩이 이제 거의 남지 않았기 때문에 취조 한 개를 질문 두 개와 교환했지만 그마저도 금세 잃었다. 루크 형제는 언원이 곧 테이블을 떠나리라는 사실을 예감한 듯 갑자기 그에게 관심을 돌렸다. 재스퍼는 질문을 사용해 그의 이름을 알아냈고 조사이어는 취조로 그가 무슨 일을 하는지 물었다.

언원은 그들에게 신분증을 보여 주었다. 그러자 루크 형제가 나란히 눈을 깜박였다.

즐라타리는 눈살을 찌푸렸다. 그러자 눈썹이 물음표 곱슬머리 뒤로 들어갔다.

"음, 내 테이블에 탐정이 앉은 게 이번이 처음도 아니지. 언원 탐정, 그렇죠? 좋소. 이곳은 누구나 환영이오."

하지만 마지막 말에 그도 별 확신이 없는 듯했다.

언원은 지고 또 졌다. 이제 모든 질문이 그에게 쏟아졌다. 그는 차례차례 대답을 했다. 세 사람은 그가 아는 게 그다지 많지 않다는 사실에 실망한 듯했다. 다만 즐라타리는 레이미크가 살해되었으며 그의 시신이 손은 깍지를 끼고 눈은 튀어나온 채로 36층의 책상 밑에 구겨져 있다고 언원이 아는 대로 말하자 입술을 핥았다.

즐라타리가 계속 카드를 돌렸지만 언원은 여전히 결과가 좋지 않았다. 그림 카드는 도무지 들어오지 않았고 어떤 종류의 카드도 두세 장이 모이지 않았다. 초심자의 운이 다한 것이다. 벌써 마지막 판이 되었지만 그는 거의 아무것도 알아내지 못했다.

즐라타리는 시작하자마자 곧장 판을 접었다. 하지만 루크 형제는 그만두려는 기색을 조금도 내비치지 않았다. 그들은 열심히 카드를 새로 받았고 그만큼 열심히 판돈을 걸었다. 이번에도 언원이 질 것 같았다. 그는 즐라타리에게 한 가지 질문을 했다.

"스페이드가 이, 삼, 사, 오, 육, 이거 좋은 건가요?"

쌍둥이가 또다시 졸린 듯 천천히 눈을 껌벅거렸다.

"그렇소. 좋은 패요."

즐라타리가 대답했다.

형제는 카드를 테이블 위로 툭 던졌다.

언원은 자신의 카드를 뒷면이 보이게 내려놓고 칩을 재빨리 그러모았다. 어찌나 빨랐던지 손이 부들부들 떨리는 걸 아무도 알아차리지 못했다. 그는 즐라타리의 설명을 듣고 게임에서 허락된 가장 엄중한 종류의 질문과 칩을 교환했다. 칩은 충분했다. 종교 심문 질문을 하면 게임 참가자가 모두 대답을 해야 했다.

언원은 모두를 주의 깊게 바라보았다. 루크 형제는 고압적인 표정으로 말없이 앉아 있었다. 그들의 질문으로 두 사람도 언원처럼 시바트를 찾고 있다는 사실이 드러났다. 시바트가 그린우드를 찾고 있었다는 사실도. 그래서 언원은 헛기침을 한 후 이렇게 물었다.

"클레오파트라 그린우드는 어디에 있습니까?"

바에는 그들밖에 없었지만 즐라타리는 엿듣는 사람이 없는지 확인이라도 하려는 듯 뒤를 힐끔 돌아보았다.

"젠장! 구린 냄새가 풀풀 나는군! 탐정, 지금 나를 아예 파묻고 싶은 거요? 오늘 우리를 전부 보내 버리고 싶은 거냐고? 지금 무슨 게임을 하고 있는 거야, 찰스?"

조사이어가 재스퍼에게 귓속말을 하자 재스퍼가 이렇게 말했다.

"즐라타리, 자네는 질문이 다 끝났어. 지금 자네의 규칙을 자네 손으로 깨고 있어."

"나는 더 깰 거야."

즐라타리는 이렇게 소리치며 언원에게 양손을 휘둘렀다.

"끝내, 끝내겠다고!"

언원이 벌떡 일어서자 즐라타리가 그를 밀치며 지나갔다. 그 때문에 테이블 위에 쌓여 있던 칩들이 바닥으로 와르르 쏟아졌다.

"대답은 저 사람들한테 들어. 나는 그런 거 궁금하지도 않아.

내 무덤이 아니라도 지금까지 무덤은 질릴 만큼 팠어."

즐라타리는 계속 투덜거리며 제일 멀리 떨어진 테이블로 가 문을 향해 앉은 후 엄지와 검지 손가락으로 콧수염을 비틀기 시 작했다.

루크 형제는 여전히 자리를 지켰다. 다시 자리에 앉은 언원은 전혀 깜박이지 않는 녹색 눈동자를 똑바로 보지 않으려고 애썼 다. 또다시 두 사람에게서 열기가 느껴졌다. 건조하면서 답답한 열기였다. 열기가 파도처럼 테이블을 건너왔다. 언원의 얼굴은 종이처럼 타 들어갈 것 같았다.

재스퍼가 상의에서 종이를 꺼냈다. 조사이어가 펜을 주자 재 스퍼는 뭔가를 끼적이더니 그대로 언원을 향해 밀었다.

종이에는 '길버트 호텔, 202호'라고 적혀 있었다. 글귀를 읽는 데 성냥 냄새에 코가 따끔거렸다.

한 번만 봐도 이 주소가 주머니에 들어 있는 쪽지에 적힌 주 소와 똑같다는 사실을 알 수 있었다. 그렇다면 언원이 클레오 그린우드를 이미 만났다는 말이다. 그녀는 자신을 비라 트루즈 데일로 소개했고 자신의 호텔방에서 벌어지는 일에 대해 들려주 었다.

언원은 종이를 주머니에 넣고 자리에서 일어났다. 그는 질문 을 하나 했고 루크 형제가 대답을 했다. 테이블에는 쌍둥이가 앉 아 있으니까 질문을 하나 더 할 권리가 있지 않을까? 그는 묻고 싶은 질문이 잔뜩 있었다. 시립 박물관의 시신의 신원이며 클레오파트라 그린우드가 그날 아침 탐정 회사를 찾아온 이유, 그것이 이닉 호프만이 은신처에서 나왔다는 의미인지까지. 하지만 루크 형제는 자신들은 이제 볼일을 다 보았다는 눈빛으로 그를 바라보기만 했다. 그래서 언원은 일어나서 소지품을 챙겼다.

문가에서 즐라타리가 그의 팔을 낚아채며 말했다.

"어떤 질문의 가치는 대답에 있지, 탐정."

즐라타리는 고개를 돌려 루크 형제를 보았다. 언원도 시선을 따라갔다. 형제는 마치 진품과 복제품인 조각상 한 쌍처럼 보였다. 물론 어느 쪽이 진품이고 어느 쪽이 복제품인지 알 수는 없지만 말이다.

"당신은 클레오 그린우드가 도시로 돌아온 후에 만났을 거야. 여기보다 좀 더 세련된 술집에서 그녀의 노래를 들었겠지. 그녀는 건너편에서 당신을 봤을지도 몰라. 그녀의 목소리를 듣는 순간 시간은 멈췄을 테지. 그녀가 부탁을 하기만 했다면 그게 뭐든 당신은 들어줬을 거야. 내 말 맞지? 아니면 모든 것이 당신의 상상이거나. 탐정, 모든 것이 당신의 상상이라고 믿으려고 해 봐. 잊으라고."

"왜요?"

"왜냐하면 당신은 항상 그녀를 잘못 볼 테니까."

언원은 모자를 썼다. 그도 잊고 싶었다. 오늘 아침 눈을 뜬 후로 일어난 일을 모조리 잊고 싶었다. 시바트가 나온 꿈도 기억에서 지워 버리고 싶었다. 어쩌면 언젠가 에드윈 무어에게 잊는 법을 배울 수 있을지 몰랐다. 하지만 그때까지는 계속 움직여야 했다.

문으로 간 언원은 물웅덩이를 훌쩍 뛰어 계단으로 올라갔다. 루크 형제의 붉은색 증기 트럭이 도로에 주차되어 있었다. 들어올 때 트럭을 못 봤다는 사실에 그는 깜짝 놀랐다. 차는 시립 박물관의 청소부 여자가 오래전에 묘사했던 모습 그대로였다. 등을 웅크린 야수처럼 생긴 붉은 트럭이었다. 언원은 지금껏 자신이 작성한 파일들 속으로 떨어진 것인지 거꾸로 파일들이 자신의 삶에 쏟아져 들어온 것인지 분간이 가지 않았다.

언원은 서둘러 자전거로 갔다. 루크 형제가 그의 포커페이스의 진실을 알아차리기 전에 가능한 포티 윙크스에서 멀리 떨어지고 싶었다. 형제가 언원의 마지막 패를 뒤집어 보았다면 무늬도 제각각이며 숫자도 어느 하나 연속되지 않는다는 걸 알아차렸을 것이다.

07
용의자에 대하여

용의자는 처음에는 희생자로, 같은 편으로, 목격자로 보일 것이다.
탐정에게는 도움을 청하는 외침이나 도움을 주는 손길,
무기력한 구경꾼만큼 의심스러운 존재도 없다.
수상쩍게 행동하는 사람이 있다면
그 사람이야말로 결백할 가능성을 고려해 보아야 한다.

텅 빈 모자와 레인코트가 언원의 마음속에 그려진 그림의 중앙에 둥둥 떠 있었다. 그 옆으로는 연기로 채워진 원피스가 있었다. 검은 모자를 쓴 검은 새 한 쌍이 옷 위에서 날개를 퍼덕이고 옷 아래로는 시체 두 구가 누워 있었는데, 한 구는 사무실 의자에, 다른 한 구는 유리 관에 안치되어 있었다. 그 그림은 머리가 하얗게 센 건망증 심한 노인이 쓴 동화로, 축음기의 레코드판처럼 빙글빙글 돌았다.

빗줄기가 다시 거세졌다. 언원은 바람에 맞서 페달을 밟았다. 그곳은 낯선 거리였다. 그곳에서는 낯선 얼굴들이 빗물이 줄줄 흐르는 모자 아래에서 적의를 품은 듯한 눈빛으로 그를 쏘아보았다. 전체적으로 하얗고 드문드문 살구색인 조그만 개 한 마리가 골목에서 튀어나오더니 그를 따라오면서 자전거 뒷바퀴에 대고 짖었다. 자전거 벨을 아무리 울려도 쫓아낼 수가 없었다. 이렇게 비가 오는 날이면 도시의 개들은 늘 길을 잃고 떠돌았다. 개들이 길잡이로 삼는 냄새가 몽땅 배수로로 씻겨 내려가 버렸기 때문이다. 언원은 그런 개의 신세가 된 기분이었다. 쫓아오던 개는 언원이 비에 젖은 채 모퉁이에 쌓여 있는 쓰레기 더미에 도착했을 즈음 더 이상 따라오지 않았다. 그런데 따라오던 개가 사라지자 언원은 길을 잃었다는 사실을 비로소 깨달았다.

그의 우산 기술은 이동 거리가 짧고 속도를 상당히 낼 때 가장 효과가 좋았다. 지금 언원은 흠뻑 젖은 상태였다. 소매는 손목에서 축 늘어졌고 넥타이는 셔츠를 뚫을 것처럼 몸에 착 달라붙었다. 클레오파트라 그린우드가 지금 이 모습을 봤다면 웃음을 터뜨리며 그에게 가던 길을 계속 가라고 했을 것이다. 그녀가 뭔가를 알고 있다는 사실은 확실했다. 그녀는 늘 뭔가를 알고 있었고, 늘 그 뭔가에 '관련되어' 있었다. 그런데 무엇에 관여했을까? 왜 다시 돌아왔을까?

언원은 언제나 일관성을 지키려고 무던히 애를 썼지만 탐정 회사의 파일을 잘 살펴보면 클레오파트라 그린우드가 열 가지도 넘는 다른 모습으로 기록되어 있으며, 각각의 모습이 조금씩 다르다는 사실을 알고 있었다. 여러 모습 가운데 하나에서 클레오는 열일곱이라는 나이에 가족의 섬유 공장에 대한 소유권을 주장하며 집을 나와 칼리가리의 순회 카니발에 들어갔다. 가뜩이나 형편없는 수준이라 서서히 몰락하기 시작하여 기괴한 아름다움과 과거의 영광에만 사로잡혀 있던 카니발에서 그녀는 일종의 여왕이 되었다. 클레오는 오래된 카드로 미래를 점쳤고 팔자수염의 남자에게는 자신에게 단검을 던지는 고역을 치르게 했다.

한번은 공연을 하다가 단검이 왼쪽 무릎 바로 위를 꿰뚫고 박혔다. 그녀는 제 손으로 단검을 뽑아서 잘 간직했다. 그때 입은 부상으로 그녀는 다리를 절게 되었다. 그 단검은 시바트의 보고서에 여러 번 등장했다. 그날 밤 그녀가 윈덜리호의 짐칸에서 시바트를 발견했을 때 배는 이미 그녀가 장악하고 있었다.

'나는 예전에 읽은 결박 상태에서 벗어나는 방법을 떠올리려고 애를 썼다네. 뼈를 내 맘대로 탈구시킬 수 있다면 쉬울 테지만 그런 능력은 내 직무 설명서에 없었지. 나는 뚜껑을 풀로 딱 붙여 놓은 깜짝 장난감 상자 속 인형만큼이나 쓸모가 없었던 거야. 그래서 그 여자를 봤을 때 이제 살았구나 싶었지. 물론 그 여자가 거기서 뭘 하고 있었는지 짐작조차 할 수 없었지만 말이야.

"당신이 찾는 걸 찾을 수 있게 도와줄게요. 그러면 당신도 내가 이곳에서 빠져나갈 수 있도록 도와줘요."

이러더군.

그랬어. 그녀도 곤란한 상태였던 거야. 그녀는 늘 말썽에 휘말려 있었지. 솔직히 저 뒤의 악당들보다야 잘도 도움이 되겠다고 쏘아붙이고 싶더군. 그래도 어쩌겠나. 밧줄을 자르려면 어떻게든 손을 빌려야 하지 않겠나. 그래서 속마음이야 어떻든 일단은 상냥하게 굴었다네.

우리는 미라 영감이 담긴 상자를 발견하고는 구명보트에 옮겨 실었다네. 정말 힘들었어. 그녀는 다리를 절었고 나는 발이 아팠거든. 그래도 밧줄 두 개로 간신히 상자를 구명보트로 내렸다네. 내가 노를 젓는 동안 그녀는 뱃머리에 앉아 아픈 무릎을 문질렀지. 수면은 시커멓더군. 달도 별도 없는 밤이었어. 고작 이 미터가량 떨어진 그 여자 얼굴도 안 보였지. 그녀는 이후로 어디로 갈지 털어놓으려고 하지 않았어. 어디에 가면 만날 수 있는지 물어도 입을 꼭 다물고 있더군. 사실 나는 지금도 그녀가 누구 편인지 모르겠어. 호프만일까? 우리일까? 서기, 그녀는 착한 아이 같다네. 나는 그녀를 믿고 싶어. 하지만 내가 그녀를 계속 잘못 볼지도 모르지.'

오랫동안 수십 건이 넘는 사건을 해결하는 동안에도 시바트는 그녀가 어느 편인지 확신할 수 없었다. 그건 언원도 마찬가지였다. 그러나 11월 12일 사건으로 그녀의 입장이 확실히 드러났다. 시바트는 당시 그녀를 현행범으로 체포해 그가 취해야 할 조치를 취했다.

에드윈 무어의 말이 옳다면 그날 밤 시체를 바꿔치기한 후 시바트에게 엉뚱한 미라를 박물관에 되돌려 놓게 한 사람은 다름 아닌 그린우드일 것이다. 시바트도 그녀로부터 진실을 끌어내지 못했는데 언원이라고 무슨 희망이 있을까? 그가 그녀에게 무슨 위협거리가 되겠는가. 그는 아무것도 아니었다. 사무실 문에도 '탐정 찰스 언'이라고 적혀 있지 않은가.

갑자기 골목길에서 검은 차가 튀어나와 언원의 앞길을 막아섰다. 언원은 자전거를 세우고 잠시 기다렸다. 길에 통행을 방해하는 차는 한 대도 없지만 자동차는 멈춰 선 채 움직일 줄을 몰랐다. 언원이 운전자를 보려고 했지만 창문에 비친 자신의 얼굴밖에 보이지 않았다. 자동차의 엔진이 요란하게 으르렁거렸다.

이런 상황에 대해 매뉴얼은 뭐라고 했을까? 분명 상대는 언원에게 겁을 주려는 것일 터였다. 그렇다면 아무렇지도 않은 척해야 할까? 모든 것이 오해일 뿐이며 상황이 상황인지라 조금 당황했을 뿐이라는 듯 행동해야 할까? 자동차 운전사가 호의적인 몸짓을 전혀 보이지 않았으므로 그는 자전거에서 내려 뒤로 돌아 자전거를 끌고 가기 시작했다.

바로 그때였다. 자동차가 총알처럼 튀어나와 언원을 향해 달려오기 시작했다. 언원은 자동차가 오자 뒤로 확 물러났다. 두 걸음만 더 갔다면 벽돌담에 그대로 메다꽂힐 뻔했다. 운전석 창문에는 빗줄기에 일그러진 그의 모습만 비쳐 보일 뿐이었다.

언원은 자전거에 올라타 다시 뒤돌아 달리기 시작했다. 냉정을 잃지 않으려고 애를 썼지만 발이 자꾸 페달에서 미끄러졌다. 몸이 마구 떨린 탓이었다. 문제의 자동차가 방향을 돌릴 때 타이어가 마찰하는 소리가 들렸다. 엔진은 먹잇감의 약점을 감지한 듯 으르렁거렸다. 언원은 냉정을 되찾고 자동차가 튀어나왔던 골목으로 들어갔다. 그러자 자동차가 야수처럼 골목을 굉음으로 채우며 쫓아왔다. 언원은 페달을 더 빨리 밟았다. 자동차의 전조등이 번쩍이자 빗줄기는 단단한 커튼처럼 보였다. 언원은 골목길의 끝에 다다를 수 있을 것 같았다. 하지만 골목길을 빠져나가도 자동차가 거리에서 그를 덮칠 것이 분명했다.

그는 골목길을 빠져나가자 우산을 뒤로 젖혔다. 바람은 우산을 찢어발기려고 했다. 그는 한 손으로 자전거의 핸들을 왼쪽으로 홱 꺾었다. 우산에 공기가 확 차자 자전거가 배수로의 가장자리에 위태롭게 서며 보도 위로 순식간에 올라섰다.

자동차는 큰 도로로 곧장 달려 나오다 하마터면 택시를 들이받을 뻔했다. 언원은 멈춰서 상황을 살피는 일 따위는 하지 않았다. 다시 페달을 밟으며 달리기 시작했다. 상체를 낮게 숙였다. 빗물이 신발에 고여 절벅거렸다. 바로 그 순간 방금 차와 똑같이 생긴 자동차가 맞은편 길에서 튀어나와 교차로에 서서 그의 도주로를 차단했다. 언원은 멈추지 않았다. 어떻게 멈추는지 잊어버린 것이다. 그는 우산을 접어 팔과 몸통 사이에 창처럼 끼워들었다.

운전석 문이 열리더니 에밀리 도펠이 고개를 내밀었다.

"탐정님!"

그녀가 언원을 불렀다.

"트렁크!"

언원이 소리쳤다.

에밀리는 뛰어나와 트렁크를 열고는 두 팔을 벌린 채 버티고 섰다. 언원은 자전거에서 훌쩍 뛰어내리자마자 자전거를 곧장 비서를 향해 들어 올렸다. 그러자 비서는 놀라운 힘으로 자전거를 받아 들어 곧장 트렁크에 집어넣었다. 그녀가 자동차 열쇠를 그에게 던졌다. 그러나 그는 비서에게 다시 열쇠를 던졌다.

"나는 운전을 못 해요!"

언원이 소리쳤다.

그녀가 다시 운전석으로 돌아갔을 즈음 따라오던 다른 차가 그들 옆에 섰다. 스크리드 탐정이 차에서 걸어 나왔다. 그는 불도 붙이지 않은 담배를 거리에 뱉고는 이렇게 말했다.

"언원, 차에 타게."

"얼른 타세요!"

에밀리가 그에게 소리쳤다.

언원은 에밀리의 옆에 타 문을 닫았다. 그녀가 차를 출발시키자 언원의 머리가 뒤로 확 젖혀졌다. 뒤쪽 유리로 보니 스크리드가 조금 뒤에서 마구 달려오고 있었다. 그러더니 멈춰 서서 몸을 구부려 양손을 무릎에 올려놓았다. 금발 콧수염의 남자가 휴대용 타자기를 든 채 스크리드 옆에 서 있었다.

"이 차는 어디서 났어요?"

언원이 물었다.

"회사 차예요."

비서가 대답했다.

"회사에서 차를 내줬어요?"

"아뇨, 이건 탐정님 차인걸요. 하지만 이런 상황에서는 아무래도 상관없으시겠죠."

에밀리는 타자를 칠 때처럼 자신만만한 태도로 차를 몰았다. 그녀의 자그마한 손이 운전대와 기어를 재빨리 오갔다. 코너를 어찌나 빨리 도는지 언원은 하마터면 그녀의 무릎으로 쓰러질 뻔했다. 그녀의 운이 나는 검은색 도시락 통이 이 자리에서 저 자리로 튀면서 내용물이 덜거덕거렸다.

비서가 언원을 어떻게 찾았을까? 비서는 언원이 시립 박물관으로 갔다는 사실을 알고 있었다. 하지만 그 후 포티 윙크스로 간 것은 에드윈 무어나 그녀만의 연락책과 연락을 주고받지 않았다면 절대 알 리가 없지 않은가.

그때 언원의 생각을 읽기라도 한 듯 비서가 말문을 열었다.

"스크리드 탐정의 뒤를 밟았어요. 그 사람이 사무실을 슬그머니 빠져나가는 모습을 보니 뭔가 꿍꿍이가 있다는 걸 금방 알겠더라고요."

그녀는 언원이 여태 한 번도 본 적이 없는 샛길과 터널을 계속 통과하며 도시를 구불구불 빠져나갔다. 언원은 그제야 추위를 느꼈다. 의자에 눌려 몸에 딱 달라붙은 축축한 옷이 신경 쓰이기 시작했다. 그는 모자를 벗어 꼭 비틀어 물기를 짰다. 양복 재킷과 넥타이도 벗어서 꼭 짰다. 주소가 적힌 종이는 아직 읽을 수 있었다. 메모를 에밀리에게 주자 그녀가 고개를 끄덕였다.

"축음기는 찾았어요?"

그 질문에 비서의 두 볼이 붉게 달아올랐다. 그녀는 시선을 도로에 고정한 채 대답했다.

"그만 잠이 들어 버렸어요."

언원은 히터를 켜고 의자에 편안하게 기댔다. 그들은 지금 도심지를 벗어나는 중이었다. 회색 빗줄기를 뚫고 시내에서 가장 먼 곳을 지나 북쪽으로 가다 보니 녹색 구릉지와 멀리 숲이 보였다. 혹시 어렸을 때 와 본 적이 있을까? 어쩐지 구릉지며 숲이며 예전에 본 것 같기도 했다. 그곳에서 다른 아이들과 놀았던 기억도 어슴푸레 났다. 아이들과 숨는 놀이도 했던 것 같은데, 아이들은 숨어서 기다렸다. '숨어서 기다리기'. 그게 놀이의 이름이었을까? 아니야, 숨어서 기다리는 것만 아니라 찾기도 했다. 그렇다면 '지켜보다가 찾기'?

"스크리드는 탐정님이 살인자라고 믿고 있어요."

비서가 말문을 열었다.

언원은 29층에서 스크리드와 했던 대화며 그가 레이미크의 메모를 빼앗듯 받아 간 일도 떠올랐다. 그 직후에 스크리드는 36층으로 갔을 것이다. 그곳에서 배달원보다 먼저 시체를 발견했겠지.

"당신은 어떻게 생각해요?"

언원이 물었다.

"탐정님이 오명을 씻어야 한다고 생각해요."

비서가 대답했다. 두 볼이 여전히 발갛게 달아올라 있었고 목소리에는 열정 같은 것이 담겨 있었다.

"저는 탐정님이 지금까지의 수수께끼보다 훨씬 대단한 수수께끼를 푸실 것 같아요."

히터의 열기가 온몸을 따뜻하게 감싸자 언원은 눈을 감았다. 그리고 와이퍼가 앞 유리 위를 좌우로 움직이는 소리에 귀를 기울였다. '관찰하고 따라가기'였나? 아니면 '숨고 관찰하기'? '따라가서 찾기'?

머릿속이 뒤죽박죽이었다. 어쩌면 그런 놀이를 한 적이 없을지도 몰랐다.

언원이 눈을 뜨자 주위는 어두컴컴했고 옷은 말라 있었다. 조수석 창문으로 낮은 돌담이 보였다. 돌담 너머로 보이는 붉은 단풍나무 숲에서는 빗물이 가로등 불빛을 받으며 뚝뚝 떨어졌다. 그는 혼자였다. 손을 아래로 뻗으니 발치에 서류 가방이 있었다. 하지만 우산은 보이지 않았다.

양복 재킷과 넥타이를 팔에 걸친 채 문을 열고 보도로 내려섰다. 시립 공원의 공기는 서늘했고 흙냄새가 났다. 뭔가 썩는 냄새 같았다. 맞은편에는 높은 건물들이 죽 늘어서 있었는데, 건물의 창문에서 새어 나오는 불빛에 도로로 떨어지는 빗줄기가 환하게 비쳐 보였다. 에밀리는 사라지고 없었다. 마침내 그의 진면목을 꿰뚫어 본 후 그를 팽개치고 떠나 버린 걸까?

회색 코트를 입은 남자가 목줄을 맨 작은 개 두 마리를 데리고 공원에서 나왔다. 그는 언원을 보더니 멈춰 섰다. 개들은 으르렁거렸다. 그 남자는 개들이 으르렁거려도 상관없다는 듯 내버려 두다가 잠시 후 목줄을 잡아끌며 발걸음을 뗐다.

언원은 넥타이를 매고 재킷을 입고 단추를 채웠다. 그는 택시를 잡아타려고 했다. 길버트 호텔이 아니라 집으로 가려고 말이다. 그런데 지나가는 차가 한 대도 없었다. 바로 그때 에밀리가 길을 건너 걸어왔다. 그녀는 검은색 레인코트를 입고 허리띠를 매고 한 손을 주머니에 넣은 채 걸어왔다. 그녀는 탐정의 비서로 보이지 않았다. 탐정 같았다.

그녀는 잠자코 언원에게 우산을 돌려준 후 주머니에서 열쇠를 꺼내 트렁크를 열었다. 두 사람은 함께 자전거를 꺼냈다. 언원은 자전거를 가로등에 기대 세워 놓았다.

"이야기를 해 두었어요. 뒤쪽으로 가시면 작은 레스토랑이 있어요. 하지만 그린우드 양은 그곳에 없어요. 방으로 곧장 가세요. 데스크 직원에게 말을 해 두었거든요. 탐정님이 곧장 올라가도 아무도 붙잡지 않을 거예요."

그녀가 일러 주었다.

길 맞은편을 보니 그녀가 나왔던 곳 문 위에 걸린 간판이 보였다. 위에 걸린 전등 불빛에 둥근 활자가 눈에 들어왔다. 바로 '길버트 호텔'이었다.

"정말 잘 처리했군요, 에밀리. 이제 쉬도록 해요. 말 그대로 바짝 엎드려 있어요."

에밀리는 그의 우산을 함께 쓰고 있었다. 그런데 바짝 다가오더니 그의 가슴팍으로 한 손을 들어 올렸다. 그는 그날 아침 29층 사무실에서의 상황이 떠올랐다. 그때도 두 사람은 문을 꼭 닫은 방 안에서 충분한 여유 공간도 없이 있지 않았던가. 라벤더 향수 냄새가 났다. 그녀는 그의 재킷 단추를 풀기 시작했다.

언윈이 한 걸음 뒤로 물러섰지만 에밀리가 그의 옷을 꼭 붙잡았다. 언윈은 왜 그러는지 그제야 깨달았다. 그가 단추를 잘못 채우는 바람에 비서가 제대로 채우려는 것이었다. 그녀는 남은 단추를 다 풀고 난 후 옷자락을 잡아당겨 똑바로 펴고 다시 단추를 채웠다.

그 일을 끝내자 그녀는 눈을 감고 고개를 뒤로 젖혀 그를 향해 얼굴을 들어 올렸다.

"'당신에게 가장 가까운 사람들, 당신의 가장 내밀한 생각과 의견을 믿고 털어놓을 수 있는 사람들 또한 가장 위험한 자들이다. 그들을 적으로 대하지 않으면 그들은 언젠가 당신이 맞서야 할 최악의 적이 될 것이다. 거짓말이 필요하다면 하라. 줄 수 있는 정보도 주지 마라. 사건의 원인을 파헤치는 데 도움이 안 되는 친밀함을 허용하지 마라.'"

언윈이 침을 꿀꺽 삼켰다.

"많이 듣던 소리군요."

"당연하죠."

에밀리는 그렇게 말하며 눈을 뜨고 그의 서류 가방을 톡톡 쳤다.

"걱정 마세요. 탐정님의 책은 원래 있던 곳에 잘 넣어 뒀으니까요. 잠시 살펴봤을 뿐이에요. 특히 그 부분이 흥미롭더라고요. 그렇지 않으세요?"

에밀리는 트렁크를 닫고 차 앞으로 갔다. 그는 우산을 들고 그녀의 뒤를 따르며 차에 탈 때까지 계속 우산을 씌워 주었다. 그녀는 차의 창문을 내리고 말했다.

"궁금한 게 한 가지 있어요, 언윈 탐정님. 우리가 결국 시바트 탐정님을 찾으면요, 그러면 탐정님은 어떻게 되나요?"

"모르겠어요. 이 사건이 나의 유일한 사건이 되겠죠."

"그럼 저는요?"

언원은 그녀의 발로 시선을 떨어뜨렸다. 할 말이 떠오르지 않았다.

"그러실 줄 알았어요."

비서가 말했다. 그녀는 창문을 올렸다. 언원이 옆으로 물러나자 차를 세워 둔 모퉁이에서 차를 몰고 떠났다. 그는 자동차가 길을 따라 공원으로 들어가더니 어느새 나무들 사이로 사라질 때까지 계속 지켜보았다. 이윽고 속도를 높이는 소리가 들렸다. 그 소리마저 들리지 않게 되자 그는 자전거를 끌고 길을 건너 호텔로 향했다. 호텔 옆으로 난 골목을 보고 비상계단에 체인을 걸었다.

언원은 호텔 로비로 들어가 데스크의 직원과 고갯짓으로 인사를 나눈 뒤 비로소 퍼뜩 깨달았다. 에밀리는 그가 이곳에 온 이유를 알고 있었다. 그는 그린우드의 이름을 입에 담은 적이 한 번도 없었는데 말이다.

자신을 비라 트루즈데일이라고 밝혔던 여자는 두 번째 노크 소리에 대답을 했다. 그녀는 오전에 보았을 때처럼 레이스 칼라와 커프스가 달린 검은색 구식 원피스를 입고 있었다. 물론 그때보다 좀 더 구겨져 있었다. 머리카락은 헝클어진 채 구불거리며 풀어져 있었다. 아침에는 미처 보지 못한 흰머리도 몇 가닥 보였다. 뒤쪽으로 보이는 방에는 작은 레이스 모자가 접힌 채 베개 위에 있었고 검은 전화기가 정돈이 안 된 침대의 이불 사이에 파묻히듯 놓여 있었다.

그녀는 가장자리가 붉어진 눈을 활짝 떴다.

"레이미크 씨, 직접 오실 줄은 몰랐어요."

"이것도 업무의 일부분이죠."

언윈이 말했다.

그녀는 그의 코트와 모자를 받아 들더니 문을 닫고 작은 주방으로 갔다.

"스카치가 좀 있을 거예요. 탄산수도 있고요."

『탐정 매뉴얼』에는 독극물과 해독제에 대해 뭐라고 나와 있더라? 운을 시험할 계제가 아니지 않는가.

"고맙지만 괜찮습니다."

언윈은 방을 둘러보았다. 잠그지 않은 짐 가방이 의자 위에 있고 옆의 테이블에는 핸드백이 있었다. 레이미크의 사무실에서 만났을 때 그녀는 삼 주 전쯤 도시에 왔다고 했다. 그 말만큼은 사실인 것 같았다. 그런데 방의 한쪽 구석에 놓인 탁자 위에는 전기 축음기가 놓여 있었다. 축음기는 이곳에 올 때 챙겨 왔을까? 도착한 후 샀을까? 축음기 옆에는 레코드판이 많이 쌓여 있었다.

그녀는 마실 것을 준비해 들고 온 후 두 개의 창문 가운데 하나를 가리켰다. 호텔 옆으로 골목길 하나만큼 떨어져 서 있는 건물의 음울한 풍경이 창문을 통해 고스란히 보였다.

"저 창문이 아침마다 늘 열려 있어요. 밤에 꼭 잠그고 자는데도 말이죠."

그녀가 말했다.

창문을 살펴보니 그곳을 통해 비상계단으로 나갈 수 있었다. 언윈이 걸쇠를 확인해 보니 튼튼했다. 그는 레이미크라고 사칭한 속임수가 얼마나 갈지 걱정스러웠다. 어쩌면 그린우드 양은 사실을 알면서 장단을 맞춰 주는 것일지도 몰랐다. 어쨌든 버틸 수 있을 때까지는 버티는 수밖에 없었다.

"제가 축음기로 뭘 좀 들어도 되겠습니까?"

"글쎄요."

그녀는 애매하게 대답했다.

언윈은 서류 가방에서 레코드를 꺼내서 커버를 벗겼다. 그는 투명한 레코드판을 턴테이블에 올려놓고 스위치를 켠 후 바늘을 올려놓았다. 처음에는 아무 변화가 없더니 이내 리드미컬하게 쉬쉬 소리가 났다. 잠시 후 좀 더 묵직한 소리가 났다. 누군가 무슨 말을 하고 있었는데, 남자 목소리 같았다. 하지만 녹음 상태가 좋지 않아 단 한 마디도 알아들을 수 없었다.

"소리가 끔찍하네요. 꺼 주세요."

그녀가 말했다.

언원이 증폭기로 몸을 숙였다. 말소리 비슷한 잡음이 이어지다가 끊어지고 다시 이어졌다. 그때 언원은 어떤 소리를 들었다. 박물관 카페에서 금발 턱수염의 사내로부터 전화기를 빼앗아 귀에 대었을 때 들었던 바로 그 소리였다.

바스락거리는 소리와 비둘기가 구구거리는 소리 말이다.

그린우드 양은 음료수를 내려놓고 깔개에 발이 걸려 넘어질 뻔했지만 무사히 그에게 왔다. 그녀는 레코드판에서 바늘을 들어 올린 후 짜증스러운 기색에 의문 어린 표정으로 그를 보았다.

"이게 제 사건과 무슨 관계가 있는지 모르겠군요."

언원은 레코드판을 커버에 다시 넣어 가방에 되돌려 놓고 말했다.

"오늘 아침에 졸린 척하면서 다리를 전다는 사실을 감췄군요."

다리 이야기에 정곡을 찔렸는지 움찔한 그녀가 대꾸했다.

"신문을 읽었어요. 에드워드 레이미크가 죽었다더군요. 당신은 관찰자가 아니죠."

"그러는 당신도 비라 트루즈데일이 아니고요."

그녀의 얼굴에서 뭔가가 변했다. 눈 아래 그림자가 전보다 더 짙어졌지만 전혀 피곤해 보이지 않았다. 그녀는 음료수 잔을 집어 들고 한 모금 마셨다.

"호텔 보안 요원을 부를 수도 있어요."

"좋습니다."

언원은 자신이 이렇게 대답할 수 있다는 사실에 스스로 감탄했다.

"하지만 그 전에 오늘 아침 레이미크 씨의 사무실을 찾아온 이유를 알고 싶군요. 시바트 탐정님을 고용하기 위해서가 아니었어요. 그가 며칠 전에 당신을 찾으러 갔으니까요."

그 말에 그린우드 양은 잔을 내려놓았다.

"당신은 누구죠?"

"찰스 언원, 탐정입니다. 에드워드 레이미크 씨가 제 관찰자였죠."

언원은 이렇게 대답하며 신분증을 보여 주었다.

"당신은 이제 관찰자가 없는 탐정이군요. 그것참, 독특한 입장이에요. 당신을 고용하고 싶어요."

그녀가 말했다.

"우리는 일을 그런 식으로 처리하지 않습니다. 탐정은 사건을 배정받아야 하죠."

"그렇죠. 각자의 관찰자로부터요. 하지만 당신은 지금 관찰자가 없잖아요. 그래서 지금 정확하게 무슨 사건을 조사중인지 궁금하군요."

"시바트 탐정님을 찾고 있습니다. 탐정님은 시립 박물관으로 가셨죠. 그건 당신도 알고 있겠죠. 박물관 안내원에게 최고령 피살자의 금니를 보여 준 사람이 다름 아닌 당신이니까요. 아닌가요?"

그린우드 양의 얼굴에 흥미로워하는 기색이 뚜렷하게 떠올랐지만 대답은 들리지 않았다.

"지금 몇 시죠?"

질문을 받은 언윈은 자신의 손목시계를 보았다.

"9시 30분요."

"탐정님, 보여 드릴 게 있어요."

그녀는 그를 문으로 데리고 가더니 열지는 않고 문에 달린 구멍을 가리키며 말했다.

"저길 한번 보세요."

언윈이 몸을 기울여 구멍 안을 들여다보려고 했다. 바로 그때 클레오파트라 그린우드에게 등을 보여도 괜찮을까 싶은 생각이 퍼뜩 들었다. 그녀는 몇 발자국 뒤로 물러난 후 자신에게 무기가 없다는 사실을 보여 주듯 양손을 벌렸다.

"당신을 믿었으니까 순순히 방에 들인 거 아니겠어요?"

그는 망설였다.

"서둘러요. 놓치기 전에."

그녀는 속삭이듯 재촉했다.

언윈이 구멍으로 밖을 내다보았다. 처음에는 맞은편에 난 문이 둥그렇게 보이는 것 외에 특별한 점이 없었다. 잠시 후 붉은 코트를 입은 사환이 한 손에 뚜껑을 덮은 쟁반을 들고 나타났다.

그는 쟁반을 맞은편 문 앞에 내려놓고 노크를 두 번 하고 갔다. 하지만 아무도 음식을 가지러 나오지 않았다.

"계속 보세요."

그린우드 양이 말했다.

문이 스르르 열리나 싶더니 너덜너덜한 프록코트를 입은 노인이 복도로 나왔다. 손에 든 오래된 군용 리볼버를 네모난 푸른색 천으로 닦아 윤을 내고 있었다. 복도 이쪽저쪽을 살핀 노인은 아무도 없는 것을 확인한 후 총을 주머니에 집어넣었다. 그리고 쟁반을 들고 안으로 들어갔다.

그린우드 양이 미소를 지었다.

"저 영감이 누군지 알겠어요?"

"아뇨."

언원은 그렇게 대답을 했지만 어렴풋하게 낯이 익었다. 그녀가 무슨 게임을 시작했는지는 모르겠지만 슬슬 초조해졌다.

"베이커 대령이에요."

"지금 겁주려고 이러는 거군요."

언원이 말했다.

"나는 탐정님의 힘을 빌려 좋은 일을 하려는 거예요, 언원 탐정님. 지금쯤이면 상황이 믿었던 것보다 훨씬 더 복잡하다는 사실을 알아차리셨을 텐데요. 다들 베이커 대령이 죽었다고 알고 있죠. 모두들 시바트는 승리를 거두었고 사건은 종결된 줄 알아요. 그런데 베이커 대령은 지금 저 맞은편 방에서 살고 있죠. 그는 매일 밤 룸서비스를 주문해요. 저녁을 늦게 먹는 걸 좋아하거든요."

노인이 쥐고 있던 권총이 아니었다면 언원은 그린우드 양의 말이 새빨간 거짓말이라는 걸 증명하기 위해 당장 앞방으로 달려갔을지도 몰랐다. 베이커 대령의 세 번의 죽음은 시바트에게 가장 큰 영광을 안겨 준 사건 중 하나였다. 게다가 그 사건을 정리한 언원의 파일은 최고 중의 최고였다. 어떤 서기도 이 사실을 부정할 수는 없으리라.

셔브룩 베이커 대령은 전쟁 영웅으로 동시에 두 곳에 있는 것처럼 보이게 하는 비밀스러운 전술로 명성을 얻었다. 하지만 말년에는 비견할 데 없는 전쟁 기념품 수집으로 젊었을 때보다 더 큰 명성을 얻었다. 그는 고대 세계를 연구하는 학자들의 흥미를 끌 만한 기념품들 외에도 골동품 소총과 휴대 무기를 어마어마하게 수집했는데, 그 가운데에는 이 나라의 건국의 아버지들이 소유했던 무기도 있었다. 전문가들은 그 외의 수집품들도 역사상 온갖 전쟁과 혁명, 내전 같은 곳에서 첫 발사를 했던 무기라는 점에 이견이 없었다. 하지만 이 뛰어난 수집품에 대해 연구는 커녕 구경한 사람도 극히 드물었다. 왜냐하면 베이커 대령이 자부심을 가지고 수집품에 대해 말하기는 했지만 질투심 같은 감정에 사로잡혀 수집품을 꽁꽁 숨겼기 때문이다.

시바트는 베이커 대령의 아들인 레오폴드 베이커에 대해 '사업에 영 솜씨가 없는 사업가'라고 썼다. 대령이 죽자 레오폴드는 기꺼운 마음으로 아버지가 남긴 상당한 유산을 물려받았다. 그런데 무기 수집품도 함께 물려받았다는 사실에 그의 기쁨은 조금 줄어들었다. 레오폴드의 마음속에는 열두 살 소년이었던 때 어느 오후의 기억이 엊그제처럼 생생하게 남아 있었다. 당시 어린 레오폴드는 무기에 윤을 내고 있는 아버지에게 캐치볼을 하자고 했다. 그러자 대령은 어린 아들의 눈앞에 가늘고 긴 칼날을 들이대며 이렇게 말했다.

"이 검은 중세의 단검이다. 중세에는 전투가 끝나면 보병들이 적군이 정말로 죽었는지 죽은 척하는 건지 확인하기 위해 쓰러진 기사가 입은 갑옷의 틈으로 이 칼을 찔러 넣었단다. 오늘 밤에 잠자리에서 이 이야기를 잘 생각해 보거라."

유언장에는 대령의 유언을 따르지 않았을 경우 결과에 대해 아무런 조항도 없었다. 그래서 대령의 장례식을 치른 지 사흘 만에 경매가 열렸다. 많은 사람들이 경매에 참석했다. 경매장은 역사학자와 박물관 큐레이터, 대령에게서 오랫동안 퇴짜만 맞았던 무기 애호가들로 북적거렸다. 그런데 경매가 시작되자 경매물은 계속해서 똑같은 사람에게 넘어갔다. 얼굴을 검은 베일로 가린 기묘한 신사로 경매장 뒤쪽에 앉은 사람이었다. 경매장에 모인 사람들은 신사가 이넉 호프만의 대리인일 거라는 이야기를 소곤

소곤 주고받았다. 그도 그럴 것이 호프만은 골동품 애호가로 유명했기 때문이었다. 레오폴드도 그 신사가 수상해 보였지만 개의치 않았다. 그의 돈주머니는 바닥이 없는 것 같았기 때문이다.

경매가 끝나자 레오폴드는 신사와 거래를 끝내기 위해 마주 앉았다. 그 순간 신사가 베일을 걷어 얼굴을 드러냈다. 그 사람은 다름 아닌 대령이었다. 노인은 죽기는커녕 아들을 시험해 보기 위해 죽은 척했을 뿐이었다. 대령은 유언장이 무효라고 선언했다. 멀쩡히 살아 있었던 것이다. 그리고 레오폴드가 제 것이 되었다고 생각했던 것을 모두 되찾아갔다.

이 시점에서 시바트가 사건에 개입했다. 보고서는 이렇게 시작했다.

'사건은 오늘 아침 최우선 과제로 책상 위에 올라와 있더군. 솔직히 말해서 예상했던 바였어. 누가 그런 짓거리를 하면 말이 돌기 마련이거든. 소문이 충분히 모이면 누군가에게 귀찮은 일이 생기지. 정확히 말해 대령의 시체는 아침 일찍 그의 도서실에서 발견되었네. 그는 여덟 차례나 칼에 찔린 채 바닥에 쓰러져 있었지. 범행 도구는 대령의 소장품인 중세 단검이었다네. 죽은 척한 병사가 발견된 거야.

내 고객? 레오폴드 베이커, 유력한 용의자지.'

시바트가 누군가의 결백을 증명하라는 임무를 받은 건 이 사건이 처음이었다. 언원은 시바트가 그로 인해 기분이 상했으리라 직감했다. 시바트는 서둘러 베이커 저택을 찾지도 않았고 시신도 대충 검사했다.

시바트는 이렇게 썼다.

'그래, 죽었더라고.

사람들에게 시신을 그대로 두라고 이른 후 산책을 나갔지. 그곳에는 숨겨진 비밀이 너무 많아서 머리가 아팠거든. 로비에 서 있는 조각상 아래 작은 문을 지나 와인 저장고의 선반 뒤에 숨은 계단을 올라가 온실 아래 터널로 내려갔지. 이 모든 고생이 편안한 의자에 앉기 위해서라니. 아마도 그것이 그 저택에서 유일한 의자일 거야.

의자는 대령의 개인 서재에 있었어. 내가 위스키를 찾은 곳이었고 이 사건에서 처음으로 흥미로운 것을 발견한 곳이기도 했지.'

책상에서 시바트는 대령이 군인 시절을 회고한 육필 문서를 찾아냈다. 대령은 자신에게 영광을 안겨 준 전투 기술에 숨은 비밀을 털어놓았다. 동시에 두 곳에 나타날 수 있는 것처럼 보인 트릭의 비밀은 바로 대역이었다. 대령의 대역은 쌍둥이 형제인 레지널드였는데, 베이커는 대역에 대해서 군 지휘부에 철저하게 비밀로 숨겨 두었다.

'들통이 날 뻔하기도 했는데, 무기를 쥐는 손이 달랐기 때문이었지. 셔브룩은 왼손잡이였고 레지널드는 오른손잡이였거든. 한번은 어떤 장군이 그 사실을 알아차리자 셔브룩이 이렇게 응수

했다는군.

"장군님, 저는 참호에서는 양손잡이입니다. 식당에서는 왼손을 쓰죠."

말도 안 되는 변명이었지만 어쨌든 그걸로 잘 무마를 했어.

나는 위스키를 가지고 나왔는데, 도서실로 되돌아가기 전에 이미 다 마셔 버렸다네. 경찰은 내가 지시한 대로 시신을 그대로 두었지만 검시관이 까다롭게 굴더군. 그래서 매우 열정적이고 진지한 태도로 대해 주었어. 성격이 까다로운 남자들에게는 대개 그런 꼼수가 잘 통하거든. 서기, 때로는 내가 라디오 드라마에서 사는 기분이 드는 건 그냥 착각일 뿐일까?

탐정 : 여기, 피살자의 오른손 말입니다. 엄지와 검지 사이. 뭐가 보입니까?

검시관 : 그건 잉크 얼룩이군요. 그게 뭐 어때서요.

(한쪽 팔이 바닥에 툭 떨어진다.)

탐정 : 셔브룩 베이커 대령은 왼손잡이였습니다. 뭔가 수상쩍지요. 왼손잡이가 오른손으로 펜을 쥐다니 이상하지 않습니까?

검시관 : 글쎄올시다. 나는…….

탐정 : 그리고 이 상처들. 무기로 찌른 각도 말입니다. 그 각도로 살인자가 오른손잡이인지 왼손잡이인지 확인해 보셨습니까?

(서류를 휙휙 넘긴다.)

검시관 : 어디 봅시다. 아. 아! 단검을 왼손에 쥐고 있었군요!

탐정 : 말씀하신 대로입니다. 왜냐하면 셔브룩 대령이 피해자가

아니라 살인자니까요. 이 시체는 그의 형제인 레지널드입니다.

(현악기에 신호)'

레지널드는 형제의 비보를 듣고 유산에서 자신의 정당한 몫을 주장하려고 찾아왔다가 대령이 죽지 않았다는 사실을 알게 되었다. 형제는 오랫동안 연락도 하지 않고 지냈다. 그러니 양쪽 다 서로의 얼굴을 보고 기분이 좋을 리 없었다. 젊은 시절 사람들을 속이기 위해 어쩔 수 없이 떨어져 지낸 탓에 관계는 소원해질 대로 소원해졌고 연극의 성과는 셔브룩이 다 챙겼다. 게다가 셔브룩이 형제에게 너그럽게 굴지도 않았다. 범행에 사용된 중세 단검은 셔브룩이 가장 아끼는 소장품 중 하나로, 그가 늘 사용해볼 핑계를 찾던 물건이었다.

시바트는 시립 공원의 오래된 요새에 있는 은신처에서 대령을 찾아냈다.

'우리가 찾아냈을 즈음 셔브룩은 반쯤 미쳐 있었어. 잽싸게 튀더라고. 우리는 요새의 동쪽에 있는 숲 속에서 그를 놓치고 말았다네. 그로부터 한 시간 후 군복을 입은 남자가 이스트 강 위의 다리에 서 있다는 보고를 받았어. 내가 도착했을 즈음 남자는 다리에서 뛰어내렸지.'

사건의 마지막 보고서는 그로부터 며칠 후에 들어왔는데, 앞선 보고서들과 비교해 길이가 가장 짧았다.

'오늘 재킷이 떠올랐네. 훈장이 그렇게 덕지덕지 달려 있는데도 강바닥에 가라앉았다가 다시 떠올랐다니 놀라울 따름이야. 옷의 주인이 누구인지는 의심의 여지가 없다네. 대령은 죽음이 기정사실로 받아들여지기까지 세 번을 죽어야 했어. 레오는 모든 의심을 벗었어. 그래서 탐정 회사에 의뢰비를 전액 지불했다더군. 하지만 감사 인사는 한마디도 듣지 못했고 알다시피 내 월급도 늘 나오던 대로일세.'

"시체를 끝내 못 찾았죠."

언원이 인정했다.

"하지만 베이커 대령이 사망했다는 것 외에 어떤 결론도 끌어낼 수 없었어요. 사건 파일은 완벽했죠. 사건의 세부 사항과 단서는 모두 완벽하게 들어맞았어요⋯⋯."

언원은 말꼬리를 흐렸다. 마음속에 최고령 피살자의 입에서 금니가 반짝 빛나는 모습이 떠올랐다. 그와 시바트는 예전에도 한 번 틀렸다. 그러니 또 틀렸을 수도 있지 않은가.

그린우드 양이 말을 잇는 언원을 지켜보았다.

"최고령 피살자는 가짜죠. 베이커 대령은 세 번이나 죽었지만 지금 멀쩡히 살아 있고요. 이게 내게 하려는 말인가요, 그린우드 양? 그렇다면 시바트 탐정님이 해결한 다른 사건들은요? 그래도 11월 12일 사건의 성공에 대해서는 가타부타 말하지 못하겠죠?"

"속여서 미안해요. 탐정 회사에는 도움을 청하러 갔어요. 하지만 내가 정체를 밝혔다면 어떤 대접을 받았겠어요. 나랑 잠시 앉아요, 탐정님."

그린우드 양이 말했다.

언원은 그녀가 자신을 자꾸 탐정이라고 부르는 태도가 싫었다. 마치 격려하는 것처럼 들렸다. 어쨌든 언원은 그녀를 따라 방으로 되돌아갔다. 그녀는 그를 위해 짐 가방을 의자에서 치워주었고 자신은 침대 가장자리에 걸터앉았다.

그리고 이야기를 시작했다.

"여기 처음 왔을 때 시바트를 찾고 있었어요. 도움이 필요했거든요. 하지만 그를 만났을 때, 그러니까 한 일주일 전이었는데, 행색이 꾀죄죄하고 살짝 맛이 간 것 같았어요. 바로 여기였어요. 이 호텔 로비 말이에요. 머무를 수가 없다고 하더군요. 믿을 수 없는 걸 봤다고요."

언원이 말했다.

"금충전재였겠죠. 저도 봤습니다. 그리고 즐라타리 말로는 시바트 탐정님이 일주일 전쯤 포티 윙크스에 다녀갔대요. 뭔가를 읽고 있었다더군요."

언원은 타자기 벨처럼 경고 벨 소리가 울리는 것 같아 말을 멈췄다. 주지 않아도 되는 정보를 주고 있었다.

하지만 그린우드 양은 어깨만 으쓱할 뿐이었다.

"그 사람의 매뉴얼이었겠죠. 필사적이었으니까요."

"당신은 『탐정 매뉴얼』을 잘 알고 있군요?"

"너의 적을 알라."

언원은 자신의 무릎을 내려다보았다. 물론 그린우드 양은 그의 적이었다. 하지만 스스럼없이 이야기를 나누고 있자니 차라리 다른 사이로 만났다면 좋았겠다는 생각이 들었다. 시바트도 이런 기분이었을까? 매번 그녀를 잘못 봤다는 기분?

그녀가 말했다.

"레이미크를 찾아간 건 그러면 시바트에게 무슨 일이 있었는지 알 것 같았기 때문이에요. 신경이 쓰였거든요. 당연한 말이지만 그곳에서 당신을 보고 깜짝 놀랐어요."

"전혀 그런 티를 내지 않으셨죠."

"오래된 습관이죠."

바로 그때 전화가 울렸다. 전화기는 새하얀 시트 사이에서 까맣게 빛이 났다. 흑백의 뚜렷한 대조 때문인지 소리가 더 크게 들리는 것 같았다.

그린우드 양이 갑자기 다시 피곤해 보이기 시작했다.

"너무 빠르잖아."

"전화를 받으셔야 한다면……."

"아니에요! 탐정님도 받지 마세요."

그렇게 두 사람은 전화벨 소리가 멎기를 기다리며 전화기를 뚫어져라 바라보았다. 그린우드 양은 멀미를 참기라도 하듯 몸을 살짝 흔들며 심호흡을 했다. 언원이 벨 소리를 열한 번까지 세었을 때 전화가 뚝 끊어졌다.

그린우드 양의 눈이 파르르 떨리다 감겼다. 그러더니 앉은 채로 털썩 뒤로 쓰러졌다. 방 안은 쥐 죽은 듯 고요했다. 호텔의 다른 손님들이 움직이는 소리며 목소리조차 들리지 않았다. 시끄러운 자동차 소리는 어디로 사라졌을까? 언원은 나른한 기분이 되어 아무 소리라도 좋으니 듣고 싶다고 생각했다. 골목길에서 들리는 고양이 울음소리라도 좋았다.

언원은 의자에서 일어나 그린우드 양을 부르며 깨웠다. 하지만 미동도 하지 않았다. 어깨를 흔들었지만 아무런 반응이 없었다.

이런 경우, 탐정님이라면 기회를 놓치지 않겠지. 어쩌면 시바트 탐정님과 똑같이 행동해야 할지도 몰랐다. 언원은 그린우드 양이 마신 음료수를 들어 냄새를 킁킁 맡았다. 왜 그러는지 자신도 몰랐다. 얼음이 거의 다 녹았구나. 추리한 것은 이게 전부였다. 그는 발로 가방의 뚜껑을 열었다. 단정하게 갠 옷이 들어 있었다.

그는 잔을 주방으로 가져가 개수대에 두었다. 그린우드 양도 에밀리처럼 수면 장애가 있나? 시바트는 보고서에 그런 이야기는 전혀 하지 않았다. 어쩌면 너무 피곤해서 곯아떨어진 것일 지도 몰랐다. 그나저나 무슨 일이 있었기에 저렇게 피곤해하는 걸까?

언원은 그린우드 양이 침대에 누워 있는 모습을 잠시 지켜보았다. 깊은 잠에 빠진 듯 느리게 숨을 쉬고 있었다. 언원은 이불을 덮어 주거나 구두를 벗겨 주어야 할지 망설였다. 그린우드 양은 잠깐이지만 그를 너그럽게 대했다. 그녀가 깨어나기를 기다리면서 깬 후에도 여전히 이야기를 하고 싶어 하기를 바라야 할 듯했다.

언원은 그녀의 옆에 앉았다. 그리고 두 번 생각지 않고 가방에서 『탐정 매뉴얼』을 꺼내 무릎 위에 놓고 펼쳤다. 그는 그날 아침 피스 탐정이 중앙역에서 권했던 96페이지를 펼쳤다.

탐정이 자신의 비밀을 잘 지키지 못하면, 다시 말해서 탐정이 아무도 모르게 뭔가를 꽁꽁 숨기기 위한 원칙을 제일 먼저 배우지 않아 그런 원칙을 배우기 위해 지불해야 할 개인적인 대가를 치르지 않는다면, 절대 다른 사람의 비밀도 밝혀낼 수 없다. 물론 다른 사람의 비밀을 알 자격도 없다. 누군가가 한 말과 그 사람이 말 뒤에 숨기고 있는 것 사이에는 긴 길이 이어져 있다. 그 길을 찾을 수 없다면 영원히 헤매게 될 것이다.

언원은 어떤 길 위에 선 자신의 모습을 그려 보았다. 우뚝 솟은 공동 주택이 늘어선 사이의 좁은 도로로, 건물마다 불이 켜진 집은 얼마 없고 문은 모두 잠겨 있었다. 길은 양쪽 지평선을 향해 죽 뻗어 있었다.

언원은 아무도 모르는 비밀을 갖고 있는지 자문했다. 그가 원래는 탐정이 아니라는 것과 남에게 말 못 할 이유로 남에게 말 못 할 외출을 몇 번이나 했었다는 것, 지금까지 알고 있는 모든 것을 버리기 위해 표를 살 시간 동안, 적어도 그 시간 정도는 고민을 했다는 것 정도였다. 하지만 이런 비밀들이 빚으로 돌아왔다.

책에서 눈을 들자 그린우드 양이 침대에 일어나 앉아 있어서 언원은 깜짝 놀랐다. 그녀는 양손으로 원피스의 주름을 꼼꼼하게 정리하고 있었다.

"일어나셨군요."

그녀는 아무 대꾸도 하지 않았다. 눈을 뜨고 있었지만 침대에서 일어설 때도 그를 보고 있는 것 같지 않았다. 그녀는 아무 말 없이 방을 가로질렀다.

"그린우드 양."

언원이 일어서며 다시 부르고는 책을 가방에 얼른 넣었다.

그린우드 양은 들은 척도 하지 않고 창문으로 다가가 걸쇠를 열었다. 그리고 언원이 말릴 틈도 없이 창문을 열었다. 순식간에 싸늘한 가을 공기가 실내로 밀려 들어왔다. 바깥세상을 축축하게 적신 빗줄기가 골목에서 비껴 들어왔다.

08
감시에 대하여

눈을 크게 뜨고 있기. 이것은 탐정이 꼭 지켜야 할 사항이다.
하지만 탐정이 눈을 크게 뜨고 있어야 한다는 말은 일반적인 의미와 다르다.
탐정은 보는 척하지 않으면서 봐야 한다.
시선을 다른 곳을 향해 두었을 때조차 감시를 해야 한다.

그린우드 양은 비상계단으로 올라섰다. 그리고 뾰족한 하이힐을 신은 채 균형을 잡으며 가파른 계단을 내려가기 시작했다. 언원은 그녀를 다시 부르려다가 몽유병자를 깨우면 위험하다는 이야기를 어디서 들은 기억이 났다. 눈앞으로 이런 장면이 스쳐 지나갔다. 놀라서 눈을 부릅뜬 그린우드 양이 당황한 나머지 짧은 비명을 지르며…….

언원은 생각만 해도 또다시 빗속으로 나갈 일이 끔찍했지만 소지품을 챙겨서 그린우드 양을 따라나섰다. 컴컴한 호텔 방의 창문들을 지나치며 계단을 따라 방향을 틀며 내려갔다. 바닥에 내려온 후 자전거가 체인에 걸려 비상계단 제일 아랫부분에 매여 있는 걸 알았지만 자물쇠를 풀어 자전거를 끌고 갈 겨를이 없었다. 벌써 골목을 빠져나간 그린우드 양이 계속 앞으로 가고 있었기 때문이다. 보도에서 그녀를 따라잡은 언원은 우산을 펼쳐 함께 썼다.

그를 고용하고 싶다고 한 말이 이런 뜻이었을까? 다음 블록에서 언원은 그녀를 따라 시립 박물관의 웅장한 석회석 건물 앞을 지나쳤다. 그러는 중에도 빗줄기가 바짓단을 적시고 바람이 우산을 날려 버리려고 기를 썼다. 다음 모퉁이에서 오른쪽으로 돌아 시립 공원을 빠져나간 그린우드 양은 북쪽으로 방향을 잡았다. 그 블록에서 어떤 남자가 어깨에 부대 자루를 걸친 채 아파트에서 나왔다. 언원이 이쪽을 향해 다가오는 남자를 보니 목욕가운 차림이었다. 그린우드 양처럼 그의 눈빛 역시 아무것도 읽을 수 없었다. 부대 자루는 다름 아닌 베갯잇이었는데, 째깍거리는 시계가 잔뜩 들어 있었다. 어림잡아 백 개는 될 것 같았다.

다른 몽유병자들이 속속 그들에게 합류했다. 다양한 연령대에 차림새도 제각각으로 엉망진창인 남녀들이었다. 잠옷 차림도 있고 속옷만 입은 사람도 있었다. 다들 물을 뚝뚝 흘리고 있었다. 하나같이 자명종을 가득 담은 자루를 어깨에 걸치고 있었는데, 목적지가 어디인지 잘 아는 것 같았다.

언원은 자신이 풀기로 되어 있는 수수께끼와 맞닥뜨린 느낌이 들었다. 레이미크가 그에게 배정해 놓은 수수께끼 말이다. 느닷

없이 36층에서 발견한 거만하고 말이 없던 시체가 미워졌다. 이런 수수께끼 따위에 관여하고 싶지 않았다. 하지만 언윈이 할 수 있는 일이라고는 잠자코 사람들 사이로 휩쓸려 들어가는 것이 다였다.

사람들은 열 블록, 열두 블록, 어느새 열다섯 블록을 걸었다. 시내의 북쪽 끝에서 도시의 일부라고는 쉽사리 믿어지지 않는 곳으로 들어섰다. 넓은 돌담이 탁 트인 구릉 지역을 에워싸고 있었다. 이 층 높이의 철문 두 개가 활짝 열려 있어서 몽유병자들이 들어갈 수 있었다. 진입로 너머로 줄지어 선 시커모어 나무에서 다 익은 열매가 빗속에서 뱅그르르 돌며 떨어졌다.

언덕의 꼭대기에는 높고 웅장한 박공집이 한 채 웅크리고 있었다. 창문마다 환한 빛이 새어 나와 사방으로 뻗은 들판을 비추었다. 어쩐지 아는 곳 같았다. 혹시 시바트 탐정님이 보고서에 기록한 적이 있었을까? 문 위에 걸린 간판에는 등에 달을 올리고 앉은 채 한쪽 발로는 시가를, 다른 발로는 칵테일 잔을 들고 있는 뚱뚱한 검은 고양이가 그려져 있었다. 달 위에 걸린 아치에는 '캣 앤드 토닉'이라는 글자가 적혀 있었다. 분명 모르는 곳이었다.

현관의 지붕 아래에는 몽유병자들이 줄을 서서 클럽으로 입장할 때를 기다리고 있었다. 언윈의 그룹도 줄에 합류했다. 그들 뒤로 새로 도착한 사람들이 줄지어 섰다.

집사가 손님 하나하나에게 잠에 취한 고갯짓으로 환영 인사를 건네며 서둘러 입장시켰다.

언원이 우산을 접으며 물었다.

"뭡니까? 지금 무슨 일이 일어나고 있는 겁니까?"

하지만 집사는 질문을 알아듣지 못한 것 같았다. 눈만 껌벅거리더니 멀리서 보는 것처럼 눈을 가늘게 뜨고 언원을 보았다.

사람들이 앞으로 밀고 들어오자 언원은 떠밀리듯 클럽으로 들어갔다. 현관 홀로 들어가니 넓은 계단이 위용을 자랑했다. 손님들은 대부분 오른쪽 방으로 발길을 향했다. 그곳은 도박장이었는데 종업원도 손님도 모두 졸고 있었다. 칩은 하나도 없었다. 게임을 하는 사람들은 대신 자명종 더미를 테이블 위로 밀었다. 운영 측에서 자명종을 충분히 따면 고용인들이 와서 외바퀴 수레에 싣고 갔다.

사람들 사이에서 에밀리가 노란색 잠옷 차림으로 게임을 하고 있었다. 안경을 벗으니 얼굴이 더 작아 보였다. 비를 맞은 머리카락이 새빨갛게 변해 있었다. 자명종 자루를 든 에밀리는 한동안 계속 이기는 것처럼 보였다. 그녀가 큰 소리로 웃자 작고 삐뚤빼뚤한 치아가 드러났다. 방 안의 사람들이 잠시 후 따라 웃었다. 수족관을 보는 것 같았다. 모두가 같은 물을 호흡하지만 소리와 감각은 천천히 전해지는 듯했다.

에밀리가 주사위를 굴리더니 또 이겼다. 그러자 굵은 눈썹에

셔츠를 안 입은 남자가 그녀의 어깨에 팔을 걸쳤다. 언윈은 필요하다면 에밀리를 흔들어 깨울 생각으로 두 사람에게 다가갔다. 그런데 갑자기 그린우드 양이 옆으로 다가와 팔짱을 꼈다. 언윈을 현관 홀로 데리고 나오더니 도박실 맞은편에 커튼을 친 출입구로 이끌었다.

손님 수십 명이 테이블에 앉아 있었다. 담배를 피우는 사람도 있고 뭔가를 중얼거리거나 웃는 사람도 있었는데, 하나같이 잠들어 있었다. 몽유병자 웨이터들이 그들 사이를 돌아다니며 음료수와 시가를 갖다 주었다. 술로 장식되어 있는 무대에는 빨래판과 항아리, 고무줄 베이스, 아코디언으로 구성된 사인조 밴드가 있었다. 언윈은 아코디언 연주자를 알아보았다. 아침에 만난 관리인 아서였다. 아서는 언윈이 중앙역에서 피스 탐정과 만나는 동안에도 자고 있더니 지금도 여전히 회색 작업복을 입은 채 잠들어 있었다.

그린우드 양은 빈자리를 찾지 않았다. 대신 무대 오른쪽에 난 문으로 갔다. 바로 재스퍼와 조사이어가 문을 지키고 있었다. 깨어 있는 쌍둥이들이 양손을 주머니에 넣은 채 작은 문 같은 눈으로 사람들을 샅샅이 살펴보고 있었다. 언윈은 몽유병자들에게 섞여 들기 위해 눈을 반쯤 감은 채 그린우드 양의 팔을 놓아주었다.

재스퍼가(조사이어인가?) 그녀를 위해 문을 열어 주었다. 그러자 조사이어가(재스퍼인가?) 그녀의 이름을 부르며 인사를 했다.

그들은 그녀와 함께 안으로 들어가더니 문을 닫았다.

언원은 테이블 여러 개가 놓인 곳으로 돌아가 서성거렸다. 손님들이 꿈속의 파티를 벌이고 있었다. 그들은 언원을 보지 못했다. 루크 형제가 되돌아오기 전에 그들의 눈을 피해 숨어야 할 것 같아 언원은 일단 빈자리를 찾았다.

바로 그때 그 여자가 눈에 들어왔다. 격자무늬 코트의 여자가 방 한가운데 놓인 테이블에 홀로 앉아 있었다. 푸른색 잠옷 위에 코트를 입은 차림이었다. 우유 잔을 두드리며 멍한 잿빛 눈으로 무대를 바라보고 있었다.

저 여자가 지금 여기서 뭘 하는 거지? 처음에는 14층에 있는 언원의 자리를 차지하더니 뭔지는 모르지만 에밀리와 그린우드 양이 휘말린 광기에 같이 휩싸여 있지 않는가. 혹시 이게 다 언원의 잘못일까? 언원이 남에게 말 못 할 외출을 한 탓에 그녀가 언원의 문제에 휘말린 건 아닐까? 피스 탐정은 언원이 중앙역에서 그녀를 관찰하는 것을 보고 그녀가 언원의 비밀 연락책이라고 생각했을지도 몰랐다. 회사에서는 그녀를 가까이 두기 위해 채용했을까? 언원은 더 가까이 두기 위해 승진을 시킨 거고?

언원은 이 모든 상황을 설명하고 사과를 할 요량으로 그녀에게 다가갔다. 시바트를 찾아내기만 하면 모든 일이 제자리를 찾아갈 것이라고 안심시켜 주고 싶었다. 언원은 여자의 옆으로 가서 모자를 벗으며 말을 걸었다.

"누구를 기다리십니까?"

그녀는 그를 보지도 않고 한쪽 귀만 살짝 기울이며 대답했다.

"누구를."

"당연히 그러시겠죠. 여기에 혼자 계실 거라는 생각이 안 드네요."

"혼자."

그녀가 말했다.

언원은 시계를 보았다. 새벽 2시에 다가가고 있었다. 평소대로라면 몇 시간 후 언원은 중앙역에 가 있을 것이다. 그녀도 그곳에 있을 테고 말이다. 언원은 그녀를 지켜보며 아무 말도 하지 않을 테지.

"당신을 처음 본 날을 지금도 기억합니다. 침대에서 일어나 샤워를 하고 건포도를 넣은 오트밀을 먹었죠. 복도에서 구두를 신었어요. 집에서 신으면 계속 삑삑거려서 이웃들이 싫어하거든요. 이웃들을 탓하는 건 아니에요, 아무렴요."

언원은 그녀가 그의 말을 제대로 듣고 있는지 알 수 없었지만 어쨌든 듣고 있다고 느꼈다. 그래서 그녀의 옆에 앉아 무릎 위에 우산을 내려놓았다.

"나는 자전거로 출근을 합니다. 우산을 펼쳐 든 채 자전거를 모는 기술을 완벽하게 터득했죠. 날씨가…… 그러니까 어떤지 아시잖아요. 가끔은 비가 영영 멎지 않을 것만 같은 생각이 들어요. 빗물이 만을 가득 채우면 이 도시는 그냥 휙 사라지겠죠. 바다에 휩쓸려 버릴 테니까요."

주위를 둘러보았지만 아무도 듣고 있지 않았다. 언원만이 유일하게 깨어 있었다. 하지만 그도 혼자 앉아 꿈이나 꾸는 편이 더 나을지 몰랐다. 언원은 문득 그녀에게 다 털어놓고 싶어졌다.

"그날 아침 말입니다. 내가 당신을 처음 본 그때요. 평소와 뭔가가 달랐어요. 거리에는 아무도 없었죠. 처음에는 이유를 몰랐어요. 잠시 후에 자명종을 끄지 않았다는 사실이 떠올랐어요. 그럴 필요가 없었죠. 알람을 맞춰 놓은 시각보다 몇 시간 일찍 눈이 떠졌으니까요. 평소 일어나는 시간보다 훨씬 일찍요. 하루가 아직 시작되지도 않았는데, 일어나서 출근할 준비까지 마친 거예요.

사무실까지 반쯤 갔을 때 어떻게 된 건지 깨달았어요. 그때 중앙역 앞에 서 있었죠. 어떻게 해야 할지 모르겠더군요. 나는 기차를 타고 어디든 가 본 적이 없어요. 평생 이 도시에만 머물렀거든요. 그런데 갑자기 다시는 출근을 할 수 없으리라는 생각이 불쑥 들었어요. 왜 그런 일이 일어났는지 여전히 모르겠어요."

"왜."

"음, 이녁 호프만이 사라졌기 때문에 루크 형제와 클레오파트라 그린우드도 모두 떠났어요. 시바트 탐정님의 보고서에는 그렇게 나와 있었죠. 보고서에서는 그래요. 탐정님은 더 이상 보고서를 쓰는 데 관심을 보이지 않았죠. 요점이 뭐였죠?"

"요점."

"그래요. 요점에 다 와 가요. 저는 역으로 들어갔어요. 커피를 한 잔 사서 거의 다 마셨어요. 맛이 끔찍했죠. 안내소에서 열차 시간표를 하나 집었어요. 심지어 표도 한 장 샀죠. 교외로 나갈 작정이었어요. 다시는 돌아오지 않을 셈이었죠. 시바트 탐정님도 숲 속에 집 한 채를 꿈꿨는데, 나라고 못 할 게 뭐가 있겠어요? 그때가 오전 7시 26분이었어요. 바로 그때 당신을 봤어요. 당신은 중앙역의 동쪽 끝에 있는 회전문으로 들어왔어요. 그리고 14번 게이트로 가서 누군가를 기다리더군요. 나는 당신을 관찰했어요. 내가 탈 기차 시간표를 보는 척했지만 실은 당신을 지켜보는 것 외에 아무것도 할 수 없었어요. 잠시 후 기차가 도착했지만 아무도 당신을 만나러 오지 않더군요. 당신은 몸을 돌려 도시로 되돌아갔고요. 직전까지 나는 다시는 직장으로 돌아갈 수 없다고 확신하고 있었어요. 하지만 이제 직장에 돌아가야 하며 이 도시를 절대 떠날 수 없다는 생각이 들더군요. 당신이 뭔가를 기다리는 동안은 말할 것도 없고, 이 도시에 있는 한은 말이에요."

"기다려요."

격자무늬 코트의 여자가 말했다.

"그럴 거예요. 내겐 매일 닦고 기름칠을 하는 자전거가 한 대

있어요. 절대 해지지 않을 모자도 하나 있죠. 필요할 때마다 어떤 역할이든 해 주는 우산도 있고요. 한 장 있는 기차표는 당신이 영원토록 기다리는 사람이 나타날 때를 대비해서 늘 주머니에 넣어 두고 있어요. 그런데 기다리는 동안 무엇을 하면 될까요? 그러고 보니 아직 당신 이름도 모르네요."

격자무늬 코트의 여자가 박수를 쳤다. 이윽고 손님들이 모두 박수를 쳤다. 언원이 무대 위로 시선을 돌리자 그린우드 양이 밴드에 합류하고 있었다. 그녀가 마이크로 다가가자 음울한 음악이 천천히 시작되었다. 아서가 연주를 하며 아코디언으로 몸을 기울였다. 그의 손에서 악기가 살아 있는 생물처럼 살아 숨쉬었다. 언원은 그린우드 양이 부르는 노래를 몰랐다. 다만 후렴구는 어디서 들어 알고 있었다. 라디오에서 들었을지도 모른다. 그래, 포티 윙크스에 갔을 때 커튼 뒤 즐라타리의 주방에서 들려왔던 노래일지도 모른다.

여전히 나는 옛 노래를 들어요.
나는 잘 알죠. 내가
당신이 내 꿈을 꾸는 내 꿈속에 산다는 걸.

또다시 사람들이 갈채를 보냈다. 어떤 손님들은 줄기가 긴 장미를 무대 위로 던졌다. 그린우드 양이 몇 송이를 받고 나머지 장미들은 그녀의 발치로 떨어졌다. 언원도 박수를 보냈다.

"찰스 언원 씨?"

언원은 앉은 채 뒤를 돌아보았다. 여전히 헤링본 양복을 입은 피스 탐정이 말짱히 깨어 있는 상태로 언원의 어깨 쪽에 서 있었다. 피스가 으르렁대듯 말했다.

"이봐요, 당장 나와요."

의자에서 일어난 언원은 탐정을 따라 방을 나갔다. 두 사람은 밖으로 나와 현관 지붕 아래에 섰다. 그곳에는 몽유병자들 몇 명이 조용하게 시가를 뻐끔거리며 의미 불명의 말을 소곤거리고 있었다. 피스는 언원을 치기라도 할 듯 모자를 휙 흔들었다.

"젠장, 언원. 우리 둘 다 죽는 꼴을 보고 싶은 거요? 여기서 뭐 하는 거예요? 그린우드와 함께 왔겠군요, 그렇죠? 이건 좋지 않아요, 아주 좋지 않다고요, 언원. 스크리드가 당신을 살인죄로 잡아들이려고 해요. 그런데 지금 당신은 그린우드와 노닥거리고 있군요."

"시바트 탐정님을 찾으려는 겁니다. 그린우드라면 행방을 알고 있을 거예요."

"탐정 회사는 이제 시바트에게 볼일이 없어요. 당신이 시바트를 찾아다닌다는 말이 돌면 저 위에 있는 사람들이 성가셔할 겁니다. 아주 위쪽에 있는 사람들이죠. 당신이 절대 성가시게 하고 싶지 않을 사람들 말이에요."

언원은 그 말을 들으며 우산을 만지작거렸다. 우산을 접어 고정하는 단추가 잘 채워지지 않았다.

"벌써 현장에서 당신을 보게 될 줄은 몰랐소. 그러려면 배짱이 필요하죠, 언원. 그 점 하나는 인정하겠소. 하지만 배짱에 머리는 필요하지 않죠. 당신은 하루나 이틀 정도 시간을 들여서 『탐정 매뉴얼』부터 찬찬히 읽어야 했소. 그 책을 읽기는 한 거요? 내 조언을 원한다면 여기서 당장 나가서 캣 앤드 토닉도, 클레오 그린우드도 모두 잊으시오. 저 안에서 당신 태도하고는! 이 함정 수사에 우리가 얼마나 공을 들였는지 알기나 해요?"

바로 그때 문이 와락 열리면서 루크 형제가 나왔다. 언원은 즉시 눈을 감았다가 실눈을 뜨고 돌아가는 상황을 살폈다. 피스도 똑같이 했다. 하지만 재스퍼와 조사이어가 곧장 피스에게 다가왔다.

재스퍼가 피스 탐정에게 말했다.

"내 형제가 당신에게 몽유병자 연극을 당장 그만두라고 충고하라고 충고했소."

피스는 눈을 떴다. 언원은 옆에서 시가를 피우고 있는 사람들에게 슬그머니 다가가 시가를 받았다.

피스가 대답했다.

"안녕하시오, 신사분들. 내가 지금 악몽을 꾸는 모양이군. 같은 사람이 동시에 둘 있는 것처럼 보이니 말이오."

재스퍼가 시커모어 나무들을 가리키자 피스가 걸어 나가기 시작했다. 루크 형제와 함께 집에서 스무 걸음이 넘는 곳까지 갔다. 그때 재스퍼가 멈추라고 했다. 피스는 언원을 똑바로 바라보며 그가 들을 수 있도록 큰 소리로 말했다.

"너희들은 끝났어, 이 악당들아. 우리는 이 작전에 최고의 인재를 투입했어. 가장 최고를."

조사이어가 코트에서 권총을 꺼내자 피스 탐정은 모자를 벗어서 가슴에 대었다. 조사이어가 모자를 향해 총을 겨누더니 바로 발사했다. 피스가 빗속에서 뒤로 벌렁 나자빠졌다.

총소리에 시가를 피우던 사람들이 원을 돌며 중얼거리기 시작했다. 그러나 잠에서 깨어나지는 않았다. 루크 형제는 피스의 시체를 증기 트럭을 세워 놓은 곳으로 가져갔다. 짐칸은 재깍거리는 시계로 가득했다. 피스의 시체에 깔린 자명종 소리가 둔탁해졌다.

루크 형제는 에드윈 무어도 데려온 모양이었다. 박물관 안내원의 회색 제복을 입은 무어가 피스 옆에 누워 있었는데, 양 손목과 발목이 묶여 있었다. 노인은 의식을 잃은 채 떨고 있었다. 빗속에 얼마나 오래 방치해 둔 걸까?

루크 형제가 진입로로 돌아오고 있었다. 언원은 잽싸게 안으로 들어갔다. 몽유병자들이 커튼을 친 문으로 열을 지어 들어갔다. 총소리에 놀라고 당황한 모습이었다. 그는 사람들을 밀치고 계단을 올라가 숨을 만한 장소를 찾았다. 제일 처음 본 문을 열고 안으로 들어갔다.

그 방은 짙은 붉은색 무늬의 벽지가 발라져 있었다. 벽난로에는 불이 피워져 있었다. 타닥타닥 땔감이 타면서 따스한 온기를 퍼뜨렸다. 뒤쪽 벽에는 시립 박물관의 소장품과 견줄 만한 골동품 무기며 검, 휴대 무기가 걸려 있었다. 그곳이 왜 익숙한지 그제야 알 것 같았다. 한때 셔브룩 베이커 대령이 소유했던 저택이었다. 그리고 언윈이 들어온 방은 대령이 자신의 형제를 살해한 곳이었다. 그곳에 소장된 수집품들은 완벽한 상태로 손질이 잘 되어 있었다. 대령의 아들인 레오폴드가 지금까지 관리했을까?

그럴 리가 없었다. 베이커 저택과 아무 관계도 없는 전시품이 하나 있었기 때문이다. 테이블에 놓인 유리 전시대에는 작고 노랗고 쪼글쪼글한 최고령 피살자가 누워 있었다. 진짜 최고령 피살자였다. 언윈은 이넉 호프만이 전리품을 모아 놓은 방으로 뛰어든 것이다.

등받이 의자 두 개가 벽난로를 향해 비스듬히 놓여 있었다. 의자 하나에는 붉은색 천으로 가장자리가 마감된 푸른색 잠옷을 입은 키 작은 남자가 앉아 있었다. 남자는 정사각형에 가까운 얼굴을 언윈에게 돌렸다. 눈이 반쯤 감겼지만 어쨌든 보고 있는 듯했다. 그는 한 손에 브랜디 잔을 들고 언윈에게 앉으라는 몸짓을 했다. 그러고는 다른 잔에 술을 따라 외다리 테이블에 내려놓았다.

그동안 수많은 목소리를 내는 극악무도한 사내의 죽음을 떠올리며 추억에 잠기곤 했다니, 언원은 얼마나 어리석었던가. 어떤 보고서로도 이 만남을 제대로 설명할 수 없으리라.

호프만이 시가 커터를 권했다. 언원은 자신이 밖에서 몽유병자가 권했던 시가를 여전히 들고 있다는 사실을 깨닫고 시가를 테이블에 내려놓았다.

"호프만 씨, 당신에게 맞서고 싶은 마음은 조금도 없습니다."

호프만이 껄껄 웃었다. 어쩌면 코를 곤 것일지도 몰랐다. 호프만은 시가를 들고 끝을 잘랐다.

언원이 계속 말했다.

"당신이 에드워드 레이미크 씨를 살해했든 말든 저는 관심 없습니다. 박물관에 있는 시체가 누구인지, 에드윈 무어 씨에게 무슨 짓을 하려는 건지도 관심 없어요. 당신이 수많은 자명종으로 무엇을 할 계획인지도 관심 없고요. 저는 단지 시바트 탐정님을 찾아서 원래 업무로 복귀하고 싶을 뿐입니다."

호프만이 어깨를 으쓱했다. 그는 시가에 불을 붙이고 깊이 빨아들이더니 건배를 하듯 잔을 들고 언원이 잔을 들기를 기다렸다. 두 사람은 건배를 한 후 술을 마셨다. 언원의 입술에 닿은 브랜디는 뜨거웠다.

"시바트 탐정님의 소재를 모르신다면 여기 온 손님에 대해 알려 주십시오. 항상 격자무늬 코트를 입고 있는 여자분 말입니다."

의자에서 벌떡 일어선 호프만이 브랜디 잔을 벽난로에 던져 버렸다. 잔이 폭발하듯 깨지고 불길이 벽난로 밖으로 혀를 낼름거렸다. 그러더니 호프만은 벽난로 앞 장식에 기대서 양팔로 머리를 감싸고 어깨를 끌어 올렸다.

언원은 일어나서 그에게 다가갔다. 가까이 가고 싶지 않았지만 도저히 멈출 수가 없었다. 언원이 마술사의 어깨에 한 손을 올리자 호프만은 몸을 빙그르르 돌려 뜨고 있지도 않은 눈으로 언원을 노려보았다.

브랜디는 언원의 위장까지 내려가는 동안 여전히 불처럼 뜨거웠다.

"제발."

그가 말문을 열었다. "제발, 잠에서 깨지 말아요"라고 말하고 싶었지만 나오지 않고 목구멍에 걸려 있던 말이 브랜디에 몽땅 씻겨 내려가 버렸다. 언원은 비틀거리며 뒷걸음질을 쳤다. 불길이 다시 거세졌고 아래층에서 들리는 아코디언과 고무줄의 연주 소리가 점점 커졌다.

브랜디와 연기에 속이 메스꺼워진 언원은 재빨리 방에서 나와 음악 소리를 따라갔다.

아래층에서는 모두 옷을 잘 차려입고 있었다. 언원은 옷깃을 단정히 매만진 후 심호흡을 몇 번 했다. 맥박이 느려지는 기분이 들었다. 마침내 사람들 사이에 낄 수 있어서 기뻤다. 에밀리 도 펠이 도박장에서 나왔다. 그녀와 동행한 남자는 어느새 셔츠를 입고 있었다. 셔츠를 입은 정도가 아니라 매우 잘 재단된 더블 버튼 정장 차림이었다. 그녀는 자신의 상관을 보자 에스코트해 준 남자를 밀치고 언윈에게 다가와 이렇게 물었다.

"이 드레스 어때요?"

드레스는 검은색으로 가슴이 깊이 파이고 치맛단이 바닥에 닿을락 말락 했다. 언윈은 이렇게 말해 주고 싶었다. 드레스가 무척 유혹적이군요. 하지만 아무 말도 나오지 않았다. 그래도 에밀리는 미소를 지으며 그의 손을 잡아 댄스 플로어로 이끌었다. 그는 여전히 우산을 갖고 있었기 때문에 손목에 우산을 걸고 그녀와 왈츠를 추었다.

에밀리가 웃으며 말했다.

"인정하세요. 탐정님은 제가 필요해요. 제가 없었다면 지금 이런 수사는 어림도 없을 거예요. 거짓말하실 필요 없어요, 언윈 탐정님. 제게는 가장 내밀한 생각과 의견을 털어놓으셔도 돼요."

그녀는 다시 웃으며 이렇게 덧붙였다.

"저는 믿을 수 있는 여자랍니다."

"당신에게는 거짓말을 하지 않을 거예요."

언윈은 거짓말을 했다.

"우리가 마침내 이런 이야기를 나눌 수 있는 사이가 되어서 정말 기뻐요. 여기는 달라요, 그렇게 생각하지 않으세요? 사무실에서와 다르잖아요? 그리고 차에서와도 다르죠?"

에밀리는 그를 리드하며 춤을 추었다. 언원에게는 다행스러운 일이었다. 그는 운전만큼이나 춤 실력도 형편없었던 것이다.

"여기 자주 와요?"

언원이 묻자 에밀리가 주위를 둘러보며 대답했다.

"잘 모르겠어요."

"우리는 꿈을 꾸고 있어요. 나는 아니었는데 지금은 나도 꿈을 꾸고 있나 봐요. 우리 둘 다 말이에요."

그러자 에밀리가 말했다.

"다정하신 분이군요. 그런데 말이죠. 클레오파트라 그린우드에게 왜 그렇게 관심이 많으신 거죠? 그녀가 그렇게 특별한 이유가 뭐죠? 그녀가 관련되어 있나요? 그렇게 생각하세요? 제가 관련되지 않았다는 건 어떻게 아세요? 저를 무시하지 마세요, 언원 탐정님."

언원의 눈에 테이블에 여전히 혼자 앉아 있는 격자무늬 코트의 여자가 들어왔다. 다른 사람들과 달리 그녀의 옷차림은 그대로였다. 여전히 평범한 푸른색 잠옷을 입고 푸른색 슬리퍼를 신고 있었다. 언원은 이런 것들을 잘 알아차렸다. 그는 꿈을 세세하게 꾸는 사람이었으니까.

"잠시 실례할게요."

언원은 비서에게 이 말을 남긴 후 댄스 플로어에서 나갔다.

"어딜 가세요!"

비서가 소리쳐 불렀다.

언원은 격자무늬 코트의 여자에게 다가갔다. 그녀는 다리를 꼬고 앉아 춤추는 사람들을 지켜보고 있었다. 그녀는 이제 눈을 뜨고 있어 차가운 잿빛 눈동자가 보였다. 언원이 다가가자 그녀가 눈을 들어 그를 보았다. 언원은 비틀거리지 않으려고 애를 썼다. 파도가 연이어 다리에 부딪쳐 오는 모래밭을 걷는 기분이었다.

"당신을 초대한 기억이 없는데요."

여자가 말했다.

"이게 호프만의 파티인가요?"

여자가 우유를 한 모금 마시더니 대꾸했다.

"그 사람이 그러던가요?"

격자무늬 코트의 여자는 언원보다 더 많은 것을 아는 것 같았다. 이 사실을 깨닫자 그는 무력한 기분에 휩싸였다. 묘한 배신감마저 들었다.

언원은 우산으로 몸을 지탱하며 말을 이었다.

"지금까지 제가 당신을 위험한 일에 휘말리게 만들었다고 생각했어요. 그런데 오히려 반대인 것 같군요, 그렇죠? 당신은 누굽니까?"

그녀가 슬슬 그를 성가셔하는 것처럼 보였다.

"우리가 이야기를 나누기에는 너무 이르군요. 당신은 아직 보고서를 완성하지 않았잖아요."

"보고서요?"

그녀는 한숨을 쉬며 슬리퍼를 신은 발을 내려다보았다.

"나는 당신의 서기잖아요, 아시다시피."

연주가 최고조에 다다르자 춤을 추는 사람들은 댄스 플로어를 정신없이 맴돌았다. 아코디언 주자인 아서는 연주를 하며 큰소리를 질렀다. 언원이 고개를 돌려 베이스 연주자를 보자 그의 고무 밴드가 방을 가로질러 날아갔다. 그것을 신호로 연주가 끝났다.

다시 앞을 보자 격자무늬 코트의 여자는 사라지고 없었다. 파티가 끝나자 사람들은 작별 인사를 나누었다. 에밀리는 어떻게 되었을까? 댄스 플로어에 혼자 두고 나오다니 무례를 범하고 말았다.

그린우드 양이 다가와 그의 팔짱을 꼈다.

"몇 사람과 지금부터 제 방으로 갈 거예요."

일행이 문을 빠져나가자 집사가 고개를 끄덕해 보였다. 열두 명이 그린우드 양에게 공연을 칭찬했다. 더블 버튼 양복의 남자도 일행에 끼어 있었지만 에밀리의 모습은 도무지 보이지 않았다. 그들은 모두 함께 시커모어 나무들 사이를 걸어 내려갔다.

턱시도를 입은 대머리 남자가 떨어진 열매를 한 줌 가득 주워 위로 던져 올렸다. 열매가 머리 위에서 빙그르르 돌며 떨어지자 턱시도 남자가 소리쳤다.

"쬐그만 프로펠러들이 끝내주는구먼!"

사람들은 길버트 호텔로 가서 비상계단을 통해 그린우드 양의 방으로 올라갔다. 턱시도 남자가 샴페인 한 병을 따자 모두 샴페인을 마셨다. 그린우드 양이 깔깔 웃으며 줄기가 긴 장미를 사방에 뿌렸다. 그러자 턱시도 남자와 더블 버튼 양복의 남자는 누가 그린우드 양에게 꽃을 더 많이 주었는지를 놓고 싸움을 벌이기 시작했다. 두 사람이 형편없는 주먹을 날리기 시작하자 그린우드 양이 두 사람을 뺑뺑 차서 내보냈다.

"나는 모든 걸 잊을 거예요. 그는 나를 이용해요. 내 목소리를 이용하죠. 그러면서 아무 이야기도 해 주지 않아요. 그러니 우리 둘을 위해 당신이 전부 기억해야 해요. 그래서 당신을 고용한 거예요. 기억하라고요."

그린우드 양이 말했다.

언원은 그곳에서 나왔다. 밖은 추웠다. 그래서 걷는 게 더 힘들게 느껴졌다. 언원은 자신이 깨어 있는지 잠을 자고 있는지 분간할 수 없었다. 그림자는 엉뚱한 각도로 누워 있고 직선이어야 할 거리가 구부러져 있었다. 하지만 추위만큼은 생생했다. 우산의 손잡이를 쥐고 있는 손이 얼음장처럼 차가웠다. 마침내 자신이 사는 아파트 건물의 좁은 녹색 문에 도착한 언윈이 집으로 올라갔다.

현관에서부터 욕실까지 울긋불긋한 낙엽이 한 줄로 이어져 있었다.

시바트 탐정이 욕조에 있었다. 낙엽으로 뒤덮인 물에서 한기가 느껴졌다. 마치 시커멓고 작은 연못 같았다.

"우리는 이 채널을 더 이상 사용할 수 없네, 찰스. 그 여자, 내가 그녀를 잘못 봤어. 그녀는 내 심장을 찢어 놓았다네. 보게."

시바트가 물속에서 찢어진 나뭇잎 한 장을 꺼내 가슴에 철썩 갖다 대었다. 나뭇잎이 금세 달라붙었다.

눈을 뜨자 언윈은 옷을 벗지도 않은 채로 침대에 누워 있었다. 머리가 깨질 듯 아팠고 자명종은 사라지고 없었다. 그때 부엌에서 인기척이 느껴졌다. 누가 아침을 만들고 있었다.

09

기록에 대하여

이러저러한 예감이 들었다는 말로는 부족하다. 일단 기록을 하라.
그러면 예감이라고 느낀 것들이 대부분 정체를 드러낼 것이다.
그 가운데에는 파일에 넣을 것이 아니라
차라리 소원을 이뤄 주는 우물에나 던져 넣으면 좋을 것들도 있다.

11월 12일 사건. 마음속에서 어떤 기억이 남아 있을지도 모르
는 부분을 들여다보았지만 정작 그곳에 그런 기억은 없다는 사
실에 한기를 느끼지 않는 사람이 어디에 있을까. 이런 느낌은 손
끝의 지문 사이사이로 스며든 잉크 얼룩 같다. 이 얼룩을 지워
보려고 하지 않은 사람이 어디에 있겠는가.

'나도 자네를 비롯한 다른 사람들과 같았다네. 속아 넘어갔지.
당한 거야. 그런데 그날 아침 어떤 예감이 들었어. 아침을 먹던
중이었지. 그런데 그 예감이 회사의 정책에 반한다면 어떻게 할
까? 나는 어떤 예감이 들었다네, 서기. 그리고 예감에 따라 행동
했지. 다행히 운이 좋았어. 우리 모두에게 말이야.'

아무도 탐정 회사에 의뢰해 범죄를 해결하라고 시키지 않았다. 왜냐하면 아무도 그런 범죄가 일어났다는 사실을 몰랐기 때문이다. 11월 11일 월요일에 잠자리에 든 언원은 11월 13일 수요일에 일어났다. 그는 자전거를 타고 일곱 블록을 달려 탐정 회사에 출근했다. 그가 탐정 회사에서 성실하게 근무한 지 십일 년일 개월하고도 며칠이 되는 날이었다. 그 무렵 그의 일과에는 남에게 말 못 할 이유로 남에게 말 못 할 외출을 하는 일은 절대 없었다.

14층의 배달원들 중 누구도 언원에게 새 업무를 가져오지 않았다. 그래서 언원은 그 전주에 끝난 사건의 보고서를 마무리하며 오전 시간을 보냈다. 그는 아직 제목을 결정하지 못했다. 언원은 사건에 제목을 붙이기를 좋아했다. 물론 탐정 회사에서는 파일 관리 체계에 따라 사건마다 고유한 번호를 부여하기 때문에 제목은 필요하지 않았다. 공식적인 일지에는 사건 번호만 통용되었다. 그렇다고는 해도 이름 짓기는 누구에게도 피해를 주지 않는 소소한 즐거움이었다. 때로 도움이 될 때도 있었다. 가령 동료 서기가 어떤 사건에 대해 질문을 할 때 이름을 사용하면 두 사람 모두 시간을 절약할 수 있다.

언원은 점심을 먹으면서도 계속 여러 제목을 놓고 고민을 했다. 그는 서류 가방에 샌드위치를 한 개 넣어 왔다. 호밀 빵에 칠면조 고기와 치즈를 넣은 수요일 샌드위치였다. 칠면조 고기와 치즈를 넣은 호밀 빵 샌드위치를 먹으며 제목을 고민하는 것만큼 수요일을 잘 보내는 일도 없다고 생각했다.

작업중인 사건은 아직 아무런 정보도 신문에 실리지 않았다. 그래서 이웃한 자리의 서기들은 언원이 주위에 신경을 쓰지 않는다고 생각될 때마다 몰래 훔쳐보았다. 하지만 언원이 주위에 신경을 쓰지 않을 때란 존재하지 않았다. 언원의 경우 파일 작성을 끝내면 최종적으로 제목을 다는데, 그러고 나서 동료 서기들에게 보고서를 보여 주었다.

샌드위치를 다 먹고 나서야 언원은 14층에서 유난히 전화 통화를 하는 사람들이 많다는 사실을 알아차렸다. 서기들 대부분이 웅크린 채 소곤소곤 전화를 하고 있었다. 동료들의 목소리에서 두려움과 경악이 뒤섞인 감정이 느껴졌다.

동료들의 가족과 친구들이 언원의 사건에 대해 알려 달라고 전화를 했을까? 유례가 없는 상황이 벌어지고 있었다. 언원은 점심을 넣어 온 종이봉투를 구겨서 쓰레기통으로 던졌다. 순간 사건을 어떻게 부르면 좋을지 떠올랐다. 사건에서 가장 두드러진 단서였던 거울을 이용해 '거울 에피소드'라고 부르면 될 것 같았다. 하지만 사람들이 눈에 띄게 무례하기에 언원은 최종 작업을 최소한 한 시간 뒤로 미루기로 했다.

언원이 서류를 분류하고 오래된 메모를 살펴보는 동안 전화가 더 많이 왔다. 전화를 받은 사람들은 통로로 몸을 쑥 내민 채 옆자리 동료와 속삭이듯 상의를 했다. 언원이 서류 작업에 열중하던 참이라면 주위의 이런 분위기가 몹시 신경에 거슬렸을 것이다.

주위가 점점 더 소란스러워질 무렵 신참인 로레인이 수화기를 쾅 하고 내려놓으며 전화를 끊더니 고개를 뒤로 젖히고 길게 흐느끼기 시작했다. 그에 대답하기라도 하듯 다른 서기들도 책상에 쌓인 서류 더미를 넘어뜨리거나 서랍을 요란하게 여닫고 타자기를 쾅쾅 두드리거나 환기를 위해 창가로 갔다. 당황한데다 이유를 알 수 없던 언원은 몸으로 서류를 가려 지키려고 했다.

무슨 일이 일어나고 있는 걸까?

바로 그때 상급 서기 사무실 문이 열리더니 더든 씨가 그 주 처음으로 모습을 보였다. 책상 사이를 종종거리며 뛰어가더니 한가운데로 가서 머리를 쥐어뜯으며 소리쳤다.

"그만!"

언원은 상급 서기의 눈빛에서도 동료들을 사로잡은 공포를 읽었다. 더든 씨는 그들을 진정시키려고 나타난 것이 아니었다. 그들과 하나가 되기 위해 나타난 것이었다.

"지금 당장 하던 일을 멈춰요! 전부 틀렸어. 수요일이 아니라 화요일이란 말이오!"

그가 소리쳤다.

언원은 파일을 더 꽉 품에 안았다. 더든 씨의 말이 옳았다. 그날은 '화요일'이었다. 언원이 도시의 교회 종소리에 잠을 깬 지 고작 이틀밖에 지나지 않았던 것이다. 어제 점심은 오이와 서양 고추냉이였지 않은가. 그것은 월요일 샌드위치였다.

언원은 오늘 출근을 해서 날짜를 몇 번이나 썼는지 헤아려 보았다. 사방에 11월 13일이라고 적혀 있었다. 메모와 수첩, 적어도 네 개의 색인 목록의 항목들, 주 일지, 보조 일지, '거울 에피소드'의 마지막 부분들까지 수도 없었다. 언원은 자기 혼자 저지른 실수의 개수에 14층에 근무하는 서기의 수를 암산으로 곱했다. 그 수를 탐정 회사 건물의 층수와 다시 곱했다. 그의 암산 능력으로는 역부족이었다. 피해를 복구하려면 몇 주나 걸릴 것이다. 재앙의 흔적은 영원히 남을 것이 분명했다.

오후 내내 이런저런 이야기가 돌아다녔다. 당연히 서기들은 여기저기 책상을 에워싸고 새로 얻어들은 이야기를 나누었다. 전화는 도시 밖의 사람들이 문제를 알아차리고 건 것이었다. 다른 곳은 모두 화요일인데, 이 도시만 수요일이기 때문이었다. 항구에는 대혼란이 벌어졌다. 선박들이 당황한 세관 직원들에 의해 항구에 발이 묶이거나 뱃머리를 돌려야 했다. 인수할 사람이 없는 상품들이 부두에 쌓였고, 부두 노동자들은 선원들과 싸움을 벌였다. 선박의 무선 연락 담당자들은 모든 주파수에서 욕설을 퍼부었다. 주요 다리마다 정체 때문에 꽉 막혔다. 양방향으로 배달 트럭들이 몰려 있고 아수라장 속에서 운전자들은 차에서 내려 당혹감과 분노에 휩싸인 채 옹기종기 모여 있었다. 미용실과 고용 사무소, 의사 진료실, 법정의 예약 담당자들은 어쩔 줄 몰라 일손을 놓아 버렸다. 학교 학생들은 배우지도 않은 내용에 대해 시험을 보느라 울상이 되었다.

언원은 이런 소식에 귀를 기울이지 않으려 애쓰며 제자리를 지켰다. 그리고 바로잡아야 할 실수의 목록을 작성하는 데 열중했다. (그는 일과를 끝낼 무렵 목록을 잃어버리는 바람에 이튿날 아침에 다시 작성해야 했다.)

호프만이 주모자로 드러났지만 14층에서는 아무도 놀라지 않았다. 다만 언원은 자신이 곧 져야 할 임무의 무게에 한층 더 두려움을 느꼈다. 그 마술사의 범죄 네트워크는 도시에 아무렇게나 들어선 후 순회하지 않는 카니발의 범위를 한참 넘어선 것이 분명했다. 호프만의 하수인들은 모종의 방법을 통해 주요 신문사와 라디오 방송국, 시청의 부서에 침입했다. 날짜를 하루 더 지나가도록 맞추기 위해서 말이다. 하지만 그런 가설은 도시의 각 가정마다 벽에 걸린 달력에 날짜가 하나 더 지워져 있는 이유까지 설명해 주지는 않았다. 목소리가 수없이 많은 이 마술사는 정말 누구라도 흉내 낼 수 있을지 모르지만 그렇다고 우리가 모두 그의 부하일 리는 없지 않나. 언원은 이런 생각이 들었다.

혼란의 결과는 사방에서 나타났지만 호프만의 진짜 속셈이 밝혀진 곳은 중앙은행이었다. 아침나절에 금을 실은 장갑 수송 차량이 도착할 예정이었다. 그런데 금은 수요일이 아니라 화요일에 도착하기로 되어 있었기 때문에 은행에서는 아무도 맞으러 나가지 않았다. 대신 역할에 맞게 위장한 호프만의 부하들이 금을 인수할 만반의 준비를 갖추었다. 수송 차량에서 금을 모두 꺼내 다른 차량에 옮겨 실었다. 바로 그때 시바트가 개입하지 않았다면 악당들은 금을 싣고 그대로 도주했을 것이다.

사건의 진상은 이튿날 조간신문에 모두 실렸다. 그러니까 두 번째로 11월 13일 수요일 날짜가 찍혀 발행된 신문에 말이다. 언원은 승강기에서 기사를 대충 읽은 후 재빨리 자신의 자리로 갔다. 출근이 일러 14층에서 일등이었다. 단 한 사람을 빼고. 더든 씨가 자신의 사무실 문에서 빼꼼 내다보며 고마운 듯 고개를 끄덕였다. 상급 서기의 눈 아래가 거뭇해진 것을 보니 사무실에서 밤을 지샌 것 같았다.

시바트의 보고서는 벌써 언원의 책상에 올라와 있었다. 그런데 말도 못하게 얇았다. 게다가 표지에 적힌 바로는 이 사건의 보고서가 이것으로 처음이자 마지막일 듯했다.

'나는 이번 건에 대해 보고서를 작성할 필요가 없다고 생각하네. 왜냐하면 회사의 지시로 수사한 것이 아니기 때문이야. 원한다면 보고서를 작성하지 않아도 돼. 그래도 자네에게는 자세한 내용 몇 가지는 알려 주겠네. 그걸로 어떻게 할지는 자네 마음이네.'

보고서에는 신문 기사에 실리지 않은 내용은 거의 없었다. 시바트는 호프만이 어떻게 그런 트릭을 가능하게 했는지 전혀 모른다고 했다. 게다가 그 범죄를 밝혀내려고 작정했던 것도 아니었다. 언원은 앞일을 생각하니 골치가 아팠다. 해결책도 제대로 없는 사건의 서류를 꾸며야 하다니! 어쨌든 언원은 계속 읽었다.

어떤 예감이 든 시바트는 같은 층 탐정 몇 명에게 상황을 알린 뒤 중앙은행 뒤에 있는 주차장으로 불렀다. 그들은 주차장에 잠복해 한 시간을 기다렸다. 마침내 호프만의 부하들이 도착했다. 평소 카니발 단원들의 모습이 아니라 은행 직원처럼 입고 검은 트럭 여러 대를 몰고 나타났다. 시바트는 유독 그들 중 한 명에게 눈길이 갔다.

'절름발이가 눈에 익더군.

나는 탐정들에게 그곳을 포위하라고 했어. 안전을 위해서 말일세. 그런 후에 선도 차량에 올라가 문을 열었어. 운전사는 거울을 보며 이를 쑤시고 있더군. 적당히 세게 가격한 후 운전석 아래로 밀어 넣었다네. 그리고 대신 운전석에 앉아 기다렸지.

놈들은 재빨리 작업을 마쳤어. 예행 연습을 했겠지. 작업자 한 명이 차에 올라타 내 옆에 앉더니 모자를 벗고 머리를 내렸어.

"좋아. 이제 다 실었어."

그녀가 말했지.

"어림도 없어."

내가 대꾸했어.

그린우드는 내 얼굴을 보고 전혀 기쁜 기색이 아니더군. 그녀의 표정을 봤는데, 지금까지 그런 표정은 처음이었지. 놀란 표정이라고 생각하지만 따로 이름을 붙여야 할지도 모르겠네. 그건 그녀의 표정이니까 말일세.

"금이 엄청나게 많더군. 자기 몫은 얼마나 돼?"

"보여 줄게."

그녀는 그렇게 말했어. 단검을 꺼내리라고 짐작하고 있었기 때문에 손목을 반대편으로 확 잡아챘지.

내 친구들이 포위하고 있다고 했어. 게임은 끝났고, 너희들은 끝장이고, 어쩌고저쩌고 죄다 일러 주었지. 마침내 그린우드는 상황을 파악했어. 결국 우리 둘 다 기분이 뭣 같아졌다네.

잘 듣게, 서기. 나는 임무를 수행중이었던 게 아니야. 아무도 내게 사건을 해결하라고 맡기지 않았어. 내가 그다음으로 한 일은 이 불공평한 땅에 사는 한 명의 자연인으로서 한 거야. 법을 한두 개 정도는 어겼겠지. 그 죄를 물어 나를 체포한다고 해도 상관없어. 너무 피곤해서 신경 쓸 힘도 없으니까.

내가 말했어.

"우리는 이제부터 당신 똘마니들을 잡아들일 거야. 그리고 저 반짝반짝하는 것들을 은행으로 가져갈 거고. 하지만 당신은 그냥 가. 이 도시에서 다시 보는 일 없기를 바라."

그러자 그녀가 이렇게 말하더군.

"이후로 나도 당신을 보는 일이 없으면 좋겠네."

나는 다른 사람들에게 현장을 정리하도록 한 후 그녀와 함께 그곳을 빠져나왔다네. 그들은 옷을 잘 갖춰 입은 한 무리의 야수들 같더군. 아무도 나를 붙잡지 않았어. 나는 그녀를 중앙역으로 데리고 갔어. 옛날에 그랬던 것처럼 가는 길에 프레철을 먹었지. 물론 우리 사이에 그런 옛날이 있을 리 없지. 그래서 우리는 옛날을 만들어 내야만 했어. 온 도시가 미쳐 돌아갔지만 여전히 기차는 씽씽 달리고 있더군. 나는 그녀에게 편도로 기차표를 끊어 주었어. 우리는 플랫폼에 잠시 함께 서 있었다네. 무슨 이야기를 했는지는 말하지 않겠네. 그녀를 기차에 태우기 직전에 무슨 일이 있었는지도 말하지 않겠어. 우리가 무슨 이야기를 나누었든 자네가 무슨 상관인가.

나는 기차가 역의 터널 속으로 들어갈 때까지 내내 지켜보았어.

지금 나는 사무실에 있네. 이곳은 어두워. 내가 피운 담배 연기로 숨이 막힐 것 같군. 슬슬 은퇴를 할까 고민중일세. 서기, 내가 그녀를 잘못 봤어. 언제나처럼. 죄다 잘못 봤어.'

언원은 좀 더 나은 해석을 찾기 위해 보고서를 다시 꼼꼼하게 읽었다. 모두가 속아 넘어간 그날 아침 시바트는 뭔가가 일어날 거라는 사실을 어떻게 미리 알았을까? 언원이 찾아낸 최선의 해석과 파일에 기록할 만한 유일한 결론은 그저 '기억했을' 뿐이라고 한 시바트의 주장이었다.

언윈의 우산은 잘 접힌 채 그의 옆에 놓여 있었다. 검은 우산
에 아직도 작은 물방울들이 매달려 있었다. 이불은 옷처럼 축축
하고 구겨져 있었지만 잠자리는 정돈되어 있었다. 부엌에서 냉
동실 문이 열렸다가 닫히는 소리가 났다. 어떤 여자가 콧노래를
흥얼거렸다. 그린우드 양이 지난밤 무대에서 부른 곡조였다.

머리를 움직이려니 너무 아파서 손목을 들어 시간을 확인했
다. 6시 32분이었다. 너무 일렀다. 아니, 무엇을 하기에 이르다
는 건가. 출근? 언윈은 로비 문으로 자전거를 들여놓자마자 잡
혀갈 것이다. 그렇다면 중앙역에서 커피 마시기? 어딜 가든 그
들이 기다리고 있을지 모른다. 간이매점 줄에서든, 안내소 옆에
서든, 14번 게이트 아치 아래에서든, 격자무늬 코트의 여자조차
이 일에 관련되었을 수도 있다.

바로 그때 에드윈 무어가 생각났다. 증기 트럭의 짐칸에서 수
많은 자명종 사이에 벌벌 떨며 쓰러져 있던 모습이 기억났다.

'그들이 날 찾아낼 거예요.'

무어가 박물관 창고에서 말한 대로 되었다. 그들이 정말 그를
찾아냈으니 말이다. 루크 형제는 피스 탐정을 죽인 것처럼 무어
도 죽일까?

"아침 준비 다 됐어요."

부엌에서 에밀리의 목소리가 들렸다.

언윈은 천천히 일어나 앉았다. 여기서 비서가 뭘 하고 있는 걸까? 잠이 머리를 빠져나가자 이내 허기가 배 속을 가득 채웠다. 언윈은 축축한 양말을 벗어서 바닥에 놓인 구두 곁에 던져 놓았다. 에드윈 무어를 찾아야 했다. 그것도 빨리.

그는 비틀거리며 일어나서 부엌으로 향했다. 식탁 중앙에는 버터 바른 토스트가 잔뜩 쌓여 있고 반숙 달걀 프라이 두 개가 다른 접시에 놓여 있었다. 에밀리는 뜨거운 프라이팬에 버터를 더 넣어 빙빙 돌리며 녹이는 중이었다. 얼마 자지 못했을 텐데 밤새 푹 쉰 모습이었다. 옷은 회색 치마와 가는 세로줄무늬 블라우스로 바뀌었고 뾰족하게 깎인 연필들이 틀어 올린 머리에 꽂혀 있었다.

"제가 여기에 와 있다고 언짢아하지 마세요. 탐정님의 책상에서 어제 비상용 열쇠를 봤거든요. 사무실로 돌아갈 수 없을 것 같아서 여기로 곧장 왔어요. 탐정님이 사건에 곧장 착수하고 싶으실 것 같아서요."

"비상용 열쇠를 훔쳤다고요?"

"훔쳤다는 표현은 적절하지 않군요."

에밀리는 열려 있는 달걀 통에서 달걀을 하나 골라 깨서 프라이팬에 부었다. 모든 과정을 한 손으로 끝냈다.

"에밀리, 아침을 먹고 있을 시간이 없어요. 나의…… 주요 연락책 한 명이 당했어요. 납치되었어요."

"납치요? 누가요?"

언윈은 그녀가 정말 몰라서 묻는 건지 궁금했다. 에밀리는 보기보다 더 많이 아는 것 같았다. 하지만 지금까지 그를 도와준 사람이 그녀뿐이라 일단 믿어야 할 것 같았다.

"박물관 안내원이에요. 이름은……."

"드시면서 말씀해 주세요, 탐정님. 흉 안 볼 테니까요."

에밀리의 말은 제안이라기보다 명령에 가까웠다. 접시를 비운 언윈은 토스트를 약간 먹었다. 그리고 연신 우물거리며 자리에서 일어섰다. 생각보다 더 배가 고팠다. 달걀은 완벽했다. 흰자는 바삭바삭하고 노른자는 주르르 흘러내렸다.

언윈이 음식을 씹으며 말했다.

"이름은 에드윈 무어예요. 한때는 탐정 회사에서 일을 했다더군요."

에밀리가 잠시 생각에 잠긴 후 대답했다.

"그렇다면 그의 증언은 가치가 있겠군요. 물론 사실대로 말했다는 전제하에서지만요. 지금 어디에 있는데요?"

"루크 형제가 잡아갔어요."

그녀는 혀끝으로 삐뚤빼뚤한 치아를 훑으며 잠자코 들었다. 그러더니 팬에서 지글거리는 달걀에 후추를 뿌렸다.

"호프만이 잠적한 후로 아무도 루크 형제를 보지 못했어요."

마침내 그녀가 이렇게 말했다.

"에밀리, 지난밤에 대해 아무 기억도 안 나요? 캣 앤드 토닉도?"

언윈은 그녀의 눈꼬리가 움찔하는 모습을 놓치지 않았다. 그 모습은 안경 덕분에 확대되어 보였다. 그녀의 의식 일부는 그가 무슨 말을 하는지 아는 게 분명했다. 하지만 에밀리는 이렇게 대답했다.

"탐정님을 길버트 호텔에 모셔다 드리고 저는 곧장 집으로 돌아갔어요. 십자말풀이를 하다가 잠자리에 들었고요. 고양이, 토닉. 어쩐지 익숙하게 들리네요. 혹시 탐정님도 저랑 같은 퍼즐을 푸셨나요? 어쩌면 캣^{cat}이 답일 수도 있겠어요. 토닉^{tonic}도 그렇고요. 이 단어들은 전부 철자에 t가 들어 있잖아요. 그래도 잘 모르겠네요. 힌트가 뭐였는지 기억이 안 나요."

에밀리는 함께 춤을 춘 것이며 보았던 것들을 아무것도 기억하지 못했다.

언윈이 다시 앉았다.

"이닉 호프만이 돌아왔어요. 루크 형제가 다시 부하로 일하고 있고요. 그들이 무슨 일을 꾸미고 있어요. 뭐든 엄청난 일일 거예요. 시바트 탐정님이 모습을 감추셨을 무렵 무엇을 조사중이셨는지 그분을 찾아 알아내야 해요."

에밀리는 쉽사리 말문을 떼지 못했다. 다 익은 달걀을 접시에 새로 내더니 이렇게 대답했다.

"그렇다면 탐정님은 순회하지 않는 카니발에 가셔야겠군요."

언원은 그 말이 옳다고 생각했다. 루크 형제는 항상 그 카니발을 중심으로 활동했다. 그 형제는 십삼 년 전에 카니발과 함께 이 도시에 나타났다. 형제가 무어를 포티 윙크스로 데려가지는 않았을 것이다. 그곳에 가면 대답해야 할 질문이 너무 많을 테니까. 하지만 빛도 없는 칼리가리의 카니발 속이라면 아무런 방해를 받지 않고 계획을 실행에 옮길 수 있을 것이다.

에밀리는 자신 몫의 접시를 식탁으로 가져와 함께 앉았다. 냅킨을 무릎 위에 펼치더니 이렇게 말했다.

"그 연락책이 그럴 만한 가치가 있기를 바랄 뿐이에요."

두 사람은 언원의 우산을 함께 쓰고 걸었다. 아직 조간신문을 보지 않았지만 언원의 사진이 1면에 실렸으리라는 것쯤은 짐작할 수 있었다. 샛길과 골목길로만 다니다가 모퉁이를 돌 때는 에밀리가 먼저 주위를 살폈다. 언원은 우산으로 얼굴을 가리고 에밀리가 팔을 잡고 끌어 주었다.

"길을 잘못 든 거 아니에요?"

언원이 물었다.

"제 생각에는 제일 가까운 입구가 여기에서 북쪽에 있는 블록에 있어요."

언원은 굳이 비서의 의도를 묻지 않고 알아서 입을 다물었다.

게다가 에밀리는 다른 사람들의 눈에 띄지 않도록 알아서 잘하고 있었다. 인도에서는 아무도 두 사람을 지나쳐 가지 않았고 도로에도 차 한 대 스쳐 가지 않았다. 하지만 언윈은 두 사람이 감시당하고 있다는 느낌을 떨칠 수 없었다. 그는 시바트가 그게 좋은 거라고 했던 걸 명심하려고 했다.

'내가 일을 제대로 하고 있다는 뜻이지.'

시바트는 종종 그렇게 써 두었다.

손짓으로 지하철역을 가리킨 에밀리가 치마 주머니에서 토큰 두 개를 꺼냈다. 비서는 점심 도시락을 높이 든 채 회전식 바를 지나갔다. 언윈도 똑같이 우산을 높이 들고 회전식 바를 통과했다. 가방은 아파트에 두고 나왔다. 들고 다니는 것보다 그곳에 두는 편이 더 안전했다.

지하철이 도착하자 에밀리는 언윈을 텅 빈 객차에 서둘러 태웠다. 그러고는 갑자기 빈자리로 가려는 언윈의 팔을 잡아 맞은편 문으로 끌고 갔다. 에밀리는 순식간에 그의 팔에서 우산을 잡아채더니 문틈으로 쑤셔 넣어 억지로 열었다. 그러더니 우산을 돌려주고 그를 플랫폼으로 데리고 나왔다. 두 사람은 폭이 좁은 통로를 따라 끝에 있는 문으로 갔다. 언윈이 보기에 도시 교통국 인부들만 다니는 곳으로 들어가는 입구 같았다. 에밀리는 맹꽁이자물쇠를 들었다.

"비밀번호를 몇 개 알고 있어요."

이렇게 말하더니 쑥스러운 듯 이렇게 덧붙였다.

"위급 상황을 대비해서요."

에밀리가 다이얼을 몇 번 돌리자 자물쇠가 딱 열렸다. 문을 열고 안으로 들어서자 에밀리는 문을 닫고 문살 사이로 자물쇠를 잠갔다. 그곳의 공기는 차갑고 퀴퀴한 냄새가 났다. 언윈의 귀에 윙윙하는 전자음이 들렸다. 두 사람은 계단 아래로 내려가 층계참에 도착한 후 시력이 그곳의 어둠에 적응하기를 기다리며 천천히 이동했다.

두 사람은 처음에 왔던 플랫폼 아래의 두 번째 플랫폼에 도착했다. 천장의 파이프에서 샌 물이 쓰레기 더미 한가운데 지저분하게 고여 있었다. 몇 걸음을 걸어간 에밀리가 몸을 돌려 선로를 바라보았다. 그녀는 언윈의 왼손을 잡더니 들어 올려 손목시계를 코앞으로 가져갔다. 라벤더 향수 냄새가 주위의 악취를 막아주었다.

"8(에이트)호 열차는 항상 정시에 도착해요."

그녀가 말했다.

"A(에이) 열차 말이에요?"

에밀리는 입술을 꼭 다물었다가 다시 입을 열었다.

"아뇨, 8호요. 회사가 탐정님의 오리엔테이션에 이 내용을 집어넣지 않았나 봐요. 시가 오래전에 폐쇄한 옛날 노선이 있어요. 회사가 협정을 체결했죠. 탐정만 그 노선을 이용할 수 있도록요."

언원은 '그래요, 이제 기억났어요'라는 투로 고개를 끄덕였다.

"심지어 비서도 그 기차에는 오를 수 없어요. 솔직히 비서는 그 사실을 알아서도 안 되죠."

에밀리의 말에 언원은 빤한 질문을 삼가기로 했다.

선로에서 요란한 소리가 나는가 싶더니 어느새 터널에서 빠져나오는 열차의 불빛이 보였다. 역과 달리 열차는 깔끔하고 잘 정비되어 있는 것 같았다. 열차가 플랫폼을 따라 미끄러지듯 들어왔다. 이윽고 쉭쉭 소리를 내며 문이 열렸다. 언원은 열차에 올라타자마자 돌아서서 비서를 바라보았다.

"사람들이 그러더군요. 탐정이라면 누구나 인간의 심리를 단검처럼 꿰뚫어 보는 통찰력을 갖추고 있다고요. 언원 탐정님, 인간의 심리를 단검처럼 꿰뚫어 보는 통찰력을 갖추셨나요? 제 도시락 통에 뭐가 들었는지 아시겠어요?"

에밀리가 물었다.

언원은 비서를 시험했었다. 이제 비서가 그를 시험하고 있었다. 언원은 『탐정 매뉴얼』 어디를 읽으면 이런 질문에 대비할 수 있을지 궁금했다. 도시락 통을 봐도 이 통이 세부 사항인지 단서인지 구별조차 할 수 없었다. 마침내 그가 답을 찍었다.

"당신 점심?"

문이 닫혔다. 창문을 통해 보이는 두꺼운 안경 뒤의 눈빛에서는 아무것도 읽을 수 없었다. 기차가 역을 떠나가는데도 그녀는 플랫폼의 가장자리에 서서 꼼짝도 하지 않았다.

언윈이 이 칸의 유일한 승객이었다. 아마 열차의 유일한 승객일 것이다. 자리를 잡고 앉은 언윈은 창문을 스쳐 지나가는 터널을 바라보았다.

시곗바늘이 7시를 가리켰다. 평소라면 중앙역을 향해 발걸음을 재촉하고 있을 시각이었다. 언윈은 격자무늬 코트의 여자를 떠올렸다. 평소처럼 14번 게이트에 그녀가 나타날까? 그녀가 기다리는 사람이 하필 오늘 오면 어쩌지? 언윈은 어떻게 된 일인지 절대 알지 못한 채 그곳에서 다시는 그녀를 보지 못할 것이다. 그 여자는 누구일까? 도대체 누구기에 14층에 있는 그의 자리를 차지했을까? 누구기에 캣 앤드 토닉에서 우유를 홀짝이고 있었을까? 그녀에 대해 이야기를 하자 이닉 호프만은 분노를 터뜨렸다. 두 사람은 서로 아는 사이일까?

기차는 코너를 돌며 끼익 소리를 냈다. 언윈은 스쳐 지나가는 버려진 역들을 바라보았다. 더 이상 존재하지 않는 곳들이자 사람들의 기억에서 지워져 도시의 시커먼 지하에서 썩어 가는 동굴에 불과했다. 기차가 그런 역들 가운데 한 곳에 정차하자 문이 열렸다. 그가 내릴 역이 아니었다.

언윈은 이 모든 것이 시바트가 사라졌거나, 레이미크가 그를 승진시켰거나, 호프만이 도시의 자명종을 훔친 데서 비롯된 것이 아니라는 생각이 들었다. 모든 게 격자무늬 코트의 여자가 우산을 떨어뜨렸을 때 그가 집어 주지 못했기 때문인 것 같았다. 그때 우산을 집어 줬더라면 그녀가 말을 걸어 주었을 것이다. 그랬다면 피스 탐정이 그를 찾아내기 전에 두 사람이 함께 역을 나왔을 것이다. 그는 인도를 따라 자전거를 밀고 가며 그녀와 나란히 서서 걸었을 것이다.

아차, 자전거! 자전거는 여전히 길버트 호텔의 비상계단에 묶여 있었다. 이런 날씨에는 체인에 금세 녹이 슬 텐데.

객차의 뒤쪽 문이 열리자 상하가 붙은 회색 작업복을 입은 사람이 바퀴가 달린 양동이를 밀면서 들어왔다. 관리인 아서였다. 그는 어디에나 나타나는 것 같았다. 처음에는 중앙역이더니 그다음은 캣 앤드 토닉의 무대 위였고 이제는 지하철에도 나타났다. 기차가 다시 커브를 돌자 아서가 비틀거렸다. 언원이 도와주려고 벌떡 일어났지만 아서는 펄쩍 뛰어 균형을 잡고는 앞으로 왔다.

관리인의 눈은 감겨 있었다. 여전히 코도 골았다. 그런데 커다란 손으로 대걸레의 손잡이를 꽉 쥔 채 의도적인 것처럼 언원을 향해 다가왔다. 어찌나 힘을 줬는지 손가락의 관절에 핏기가 없었다. 그의 양손은 매우 깨끗했고 손톱은 크고 평평했다.

불이 꺼지자 일순 주위가 칠흑처럼 깜깜해졌다. 언원은 양동이의 바퀴가 삑삑거리며 다가오는 기척을 느꼈다. 불이 다시 들어오자 아서는 겨우 몇 걸음밖에 떨어져 있지 않았다. 살짝 벌어진 입술 사이로 앙다문 이가 보였다.

언원은 뒷걸음질을 치다가 기둥에 부딪혀 하마터면 넘어질 뻔했다. 그는 몸을 돌려 반대쪽으로 피했다. 아서가 자기에게 뭘 어쩌려는 걸까? 어쩌면 새뮤얼 피스의 죽음이 언원의 탓이라고 생각하는지도 몰랐다. 한술 더 떠 탐정을 살해한 자들과 한패일지도 몰랐다. 언원은 도망을 치려고 했지만 그곳이 제일 첫 번째 객차라 더는 도망칠 곳이 없었다. 앞에 보이는 창문으로 터널이 보였다. 열차의 유일한 전조등에 터널 속 선로가 빛났다.

일그러진 미소를 띤 아서가 점점 다가왔다. 아서가 중얼거리는 말은 여전히 알아들을 수 없었고 아무리 좋게 들으려 해도 불쾌하게 들릴 뿐이었다. 언원은 기관사가 있는 운전석의 문을 주먹으로 두드렸다. 그러나 쌍방향 무전기의 소음만 들려왔다. 어디선가 들은 적이 있는 소리였다. 종이가 바스락거리거나 비둘기가 구구거리는 소리 같았다.

다음 역이 가까워지자 열차가 속도를 줄였다. 언원은 우산을 창처럼 휘두르며 관리인을 빙 돌아 문으로 달려갔다. 순간 아서의 양동이가 시야에 들어왔다. 그곳에는 울긋불긋한 낙엽이 가득 차 있었다.

기차가 멈추자 언원은 플랫폼으로 뛰쳐나가 출구로 향했다. 지하철역의 벽은 꼭대기에 삼각 깃발을 단 텐트들과 회전목마를 표현한 모자이크 타일로 장식되어 있었다. 그곳이 바로 그의 목적지였다. 부서진 회전식 바가 줄지어 선 곳에 도착하자 언원은 비로소 뒤를 돌아보았다.

열차는 출발해 역을 떠나갔다. 관리인은 더 이상 그를 따라오지 않았다.

10
잠입에 대하여

은신처, 안가(安家), 작전 본부 :
당신은 적에게 은신처가 있다고 가정할 수 있지만
그곳을 찾아낸다고 더 유리해지는 건 아니다.

거대한 회반죽 광대가 순회하지 않는 카니발의 입구에서 다리를 둥그렇게 벌린 자세로 서 있었다. 알록달록했던 얼굴과 옷은 이제 여기저기 부서지고 빛이 바래 보라색과 갈색으로 변해 있었다. 광대의 두 다리로 만든 아치는 방문객이 어쩔 수 없이 지나쳐야 하는 문이었다. 환영의 미소를 띤 광대는 어쩐지 배가 고픈 것처럼 보였다.

광대 너머로 보이는 카니발의 미로에는 물이 차 넘치고 있었다. 널빤지들이 이제는 그렇게 부르기도 민망한 명물들 사이에 생긴 넓은 진흙탕 위로 걸쳐져 있었다. 한때 좌우로 흔들고, 굴러가고, 방향을 바꾸던 거대한 놀이 기구가 이제는 녹이 슨 채 누워 있었다. 놀이 기구의 팔들이 부서져 허물어진 천막과 노후한 칸막이 전시장들 사이로 나뒹굴고 있었다. 그곳은 의미를 잃어버린 것들로 가득했다. 에드윈 무어도 그 가운데 하나였다. 카니발을 보니 언윈마저 길을 잃고 헤매는 기분이 들었다. 그래도 늙은 서기를 이곳에 두고 떠날 수 없으리라는 사실을 잘 알았다.

입구를 지나 고작 몇 걸음을 더 들어왔을까. 그때 근처 부스의 창문이 홱 열렸다. 담배를 문 남자가 노란 연기 구름 사이로 그를 바라보고 있었다. 덥수룩한 하얀 콧수염에 머리를 어깨까지 지저분하게 기른 남자였다. 방수포로 만든 청소복을 목까지 바짝 단추를 채워 입고 있었다. 피부가 가죽처럼 억센 목에서 턱까지 뒤집힌 나무뿌리처럼 생긴 뾰족한 검은색 문신들이 옷깃 사이로 이어져 있었다.

"표."

남자가 말했다.

언윈은 매표소로 쓰는 부스로 다가갔다. 남자는 팔짱을 끼고 있었다. 목덜미의 문신과 똑같은 문신이 소매 아래에서부터 손가락 마디까지 새겨져 있었다.

"얼마입니까?"

"정확히."

"정확히 얼마인데요?"

"값이 꽤 나가는데."

"알겠습니다. 그러니까 얼마입니까?"

"알았어."

남자는 누런 이를 드러내며 활짝 웃었다.

언윈은 자신이 모종의 문제에 휘말린 것 같은데, 어떤 문제인지 도무지 알 수 없었다.

그 남자는 아무 말 없이 담배만 뻐끔거렸다. 그러더니 눈을 가늘게 뜨고 언윈의 어깨 너머 입구 쪽을 바라보았다.

누군가 거대한 광대의 다리 아래로 걸어오고 있었다. 여자였는데, 머리를 신문지로 가린 채 비를 뚫고 절뚝거리며 다가왔다. 바로 붉은색 레인코트를 입은 그린우드 양이었다. 그녀는 언윈의 우산 아래로 쏙 들어오더니 비에 젖은 신문을 던져 버렸다. 어느 때보다 피곤해 보이는 얼굴이었다. 전날 밤의 시끌벅적했던 파티로 피곤이 도를 더한 것이 분명했다.

매표소의 남자가 재킷의 단추를 풀었다. 낡은 가죽으로 만든 멜빵 위로 열 개도 넘는 단검이 반짝거리며 늘어서 있었다. 그는 단검 하나를 뽑아 날 끝을 가볍게 잡았다. 언윈은 탐정 회사의 무기 일람에 대한 기억을 더듬으며 단검의 모양을 찬찬히 살폈다. 단검은 작고 얇았으며 균형을 맞추기 위해 칼자루 끝이 공 모양으로 장식되어 있었다. 던지기용의 단검이었다.

"브록, 이런 날 표 따위로 사람들을 귀찮게 할 생각은 아니겠지."

그린우드 양이 말을 걸었다.

언원은 시바트의 보고서에서 브룩이라는 이름을 본 기억이 났다. 그자는 시어도어 브룩으로, 칼리가리 카니발 소속의 단검을 던지는 단원으로 이 도시에 왔으며 그 후로 호프만의 부하가 되었다. 오래전 그가 단검을 잘못 던지는 바람에 클레오가 절름발이가 되었다. 그는 피우던 담배를 발치에 뱉고 이렇게 대답했다.

"옛 친구들을 만나러 온 요부 클레오파트라 그린우드가 아니라면."

"딱히 누구를 만나러 온 게 아니야. 새 친구와 잠시 놀러 왔을 뿐이지. 그런데 친구가 나보다 조금 먼저 도착했네."

그녀는 언원을 장난스럽게 화난 얼굴로 쏘아보았다.

브룩이 다시 미소를 지었다.

"그래서 표가 필요한 거야. 여기서 쇼를 보려면 돈이 들거든. 당신도 그 정도는 알겠지, 클레오. 다리는 어때? 비가 오면 여전히 아픈가?"

그녀는 창문 쪽으로 다가갔다.

"내 손님은 탐정 회사 탐정이야. 우리가 여기 온 것도 이 탐정의 볼일 때문이지. 내가 같이 여기를 돌아보면 탐정이 이것저것 쑤시고 다니지 않도록 단속할 수 있을 거야. 그러니까 당신이 친절하게 굴어야 한다고."

"탐정이라고? 그렇다면 모자를 잘못 골랐잖아."

그린우드 양은 한 손을 들어 컵처럼 만 후 입을 가렸다. 마치 그에게 귓속말로 할 말이 있는 것처럼 말이다. 그는 앞으로 몸을 내밀더니 이내 눈을 휘둥그레 뜬 채 흠칫 놀라며 단검을 휘둘렀다. 그녀가 언원이 알아들을 수 없는 말을 중얼거리자 브록의 눈꺼풀이 파르르 떨리며 그대로 감겼다. 그의 손에서 단검이 떨어져 매표소 테이블에 그대로 꽂혔다. 그의 고개도 옆으로 툭 떨어졌다. 단검 던지는 사내는 잠이 들었다.

그린우드 양이 주위를 살피더니 창문을 닫고 말했다.

"서둘러요."

두 사람은 깨진 병 조각과 장난감, 깃털, 내용을 알 수 없는 광고판 등이 곳곳에 나뒹구는 사이로 난 좁은 길을 따라 발길을 재촉했다. 도중에 마주친 낡은 가건물들은 거대한 동물의 머리의 모양으로 지어져 있었다. 그 입을 지나 안으로 들어가면 동물의 머리 꼭대기에 설치된 전시품을 구경할 수 있었다. 돼지의 코로 들어간 터널에서는 악취가 나고 주위는 깜깜했다. 물고기의 눈은 밖으로 툭 튀어나온 창이었고 고양이의 송곳니는 종유석이었다.

두 사람은 이런 것들을 지나쳐 콘크리트 블록 위에 깔아 놓은 널빤지 길로 향했다. 그린우드 양이 앞장을 서고 언원이 뒤를 따랐다.

"브록에게 어떻게 한 겁니까?"

"가서 자라고 했어요."

그녀가 대답했다.

시바트는 여러 보고서에서 클레오 그린우드가 순회 카니발과 함께 다니던 시절 기묘한 재주 몇 가지를 익혔다는 암시를 몇 번이나 했었다. 그때만 해도 언원은 시바트가 착각을 했거나 어쩌면 감상적인 기분에 젖었던 것이라고 짐작했다. (시바트는 한번은 이렇게 쓴 적도 있었다. '그 숙녀는 정말 끝내줘.') 그래서 언원은 탐정이 상세하게 기록한 내용을 삭제해 버렸다. 지금 보니 그때 자신이 오판을 한 것 같았다.

그들은 널빤지 길에서 내려와 죽 늘어선 자질구레한 좌판과 사격 연습장을 따라 걸었다. 기계 오리들이 녹슨 레일에 줄지어 앉아 있었다. 몸체에는 실탄을 맞아 생긴 구멍이 뻥뻥 뚫려 있었다. 버려진 팝콘 수레와 멈춰 버린 회전목마를 빗방울이 타닥타닥 두드리는 소리가 음울한 음악처럼 들렸다.

"카니발은 처음 도착했을 때와 너무 달라졌어요."

그린우드 양이 말했다.

정말 그랬다. 십삼 년 전 언원은 붉은색, 오렌지색, 노란색 트럭들이 폭죽을 터뜨리며 대열을 이루어 그가 사는 동네를 지나 유원지 터로 가는 모습을 본 적이 있었다. 그날 아침 도시 서부에 걸린 다리는 폐쇄되었는데, 코끼리들을 안전하게 몰고 가기 위해서였다. 신문에는 동물들이 뒷다리로 서 있는 사진이 실렸다. 사방에 기묘하고 자극적인 즐거움을 선사할 것을 약속하는 포스터가 내걸렸다. 독심술사 니콜라이, 여자 거인 힐데가르트, '기억 천재'라 불리는 이시도로 등이 출연한다는 내용이었다. 하지만 카니발의 진짜 볼거리는 복화술사 이넉 호프만이었다.

언원은 호프만의 공연을 한 번도 못 보았지만 그 무렵 몇 주 동안 공연에 대해 귀가 닳도록 이야기를 들었다. '1001가지 목소리의 남자'는 늘 소매를 걷어 입어야 하는 헐렁하고 몸에 잘 맞지 않는 회색 양복 때문에 망토와 모자를 쓰지 않았을 뿐 진짜 마술사였다. 그는 자신의 재능을 선보이는 동안 무심하게 작은 손가락들을 놀렸다. 그리고 그의 의지와 상관없이 작용하는 환상적인 마법으로 순식간에 인기를 한 몸에 모았다. 그의 공연을 본 사람들은 믿어지지 않는다고 털어놓았다. 무대에 등장한 유령이나 동물, 무생물이 관객을 향해 그들이 아는 친구나 친척, 살아 있거나 죽은 사람의 목소리로 말을 걸었기 때문이다. 은밀한 비밀을 알고 있는 유령들 때문에 어떤 관객들은 비밀이 까발려지자 그대로 기절을 하기도 했다.

"방금 브록에게 사용한 기술을 예전에 여기서 일을 할 때 유용하게 잘 써먹었죠. 이넉과 나는 사이드쇼도 따로 진행했어요. 최면술이나 점술 같은 거였죠. 물론 지금은 모든 게 변했어요. 남아 있는 떨거지들은 누구를 즐겁게 해 줄 능력을 잃었어요."

칼리가리 카니발의 떨거지들은 언원이 지난 몇 년 동안 정리한 수많은 보고서에 등장했다. 고약한 악당들로 음모자와 깡패,

도둑의 고약한 피를 물려받은 후손이었다. 이들이 아니었다면 호프만도 도시의 지하 세계를 장악할 수 없었을 것이다. 언윈은 그린우드 양과 함께 매표소를 떠난 순간부터 이들이 두 사람을 염탐하는 것을 보았다. 그들은 너덜너덜한 코트를 입고 게임장의 처마 아래 서 있거나 폐쇄된 놀이 기구의 그림자에 몸을 숨긴 채 모닥불에 아침을 요리하고 있었다. 잡역부들이나 언짢은 기색이 역력한 광대들, 관절염에 걸린 곡예사들이 둘을 노려보았다. 그들은 옹기종기 모여 소곤거리며 시끄럽게 웃거나 혼자 서성거리며 침을 뱉었다. 주위에서 소시지 굽는 냄새가 났다. 빗줄기 사이로 소시기를 굽는 연기가 보였다.

"저 사람들은 탐정 회사를 미워해요. 하지만 나와 함께 있으면 안전해요. 적어도 내가 당신을 곁에 두고 싶은 동안에는요."

그린우드 양이 말했다.

그녀는 협박조를 굳이 숨기려고 하지 않았다. 그녀는 언윈의 안내인이자 억류자이기도 했다. 그리고 이곳에서, 다시 말해 호프만이 자신의 부하와 불한당들을 조달하는 이 소굴에서 언윈은 그녀가 필요했다. 떨거지들 가운데 탐정 회사의 노력으로 체포된 사람들이 몇 명이나 될까? 세어 볼 엄두도 나지 않았다. 이를 꽉 문 언윈은 비꼬는 어조로 말하지 않으려고 애를 썼다.

"들려주신 이야기 말입니다. 창문이 열려 있고 장미가 흩어져 있다는 이야기요. 처음부터 어떻게 된 건지 알았던 거 아닙니까?"

"언윈 탐정님, 나만 농간을 부리는 게 아니에요. 애초에 나는 에드 레이미크를 만나러 갔었어요, 기억하죠?"

"하지만 내가 그곳에 가도록 일을 꾸몄죠, 캣 앤드 토닉 말입니다."

"내 눈이 되어 줄 사람이 필요했어요."

"제가 뭘 보기를 기대하셨습니까?"

"기묘한 것들, 위대하고도 끔찍한 범죄의 시작. 호프만이겠죠."

"그리고 살인도."

그린우드 양이 일순 균형을 잃고 비틀거렸다. 언윈이 그녀의 팔꿈치를 잡아 넘어지지 않도록 부축했다. 그녀는 아픈 다리를 주무르며 되물었다.

"살인이라고요?"

"새뮤얼 피스 탐정요. 루크 형제가 쏘아 죽였습니다."

그린우드 양이 시선을 피하며 말했다.

"끔찍하군요. 그렇다고 내 말을 오해하지는 말아요. 새뮤얼은 언제나 뻣뻣하게 굴었죠. 위험하다는 사실을 잘 알았어요. 하지만 그에겐 아무 죄도 없어요. 규칙은 바뀌어야 해요."

"규칙이 있기는 합니까?"

"규율이 필요한 조직이 탐정 회사뿐이겠어요, 언윈 탐정님?

자, 지난밤에 또 무슨 일이 있었는지 말해 줘요."

"당신이 노래를 몇 곡 불렀어요."

언원이 말했다.

그 말에 그린우드 양이 발걸음을 멈추고 돌아보았다. 함께 우산을 쓰고 있었던 탓에 얼굴이 바로 가까이에 있었다.

"탐정처럼 말하는군요. 이제 막 당신이 좋아지려는데."

떨거지들 몇몇이 두 사람을 뒤따라오더니 이제는 거울의 복도 가장자리에 몸을 숨겼다. 거울에 비친 일그러진 모습들을 보면 열 명이 넘는 것도 같고 몇 명 되지 않는 것 같기도 했다. 그들은 팔짱을 낀 채 두 사람을 지켜보았다.

"무엇을 알고 싶은 겁니까?"

그가 물었다.

"우선, 당신은 여기서 뭘 하고 있죠?"

"루크 형제를 만나고 싶습니다."

"아무도 루크 형제를 보고 싶어 하지 않아요, 언원 탐정님. 둘은 이 카니발과 함께 여기에 왔을 때만 해도 귀여운 꼬마들이었어요. 물론 그때는 몸이 붙어 있었죠. 이넉이 수술을 시켜 준 후 형제는 따로 걷게 되면서 둘 다 완전히 다른 사람이 되었어요."

"무슨 뜻인가요?"

"뭔가를 잃고 말았죠. 그걸 뭐라고 부르면 좋을까. '양심'이라는 단어는 적당하지 않아요. 어떤 사람들은 잔인한 행동을 하죠.

그런데 루크 형제는 잔인함 그 자체예요. 보름달이 뜨지 않아도 늘 괴물이랄까요. 그리고 두 사람은 잠을 자지 않아요."

"전혀요?"

"벌써 십삼 년간요."

언원은 그 사실로 뭔가를 설명할 수 있다는 생각이 들었다. 하지만 그 뭔가가 무엇인지는 잘 몰랐다.

"당신도 오랫동안 잠을 못 주무시고 계시잖아요."

"아주 다른 이야기예요. 루크 형제는 그들이 모시는 주인의 수하 그 이상도 이하도 아니에요. 자, 이제 어젯밤에 대해 들려주세요."

언원이 선뜻 말문을 열지 않자 몸을 돌린 그린우드 양이 유령의 집 근처에 있는 남자들에게 신호를 보냈다. 그들이 몇 걸음 더 앞으로 오자 거울에 비친 영상이 몇 배로 늘었다. 시바트라면 이 상황에서 빠져나갈 방법을 찾았겠지만 언원은 아니었다.

"본 것을 말씀드리죠."

그가 이렇게 말하자 그녀는 남자들에게 다시 신호를 보내 대기하게 했다.

언원은 도박장과 자명종에 대해 설명했다. 또 몽유병자들을 한자리에 모이게 하는 효과가 있는 듯했던 그녀의 공연에 대해서도 말해 주었다. 루크 형제가 어떻게 그 일을 감독했으며 관리인이 아코디언으로 어떻게 반주를 넣었는지도 들려주었다.

그린우드 양은 언원의 이야기를 흥미 있게 들었다. 하지만 언원이 보기에 그녀는 뭔가 다른 꿍꿍이가 있는 게 분명했다. 마침내 그녀가 말문을 열었다.

"우리 서로 솔직하면 좋겠군요. 내가 당신을 위협하는 것처럼 보인다는 거 알아요. 하지만 솔직히 말해 나는 누군가를 돕고 싶어서 돌아온 거예요. 당신의 친구에게 최고령 피살자의 진실을 알려 준 사람이 나라고 생각한다면 그건 착각이에요. 그 여자는 분명 내 딸일 거예요."

언원은 클레오파트라 그린우드의 딸에 대한 정보가 탐정 회사의 파일에 없었다는 사실을 떠올리는 데 오랜 시간이 걸리지 않았다. 그린우드 양의 거짓말이든가 아니면 시바트 탐정이 밝혀내지 못한 사실을 그녀가 털어놓는 것이 틀림없었다.

"그 애가 무슨 말썽에 휘말린 게 아닌지 두려워요. 다시 보니 그 애는 제 엄마를 너무 많이 닮았더군요. 그게 문제죠."

그린우드 양이 말했다.

"따님이 호프만의 계획에 가담하고 있다고 생각하시는군요."

그녀는 어깨 너머로 떨거지들에게 두 사람의 목소리가 들리지 않는다는 것을 확인한 후 이렇게 소곤거렸다.

"그를 막을 수 있도록 당신을 돕겠어요."

"그린우드 양, 제게는 이넉 호프만의 계획을 좌절시키고 싶은 마음이 없습니다."

또다시 그녀의 얼굴에 피곤한 기색이 짙어졌다. 바다 냄새를 가득 담은 강한 바람이 만 쪽에서 비를 안고 휘몰아쳤다. 불어오는 바람을 향해 눈을 가늘게 떴던 그녀는 바람이 거세지자 덩달아 목소리를 높이며 물었다.

"지금쯤 트래비스는 더 이상 산 사람이 아닐지도 모른다는 생각이 안 들어요? 이 상황에서 빠져나가려면 그 사람이 못 다한 일을 당신이 끝내는 수밖에 없어요."

어디선가 천둥소리 같은 것이 들리자 두 사람은 몸을 돌려 그곳을 보았다. 굉음의 정체는 육중한 차가 여기저기 파인 도로를 요란하게 지나가는 소리였다. 언원이 차를 보려 했지만 누더기가 된 천막들이 늘어선 탓에 가려져 보이지 않았다. 떨거지들이 서서히 그들을 향해 다가왔다. 거울에 모습이 비치기는 했지만 숫자는 훨씬 더 많았다.

"시바트는 너무 어리석었던 탓에 자신이 만신창이가 되어 졌다는 사실도 알아차리지 못했어요. 같은 실수를 되풀이하지 말아요."

그린우드 양이 말했다.

언원은 우산을 접고 내달리기 시작했다. 떨거지들이 순식간에 몇 걸음 차이로 그를 바짝 쫓아왔다. 그들은 짜릿한 추격의 쾌감에 함성을 지르며 빗속을 달려왔다. 언원은 제일 가까운 천막으로 달려가 안으로 미끄러지듯 들어갔다. 공기 중에 곰팡이 냄새가 강하게 났고 빗물이 텐트가 찢어진 곳으로 쏟아져 들어왔다. 그는 텐트 뒤쪽으로 달려가 우산을 휘둘러 천을 확 찢었다. 아래 쪽으로 한 번 후려치자 천이 완전히 쩍 갈라졌다.

천막 뒤쪽 길로 마침 루크 형제의 증기 트럭이 다가왔다. 트럭이 움푹 파인 곳을 지나며 덜컹하자 굴뚝에서 시커먼 연기가 뭉게뭉게 피어올랐다. 전조등은 똑같은 노란색 불빛 두 개를 빗속으로 쏘았다. 언윈은 트럭이 모퉁이를 도느라 속도를 줄일 때까지 뒤를 따라 달렸다. 달리는 속도가 줄어들자 범퍼에 훌쩍 올라타 우산을 펼쳐 들었다. 남은 손으로는 트럭의 뒷문을 꼭 잡았다.

뒤를 보니 그린우드 양이 떨거지들과 길 한복판에 서 있었다. 꾀죄죄하고 너저분한 남자들 사이로 그녀의 레인코트가 선명하게 도드라졌다. 그녀는 트럭이 일렬로 늘어선 낡은 극장들을 지나쳐 카니발의 심장부로 가면서 방향을 바꾸는 모습을 계속 지켜보았다.

시바트 탐정은 칼리가리 카니발이 이 도시에 도착한 직후 조사를 시작했다. 최고령 피살자 사건을 둘러싼 온갖 사건들이 발생하기 몇 달 전이었다. 당시 탐정 회사가 받은 보고서들을 보면 서커스의 단장을 도시에 위협이 될 만한 인물로 지목하고 있다. 단장은 열 개도 넘는 주에서 강도에서 밀수, 협박, 사기에 이르기까지 다양한 범죄를 저지른 죄목으로 지명 수배중인 사람이었다. 심지어 칼리가리라는 이름도 가짜라는 말이 있었는데, 오명 속에 현역에서 물러난 그 방면의 선배의 이름을 훔쳤다는 것이다.

시바트는 수사에 배정된 정보 수집자들 가운데 한 명이었다. 주위를 어슬렁거리던 시바트는 서커스장의 외진 곳에 세워진 작은 가건물로 슬쩍 들어갔다. 그곳에는 키가 244센티미터나 되는 여자가 작업대에 몸을 숙이고 나무통과 그릇을 써서 냄새나는 가루의 양을 달아 잘 섞는 중이었다.

그는 힐데가르트가 공연단의 불꽃놀이를 감독하면서 거인 여자로서 고정적으로 공연을 한다는 사실을 알게 되었다. 시바트는 이렇게 보고서를 시작했다.

'그들은 이 여자에게 더 큰 방을 줘야 해. 우리는 오랜 친구처럼 금세 죽이 맞았다네. 그래서 얼마 후에는 술을 나눠 마시게 되었지. '나눠 마신다'는 말은 적절하지 않겠군. 왜냐하면 그녀가 내 잔을 단숨에 비워 버렸으니까 말일세. 나는 뭔가를 더 캐내려고 갔다가 끝내주는 술만 잔뜩 퍼마시고 왔어. 물론 회사 돈으로 말이야. 고맙소, 회사. 나는 업무상 마시는 술값은 절대 내 주머니에서 내지 않아.'

두 사람은 몇 시간을 함께 보냈다. 그녀는 시바트가 그곳에서 어슬렁거리는 이유를 짐작하는 것 같았지만 서커스단에서 지내는 시간이며 그때까지 어디로 순회공연을 다녔는지, 그곳에서 어떤 광경을 보았는지 전혀 거리낌 없이 이야기를 해 주었다. 힐데가르트는 시바트와 이야기를 나누는 틈틈이 검은색 혼합 가루를 로켓 관 여러 개에 넣고 도화선을 달았다. 시바트가 작업대에 너무 가까이 다가오자 그녀가 거대한 팔로 밀어내었다.

'몇 달 동안 이야기를 나눠 본 여자들 가운데 최고였어. 그곳은 환기에 더 신경을 써야 해.'

시바트는 이렇게 썼다.

시바트가 대화를 칼리가리에게로 슬그머니 돌리려고 하자 힐데가르트의 말수가 점점 줄어들었다. 술통이 거의 빈 탓에 그는 좀 더 직접적인 수단을 시도하는 수밖에 없었다. 서커스단이 온갖 범죄자와 범법자들의 은신처라던데, 사실인가? 단장인 칼리가리가 가는 곳마다 부패와 파멸을 부른다던데?

여자는 아무 대답도 하지 않았다. 그러더니 그를 무시한 채 다시 작업을 시작했다.

'내가 시가를 입에 물고 이로 끝을 뜯은 후 라이터를 들어 올리려는 순간이었네. 라이터를 켜려는 순간 그녀가 내 주먹을 양손으로 감싸 쥐더군. 나는 그녀에게 최고의 미소를 날린 후 이렇게 말했어.

"이야기하기 싫은 마음을 이해해요, 천사 아가씨. 당사자와 직접 이야기를 해 봐야겠죠?"'

시바트가 이 수사를 진행하면서 작성한 보고서는 특정한 사건과 관련은 없었지만 수사원과 칼리가리의 면담을 기록한 유일한 문서라는 점에서 중요했다. 단장은 코끼리 우리가 있는 천막에 있었다. 탐정의 묘사에 따르면 칼리가리는 몸놀림이 재고 잿빛 턱수염을 기른 사내로 낡고 좀먹은 양복을 입고 있었다. 둥근 철테 안경 뒤로는 푸른 눈동자가 보였다. 단장은 시바트에게 마침 코끼리 목욕을 도와줄 손이 필요한 참에 잘 왔다고 말했다.

일곱 살가량으로 보이는 여자아이가 탐정에게 솔을 건네며 말했다.

"귀 뒤를 긁어 주면 좋아해요."

이하는 보고서 내용이다.

'분명 칼리가리와 어린 조수는 궂은일을 손수 하고 있다네, 그것도 거의 매일같이. 재미있는 일도 아니고 몸에서 좋은 냄새가 나는 일도 아니지. 혹시라도 내가 풀이 죽어 있으면 이 사실을 일깨워 주게, 서기. 도망치지 말고 서커스에 들어가라고.

여자아이가 다시 한번 일러 줬어.

"귀예요."

나는 커다란 친구의 등을 솔로 문지르며 거품을 냈지. 그러는 동안 아이가 사다리를 잡아 주었다네. 다행이었지. 하마터면 구정물로 배를 채울 뻔했거든.

"그래, 알겠다. 귀란 말이지."

내가 이렇게 대꾸를 해 줬어.

우리 세 사람은 이야기를 나누었어. 그러자 칼리가리가 내게 말도 안 되는 소리를 한두 가지 하더군. 그가 코끼리를 특별히 잘 보살피는 건 코끼리들의 꿈이 방대하고 수정처럼 명확하기 때문이라는 거야.

그 소리에 내가 껄껄거리며 웃었지.

"이렇게라도 하는 겁니까? 녀석들 눈꺼풀을 까뒤집어서 빛이라도 쏘이나요?"

"내가 들려준 이야기는 모두 사실. 당신이 보는 것도 당신만큼 현실."

칼리가리가 이렇게 대꾸했지.

나는 그 문구를 카니발이 사방에 붙여 놓은 포스터에서 읽었어. 칼리가리의 선전 문구였지. 그러니 새삼스럽게 그런 말을 들려줄 필요는 없었어. 잠시 후 물탱크에서 깨끗한 물을 받는 동안 마침내 재미있는 이야기를 끌어냈어.

"정착해 사는 사람들은 떠돌이들을 믿지 않죠. 내 카니발은 오랫동안 온갖 터무니없는 비난을 받아 왔소. 모두 다 근거 없는 주장이라는 게 증명되었지만. 똑같은 이야기를 계속 듣는 게 슬슬 지겨워지고 있소."

"그런 이야기들 때문에 제가 지금 여기에 있는 겁니다. 그렇다면 걱정할 필요가 전혀 없다는 말씀이십니까?"

서기, 자네도 그때 칼리가리의 눈이 번쩍하는 걸 봤어야 하는데.

"당신은 걱정할 게 아주 많지, 탐정. 착각하지 마시오. 나는 당신의 적이오. 당신은 알려진 것과 알려지지 않은 것을 통제할 수 있다고 생각하겠지? 장담하는데, 미지의 것은 언제나 끝도 없이 나올 거요. 여기는 수수께끼가 넘치는 곳이지. 여기서 우리는 수수께끼를 즐기며 놀아. 온 세상은 멍청이들 천지야. 멍청하지 않다는 사실을 증명하려고 기를 쓰는 놈이 누구보다 먼저 무대 위에서 잠이 깨지. 우리가 보내는 비웃음의 희생자가 되어서 말이야."

칼리가리는 잠시 더 일을 한 후 앉아서 숨을 골라야 했지. 소녀가 달려 나갔다가 코코아 한 잔을 들고 다시 왔어. 그는 코끼리를 보면서 코코아를 마셨지. 코끼리들은 기다란 코로 건초를 한 뭉텅이씩 집으며 먹이를 먹었어.

칼리가리가 차분하게 말했어.

"저 녀석들은 모든 걸 기억한다오. 저 녀석들이 없으면 내가 뭘 하는지 나도 모를 거야. 그리고 저 녀석들의 꿈이 있지, 탐정. 코끼리들이 꾸는 꿈의 일 분은 끝도 없이 펼쳐진, 지도에도 없는 평원에서의 한 달이라오."

이게 다 무슨 말인지 모르겠어. 사실 무슨 뜻이 있기나 한지조차 모르겠어. 하지만 이것만큼은 안다네. 이 인물에게서 눈을 떼서는 안 돼.

그때쯤 카니발은 끝이 났어. 우리 주위에 있던 불들이 모두 꺼졌지. 여자아이가 내 손을 잡고 밖으로 이끌더니 입구까지 데려다 주더군. 그곳에서 손을 뒤집고 손금을 봐 줬어.

"오래 사시겠어요. 하지만 그 목숨의 대부분은 탐정님 것이 아니네요. 안녕히 가세요, 트래비스 아저씨."

이 말이 어쩐지 신경이 쓰여. 예언 말고. 그런 건 헛소리지. 그게 아니라 아이가 내 이름을 알고 있었다는 사실 말일세. 나는 이름을 알려 준 적이 없었거든. 그곳에 있는 사람에게는 전혀 말이야.'

다섯 달 후 칼리가리는 자취를 감추었다. 고용인들은 도시를 떠나지 않았다. 결국 카니발은 강제로 문을 닫았다. 남은 이들은 수없이 체포를 당하면서도 끝내 떠나려고 하지 않았다. 그들은 스스로 먹고살 길을 찾았다. 마음이 맞는 사람들은 기꺼이 무리를 이루었다. 그들은 카니발로 아무도 들어올 수 없도록 문이란 문은 다 막아 버렸다. 결국 순회 카니발은 순회하지 않는 카니발이 되었다.

당시 사람들이 궁금해했던 일이 있었다. 코끼리는 어떻게 되었을까? 코끼리들에게 무슨 일이 일어난 걸까?

그 후로 오랫동안 특히 고요한 밤이면 사람들의 기억을 되살리듯, 어떤 징조라도 되듯 어둠 속에서 코끼리의 울음소리가 들린다는 신고가 들어왔다.

하지만 지금 언윈이 신경 쓰이는 건 칼리가리의 조수로 시바 트의 이름을 알 뿐 아니라 점술사처럼 말한 어린 소녀였다. 그 아이가 혹시 클레오파트라 그린우드의 딸이 아닐까?

루크 형제의 증기 트럭 짐칸에는 천 마리 벌레들이 윙윙거리 듯 자명종이 재깍거렸다. 자명종은 트럭이 덜컹거릴 때마다 서로 쨍그랑거리고 알람을 울려 댔다. 언윈은 자명종들이 재깍거 리다 벌 떼처럼 펑 터져 버릴 것만 같았다. 짐칸을 덮고 있는 캔 버스 천을 살짝 들춰 보니 무어가 보이지 않았다. 피스의 시체도 보이지 않았다. 몽유병자들은 도대체 몇 트럭분이나 자명종을 훔친 걸까?

어느새 트럭이 카니발에서 가장 외진 구석에 도착했다. 그곳 은 만의 가장자리로, 천막들은 여전히 알록달록한 줄무늬였고 부둣가를 따라 걸려 있는 전등은 붉은색과 푸른색, 주황색으로 밝혀져 있었다. 자그마한 가건물들은 대부분 오두막으로 개조되 어 판잣집들이 사이사이 불거져 보였다. 그 모습은 카니발이 아 니라 한때 카니발이었던 판자촌을 보는 것 같았다. 트럭이 제일 큰 가건물 옆에 멈춰 섰다. 그와 거의 동시에 삽을 든 남자들이 나타났다.

언윈은 트럭에서 뛰어내려 조수석으로 빙 돌아갔다. 남자들은 곧장 작업에 착수했다. 그들은 자명종을 삽으로 퍼서 천막 안으로 날랐는데, 그곳에는 이미 자명종이 산을 이루고 있었다. 자명종의 산은 두 번째 폭풍이 몰려오는 것 같은 소리를 냈다. 저 아래 부두에서는 정박해 놓은 바지선 갑판으로 트랙터들이 시계 더미를 실어 옮기고 있었다.

트럭의 증기 엔진이 털털거리며 꺼지더니 쌍둥이 형제 한 명이 손에 클립보드를 들고 운전석에서 내렸다. 언원은 뒷바퀴 뒤에 웅크려 몸을 숨겼다. 트럭 밑을 보니 부두 노동자의 신발이 크고 울퉁불퉁한 부츠로 다가가는 것이 보였다. 부츠의 주인은 조사이어였다.

"호프만이 이걸로 뭘 하려는 거요?"

"계약서에 질문에 관한 사항과 질문을 해도 되는지에 대한 조항이 나와 있는 걸로 아는데."

조사이어가 대꾸했다.

"알았어요. 알았다고요."

부두 노동자가 대답했다. 그는 라이터를 딱 하고 열더니 천막을 향하는 조사이어의 뒤를 따랐다.

"나야 돈만 제대로 받을 수 있다면 아무래도 상관없소."

트럭은 죽 늘어선 오두막에서 그리 멀지 않은 곳에 서 있었다. 따닥따닥 붙어 선 오두막들이 서로 맞닿을 정도로 기울어져 있었다. 언원은 오두막 사이로 난 좁은 길로 가 보기로 했다. 안은 컴컴했지만 창문 아래를 지날 때는 몸을 잔뜩 낮추었다. 그는 우산을 손에 꼭 쥔 채 에드윈 무어의 흔적을 찾아 최대한 빨리 움직였다.

모서리를 도는 순간 언원은 하마터면 커다란 동물과 부딪힐 뻔했다. 회반죽으로 만든 모형이 아니라 진짜 동물이었다. 코끼리였다. 빗속에서 본 코끼리는 잿빛에 야생의 느낌이 완연했고 시커멓고 쭈글쭈글한 눈에는 밝은 노란색 눈동자가 도드라져 보였다. 미끄러진 언원은 코끼리 발치의 진흙에 처박혔다. 깜짝 놀란 코끼리가 뒷발로 서며 공중으로 코를 추켜올렸다.

언원은 코끼리가 앞발로 자신의 머리를 으깨 버릴까 겁에 질린 채 그대로 얼어붙어 버렸다. 사향 냄새가 나는 코끼리에게서 씩씩거리는 숨소리를 들을 수 있었다. 이윽고 코끼리는 흥분을 가라앉히고 기둥 같은 다리를 땅에 살며시 내려놓았다.

언원은 일어나서 우산을 집어 들었다. 임시 우리인 그곳에는 코끼리가 두 마리나 더 있었다. 나이가 더 들어 보이는 그 두 마리는 배를 흙바닥에 깔고 누워 있었다. 세 마리 모두 같은 기둥에 사슬로 묶여 있었다. 그 때문에 사슬이 죄다 엉켜 있었다. 덩치가 제일 큰 코끼리는 늙어서 엉덩이가 축 처졌는데, 고개를 들고 귀를 활짝 펼쳤을 뿐 다른 곳은 꿈쩍도 하지 않았다. 다른 한 마리는 언원이 있는 곳으로 눈을 굴리고 진창에 박고 있던 코를 들었다. 그러더니 뭔가를 찾듯이 빗줄기 사이로 언원을 향해 코를 쑥 뻗었다. 코에서는 숨을 쉴 때마다 콧김이 숭숭 나왔다. 가장 어린 코끼리가 초조하게 몸을 뒤척이자 커다란 둥근 발이 부드러운 흙 속으로 찍찍 소리를 내며 빠져들었다.

자명종을 보관하기 위해 코끼리들을 원래 우리에서 데리고 나온 것이 분명했다. 언원은 칼리가리가 코끼리들에 대해 얼마나 애정을 갖고 이야기했는지 기억해 냈다. 코끼리들이 어떤 대접을 받고 있는지 직접 보니 마음이 편치 않았다. 풀어 주고 싶었지만 설령 기둥을 뽑아 버린다고 해도 코끼리들의 상태가 나아질 성싶지 않았다. 코끼리를 보살피는 사람이 코끼리를 이렇게 방치해 두다니 관심이 별로 없는 것 같았다. 상황이 이럴진대, 언원이 코끼리들을 카니발에서 풀어 줬을 때 책임자가 코끼리를 그냥 죽여 버리면 어쩌지? 언원은 나중에 코끼리 우리에 다시 오기로 했다. 지금은 에드윈 무어를 찾는 일에 집중해야할 때였다.

바로 옆 오두막의 창문이 일렁이는 분홍색 불빛으로 빛나고 있었다. 뒤쪽에는 구부러진 스토브 연통에서 연기가 나왔다. 그때 언원은 안에서 들려오는 연주 소리를 들은 것 같았다. 그는 창으로 다가가 살며시 들여다보았다. 실내에는 석탄을 때는 스토브와 책으로 뒤덮인 테이블 하나, 더러운 접시와 컵이 잔뜩 든 양동이들이 있었다. 그리고 전축이 돌아가며 언원이 아는 곡이 나오고 있었다. 클레오파트라 그린우드가 전날 밤 캣 앤드 토닉에서 불렀던 노래였다.

하나뿐인 방 안쪽에 두 개 있는 침대는 완벽하게 정돈이 되어 있고 서로 약간 떨어져 있었다. 테이블보다 침대에 책이 더 많이 흩어져 있었다. 베개는 둘 다 움푹 들어간 구석이 없었다. 오른쪽 침대의 발치에 에드윈 무어가 기대어져 있었다. 그는 질겨 보이는 밧줄로 손목과 발목이 결박되어 있었고 입고 있는 제복은 지저분했다.

코끼리들은 언윈에게 관심이 없는 듯했다. 제일 어린 코끼리는 제일 늙은 코끼리에게 다가가 몸을 바싹 붙였고 나머지 한 마리는 다시 진창에 코를 박고 서 있었다.

문을 열어 보니 잠겨 있지 않았다. 실내 공기는 따뜻하고 윤활유 냄새가 살짝 났다. 우산을 문가에 세워 놓은 언윈은 코트의 단추를 풀어 오전 내내 온몸을 휘감고 있던 한기를 몰아냈다. 테이블에는 백개먼 놀이판이 있었는데, 한창 게임을 하던 중에 자리를 뜬 것 같았다. 흰색과 갈색의 패들이 두 개와 세 개씩 모여 있었다. 주사위는 마지막으로 굴렸을 때 둘 다 삼이 나왔다. 언윈이 아는 게임 규칙에 따르면 두 명의 플레이어가 패를 차지하고 도주로를 차단해서 서로를 막다른 골목으로 몰아넣은 것처럼 보였다.

언윈은 무어 옆에 무릎을 꿇고 그를 흔들었다. 늙은 서기는 잠결에 무슨 말을 웅얼거렸지만 깨지 않았다.

밖에서 코끼리들이 움직이기 시작했다. 한 마리가 불만스러운 듯 구슬프게 울었다. 언원은 침대 밑에 숨을 생각으로 침대를 빙 둘러 돌아갔다. 바로 그때 언원의 발에 걸린 양동이가 요란한 소리를 내며 넘어지는 바람에 조개탄이 큰 호를 그리며 사방으로 날아갔다.

문이 홱 열리며 쌍둥이 한 명이 방으로 들어왔다. 왼쪽 부츠가 오른쪽보다 조금 더 작은 것을 보니 재스퍼였다. 그는 언원을 보고 자빠진 양동이를 보더니 눈을 한 번 깜박이고 문을 닫았다. 그는 축음기로 가 음악을 껐다.

언원이 석탄을 넘어가려다가 이번에는 쌓여 있는 책탑을 무너뜨렸다. 그는 사과의 말을 중얼거리며 잽싸게 책을 그러모았다. 표지에 내려앉은 석탄가루를 후후 불며 책을 다시 쌓았다.

재스퍼는 코트로 손을 뻗어 회중시계를 꺼내 시간을 확인하고 다시 넣었다. 손을 주머니에서 꺼냈을 때는 시계 대신 권총을 쥐고 있었다. 재스퍼는 권총을 꺼냈지만 언원의 출현에 희미하게나마 관심을 가지고 있는 것 같았다.

언원은 마지막으로 책을 다 쌓고 똑바로 섰다. 그는 2919호실 책상 서랍에 얌전히 들어 있을 자신의 권총을 떠올렸다. 하지만 권총을 가지고 왔다고 하더라도 아무 소용이 없을 터였다. 피스도 권총이 있었지만 꺼내 들 틈도 없지 않았던가.

'말을 하라.'

그는 『탐정 매뉴얼』 어디선가 그렇게 읽은 것 같았다.

'다른 방도가 없을 때는 말을 하라. 계속 입을 놀려라. 사람들은 뭔가 쓸모 있는 말을 할 것 같은 사람은 죽이지 않는다.'

언원이 말문을 열었다.

"그게 사실입니까? 지난 십삼 년간 한숨도 잠을 잔 적이 없다던데."

재스퍼의 얼굴은 무표정한 가면이고 눈동자는 녹색 돌멩이 같았다. 그는 권총을 들어 언원의 심장을 겨누었다.

총에 맞으면 어떤 느낌일까? 종이를 모아 펀치로 구멍을 뚫었을 때처럼 구멍이 나는 것 같겠지. 언원은 이런 생각을 하고는 총을 향해 한 걸음 다가가며 말했다.

"피곤이 극에 달해 있겠군요. 매사에 꿈을 꾸는 것 같겠죠."

그는 오두막 안쪽의 똑같은 침대 두 개를 힐끔 보며 말을 이었다.

"잠을 자려고 마지막으로 애를 써 보기라도 한 때가 언제였나요?"

재스퍼가 눈을 깜박였다. 언원은 그가 총을 쏘기를 기다렸다.

하지만 그는 총을 쏘지 않았다. 언원이 다시 말을 시작했다.

"어떻게 된 일인지 궁금합니다. 당신들은 수술을 받고 싶기는 했나요? 아니면 호프만의 생각이었나요? 호프만은 당신 형제가 같은 시간에 다른 장소에 따로 나타나게 하고 싶었던 것 같아요. 하지만 그는 자신이 얼마나 잘라 버렸는지 몰랐겠죠. 애초에 당신들은 두 명이 아니었어요. 예전에는 서로의 꿈을 보고 생각을 들을 수 있었겠죠. 하지만 항상 같은 꿈에 같은 생각이었을 거예요."

언원은 칼리가리 카니발의 초창기에 이 쌍둥이 형제의 역할이 무엇이었을지 상상하며 추측을 계속했다. 클레오 그린우드가 말했던 쌍둥이 형제는 커다란 코트 한 벌을 함께 입고 두 사람용의 긴 의자에 앉았으리라. 무대에 올라가서는 듀엣을 불렀을지도 모른다. 그가 진실에 가까이 다가선 것 같았다. 그도 그럴 것이 재스퍼가 총구를 천천히 내렸기 때문이다.

"하나 더하기 하나가 하나는 아니야."

재스퍼가 말하자 언원이 맞장구를 쳤다.

"그렇죠. 당신들이 저기 데려다 놓은 남자, 에드윈 무어 씨는 저와 많이 닮았어요. 어쩌면 내가 저분을 많이 닮은 건지도 모르죠. 우리는 잘 아는 사이는 아니지만 어쩐지 저분을 이해할 수 있을 것 같아요. 우리는 둘 다 한때 서기였어요. 그러니 내가 왜 저분을 구하러 올 수밖에 없었는지 이제는 알겠죠."

재스퍼는 언원의 말을 곰곰이 생각해 보는 것 같았다.

"이제부터 저분을 여기서 데리고 나갈 겁니다. 도와 달라고 부탁하지는 않을게요. 문을 열어 달라고 하지도 않을 거고요. 제게 총을 쏘지 말라는 애원조차 하지 않을 겁니다. 하지만 제게 총을 쏘지 않는다면 당신이 제 말을 잘 이해한 것으로 받아들이고 그점에 감사하겠습니다."

언원은 무어의 양쪽 겨드랑이에 팔을 끼워 일으켜 세웠다. 언원은 책을 흩뜨려 놓거나 재스퍼를 보지 않으려고 주의를 기울이면서 무어를 문 쪽으로 천천히 끌고 갔다. 문에 도착하자 무어를 내려놓고 우산을 들었다. 우산을 쥔 손이 벌벌 떨렸다.

그때 문이 열리고 조사이어가 들어왔다. 그는 여전히 클립보드를 들고 있었다. 모자를 벗지도 눈을 깜박이지도 않았다. 그는 언원과 무어, 재스퍼를 주르륵 보더니 클립보드를 테이블 위에 내려놓고 재스퍼에게 귓속말을 했다.

석탄 스토브의 불이 환하게 밝아졌다. 실내가 갑자기 더워진 것 같았다. 무어가 잠꼬대를 시작했다. 뼈만 남은 무어의 양팔에서 근육 경련이 일어나는 바람에 언원이 잡고 있던 팔을 놓쳐, 무어가 그만 바닥으로 미끄러져 버렸다.

재스퍼가 다가와 이렇게 말했다.

"내 형제가 당신에게 가만히 있으라고 충고하라고 충고했소."

그러더니 총을 언원의 머리 위로 들어 올려 세게 내리쳤다. 언원은 그대로 잠에 빠져들었다. 그리고 매우 괴상한 꿈을 꾸었다.

꿈에서 언원은 양손으로 얼굴을 감싼 채 머리를 나무에 대고 큰 소리로 숫자를 세고 있었다. 숫자를 다 세면 주위에 숨어 있는 사람들을 찾으러 가야 했다. 양말이 축축한 건 구두도 신지 않은 채 풀밭을 뛰어다녔기 때문이었다.

언원은 작은 집 근처의 언덕 위에 서 있었다. 언덕을 내려가면 연못이 하나 있었다. 시바트가 보고서에서 언젠가 은퇴해 살고 싶다고 했던 바로 그 작은 집이었다.

"다 숨었니?"

언원이 소리친 말은 돌멩이처럼 연못에 빠져 바닥으로 가라 앉았다. 수면 위로 타이어 그네가 빙그르르 돌면서 왔다 갔다 했다. 마치 누가 그네를 타다가 막 내린 것처럼. 언원의 생각으로 는 이것은 세부 사항이 아니었다. 이것은 단서였다.

언원은 언덕 아래에서 블랙베리 덤불을 지나치다 진흙에 찍힌 발자국을 여러 개 찾아냈다. 발자국을 따라 연못의 가장자리를 빙 두른 언원은 숲으로 들어가는 오솔길을 걸어가며 알록달록한 낙엽을 발로 찼다. 공터 중앙에 낙엽이 다른 곳보다 더 높이 쌓 여 있었다. 체격이 작은 사람이 몸을 숨겨도 좋을 정도였다.

어디서 뭔가 타는 냄새가 났다. 가느다란 연기가 낙엽들 사이 에서 올라왔다. 낙엽을 파헤치니 불이 붙은 시가의 끄트머리가 보였다. 곁에 무릎을 꿇고 낙엽을 치우자 소년의 얼굴이 나타났 다. 언원을 보며 눈을 깜박인 소년이 입에서 시가를 빼며 말했다.

"이런, 찰스. 들켰네."

소년은 앉아서 자신의 몸과 잿빛 레인코트에 들러붙은 낙엽을 뗐다. 그러더니 일어나서 모자를 쓰며 말했다.

"다른 사람들을 찾도록 도와줄게."

언원은 소년을 따라 길을 되돌아 나갔다. 발이 시리기 시작
했다.

"시바트 탐정님?"

"맞아, 찰스."

소년이 대답했다.

"이 놀이의 이름이 뭔지 기억이 안 나요."

"오래된 놀이야. 체스보다 더 오래되었지. 악담과 구두닦이보
다 더 오래되었고. 규칙만 알고 있다면 뭐라고 부르든 상관없어.
모두가 이 놀이에 가담하고 있어. 한 사람만 빼고. 그 사람이 바
로 술래야. 알겠어?"

"시바트 탐정님?"

"왜, 찰스."

"제가 술래죠, 그렇죠?"

"그리고 재빠르기도 하지."

소년이 대답했다.

둘은 연못 가장자리에 나란히 섰다. 소년은 삐끔거리며 담배
연기를 뿜어냈다. 저 위의 오두막에서 누군가 라디오를 켰다. 노
랫가락은 들렸지만 가사를 정확히 알아들을 수 없었다. 태양이
언덕 너머로 지고 있었다.

"생일인가 보군. 다음은 누구야?"

소년이 한숨을 쉬며 물었다.

"마술사를 찾아야 해요."

"마술사도 불렀어? 그자는 무슨 마술을 할 줄 안대?"

"온갖 마술을 다 하죠."

언원이 대답했다.

"그렇다면 마술사를 아직도 못 찾았다는 걸 어떻게 알지?"

언원이 아래를 보았다. 소년의 얼굴이 서서히 변했다. 얼굴이 정사각형이 되더니 눈동자가 흐릿한 갈색으로 변했다. 소년은 여전히 시가를 들고 있었지만 양 소매는 말려 올라가 있고 코트가 너무 커 보였다.

이녁 호프만이 미소를 지었다.

"봤지? 그 마술사는 누구든 될 수 있어."

11
허세에 대하여

질문에는 질문으로 대답하라. 거짓말이 들통 나면 다시 거짓말을 하라.
다른 사람이 진실을 털어놓게 만들기 위해 당신이 꼭 진실을 알아야 할 필요는 없다.

언윈은 세상이 그만 흔들리기를 기다렸지만 도무지 멈출 기미
가 보이지 않았다. 왜냐하면 그가 있는 세계는 바지선이었고 그
바지선이 만灣의 출렁이는 수면 위에 떠 있었기 때문이다. 시간
을 확인하려고 보니 양팔이 등 뒤로 묶여 있었다. 사실 손목시계
를 굳이 볼 필요도 없었다. 주위가 온통 자명종이었다. 자명종이
언덕을 이루고 산이 되어 있었다. 빗물이 튄 시계 수십 개가 말
해 주는 시간은 똑같았다. 7시 50분이었다.

언윈의 발치에는 에드윈 무어가 여전히 결박된 채 몸을 웅크
리고 잠에 빠져 있었다. 어슴푸레한 빛에 무어의 이마에 난 혹을
알아볼 수 있었다. 관자놀이가 욱신거리는 걸로 보아 자신에게

도 그런 혹이 하나 생겼겠지 싶었다.

무어 옆으로 퉁퉁한 피스의 시체가 뒹굴고 있었다. 양복이 물에 젖고 피에 물들어 있었다. 언윈은 헤링본 양복의 옷깃 위로 나온 창백하고 각진 얼굴을 보고 이내 시선을 돌렸다.

언윈은 여전히 모자를 쓰고 있었다. 우산은 그의 머리 위에 활짝 펼쳐진 채 팔을 아프게 묶고 있는 밧줄에 묶여 고정되어 있었다. 형제 중 누가 이런 친절을 베풀었을지 궁금했다. 쌍둥이의 기적은 전혀 느껴지지 않았다. 사방을 둘러보아도 자명종 더미 외에는 아무것도 보이지 않았다. 온 도시의 자명종이 다 모인 듯했다. 언윈의 것도 있을 터였다.

"일어나세요. 일어나요, 얼른요."

무어를 깨우던 언윈은 몸을 꿈틀거려서 무어의 발에 자신의 발을 가까이 가져간 후 무어의 구두 밑창을 탁탁 차며 소리쳤다.

"일어나라고요!"

그때 뒤에서 목소리가 들렸다.

"쉬잇, 루크 형제에게 들릴지도 몰라요. 그 형제는 자신들의 먹잇감이 익사하는 모습을 지켜보기를 좋아하는데 운이 좋았네요."

언윈은 클레오파트라 그린우드의 목소리를 알아차렸다.

"어떻게 여기에 계신 겁니까?"

그린우드 양은 언윈의 옆에 무릎을 꿇고 앉더니 밧줄을 잡아당겼다.

"당신보다는 훨씬 편하게 왔어요."

그렇게만 대답한 그녀는 코트 안으로 손을 집어넣었다. 언원은 어깨 너머로 그녀가 손에 단검을 쥐고 있는 모습을 보았다. 브록이 가지고 다니는 것과 똑같은 칼이었다. 오래전에 브록이 단검 던지기 묘기를 할 때 그녀의 다리를 꿰뚫었던 단검인 듯했다.

"저는 우산도 없이 빗속에 있는 건 질색이거든요, 언원 씨."

"저기에 코끼리들도 있어요. 코끼리들을 위해 뭔가 해야 합니다."

그린우드 양이 한숨을 푹 쉬었다.

"칼리가리가 불같이 화를 낼 거예요."

언원은 잠자코 있었다. 등줄기에 칼날의 감촉이 느껴졌다. 갑자기 칼날에 힘이 가해지나 싶더니 밧줄의 섬유 가닥이 우두둑 끊어지기 시작했다. 그는 그린우드 양이 발목의 밧줄을 자르는 동안 우산을 씌워 주었다. 마침내 둘 다 설 수 있게 되자 그녀가 말했다.

"당신이 탐정이 아니라는 걸 알아요."

매뉴얼의 96페이지에서 본 단락이 다시 떠올랐다. 비밀이 아무것도 없다면 그는 영원히 사라졌을 것이다. 하지만 아직 사라지지 않았다면 지금 그는 무엇인가?

"그래요. 저는 탐정이 아니에요."

"관찰자도 아니죠. 뭔가 다른, 새로운 종류의 꼭두각시예요.

당신이 그 사람을 위해 일하는 거 알아요. 그 사람이 당신을 보내 나를 조롱하라고 시킨 것도 알고요."

"누구를 위해 일한다고요?"

그린우드 양이 눈을 가늘게 뜨고 언원을 보았다.

"레코드판 말이에요, 그 소리. 언원 씨, 당신은 그게 어떤 건지 모를 거예요. 그곳에서는 당신을 기다리고 있는 그를 어김없이 보게 되죠. 당신의 뒤통수에 그 남자의 눈이 달려 있는 거예요."

"누구의 눈을 말씀하시는 겁니까? 도대체 무슨 말씀을 하시는 거예요?"

그녀는 여전히 못 믿겠다는 표정으로 그를 노려보았다.

"탐정 회사의 감독관 말이에요. 당신의 상관."

언원은 지금까지 탐정 회사에 감독관이 있다는 사실을 한 번도 생각해 본 적이 없었다. 그런 자리를 누가 차지하고 있을 거라는 사실이 머릿속에 떠오른 적이 한 번도 없었다. 문득 이런 게 궁금해졌다. 그런 사람이 있다면 사무실은 어딜까?

그린우드 양은 이제야 그가 진심으로 놀라고 있다는 사실을 알아차린 것 같았다.

"감독관과 나는…… 우리는 서로 아는 사이죠. 호프만은 위험한 자예요, 언원 씨. 하지만 당신의 고용주는 더 나쁜 존재라는 사실을 명심하세요. 무슨 일이 일어나도 그 사람이 내 딸의 존재를 알아서는 안 돼요."

바지선이 출렁하자 아픈 쪽 발이 뭔가에 걸린 그녀가 휘청거렸다. 언원이 얼른 부축하려고 갔지만 그녀가 피하며 말했다.

"배 우현에 구명보트가 있어요. 그걸 타고 가세요."

언원이 몸짓으로 무어를 가리키며 말했다.

"저 사람도 풀어 줄 겁니까?"

"시간이 없어요. 루크 형제가 근처에 있다니까요."

그러자 언원이 손을 내밀며 말했다.

"칼을 주세요. 직접 하죠."

그린우드 양은 잠시 망설이다가 칼을 돌려 자루 쪽을 내밀었다.

"이번 구조 시도는 먼저보다 낫기를 바라요."

언원은 무릎을 꿇고 밧줄을 자르기 시작했다. 무어를 묶어 놓은 밧줄은 더 두꺼워서 좀처럼 자를 수가 없었다.

"이 도시에 다시 오고 싶지 않았어요. 모든 관계를 끊었죠. 탐정 회사와도, 호프만과도요. 이제 그 둘이 뭐가 어떻게 다른지도 모르겠어요. 하지만 돌아오지 않을 수 없었어요."

언원은 무어의 손목을 묶고 있는 마지막 끈을 자른 후 발목으로 옮겨 가 작업을 시작했다.

"이 시계들을 보고 있으면 옛날에 딸에게 읽어 주었던 이야기가 떠올라요. 딸아이가 제일 좋아하는 책에 나온 이야기였죠. 체크무늬 표지의 낡은 책이었어요. 늙은 마녀에게 저주를 받은 공

주의 이야기였는데, 요정인가요? 요정이든 뭐든, 공주는 물레의 바늘에 찔리면 잠이 드는 저주에 걸렸어요. 아마 영원히 깨지 않을 잠이었을 거예요. 왕과 왕비는 딸을 사랑하는 부모라면 당연히 할 일을 했죠. 나라에 있는 물레란 물레는 모두 거둬들여서 불태워 버린 거예요. 덕분에 사람들은 아주아주 오랫동안 낡아 빠진 옷을 입어야만 했죠."

마지막 끈이 잘려 나갔다. 언원은 무어의 양팔을 자신의 어깨에 걸친 후 그린우드 양의 부축을 받아 등에 업었다. 그린우드 양이 언원의 손에 우산을 쥐여 주었다. 잠시 두 사람은 마주 보며 섰다.

"그 이야기는 어떻게 끝나죠?"

언원이 물었다.

그녀가 기대했던 질문이 아니었다.

"당연히 사람들은 물레를 한 개 빠뜨렸지요."

언원은 자명종 더미 사이로 난 좁은 공간을 따라 바지선의 우현으로 터덜터덜 걸었다. 미끄러운 금속 갑판에 힘겹게 걸음을 내디딜 때마다 구두가 삑삑거렸다. 구두를 벗고 싶어도 자명종에서 나온 유리 파편이 사방에 널려 있었다.

걸음을 멈추고 잠시 숨을 고른 언원은 축 늘어진 무어를 다시 업었다. 마침내 바지선의 가장자리가 보였다. 넘실거리는 회녹색 물결 사이로 그린우드 양이 말했던 구명보트가 쑥 솟아올랐다. 하지만 루크 형제 중 한 명이 근처에 있었다. 커다란 왼쪽 부츠를 난간에 올린 채 물을 굽어보고 있었다. 발을 보니 조사이어였다. 그는 담배를 피우며 만 맞은편에 있는 안개에 싸인 도시를 물끄러미 바라보고 있었다. 연신 내리는 비는 언원의 우산만 한 그의 모자챙 위로 쏟아져 내렸다.

언원은 조사이어의 시야를 피해 배에 닿을 수 있을 것 같았지만 뻑뻑거리는 구두 소리를 막기는 어려울 것 같았다. 그래서 몸을 웅크리고 조사이어가 담배를 다 피우기를 기다렸다.

자명종 언덕들 어디에선가 알람이 울리기 시작했다. 하지만 일 킬로미터 이상 떨어진 곳에 잠들어 있는 사람을 깨우기에는 역부족이었다. 언원에게는 그 소리가 갈고리가 되어 심장에 턱 꽂히는 것 같았다. 온 세상이 밤의 어느 컴컴한 구석 속의 대혼돈으로 다가가고 있었다. 상황을 바로잡으려면 저 자그마한 종소리를 믿을 수밖에 없다. 스프링이 풀리고 기어가 돌아가고 추가 출렁인다. 당신의 침대 옆에는 늘 놓아 두는 물 한 잔이 있고 일터로 신고 갈 구두가 있다. 하지만 정신이 자명종과 헤어지게 된다면, 서로 떨어지게 되면 어떨까? 육체가 졸음에 빠진 손목시계에만 기대게 된다면? 육체는 일어나도, 일어나기나 한다면 말이지만, 자기 자신은 물론이고 짧은 낮 동안 불쑥불쑥 일어나는 사건을 제대로 인식조차 하지 못할지도 모른다. 모자가 뱀이

고, 뱀이 램프이고, 램프가 아이이고, 아이가 벌레이고, 벌레가
전화기가 걸린 빨랫줄이 될 것이다. 언원이 눈을 떠 보니 바로
그런 세상이 되어 있었다.

알람을 가만히 듣고 있자니 다른 자명종의 알람도 울리기 시
작했다. 그 뒤를 이어 또 다른 자명종이 울리나 싶더니 어느새
천 개도 넘는 자명종이 동시에 울리기 시작했다. 아무리 깊이 잠
에 빠진 사람이라도 깨지 않고 못 배길 천둥소리 같은 합창이 시
작되었다. 언원은 자신의 손목시계를 힐끔 보았다. 정각 8시였
다. 이 자명종들이 도시에 있었다면 지금쯤 많은 이들을 잠에서
깨웠을 테지. 그 대신 자명종들은 언원에게 몰래 구명보트에 다
가갈 기회를 주었다. 구두가 끽끽거리는 소리는 천둥치듯 아침
을 알리는 알람 소리에 비하면 아무것도 아니었다.

언원이 달리는 동안 등에 업혀 여전히 잠에 빠져 있는 길동무
의 발이 바닥에 질질 끌리며 그를 자꾸 쳤다. 들고 있는 우산이
마구 흔들거렸다. 언원은 난간에 기댄 채 에드윈 무어를 위로 끌
어 올렸다. 구명보트 바닥에 쿵 하고 떨어진 노인 때문에 배가
심하게 요동을 쳤다. 팔 하나가 물에 빠져 있고 멍든 얼굴은 비
를 맞으며 위로 향했다.

조사이어가 고개를 들어 주변을 둘러보았다. 언원의 체중이
실렸을 때 난간이 기운 것을 느낀 것이다. 그는 피우던 담배를
물에 휙 던진 후 언원을 향해 걸어왔다. 얼굴에 살짝 실망한 기

색이 어렸다.

언원은 우산을 접으며 난간으로 올라갔다. 서두르다가 우산 손잡이가 재킷의 소매에 걸리더니 그만 다시 펼쳐졌다. 때맞춰 맞바람이 불어와 언원은 바지선으로 벌러덩 넘어졌다.

조사이어가 그의 옷깃을 잡아 갑판 위로 내동댕이쳤다. 언원을 덮칠 때 그의 코트가 빗속에서 펄럭거렸다. 열어젖힌 코트 속에서 뿜어져 나오는 열기는 상상을 초월했다. 언원은 쌍둥이의 등에서 피어오르는 김을 본 것 같았다. 조사이어는 마치 충격을 막아 주려는 것처럼 커다란 손으로 언원의 뒤통수를 받친 후 다른 손을 활짝 펼쳐 얼굴을 덮었다. 바짝 마른 손이었다. 그는 언원의 코와 입을 손으로 덮은 후 그대로 있었다.

"이제 둘 다 조용하게 있자고."

그가 말했다.

자명종이 사방에서 울렸다. 하나가 꺼지면 다른 것이 울리기 시작했다. 그 소리가 언원의 귓속에서 울리는 종소리와 겹쳐지더니 바다에서 솟아난 것처럼 시커먼 어둠이 몰려왔다. 마치 컴컴한 길거리에 서 있는 느낌이었다. 아이들이 백묵으로 보도에 그림을 그려 놓았는데, 정작 아이들은 아무도 보이지 않았다. 그곳은 잃어버리고 비밀 없는 것들의 거리였다. 텅 빈 다세대 주택이 세상의 밑바닥까지 죽 이어져 있었다.

피스 탐정이 그림자에서 슥 나타나더니 가로등의 불빛으로 원뿔 모양처럼 밝혀진 끝 부분에 섰다.

"언윈, 종이와 비둘기들일세. 그것은 모두 종이와 비둘기들이야. 우리는 빌어먹을 매뉴얼을 다시 써야 해."

"피스 탐정님, 쌍둥이들이 탐정님을 쏘는 걸 봤습니다."

"오, 미치겠군."

피스는 이렇게 말하더니 모자를 벗고 가슴에 갖다 대었다. 모자 꼭대기에 총알구멍이 있었다.

"제기랄, 언윈. 어떻게든 해 봐!"

피스가 이렇게 쏘아붙였다. 그가 모자를 치우자 셔츠는 온통 피로 물들어 있었다.

언윈이 상처를 막아 보려고 했지만 아무 소용이 없었다. 피가 손가락 사이로 새어 나와 사방으로 흘러내렸다.

어둠이 스르르 물러갔지만 피는 그대로 언윈의 팔과 가슴으로 흘러내렸다. 피스 탐정의 피가 아니었다. 그린우드 양의 단검이 그의 손에 들려 있었다. 무심코 주머니에 넣어 두었던 모양이었다. 그런데 단검이 조사이어의 가슴에 깊이 박혀 있었다. 언윈이 그에게 단검을 꽂은 것이다.

조사이어가 언윈의 얼굴을 덮었던 손을 떼고 옆에 앉았다. 그는 셔츠의 세 번째와 네 번째 단추 사이에 꽂혀 있는 단검의 손잡이를 가만히 내려다보았다.

언윈이 무릎으로 서서 단검으로 손을 뻗다가 그대로 멈췄다.

매뉴얼에서 무기를 제거하면 상처가 더 악화된다고 하지 않았던가?

"움직이지 말아요."

언윈이 말했다.

조사이어가 눈을 감았다. 아래에서 기계가 돌아가는 소리가 들리자 바지선의 갑판 한쪽이 느닷없이 올라가기 시작했다. 언윈은 조사이어의 손을 잡아 구명보트 쪽으로 끌고 가려고 했지만 꿈적하지도 않았다. 갑판이 점점 더 한쪽으로 기울었다. 언윈의 구두는 너무 미끌거렸다. 이제 너무 늦었다. 언윈은 조사이어의 손을 놓고 우산을 들고 버둥대며 난간을 타 넘고 구명보트로 내려갔다. 바지선에 묶여 있던 밧줄의 매듭을 순식간에 풀고 노를 젓기 시작했다.

조사이어 루크의 몸이 기울어지나 싶더니 기울어지는 갑판을 데굴데굴 굴렀다. 산처럼 쌓인 자명종들도 와르르 무너져 함께 미끄러졌다. 물속으로 떨어지면서도 자명종들은 여전히 울려 대었지만 물속으로 들어간 후에는 고요해졌다.

에드윈 무어가 일어나 앉아 눈을 껌벅이며 말했다.

"여기에 맞는 노래를 아무것도 모르겠어요."

언윈도 모르기는 매한가지였다. 그는 루크 형제의 오두막에서 보았던 백개먼 판을 떠올렸다. 게임 중간에 그대로 움직임이 멈춘 게임 판을 말이다.

언윈이 노를 젓는 동안 에드윈 무어가 두 사람 머리 위로 우산을 들었다. 우산은 보트가 물결에 쓸릴 때마다 위아래로, 옆으로 흔들거렸다. 두 사람은 몸이 젖지 않으려고 무릎이 맞닿을 정도로 가깝게 앉았다. 좌석 아래에 누군가 두고 간 양철통이 있었다. 그걸 보자 무어는 양철통으로 물을 퍼냈다. 가끔 바람이 불어와 우산이 옆으로 넘어갈 때면 두 사람은 꼼짝없이 비를 맞았다.

무어가 덜덜 떨며 말문을 열었다.

"잊을 수 있는 한 다 잊으려고 했어요. 하지만 충분히 잊을 수 없었어요. 내가 잠에 곯아떨어지자마자 그들이 나를 알아차렸죠."

세상은 두 종류의 잿빛으로 나뉘어 있었다. 짙은 잿빛의 빗줄기와 그보다 더 짙은 속이 꽉 찬 듯한 잿빛 바다였다. 언윈은 둘을 구별하기조차 힘들었다. 두 사람 사이로 등대의 노란색 빛줄기가 뚫고 들어왔다. 언윈은 최선을 다해 등대 쪽으로 노를 저었다.

"누가 당신을 알아차렸다는 겁니까?"

언윈이 물었다.

"당연히 관찰자들이죠."

무어가 미간을 모으자 물방울이 두꺼운 눈썹에서 떨어졌다.

"관찰자는 탐정보다 더 많은 것을 관찰해요, 언윈 씨. 말하자면 그들도 탐정이죠. 어느 쪽이 나를 먼저 잡았는지는 모르겠어요. 호프만의 졸개인지 탐정 회사의 하수인인지. 당신의 동료 가운데에는 지금도 오래된 채널을 사용하는 사람들이 있을 거예요. 그 마술사는 그 채널을 지켜보는 법을 알고 있죠."

언윈은 보트가 계속 정방향을 유지하도록 노를 젓는 법을 자신만큼 모르는 사람은 없을 것 같았다. 그가 한쪽으로 노를 저으면 뱃머리의 방향이 휙 바뀌었고 그만큼을 보정하려고 반대쪽으로 노를 저으면 배가 다른 쪽으로 머리를 돌렸다.

무어는 둘 사이에 깡통을 올려놓고 손으로 얼굴을 닦았다.

"사과하고 싶군요. 『탐정 매뉴얼』에 18장이 없다는 말은 거짓말이었어요."

"하지만 제가 직접 확인했는걸요. 목차는 17장이 마지막이었어요."

그러자 무어가 고개를 저으며 말했다.

"나중에 나온 판본에만 그렇습니다. 무삭제판인 초판은 18장까지 있었죠. 마지막 장이 가장 중요한 내용을 담고 있고요. 특히 관찰자에게는요. 탐정 회사의 감독관에게도 마찬가지였어요."

무어는 팔꿈치를 무릎에 올린 채 고개를 푹 숙이며 한숨을 쉬었다.

"당신이 아는 줄 알았어요. 어쩌면 관찰자일지도 모른다고 생각했죠. 나를 찔러볼 속셈으로 나온 거라고요. 언원 씨, 나는 오래된 무덤의 설계자라오. 나는 내 창조물 안에 묻힐 예정이었어요. 비밀을 확실하게 지키기 위해서 말입니다. 당신을 위해서 이제 더 이상 아무 말도 하지 않겠어요. 하지만 궁금한 게 있다면 대답해 드리죠."

우산에 빗방울이 툭툭 떨어지자 보트 양쪽으로 물이 튀었다. 언원은 쑤시고 아픈 팔로 계속 노를 저었다. 그들을 태운 작은 배에 슬슬 물이 차올랐다. 언원은 자신과 무어의 신발 주위로 물이 소용돌이치는 모습을 보았다. 물이 붉은색이었다. 피가 셔츠에 얼룩을 남기고 양손에도 묻어 노를 물들였다.

"나는 사람을 죽였습니다."

언원이 말했다.

무어가 몸을 앞으로 숙여 언원의 어깨를 짚었다.

"어떤 사람의 절반을 죽인 거죠. 이제 걱정해야 할 상대는 나머지 절반이라오."

언원은 더 빨리 노를 저었다. 노가 점점 더 손에 익어 갔다. 요령은 왼팔과 오른팔을 번갈아 젓는 것이었다. 단, 부드럽게. 그래도 해안에 닿으려면 아직도 한참을 저어야 했다.

"18장에 대해 말씀해 주십시오."

언원이 부탁했다.

마침내 보트가 항구에 도착했다. 도착하고 보니 카니발의 잔교에서 한참 떨어진 곳이었다. 언원은 화물선의 그림자 안에 몸을 숨기고 노를 저었다. 노가 물을 튀기는 소리가 탑처럼 우뚝 솟은 선체들 사이의 휑한 공간에 메아리쳤다. 주위는 컴컴했고 공기에서 녹과 짭조름한 냄새가 났다. 그들은 등대의 아래쪽에 있는 작은 만에 내렸다. 그곳에는 바위와 해초 사이에 쓰레기가 군데군데 쌓여 있었다. 두 사람은 함께 보트를 물 밖으로 끌어냈다.

언원은 등대 불빛이 지나갈 때 배의 앞쪽에서 반짝이는 무언가를 보았다. 자명종이었다. 볼수록 자신의 침대 옆에서 얼마 전 없어진 것과 비슷했다. 언원은 시계를 귀에 대고 아직도 작동을 하는지 확인한 후 태엽을 감았다. 시계는 코트 주머니에 쏙 들어갔다.

둘이 함께 황폐해진 조선소를 걸었다. 언원은 어제오늘 그런 일들을 겪지 않았다면 무어가 들려준 18장의 내용을 전혀 믿지 않았을 것 같았다. 무어는 그에게 이렇게 속삭였다.

'꿈의 탐정술. 다시 말해서 꿈을 감시하는 거죠.'

그린우드 양이 말한 뒤통수에 달린 다른 눈이란 분명 이 이야기를 의미했을 것이다. 꿈속의 염탐꾼들. 탐정 회사의 감독관도 그녀의 꿈을 감시했을까? 꿈속까지 사냥개처럼 뒤쫓아 들어와 그녀가 결코 쉴 수 없었던 것일까? 그녀는 감독관이 딸에 대해 알지 못했으면 좋겠다고 했다. 그린우드 양이 딸의 꿈을 꾸면 비밀은 이내 탄로 나지 않을까? 언윈은 이제 아무 일 없었다는 듯이 잠들 수 있을지 의문이었다.

에드윈 무어는 단단한 땅에 발을 딛게 되자 비로소 생기를 되찾는 것 같았다. 발걸음은 경쾌했고 힘껏 걸은 덕분에 두 볼이 점점 상기되었다. 무어는 걸으면서 꿈을 탐정하는 방법에 대해 설명했다.

"자신이 나비가 된 꿈을 꾼 노인의 이야기를 들은 적이 있겠죠. 잠에서 깬 후 노인은 자신이 나비의 꿈을 꾼 노인인지 아니면 그런 노인의 꿈을 꾸고 있는 나비인지 분간을 할 수 없게 되었소."

"그 이야기에 진실이 있다고 말씀하시는 겁니까?"

무어가 딱 잘라 말했다.

"나라면 터무니없는 이야기라고 말하겠소. 그럼에도 이성은 늘 그 문제와 씨름을 하죠. 구체적인 기억을 떠올리려고 할 때, 가령 아는 사람과 나눴던 대화라고 해 봅시다. 그럴 때 기껏 기억을 떠올렸지만 결국 기억이 꿈에서 비롯된 환상이었다는 사실을 깨닫는 경우가 얼마나 많소? 어떤 것에 대해 꿈을 꿨는데, 당신이 깨어 있는 때의 어떤 진실을 의미했던 경우는 또 얼마나 많았소? 전날에는 도저히 풀 수 없을 것 같은 문제의 해결책을 찾았다거나 당황스러웠던 상대방의 의도에 숨은 속내를 알아차린 적도 있었을 거요.

현실과 비현실, 실제와 허구. 우리가 이것들을 구별하지 못하거나 오히려 둘이 같은 것이라고 믿어 버리고 싶어 할 때 탐정회사의 수사원들이 임무를 수행하기 위해 파고들 수 있는 틈이 열리죠."

그러자 언원이 되물었다.

"그들이 정확하게 뭘 어떻게 하는 겁니까? 자고 있는 사람 옆에 누워서 그 사람 머리를 만지나요?"

"바보 같은 소리 그만해요. 목표물에 가까이 갈 필요도 없어요. 그 사람의 주파수를 구분하기만 하면 되니까요. 이런 일은 관찰자가 사무실 의자에 편안하게 앉아서도 할 수 있어요."

무어는 인상을 쓰며 이마에 난 혹을 만졌다. 혹은 보라색이 되어 있었다. 그는 한숨을 쉬며 말을 이었다.

"당신도 알고 있겠죠. 뇌에서 나오는 신호는 측정할 수도 있고 도표로도 그릴 수 있어요. 뇌에서 나오는 전파가 있고 전파를 측정하는 장비도 연구하는 사람들도 있어요. 여러 가지 상태를 구별해 분류하고 분석을 하죠. 뇌가 다른 뇌에 들어갈 수 있어요. 쉽게 말해서 '주파수를 맞출 수 있다'는 거죠. 그 결과가 일종의 감각 변환이에요. 쉽게 말해서 라디오를 듣는 것과 크게 다르지 않아요.

적어도 나는 그렇게 비유를 해요. 꿈을 탐정하는 사람들은 이 기술을 일종의 미행이라고 하죠. 도시의 길거리가 아니라 자신의 무의식을 통해 용의자를 따라다니는 거예요. 구체적인 정보를 추적하고 있다고 해 봅시다. 꿈을 꾸는 이에게 미묘하게 영향을 미칠 수도 있어요. 원하는 증거로 향하도록 만드는 거죠."

두 사람은 묘지에서 몇 블록밖에 떨어져 있지 않은 조선소를 서둘러 떠났다. 그들은 해변을 계속 따라갈 수밖에 없었다. 언원은 포티 윙크스에 너무 가까이 접근해 재스퍼 루크에게 그의 행방을 알려 줄 사람의 눈에 띄고 싶지 않았다. 언원은 무어를 북쪽으로 이끌었다. 무어는 언원이 우산으로 어디를 가리키든 순순히 따르며 설명에만 집중하는 것 같았다.

"탐정 회사에는 인간이 이 기술을 오래전부터 이용했으며 몇백 년 동안 다양한 이름으로 불러 왔다고 믿는 사람들도 있어요. 그들은 인류가 작은 부족을 이루어 지구에 퍼져 살았을 때는 이런 기술을 써먹기가 더 쉬웠다고 말하죠. 당시에는 꼼꼼하게 살펴야 할 신호가 지금보다 적었고 신호와 어우러지려는 의지가 훨씬 강했으니까요. 온갖 징조며 환상, 무당의 예언, 주술사들이 존재하지 않았습니까. 이런 것들이 우리가 꿈의 탐정술이라고 부르는 기법에 뿌리를 두고 있었을지 모르죠.

하지만 나는 역사에는 크게 신경을 쓰지 않아요. 어찌 되었든 지금은 완전히 달라졌으니까요. 우리 도시의 밤은 감각과 욕망, 두려움이 어우러진 거대한 퍼즐이에요. 폭넓게 훈련을 받은 사람만이 사람들의 마음을 따로 구별할 수 있어요. 회사에서는 이런 사람들의 기술을 고객들을 위해 활용하죠. 감독관에게 임무를 받은 관찰자는 용의자의 무의식을 수사하고 탐정은 좀 더 구체적인 실마리를 찾으러 다닙니다. 이 기술 덕분에 탐정 회사의 수사원이 범상치 않은 통찰력을 갖게 된 겁니다."

"훈련을 거의 못 받은 사람을 이용해 이 기술을 사용하려고 하면 어떻게 됩니까?"

언원이 물었다.

무어가 그를 노려보았다.

"성공한다고 해도 그 자신은 물론 다른 사람들까지 위험에 빠뜨리게 될 거요. 잠이 든 도시에는 악의가 저장된 곳들이 있어요. 당신이라면 그런 곳을 실수로라도 건드리고 싶지 않겠죠."

무어는 잠시 입을 다물었다가 차분한 말투로 다시 이야기를 이어 갔다.

"하지만 그 과정에 도움을 줄 만한 사람들이 있어요. 그 사람들은 꿈을 탐정하는 데 필요한 집중 상태를 이끌어 낼 수 있죠. 또는 남보다 훨씬 간단하게 그 상태에 빠질 수 있다고 할까요. 모르는 사람이 보면 마치 최면처럼 보일 거예요."

언원은 그날 아침 그린우드 양이 카니발의 매표소에 있던 브록에게 한 일이 떠올랐다. 귓가에 무슨 말을 속삭이자 브록이 곧장 일종의 트랜스 상태에 빠져들지 않았던가.

"클레오파트라 그린우드가 그런 사람이군요."

무어가 퉁명스럽게 대답했다.

"그린우드의 목소리가 지닌 힘을 여러 차례 목격했지요. 시바트도 알고 있었어요. 하지만 그것의 정체에 대해서는 몰랐죠. 그린우드가 잠시 가수로 활동했다는 사실을 기억합니까? 내가 회사를 떠났을 때 감독관은 그녀의 노래를 녹음하는 실험을 하던 중이었어요. 그 녹음으로 꿈의 탐정 기법을 좀 더 폭넓게 활용할 수 있는지 알아보기 위해서였지요. 실험으로 어떤 결과를 거두었는지는 나도 모릅니다. 물론 호프만도 그녀의 재능을 알고 있어요. 솔직히 클레오 그린우드의 노래가 구 년 전 11월 11일 밤에 라디오에서 제일 먼저 나왔다는 사실이 이제 더 이상 우연의 일치로 보이지 않아요."

당연히 언윈도 그때 그 노래를 들었다. 그래서 전날 밤 캣 앤드 토닉에서 노래를 들었을 때 어디선가 들은 적이 있다고 생각했던 것이다. 시바트가 11월 12일 사건에 대한 보고서에서 미결로 남겨 둔 문제가 문득 떠올랐다. 온 도시의 달력이 날짜를 하나 건너뛰었을 때, 관공서와 언론사의 날짜를 바꿔치기한 의문의 하수인들은 누구였을까? 그들의 정체는 밝혀진 적도 없고 아무도 검거되지도 않았다. 어쩌면 그런 하수인은 처음부터 없었던 것일지도 몰랐다. 적어도 자신을 그렇게 의식하는 사람은 없었을 것이다.

"호프만이 어떤 식으로든 우리에게 영향을 줄 수 있을까요? 우리의 꿈에 몰래 들어와 잠에 빠진 우리를 자신의 부하로 만들었을까요? 달력의 날짜를 바꾼 사람은 어쩌면 우리 자신일지도 모르겠군요."

언원이 말했다.

무어가 인상을 찌푸렸다. 그의 수염 뒤로 입술이 가려졌다.

"호프만은 꿈을 탐정하는 기술을 알았어요. 오래전 우리 쪽 기밀이 새어 나갔죠. 이중 첩자의 소행이었을 거예요. 그 덕분에 그는 여러 관찰자를 훨씬 뛰어넘는 힘을 가지게 되었다오. 꿈에서 꿈을 옮겨 다닐 때마다 뛰어난 변장술과 복화술로 추적을 불가능하게 만드니 왜 아니겠어요. 아무리 그렇다고 해도 그가 어떻게 우리 머리에 다른 생각을 집어넣고 하루를 훔쳐 갈 수 있었는지 감도 못 잡겠어요. 한 번 성공했는데 또 하지 말라는 법이 있겠소? 훨씬 더 많은 날을 지워 버릴 수 있는데 왜 하루로 끝내겠소. 매일 밤 호프만의 몽유병자 요원들이 작전을 수행중일 거요."

"지난밤 몽유병자 무리가 자명종을 훔쳤습니다. 제가 건물을 지나칠 때마다 사람이 하나둘 나오더군요. 그들은 각자 건물에 침입해서 집집마다 자명종을 훔쳐 냈을 겁니다. 술을 마시고 도박을 하려고 파티에 간다고 생각했지만 실은 전리품을 루크 형제에게 전달했던 거죠. 그린우드 양이 그곳에서 몽유병자들에게 노래를 불렀어요. 피스 탐정은 잠입 작전이 발각되는 바람에 사살되었고요."

그러자 무어가 고개를 저으며 말했다.

"그렇다면 우리가 빠뜨린 게 있을 거예요. 적이 어떤 도구를 손에 넣은 거겠죠. 언윈 씨, 전투가 시작되었습니다. 기나긴 시간 동안 조용하게 이어져 온 전쟁의 마지막 전투겠죠. 나는 책략 같은 것의 의미는 몰라요. 단지 위험뿐이죠. 11월 12일 사건에서 대패한 후 호프만은 어떻게든 복수를 하고픈 열망을 키웠어요. 도박장, 보호료 받는 사업을 하는 폭력단, 암시장은 언제나 그 목적을 달성하기 위한 수단이었죠. 긴 시간 거사를 준비하면서 먹이를 공급해 준 거미줄 같은 것들이었어요. 호프만의 진정한 목적은 이 도시 주민들의 이성적인 사고와 그들이 꾸는 광적인 꿈이 품은 폭력적인 망상 사이의 경계를 완전히 허물어 버리는 겁니다. 그가 생각하는 이상적인 세상은 카니발이죠. 모든 것이 환상이고 모든 것이 뒤죽박죽인 세상. 호프만이 뜻을 이룬다면 우리는 모두 사람이 된 꿈을 꾸는 나비가 되어 버릴 거예요. 오로지 탐정 회사가 질서와 이성이라는 원칙을 무자비할 정도로 고수하는 덕분에 그를 억제해 온 거요. 언윈 씨, 그게 바로 당신의 일이고 나의 일이기도 하죠."

북쪽에서 자동차 소리가 들렸다. 도시가 깨어나고 있었다. 언윈은 여기저기 찢어지고 피가 묻은 옷을 입고 있었다. 지금쯤이면 수많은 사람들이 신문에 실린 언원의 이름을 읽었겠지? 다른 사람의 피가 묻은 옷을 입은 채 누군가의 눈에 띈다면 무슨 변명도 통하지 않을 터였다. 언원은 근처에 지하철역이 있는지 궁금했다. 8호 기차를 탈 수 있는 역이라면 좋을 텐데.

"지금쯤이면 시바트를 찾아봐야 소용없다는 사실을 깨달았겠죠. 분명 죽었을 겁니다."

"탐정님의 연락을 받았습니다."

언원이 말을 받았다.

"뭐라고요? 어떻게요?"

"이틀 전에 꿈속에 나타나셨더군요. 지난밤에도 나왔던 것 같아요. 제게 18장에 대해 이야기를 했어요."

"그럴 리가. 시바트는 꿈에 침투하는 법에 대해 아무것도 몰라요. 탐정들은 그 기술에 대해 전혀 모르죠. 탐정들에게도 당신이 받은 것과 같은 삭제판 매뉴얼이 지급된단 말이에요."

"하지만 관찰자들이……."

"관찰자는 습득한 정보의 진짜 출처를 절대 밝히지 않아요. 일상적인 정보원으로부터 얻은 정보로 위장하고 있죠. 이것이 기본 규약입니다. 모든 내용이 탐정 회사의 부속 정관에 나와 있어요. 물론 무삭제판도요."

"그렇다면 누가 시바트 탐정님께 정보를 흘린 겁니다. 시바트 탐정님이 모습을 감추기 직전 포티 윙크스에서 뭔가를 읽고 있는 모습을 즐라타리가 봤어요. 분명히 무삭제판 매뉴얼을 읽고 있었을 겁니다."

"도대체 누가 그걸 시바트에게 넘겼단 말입니까?"

"당신에게 최고령 피살자의 입에 박힌 금니를 보여 준 사람이 겠죠."

언원이 곧장 대답했다. 발걸음을 멈추고 무어의 어깨를 잡으며 말을 이었다.

"당신이 그녀의 꿈을 꾸었다고 했을 때 실제로 만났지만 기억을 못하는 거라고만 생각했습니다. 하지만 다시 생각해 보니 정말로 당신의 꿈속에 나타났을지도 모르겠군요."

무어는 순간 충격을 받은 표정을 지었다. 그러더니 눈을 꼭 감았다. 눈꺼풀 뒤의 안구가 앞뒤로 빠르게 움직이는 모습이 보였다.

"클레오파트라 그린우드였던 것 같아요."

"확실한가요? 인상착의가 어땠나요?"

무어는 여전히 눈을 감은 채 대답을 했다.

"당신 생각이 옳아요. 그린우드 양보다 더 젊은 여자였어요. 하지만 똑같이 아름답더군요. 누가 자신의 이야기를 들을지도 모른다는 듯이 조용조용했어요. 회색 모자 밑으로 갈색 머리칼이 보였죠. 눈은 은색에 가까운 회색이었는데, 꼭 거울 같았어요. 나쁜 날씨에 대비해 옷을 입은 듯했어요. 격자무늬 코트를 입고 있었을 거예요."

뭔가를 기억해 내려다 보니 무어는 의식을 잃은 듯한 상태가
되었다. 언원은 그의 어깨에 한 손을 올린 채 서 있었다. 격자무
늬 코트의 여자가 늙은 서기의 꿈에 들어가 절대 잊을 수 없는
장면을 보여 주었다. 그녀는 시바트가 저지른 최악의 실수를 보
여 주었다.

무어가 그녀와 클레오파트라 그린우드를 혼동했다니 놀랄 일
도 아니었다. 언원이 짐작했듯이 둘은 상당히 닮은 것이 분명했
다. 격자무늬 코트의 여자는 그린우드 양의 딸이다. 게다가 확실
하게 '이 일에 관련된' 여자였다. 그런데 시립 박물관의 미라가
가짜라는 사실을 까발려서 그녀는 무엇을 얻었을까? 무삭제판 매
뉴얼을 훔쳐서 시바트에게 준들 그녀에게 무슨 이득이 있을까?

무어가 눈을 번쩍 뜨고는 말했다.

"일단 뭐든 탑시다."

마침 앞 블록의 좁은 골목길에서 택시가 한 대 나왔다. 무어가
우산 밖으로 나가 양손을 흔들어 택시를 잡았다. 택시는 모퉁이를
돌더니 섰다. 시동을 끄지 않아 체크무늬의 차체가 덜덜 떨렸다.

"우리 집으로 가서 다음 계획을 짜도록 합시다."

무어가 말했다.

택시 기사는 여윈 얼굴에 몸이 구부정한 남자였다. 그는 창문
을 약간 내린 후 건너편 길에 있는 두 사람을 바라보았다. 언원

은 코트를 바짝 여미며 셔츠의 얼룩을 황급히 가렸다.

"지금 갈 수 있습니까?"

무어가 묻자 기사는 시선을 피하며 천천히 그의 말을 생각하더니 마침내 중얼거리듯 대답했다.

"갈 수 있어요."

무어는 재빨리 고개를 끄덕이고 문의 손잡이로 손을 뻗었다. 몇 번이나 문을 잡아당겼지만 열리지 않았다.

"잠겼군요."

운전수가 혀끝으로 이를 훑으며 대꾸했다.

"잠겼어요."

"우리를 태울 겁니까?"

무어가 다시 물었다.

"태울 거요, 말 거요?"

"안 태워요."

기사가 대답했다.

언원이 우산을 얼굴 위로 낮게 내린 후 도주로를 찾아 주위를 살폈다. 운전기사가 그를 알아본 걸까? 신문에 서기 신분증에 달린 사진이 실렸는지 문득 궁금해졌다.

하지만 무어는 물러나지 않았다.

"우리를 태울 생각도 없다면서 왜 내가 손을 흔들었을 때 차를 세운 겁니까?"

운전사는 무슨 말을 중얼거리더니 뒤로 한 손을 뻗어 문의 잠금장치를 해제했다. 무어는 문을 열고 미끄러지듯 택시로 들어갔다. 언원이 우물쭈물하고 있자 무어가 얼른 타라고 손짓을 했다. 그래서 언원도 우산을 접고 차에 탔다.

무어는 언원의 집에서 몇 블록밖에 떨어지지 않은 집 주소를 대고는 좌석에 편안하게 몸을 맡겼다.

"매뉴얼을 완성한 직후였어요. 오직 특수한 훈련을 받은 수사원들만이 18장의 비밀에 접근할 수 있다는 결정이 내려졌죠. 그래서 일반적으로 사용할 삭제판을 급하게 제작하게 되었어요. 이 무렵 탐정 회사는 어마어마한 변화를 겪었어요. 새로운 사옥을 마련하고 문서 보관소를 만들었죠. 통제의 고삐를 더욱 세게 쥐어야만 했어요. 이미 제작한 무삭제판 매뉴얼은 목록을 만들어 관리하기 시작했어요. 하지만 감독관과 나는 그 가운데 딱 한 부만큼은 그렇게 간단하게 숨겨 둘 수 없으리라는 사실을 잘 알았죠."

무어는 자신의 머리를 톡톡 두드리며 의미심장한 표정을 지었다.

"선생님은 회사를 배신하지 않으셨잖습니까."

"물론 그랬죠. 나는 처음부터, 그러니까 우리 열네 명이 석탄 스토브로 난방을 하는 사무실 하나를 공동으로 쓰던 시절부터 언제나 회사의 편이었어요. 하지만 그 시절 이후 세상은 변했죠.

적도 변했어요. 칼리가리의 순회 카니발이 도착하면서 사악한 복화술사 이넉 호프만도 이 도시에 발을 들여 놓았어요. 오래된 경계가 허물어지고 있었어요. 뭔가를 아는 것만으로 경계를 위험에 빠뜨릴 수 있었죠. 감독관은 자신의 가장 은밀한 비밀을 내게 털어놓고 기록하게 했어요. 게다가 감독관은 호프만이, 그렇게 하기로 마음만 먹는다면 말이죠, 어린아이가 생일 선물의 포장지를 찢듯이 간단하게 내 머리에 걸린 자물쇠를 풀 수 있다는 사실도 알았어요. 그러니 내가 있으면 회사는 위험했죠. 충성을 다하든 아니든 상관없이 말이에요."

"감독관에게 협박을 받으셨습니까?"

"그럴 필요도 없었죠."

"선생님이 알아서 떠나신 거군요. 스스로 모든 것을 잊으려 애를 썼고요."

"모든 걸 잊는 건 당신이 생각하는 것보다 쉬웠다오. 나는 탐정 회사 최초의 서기였어요. 오랫동안 유일한 서기로 일했죠. 나는 내게 넘어오는 온갖 정보를 잘 기억하기 위해 다양한 기억법을 만들었어요. 마음속에 가상의 궁전이랄까 문서 보관소를 여러 개 만드는 거예요. 내 상상 속에서 보관소들은 일종의 건축물이었어요. 그때는 무게감까지 느껴졌다니까요. 건축물을 지탱하는 것들은 오랜 시간이 지나면서 휘어지고 삐걱거리게 되었어요. 나는 벽돌 한두 개를 느슨하게 뽑아 두기만 하면 되었죠. 그러면 나머지는 알아서 무너질 테니까요."

무어는 앞으로 몸을 기울여 택시 기사에게 말했다.

"이봐요, 속도를 더 낼 수는 없겠소?"

언윈은 창문 밖을 보았다. 거리는 한산한 편이었다. 하지만 기사는 무어의 요청도 아랑곳하지 않고 차선을 한 번도 바꾸지 않은 채 같은 속도를 유지했다. 파란불을 받기 위해 서두르는 일조차 없었다.

무어는 고개를 흔들며 다시 자리에 편하게 앉았다.

"이 모든 사건에서 당신이 무슨 역할을 하는지 도무지 모르겠어요, 언윈 씨. 누구든 당신을 끌어들인 사람은 당신이 아는 게 거의 없기 때문에 그랬을 거요. 그게 아니라면 뭐겠소? 당신의 마음속을 샅샅이 수색한 후에도 적은 당신이 요주의 인물이라는 생각을 절대 하지 못할 거요."

"지금은 다릅니다."

무어가 고개를 끄덕였다.

"당신도 위험을 알고 위험도 당신을 알죠. 이제부터는 기민하게 행동해야 해요. 바로 그 점에 우리 수사의 운명이 달렸소."

수사라. 언윈은 그 말만큼은 피하고 싶었다. 자신의 의지와 상관없이 탐정의 업무를 시작한 지 얼마나 되었을까? 그 시작을 레이미크의 사무실에서 레코드판을 훔쳤을 때로 보아야 할까? 아니면 더 이전으로 거슬러 올라가야 할까? 격자무늬 코트의 여자를 처음으로 미행한 시점으로?

언원이 말문을 열었다.

"서류가 있습니다. 레코드판이죠. 판을 틀어 봤지만 무슨 뜻인지 모르겠더군요. 의미 없는 소음 같았어요. 레이미크 씨가 살해되기 전에 제게 주려고 했던 것 같아요."

무어의 안색이 어두워졌다.

"분명히 탐정 회사의 문서 보관소에서 나왔을 거예요. 감독관은 그곳에서 새로운 방법들을 실험했으니까요. 뭔지 알고 싶으면 그곳으로 가져가요."

무어는 말을 멈추고 몸을 돌려 소매로 창문에 서린 물기를 닦았다. 그는 창밖을 보더니 인상을 구겼다. 언원도 문제를 곧장 알아차렸다. 택시 기사는 엉뚱한 곳을 달리고 있었다. 이 남자는 두 사람을 어디로 데려가는 중일까? 어쩌면 언원을 잡아 오면 현상금을 준다는 공고를 보고 돈을 챙기러 가는 참일지도 몰랐다.

"이렇게 돌아가면 돈을 주지 않겠소. 기사 양반, 좌회전이오. 좌회전을 해요!"

무어가 말했다.

그런데 기사는 우회전을 했다. 다음 블록에 접어들자 어떤 차가 도로에서 벗어나 소화전을 들이받았다. 물이 공중으로 솟구쳤다가 폭포처럼 차로 떨어져 내려 순식간에 배수로와 거리 일부가 물바다가 되었다. 찌그러진 자동차 후드에는 양복을 입은 남자가 앉아 머리를 긁으며 무슨 말을 하려고 했다. 하지만 입속에 물이 가득 차서 그는 꼬르륵거리다 뱉어 낼 뿐이었다. 행인들은 눈길도 주지 않았다.

"어처구니가 없군. 이 상황을 신고한 사람이 있을지 모르겠어. 이봐요. 기사 양반, 무전기로 신고를 해요, 어서요."

무어가 재촉했다.

하지만 운전기사는 무어의 말을 듣는 둥 마는 둥 서행해 그곳을 지나쳤다. 무어의 얼굴이 붉으락푸르락했고 이마의 혹은 점점 더 짙은 보라색으로 변해 갔다. 너무 화가 나서 말도 제대로 할 수 없어 보였다.

경찰 순찰차가 다음 모퉁이에 서 있었다. 무어가 창문을 내리자 언원이 얼른 좌석 깊숙이 몸을 파묻었다. 노인이 빗속을 향해 소리쳤다.

"경찰관! 경찰관!"

경찰차의 운전석 문이 열렸다. 핸들 뒤로 열두 살이나 열세 살 정도 보이는 교복 차림의 소녀가 계기판에 발을 올린 채 앉아 있었다. 왼손으로는 경찰의 곤봉을 빙빙 돌리고 있었다. 경찰차 뒷좌석에는 예닐곱 명이 꽉 낀 채 움쩍달싹도 못하고 있었다. 모자로 보아 그 차의 정당한 주인이자 경찰로 보이는 남자가 창문에 얼굴이 눌린 채 사람들 사이에 끼어 있었다.

무어가 숨을 헉하고 들이쉬더니 외쳤다.

"저런 망나니 같은!"

다음 블록에서 택시 기사는 꽃집 앞에 차를 세웠다. 그곳에는 몇 사람이 푸른 줄무늬 차양 아래에 서 있었다. 그는 차의 기어를 풀고 시동만 켜 놓았다.

"나한테서 한 푼도 못 받을 줄 아시오. 어서 자동차 등록 번호나 말해요."

무어가 요구했다.

"잠깐만요."

무어가 이마의 혹을 만지며 마치 언원의 탓이라도 되듯 그를 바라보았다.

"지금 자고 있어요. 다들 자고 있어요. 온 도시가요."

언원이 말했다.

꽃집의 차양 아래에 서 있던 사람들이 택시를 알아차렸다. 무어가 창문으로 힐끔 보자 사람들이 택시로 다가왔다. 그는 언원을 보며 속삭이듯 말했다.

"정말 그렇군요."

노란색 실내복을 입은 여자가 조수석 문을 열더니 몸을 숙이고 기사에게 말했다.

"해야 할 일."

그러자 기사는 손바닥으로 기어를 탁탁 두드리며 말했다.

"있어야 할 곳."

기사의 말은 여자가 기다렸던 대답이 분명했다. 그도 그럴 것이 여자가 조수석에 앉은 후 문을 닫았기 때문이다.

언원이 에드윈 무어에게 바짝 몸을 붙이며 말했다.

"호프만이 어떻게 이렇게 만들었을까요?"

무어는 고개를 가로저으며 턱에 난 하얀 수염을 손으로 문질렀다. 그러더니 조용하게 대답했다.

"자명종으로요."

언원은 그가 끼어들었던 한밤의 행진이 떠올랐다. 어깨마다 전리품이 가득 든 자루를 멘 괴상한 부대가 생각났다. 호프만은 자명종을 훔치는 데 고작 몇 명의 힘만 빌리면 되었다. 그렇다면 이제 어떤 일이 벌어질까? 온 도시가 잠에 취하면 그의 힘에 더 쉽게 복종하게 될까?

그때 무어가 말문을 열었다.

"아직도 우리가 놓치고 있는 게 분명히 있어요. 자명종은 질서를 지키는 도구였고 우리는 그 사실을 오랫동안 당연하게 받아들였어요. 그런 도구를 호프만은 바다에 다 버렸어요. 거리로 나온 이 사람들은 어쩌면 있지도 않은 상상의 시계 소리에 잠을 깨는 꿈을 꾸고 있는지도 몰라요. 실제로는 잠을 깬 게 아니라 두 번째 잠에 빠졌겠죠. 호프만이 그들을 위해 준비해 놓은 잠 말이에요. 이 도시는 11월 12일 사건이 일어났을 때 거의 산산조각이 났어요. 이제 호프만이 그 틈을 비집고 들어와 이 도시의 심장에 도사리고 있던 광기를 온 도시로 풀어 놓은 거예요."

"그렇게 한다고 호프만이 뭘 얻을 수 있는지 모르겠어요."

"뭐든 원하는 것을 손에 넣겠죠. 탐정 회사의 와해를 원할 거예요. 호프만은 11월 12일 사건에서 탈취할 뻔했던 금의 주인이 당연히 자신이라고 믿었어요. 그가 뭘 요구할지 누가 알겠소? 우리는 승기를 잃어 가고 있어요. 깨어 있는 사람은 우리 둘뿐이니 우리가 패배를 지켜보게 될지도 모르겠군요."

녹색 판초를 입은 잠든 소년이 뒷문을 열어 차 안을 들여다보았다. 잠에 취해 무겁게 늘어진 눈꺼풀 아래로 보이는 눈이 멍했다. 깜짝 놀란 무어가 서둘러 언원 옆으로 바싹 붙어 앉았다. 소년은 차에 타며 누구에게랄 것도 없이 이렇게 말했다.

"그곳에 당장 가야 해요."

기사가 뒤도 돌아보지 않고 대답했다.

"그것을 당장 해치워야 해."

이제 다른 사람들도 차를 에워싼 채 서 있었다. 말없이 비를 맞으며 몸을 살짝 흔들며 자신들이 탈 순서를 기다렸다.

"이 상황은 단순한 광기가 아니에요."

언원이 말했다.

무어는 입을 꼭 다물었다. 언원은 순간 무어의 눈이 전날 아침 박물관에서 보았을 때처럼 변하는 것을 놓치지 않았다. 텅 빈 동굴 같은 눈구멍에 아무것도 없는 것 같았다. 언원은 이 남자의 정신이 다시 돌아오는 데 얼마나 시간이 걸릴지 의문이 들었다. 하지만 이내 눈빛이 되살아나며 무어가 말했다.

"맞아요. 이 몽유병자 무리는 다른 사람들과 달라요. 일종의 특수 요원 같아요. 특별한 임무를 수행하기 위해 선발된 것 같아요."

언원이 문을 열었다.

"택시에서 어서 내려야겠군요."

무어가 고개를 가로저었다.

"우리 중 한 명은 계속 남아서 이 사람들이 무슨 짓을 하는지 똑똑히 봐 둬야 해요. 당신은 해야 할 일이 있어요. 언원 씨, 그 레코드판을 문서 보관소로 가져가요. 절대 빼앗기면 안 됩니다."

언원이 차에서 내려 똑바로 서자마자 상하의가 붙은 붉은색 내의를 입은 남자가 자리에 쏙 들어가 앉았다. 무어는 두 명의 몽유병자 사이에 끼어 있었다. 고개를 돌릴 공간도 없었다.

언원이 손을 뻗어 우산을 주었다.

"필요할지도 몰라요."

무어가 우산을 받으며 대답했다.

"이 사건에서 우리는 좋은 팀이 될 거예요."

언원이 대답을 할 사이도 없이 붉은색 내의를 입은 남자가 차 문을 닫았다. 택시가 천천히 그곳을 떠나갔다. 몸을 돌려 뒤를 돌아본 무어가 한 손을 펴 엄숙한 표정으로 경례를 했다.

"진실이 우리의 목적이니까요."

언윈이 조용히 말했다.

언윈의 손목시계는 겨우 오전 11시를 가리키고 있었지만 밖은 한밤중처럼 깜깜했다. 폭풍우가 한층 심해졌다. 새까만 구름이 해의 흔적을 완전히 가려 버렸다. 언윈은 재킷의 옷깃을 꼭 여민 채 걸었다. 그래 봤자 손 하나를 추위에 고스란히 드러낸 것에 불과했다.

블록마다 몽유병자들이 수십 명씩 나타났지만 그에게 신경 쓰는 사람은 아무도 없었다. 경찰차를 탈취한 소녀처럼 몇몇 사람들은 거리에서 충동적인 행동을 서슴지 않았다. 그 결과 도시가 야외 정신 병원이 된 것 같았다. 어떤 남자는 골목길에 가구를 끌고 나왔는데, 질척거리는 소파에 앉아 전깃줄도 꽂지 않은 꺼진 라디오에서 뉴스를 들으면서 신경질적으로 턱수염을 잡아당겼다. 근처의 어떤 여자는 아파트 건물을 올려다보며 누군가와 큰 소리로 말다툼을 하고 있었다. 정작 언윈은 다투는 상대방의 모습을 보지도 대꾸를 듣지도 못했다. 어쨌든 고기 찜을 누구 때문에 망쳤는지 의견이 일치하지 않는 것은 분명했다.

그런데 어떤 몽유병자들은 삼삼오오 무리를 지어 언윈이 지나가면 그 주위를 걸었다. 그들은 말이 없었다. 눈은 뜨고 있지만 무엇을 보는지 알 수 없었다. 사람들은 동쪽으로 발걸음을 옮겼다. 방금 전 무어를 태운 차가 달려간 방향도 동쪽이었다.

언원이 아파트 근처까지 갔을 즈음 옷은 완전히 젖어 버렸지만 손에 묻은 피는 완전히 씻겨 나갔다. 탐정 회사의 검은색 차가 블록이 끝나는 곳에 서 있었다. 언원은 양손을 동그랗게 말아 빛을 가린 채 차 안을 들여다보았다. 스크리드의 경멸에 찬 표정이라도 볼 줄 알았는데, 텅 비어 있었다. 그는 아파트로 돌아가 안으로 들어간 후 계단으로 5층까지 올라갔다.

아파트 문이 열려 있고 여벌 열쇠가 열쇠 구멍에 그대로 꽂혀 있었다. 언원은 열쇠를 뽑아 주머니에 넣고 살며시 들어가 문을 닫았다. 부엌으로 가니 또다시 총구가 자신을 겨누고 있었다. 이번에는 자신의 총이었다. 에밀리 도펠은 눈을 반쯤 감고 있었지만 목표물을 똑바로 겨냥하고 있었다. 다른 한 손은 도시락 통을 들고 있었다.

언원은 그녀를 시험하려고 침실로 걸어갔다. 그러자 에밀리가 여전히 총구를 들이댄 채 뒤를 따라왔다. 언원은 욕실로 가서 옷을 갈아입으려고 했다. 하지만 그래 봤자 십중팔구 그곳까지 따라올 터라 에밀리 앞에서 옷을 벗었다. 빗물에 젖고 피에 물든 옷가지가 바닥에 쌓였다. 알몸이 된 언원은 탐정 회사에 탐정과 탐정의 비서의 관계에 대한 내규가 있는지 궁금했다. 혹시 있다면 지금 이 상황이 내규를 어느 하나라도 위반하는 게 아닐지 궁금했다.

언원은 마른 옷으로 갈아입은 후 구명보트에서 찾은 자명종을 침실용 탁자에 올려놓았다. 그러나 이내 마음을 바꿔 재킷 안주머니로 집어넣고 에밀리에게 이렇게 말했다.

"당신의 도시락 통에 대해 지금까지 잘못 알고 있었어요. 지금이 아니면 도시락 통의 진실을 다시는 알 기회가 없겠죠."

잠시 후 에밀리는 언원의 말뜻을 이해한 듯했다. 그녀는 권총을 휘둘러 언원에게 부엌으로 가라는 시늉을 했다. 그런 후 도시락 통을 식탁 위에 내려놓고 활짝 열었다.

그 안에는 주석으로 만든 사람 모형이 수십 개나 들어 있었다. 언원은 모형들을 병정 모형처럼 식탁에 주르르 늘어놓았다. 그 모형은 병정이 아니라 탐정이었다. 어떤 모형은 한손에 돋보기를 들고 웅크리고 있었고 다른 모형은 전화기에 무슨 말을 하고 있었다. 신분증을 불쑥 내민 탐정도 있었다. 에밀리처럼 권총을 쑥 내밀고 서 있는 탐정도 있었다. 언원과 닮은 탐정 모형은 그와 똑같은 자세로 약간 놀란 표정을 지은 채 양손을 무릎에 놓고 허리를 구부리고 있었다.

모형들에는 페인트 자국이 점점이 남아 있었다. 그 모습을 보니 아주 오래전부터 갖고 있던 것 같았다. 언원은 붉은 머리의 꼬맹이 아가씨가 놀이터의 풀밭에 홀로 양반 다리를 하고 앉아 자신의 공상으로 만들어 낸 수사원들에 둘러싸인 모습을 그려 보았다. 그녀의 상상 속에서 이 탐정들은 어떤 모험을 했을까!

그 놀이가 이제 그녀의 현실이 되었다.

"내가 타자로 치게 했던 메모가 위장 공작이 아니라는 걸 이제 알겠군요. 당신은 더 나은 대접을 받을 자격이 있어요. 진짜 탐정에 어울리는 사람이에요."

언원이 말했다.

에밀리는 주석 모형을 도시락 통에 쓸어 담았다. 그녀는 여전히 총구를 언원에게 겨눈 채 서류 가방 쪽으로 가라는 몸짓을 했다. 서류 가방은 문가에 놓여 있었다. 언원이 가방을 들자 비서는 집에서 나가 계단을 내려가라는 시늉을 했다.

거리에는 몽유병자인 에밀리가 그를 총으로 위협해 블록 끝에 서 있는 검은색 차에 태우는 모습을 목격할 사람이 아무도 없었다. 언원은 조수석에 탄 후 서류 가방을 발 사이에 놓았다.

"운전은 할 수 있겠어요?"

언원이 물었다.

대답이라도 하듯 에밀리는 시동을 켜고 도로로 차를 몰았다. 그녀는 일곱 블록을 지나 탐정 회사 건물로 갈 때까지 아주 조심스럽게 차를 운전했다. 가는 동안 길가에는 개미 새끼 한 마리 안 보이는데도 말이다. 에밀리는 로비 바로 바깥에 차를 세웠다. 차에서 내리자 46층까지 층마다 불이 밝혀진 건물이 눈에 들어왔다.

12
신문에 대하여

신문 과정은 당신이 용의자와 한 방에 단둘이 있기 훨씬 전부터 시작된다.
용의자에게 신문을 시작할 즈음이면 당신은 이미 답을 전부 알고 있어야 한다.

40층은 14층과 마찬가지로 뻥 뚫린 하나의 공간이었다. 하지
만 14층과 달리 중앙에 놓인 사각형의 금속 책상과 의자 두 개
를 제외하면 아무것도 없었다. 에밀리는 한쪽으로 가서 섰다. 책
상 위에서 떨어지는 밝은 노란색 불빛이 닿는 경계선이었다. 그
녀는 권총을 계속 들고 있던 대신 도시락 통을 차에 두고 언윈의
서류 가방을 들었다.

언윈의 맞은편에는 뾰족한 금발 턱수염의 남자가 앉아 있었
다. 이 도시 사람들 가운데 언윈이 제발 잠들었기를 바란 바로
그 남자였다. 하지만 호프만은 탐정 회사의 직원들이 아무 방해
도 받지 않고 업무를 할 수 있도록 남겨 둔 것 같았다. 에밀리의

경우는 원래 있는 수면 장애 때문인 듯했다. 속셈은 몰라도 호프만은 탐정 회사 사람들을 끌어들이고 싶지 않은 것 같았다. 아니면 무어의 말처럼 호프만은 자신이 승리를 거두는 모습을 탐정 회사 사람들이 직접 지켜보기를 바라는 걸까?

진실이 어느 쪽이든 금발 턱수염의 남자는 바깥 상황에 조금도 관심을 내비치지 않았다. 언원을 보지도 않고 휴대용 타자기를 탁자 위에 놓았다. 남자가 에밀리를 향해 손가락을 탁 튕기자 그녀는 들고 있던 가방을 건넸다. 그는 가방에서 내용물을 꺼내기 시작했다.

"연필 두 자루."

금발 턱수염의 남자는 연필을 꺼내 나란히 놓은 후 이렇게 덧붙였다.

"다시 깎아야 함."

다음으로 언원의 『탐정 매뉴얼』을 꺼냈다.

"일반판."

남자는 휘리릭 페이지를 펼쳐 속표지를 보더니 비웃는 표정을 지었다.

"4판. 아무짝에도 쓸모없음."

다음으로 서류철을 몇 개 꺼냈지만 모두 비어 있었다. 언원은 여분으로 몇 개를 더 들고 다니는 걸 좋아했다.

마지막으로 나온 것이 레코드판이었다. 뾰족 수염의 남자는 레코드판을 들고 불에 비춰 보고 코앞에 두고 보면 내용이 들리기라도 한다는 듯이 표면에 난 홈들을 뚫어져라 바라보며 주의 깊게 살폈다.

"관찰자급 파일, 시바트가 관련됨. 고故 레이미크 씨가 녹음. 탐정 회사 구내에서 폴즈그레이브 양이 제작. 공식적인 등록부 어디에도 기록이 없음. 가장 의심스러움."

그는 레코드판을 커버에 집어넣고 책상 위에 내려놓았다. 그리고 서류 가방을 뒤집어서 흔들었다. 가방은 이제 텅 비었다.

"회사에는 제 가방 속 내용물보다 더 큰 걱정거리가 있는 줄 알았는데요."

언원이 말했다.

"입 다물어."

뾰족 수염의 남자가 쏘아붙였다. 그는 가방의 내용물을 다시 집어넣고 가방을 옆에 세운 후 타자기에 종이 한 장을 끼웠다.

"네 패거리가 타자기에 물을 쏟는 바람에 몇 시간이나 걸려서 새로 닦았다고."

그는 의자에 똑바로 앉고 눈을 감더니 손끝으로 관자놀이를 문질렀다. 그러더니 양팔을 쭉 뻗고 양손을 풀었다. 어떤 연주를 시작하려는 것 같았다.

"밖에서 벌어지는 일에 대해 메모라도 해야 하는 거 아닌가요."

언원이 말했다.

남자가 에밀리에게 말했다.

"한 번만 더 입을 열면 그냥 쏴 버려."

언원이 한숨을 쉬며 책상을 바라보았다. 남자는 스트레칭을 하며 계속 몸을 풀었다. 그러더니 실눈을 뜨고 타자를 치기 시작했다. 박물관 카페에서처럼 손놀림이 빨랐다. 숨을 들이쉴 때마다 공기 중에서 단어를 빨아들여 타자로 치는 것 같았다.

첫 번째 종이의 끝까지 타자를 치자 종이를 빼서 옆에 두고 새 종이를 끼웠다. 언원은 남자의 타자 속도를 가늠하기 위해 손목시계를 보았다. 삼 분 만에 두 번째 종이가 끝났다.

남자는 세 번째 종이까지 타자를 끝내자 종이를 모두 모아 잘 접어서 봉투에 집어넣었다. 그는 봉투를 재킷 안주머니에 넣은 후 타자기 상자를 덮고 일어섰다.

"끝났습니까?"

언원이 물었다.

남자는 언원의 가방을 집어 들고 문으로 가기 시작했다.

언원이 일어서며 남자를 불러 세웠다.

"선생님, 제 가방은 돌려주셨으면 합니다만."

"필요하면 우리가 가져간다."

남자는 이렇게 대답한 후 에밀리를 돌아보며 말했다.

"이제 명령을 이행해."

에밀리가 잠결에 인상을 찌푸렸다. 쉽사리 총을 쏘지 않을 것이라고 언원은 생각했다. 하지만 그녀는 화가 나 있었다. 언원이 그녀를 속인데다 실망시켰으며 그가 중요한 사람이라고 믿게 만들었다. 그녀는 그날 아침 8호 기차에 언원을 태운 후 몇 번인가 잠에 곯아떨어졌을 것이다. 그러다가 이 도시를 감염시킨 바이러스의 희생물이 되었을 테고 기어이 잠자던 분노가 눈을 떴을 테지.

콧잔등 위로 안경을 밀어 올린 에밀리가 그에게 총구를 겨누었다.

매뉴얼에 이런 상황에 적절한 조언이 있었던가? 아니, 없었어. 지금 언원에게 필요한 건 『탐정 매뉴얼』이 아니었다. 비서가 짠 훌륭한 계책이 필요했다.

언원이 말문을 열었다.

"에밀리, 악마는 세부 사항에 있다."

총구가 살짝 흔들렸다.

언원은 방금 한 말을 반복했다. 그러자 에밀리가 바닥이 움직이기라도 한 듯 비틀거렸다.

"그러면 더블리 인 버블리."

비로소 눈을 뜨며 대답한 그녀는 자신이 들고 있는 총을 보며 화들짝 놀랐다.

언원이 금발 뾰족 수염의 남자를 가리켰다.

"저기 봐요! 저기요!"

에밀리는 총구를 돌려 남자를 겨누었다. 남자가 우뚝 섰다.

언원이 말했다.

"선생님, 제 가방 주시죠."

남자는 무시무시한 표정으로 에밀리를 쏘아보더니 책상으로 돌아와서 언원 앞에 가방을 툭 떨어뜨렸다.

"타자기도요."

언원이 말했다.

그는 타자기를 책상 위에 내려놓았다.

"이제 앉으시죠."

남자는 소리가 다 들리도록 이를 빠드득 갈면서 의자에 앉았다. 에밀리는 이제 그 남자에게 총구를 겨누고 있었다. 언원은 그동안 남자의 넥타이를 풀어 남자의 양손을 등 뒤로 모아 묶었다. 넥타이로는 오래 묶어 둘 수 없겠지만 지금으로서는 최선이었다.

"얼른 준비해요. 메모를 부탁할 게 있으니까."

언원이 비서를 재촉했다.

그녀는 권총을 치운 후 자리에 앉아 타자기 상자를 열고 종이를 한 장 끼웠다.

금발 수염의 남자는 코웃음을 쳤지만 아무 말도 하지 않았다. 그러더니 언원이 구술을 시작하자 관심을 보이며 몸을 앞으로 살짝 기울였다.

"발신인, 쌍점, 29층, 쉼표, 임시로 40층, 쉼표, 탐정, 쉼표, 찰스 언윈. 다음 줄, 수신인, 쌍점, 29층, 쉼표, 탐정, 쉼표, 벤저민 스크리드."

그는 심호흡을 한 후 다시 구술을 시작했다.

"탐정님, 쉼표, 우리의 만남이 화기애애하게 시작되지는 않았지만 동료로서 서로 만족할 만한 수준으로 함께 일할 방도를 찾을 수 있기를 바랍니다. 이를 위해서 탐정님에게 저를 도울 수 있는 기회를 드리겠습니다."

언윈은 여기까지 말한 후 인상을 쓰며 말했다.

"에밀리, 마지막 문장을 지우고 새로 써요. 이를 위해서 탐정님에게 매우 중요한 사건 혹은 모든 면에서 매우 중요한 사건을 해결하는 데 저를 도와주십사 제안합니다. 에드워드 레이미크 씨의 살인범을 인도해 드리는 것과 더불어 현재 탐정 회사의 문서 보관소에 잠들어 있는 몇 가지 사건에 새로운 실마리를 제공해 드리고자 합니다. 즉, 쉼표, 최고령 피살자 사건과 베이커 대령의 세 번의 죽음, 쉼표, 11월 12일을 훔친 남자 사건입니다. 탐정님은 현재 우리 조직이 새로운 스타 탐정의 등장을 고대한다는 사실을 잘 아실 테니 저의 제안이 몹시 흥미로우실 거라 믿습니다. 물론 저는 이 일에 전혀 관심이 없다는 점을 확실히 말씀드릴 수 있습니다. 이 조건에 만족하시면 만날 장소를 직접 고르도록 해 드리겠습니다. 저는 비무장 상태로 나갈 것입니다.

이상 끝."

에밀리는 종이를 뽑아낸 후 재빨리 최종안을 쳤다.

"얼른 가서 배달원을 찾아올게요."

"배달원은 안 돼요, 에밀리. 그 사람들은 믿을 수가 없어요. 당신이 전에 말했던 것처럼 내부 문제로 치자고요."

금발 수염의 남자는 이제 미소를 짓고 있었다. 그는 손이 묶인 상태로 버둥거리며 몸을 돌려 두 사람이 가는 모습을 지켜보았다. 언원은 애써 시선을 피했다. 다만 에밀리와 승강기를 기다리는 동안 딱 한 번 뒤를 돌아보았다. 언원은 금발 턱수염의 남자가 작성한 조서를 보려고도 하지 않았다. 남자가 뭐라고 썼든, 아마도 언원의 머리에서 뽑아낸 기억이나 허위 자백이겠지만, 이렇게 된 이상 중요할 것이 없었다. 그들은 언원을 배신자라고 믿고 있었고 언원은 이제 그에 걸맞게 움직이고 있었으니까.

언원은 승강기 승무원이 그를 알아볼까 봐 걱정스러웠다. 어쩌면 언원이 도망자라는 것까지 통보받았을지 모른다는 생각이 들었다. 하지만 백발의 자그마한 남자는 승객이 있다는 것도 잊은 듯 승강기가 내려가는 내내 흥얼거리기만 했다.

에밀리는 언원에게 바짝 붙어서 속삭였다.

"레이미크 씨를 누가 죽였는지 정말 아세요?"

"그럴 리가요. 하지만 얼른 알아내지 못하면 아무 소용도 없을 것 같군요."

에밀리는 고개를 떨구고 자신의 구두를 바라보았다.

"제가 비서 노릇도 제대로 못 하고."

두 사람은 입을 다물었다. 승강기 내부에는 승무원이 흥얼거리는 곡조 모를 노랫가락과 머리 위에서 기계가 끽끽거리는 소리만 들렸다. 정작 제 역할을 다하지 못한 사람은 비서가 아니라 자신이라고 언원은 생각했다. 에밀리는 스크리드 탐정으로부터 그를 구해 주었을 뿐 아니라 비밀 신호를 만들어 한 번 더 구해 주었다. 하지만 시바트를 찾으면 그녀는 어떻게 되느냐는 질문에 언원은 길버트 호텔 밖에서 아무 대답도 하지 못했다.

어쩌면 계속 탐정으로 남을 테니 비서로 있어 달라고 이야기를 했어야 했던 것일지도 모른다. 아니 두 사람이 파트너로 일하면 더 좋을 것이다. 그러면 꿈을 세세하게 꾸는 탐정과 걸핏하면 곯아떨어지는 조수 콤비가 될 텐데. 둘이 힘을 합치면 이넉 호프만과 그 악당들이 이 도시를 꿈속에 옭아맨 매듭을 풀 수 있을지도 몰랐다. 용의자들은 언원을 서기로 생각해 경계심을 모두 풀어 버릴 것이다. 에밀리는 거칠게 신문을 하고 운전도 거의 도맡을 것이다. 시바트가 저지른 실수를 역추적해 대사건들을 모두 다시 풀고 기록을 바로잡을 것이다. 두 사람의 보고서는 정확하고 빠짐없이 제때에 작성되어 14층에서 근무하는 서기 전원의 시샘을 사겠지.

하지만 언원은 아직도 자신의 명예를 되찾지 못했을 뿐 아니라 에밀리마저 쫓기는 처지로 만들고 말았다.

　여전히 자신의 구두에서 시선을 떼지 못하는 에밀리의 어깨에 언윈이 한 손을 얹으며 말했다.

　"당신은 탐정이 바랄 수 있는 최고의 비서예요."

　그 순간 승강기 바닥이 기울어지거나 케이블이 끊어지기라도 한 듯 훌쩍 품에 뛰어든 에밀리가 머리를 가슴팍에 기대며 양팔로 그를 안았다. 언윈은 갑작스럽게 품에 아가씨가 안기자 숨을 헉하고 들이쉰 채 얼어붙었다. 또다시 그녀에게서 라벤더 향이 났다. 라벤더 향에는 그녀의 땀 냄새가 스며들어 있었다.

　에밀리는 고개를 들어 그의 귓가에 이렇게 속삭였다.

　"정말 대단한 사건이죠, 그렇게 생각하지 않으세요? 우리 앞에는 처리해야 할 일이 잔뜩 있어요. 하지만 아무도 믿을 수 없죠. 탐정님이 지금 이 시간부로 수사를 시작하면 우리는 서로를 믿을 수조차 없어요. 하지만 그편이 더 나은 것 같아요. 그래야 우리는 계속 생각하고 추측할 테니까요. 그림자 한 쌍. 그게 바로 우리의 정체예요. 불이 켜지면 우리는 끝장인 거예요."

　승강기 승무원이 흥얼거리던 노래를 딱 멈췄다. 그 순간 언윈에게 또다시 탐정 회사의 내규가 떠올랐다.

　"에밀리, 전에 꾸었던 꿈 중에 기억나는 거 없어요?"

　그녀는 뒤로 살짝 물러나더니 안경을 고쳐 썼다.

　"새들이 기억나요. 엄청 많았어요. 비둘기 같았어요. 그리고 미풍도요. 창문이 열려 있었고. 사방에 종이가 널려 있었어요."

승강기 승무원이 목청을 가다듬었다.

"29층입니다."

에밀리는 살며시 언원을 놓아주더니 반들거리는 나무 바닥으로 걸어 나갔다. 관리인이 그곳을 광이 날 정도로 닦아 놓았다. 일전의 검은 페인트는 흔적도 남아 있지 않았다.

"에밀리?"

언원이 불렀다.

"네, 탐정님?"

"절대 잠들지 말아요."

승무원이 문을 닫자 언원은 문서 보관소가 있는 층으로 가자고 했다. 서기는 물론 탐정조차 원칙적으로 출입이 금지된 곳이었다. 하지만 승무원은 아무런 제지도 하지 않고 레버를 푼 후 의자에 앉았다.

"문서 보관소. 존경하는 우리 조직의 장기 기억. 그게 없으면 우리는 그저 하찮은 것들과 망상, 바람에 날아간 책략들이 뒤죽박죽된 것에 지나지 않겠지."

승강기 계기판의 전구에 노란 불이 켜지자 승무원은 승강기를 멈췄다. 언원의 앞에는 14층의 사무실이 드넓게 펼쳐져 있었다. 상급 서기인 더든 씨가 그 앞에 서 있었다. 얼굴이 동그란 더든 씨는 언원을 보더니 한 발자국 뒤로 물러나서는 이렇게 말했다.

"다음 승강기를 타겠습니다."

오직 하급 서기만 탐정 회사 문서 보관소를 드나들 수 있었다. 그 사실에 언원은 자신보다 직급도 낮은 하급 서기에 대한 분노로 부글부글 끓어올랐었다. 예전에 가끔 그는 점심을 먹으러 나가는 성격 좋은 하급 서기 한 명을 붙잡아 동네 식당에 함께 가는 상상을 했다. 그곳에서 그 남자에게 샌드위치와 피클은 물론 마시고 싶어 하는 음료수까지 사 주면서 이야기를 업무 쪽으로 슬그머니 돌릴 것이다. 물론 부서가 다를 경우 이런 대화는 금지되어 있지만 어느새 신중한 태도를 던져 버린 하급 서기는 신이 나서 이야기를 들려줄 것이다. 언원만큼 그도 자신의 업무에 자부심을 지니고 있을 테니 말이다. 언원은 자신이 완성한 사건 파일과 백 명이나 되는 다른 서기의 파일들이 매일 전달되어 영원히 보관되는 그곳의 비밀을 기어코 듣게 될 것이다. 로스트 비프 호밀 빵 샌드위치를 대접한 덕분에 말이다.

물론 언원은 이런 계획을 실행에 옮기지는 않았다. 그는 사기꾼도 아니고 염탐꾼도 아니니까. 적어도 최근까지는 그런 것들과 전혀 인연이 없었다.

승강기 승무원이 지하 2층보다 한 층 더 내려가 그를 내려 주었다. 복도의 끝에는 작은 나무 문이 달려 있었다. 언원은 천천히, 하지만 무단 침입을 한다는 의심을 받을 정도로 느리지는 않게 문을 열고 안으로 들어갔다.

문서 보관소의 심장부에서는(심장부가 아니라면 도대체 뭐겠는 가?) 오드콜로뉴와 먼지, 시든 꽃의 달콤함 같은 낡은 종이 냄새 들이 뒤섞여 났다. 천장은 중앙역의 웅장한 아치 천장만큼 높았 는데, 녹색 유리로 만든 전구들이 포도송이처럼 모여 달려 있었 다. 그리고 파일 서랍장이 온 벽을 뒤덮고 있었다. 낡은 느낌이 나는 서랍장은 짙은 나무판에 청동 손잡이가 붙은 모양이었다. 어지간한 남자 신장의 일곱 배나 되는 바퀴 달린 도서관 사다리 들이 구비되어 있어서 꼭대기 서랍까지 모두 손이 닿았다. 육중 한 기둥 여덟 개가 실내에 배치되어 있었는데, 기둥에도 어김없 이 서랍이 줄지어 달려 있고 사다리도 따로 있었다.

그곳에는 하급 서기 수십 명이 근무중이었다. 열려 있는 서랍 을 뒤지거나, 색인 카드에 메모를 하거나, 사다리를 오르내리거 나, 사다리를 다른 자리로 밀어 옮기는 중이었다. 하급 서기들은 방의 중앙에 있는 땅딸막한 부스와 파일 서랍 사이를 오갔다. 한 편 노란 멜빵의 배달원들이 파일 서랍장처럼 위장한 문으로 나 타났다가 사라졌다. 그중 어떤 문들은 벽 높은 곳에 달려 있었 다. 이런 문으로 나가기 위해 배달원은 사다리를 올라간 후 자루 에서 쑥쑥 늘일 수 있는 막대를 꺼내 문을 연 후 문으로 훌쩍 뛰 어 들어갔다.

언원은 등 뒤로 문을 닫으며 들어갔다. 그 문도 파일 서랍장처럼 위장이 되어 있었다. 그는 벽을 따라 서랍을 살피며 어떤 규칙으로 정리되어 있는지 알아낼 만한 것을 찾아보았다. 하지만 서랍에는 이름표가 붙어 있지 않았다. 알파벳이나 다른 표식으로 분류도 되어 있지 않았다. 언원은 자신의 허리께에 있는 서랍을 하나 골라 열었다. 파일은 그가 익숙하게 보던 밝은 갈색이 아니라 하나같이 군청색이었다. 파일을 하나 뽑아 보니 표지에 카드 한 장이 붙어 있었다. 카드에는 이런 구절들이 타자로 찍혀 있었다.

도둑맞은 일기
버림받은 연인
애매한 협박
오래전에 사라진 자매
수수께끼의 대역

서랍 안에 보관된 서류들을 살펴보니 처음 보는 서식으로 작성되어 있었다. 손으로 직접 작성한 페이지들을 보니 고객의 신상 정보와 탐정 회사 사람과의 면담 내용, 고객이 품고 있는 의혹과 두려움이 기술되어 있었다. 그런데 단서는 어디에 있지? 이 사건은 어떤 탐정에게 배정되었을까? 이 사건은 어떻게 해결되었을까?

근처 서랍이 스르르 열렸다. 언원은 고개를 들어 몇 걸음 떨어진 거리에 있는 하급 서기를 바라보았다. 남자는 언원을 보며 씩 웃었다. 그는 볼이 통통하고 중절모를 쓰고 진홍색 크러배트를 하고 있었다. 언원은 파일 서랍으로 시선을 돌리고 손가락으로 파일철에 붙은 색인 표를 훑으며 다른 파일을 찾는 시늉을 했다.

그런데 그 하급 서기가 슬그머니 다가와 인사를 했다. 언원이 쳐다보지 않자 다시 인사를 했다. 이번에는 더 깊숙이 고개를 숙였다. 그래도 반응이 없자 세 번째로 절을 하면서 김이 샌 듯 씩씩거리는 소리까지 살짝 내었다. 마침내 하급 서기가 말을 걸었다.

"그쪽은 분명 신참이겠죠. 그래요, 신참 맞죠?"

언원은 손바닥으로 파일 폴더를 톡톡 두드리며 미소를 지으며 즉답을 피했다.

"뭘 찾는지 내게 물어봐요."

그가 볼을 붉히며 말했다. 누군가를 도와야 하는 상황에 처했다는 사실에 무척 당황스러운 것 같았다.

"정말 친절하시군요."

언원은 남자에게 레코드판에 대해 묻고 싶지 않았지만 상황이 상황이니만큼 무슨 말이라도 해야 했다. 그래서 이렇게 대꾸를 했다.

"시바트 탐정의 사건 파일을 찾고 있습니다. 베이커 대령 사건부터 시작하면 딱 좋겠군요."

그러자 그가 눈살을 찌푸리며 말했다.

"이름이 너무 긴 것 같군요. 주요 검색어가 뭐죠?"

언원은 잠시 생각한 후 이렇게 대답했다.

"위장된 죽음, 정도일까요."

그러자 하급 서기는 말끔하게 면도를 한 동그스름한 턱을 손가락으로 탁탁 두드리며 대답했다.

"음, 제가 여기서 근무한 지 벌써 이 년이 되었지만 그런 파일을 본 기억이 없네요."

그의 볼이 더 붉어지더니 어느새 진홍색 크러배트와 구분이 안 될 정도가 되었다.

"성함이?"

그가 물었다.

언원은 헛기침을 하고 손을 내젓고는 다시 파일을 살피는 시늉을 했다. 결국 하급 서기는 잠시 전 자신이 열었던 서랍을 닫은 후 소리도 없이 아주 조용하게 가 버렸다. 그러더니 뭔가 결심이라도 한 듯 잰걸음으로 중심부를 향해 걷기 시작했다. 서두르는 모습이 하급 서기가 아니라 배달원 같았다.

언원은 서랍을 닫고 따라갔다. 하급 서기는 언원이 따라오는 것을 확인하자 더 속도를 내었다. 언원은 달리기 시작했다. 하급 서기도 덩달아 달렸다. 이쯤 되자 문서 보관소에 있던 사람들 대부분이 두 사람을 바라보게 되었다. 언원의 눈에 중앙의 부스가 점점 더 또렷하게 보였다. 부스의 꼭대기에는 네 면에 시계가 달린 구조물이 달려 있었는데, 중앙역의 시계탑과 거의 흡사했다. 언원은 그 시계와 자신의 손목시계가 가리키는 시간을 재빨리 확인했다. 문서 보관소의 시계는 자신의 손목시계와 단 일 초도 다르지 않게 똑같이 가고 있었다. 시계는 오후 1시 17분을 가리켰다. 하급 서기는 길을 막는 사람들을 밀치며 부스의 앞쪽으로 갔다. 몸싸움을 하고 툴툴거리는 시끄러운 소리가 들렸다. 하지만 하급 서기가 부스 안의 누군가와 이야기를 시작하자 다른 사람들이 이내 말문을 닫았다. 사람들은 몸을 돌려 부스로 다가오는 언원을 지켜보았다. 누군가는 모자를 벗어 모자챙을 만지작거리며 꼼지락거렸다. 사람들은 언원이 지나가도록 길을 터 주었다. 마침내 그 하급 서기도 비켜섰다.

부스에는 어떤 여자가 앉아 있었고 주위로 색인 카드가 보관된 서랍장이 서 있었다. 여자는 언원보다는 젊지만 에밀리보다는 연상이었다. 갈색 생머리의 그녀는 큰 입을 일그러뜨리고 언원을 주의 깊게 살폈는데, 유난히 모자를 유심히 보았다.

"당신은 하급 서기가 아니군요."

"죄송합니다. 속일 생각은 없었습니다. 저는 14층의 서기입니다."

언원의 대답에 하급 서기들이 동시에 웅성거리기 시작했다.

"서기라고? 14층?"

사람들은 이렇게 속닥거렸다. 그들이 계속 이런 식으로 웅성거리자 마침내 부스의 여자가 손을 흔들며 조용히 시켰다.

그러자 언윈이 고개를 저으며 말했다.

"아닙니다. 서기였었습니다. 최근에 일어난 변화에 도무지 익숙해지지 않는군요. 바로 어제 탐정으로 승진을 했습니다. 솔직히 말하면 탐정 임무를 수행하려고 이곳에 온 겁니다."

그러면서 탐정 신분증을 꺼내 보였다.

또다시 하급 서기들이 웅성거리기 시작했다. 사람들이 자신의 모자를 반으로 찢어질 정도로 누르고 당기는 것과 동시에 언성도 점점 높아졌다.

"탐정이라고?"

누가 소리쳤다.

"탐정이 뭐야?"

"조용히 해요!"

여자가 소리를 꽥 질렀다. 그녀는 언윈을 노려보았다.

"이건 심각한 규정 위반입니다. 어서 안으로 들어오시죠."

그녀는 창문 옆에 난 문을 열어 언윈을 서둘러 부스 안으로 들어오게 했다. 하급 서기 몇 명도 따라 들어오려고 했지만 여자는 그 전에 재빨리 문을 닫아 버렸다. 이어서 창문의 녹색 덧문도 닫았다. 밖에서 애원하듯 물어보는 하급 서기들의 목소리가 계속 들렸다.

"탐정이 뭐냐고요?"

그들은 뒤이어 이렇게 소리쳤다.

"승진은 또 뭡니까?"

창가에 선 사람들은 덧문을 긁었다. 누군가는 대담하게도 주먹을 쥐고 문을 똑똑 두드렸다.

그제야 언원은 색인 카드 서랍장이 이곳 문서 보관소를 축소해 놓은 모습이라는 사실을 깨달았다. 바깥에 있는 파일 서랍장 벽이 부스 안에도 똑같이 서 있었다. 심지어 기둥들마저 아무렇게나 서 있는 기둥 여덟 개로 재현되어 있었다. 이제야 바깥의 문서 보관소에 뭔가를 찾을 만한 참조 번호나 색인이 없는 이유를 알 것 같았다. 유일한 열쇠가 바로 이곳에 있었던 것이다.

여자는 책상 아래로 손을 뻗어 안쪽에서 휴대용 은제 술병과 주석 잔 두 개를 꺼냈다. 그리고 갈색 액체를 두 잔에 약간 따른 후 한 잔을 언원의 손에 쥐여 주었다. 여자가 잔을 들이켰다. 언원은 휴대용 술병에 든 것이 아니어도 위스키를 따라 스트레이트로 마시는 게 익숙하지 않았다. 술맛이 그다지 나쁘지는 않았지만 술을 한 모금씩 넘길 때마다 혀가 깜짝깜짝 놀랐다.

이윽고 하급 서기들도 조용해졌다. 그들은 흩어지거나 가만히 서서 부스 안을 엿듣기 시작했다.

"양해해 주세요. 저 사람들은 힘든 한 주를 보내고 있거든요.

우리 모두 그렇죠."

여자가 말문을 뗐다. 그녀는 언원에게 손을 내밀었다. 그의 손바닥에 닿은 그녀의 손바닥은 시원한 종이 같았다.

"엘리너 벤저민이에요. 수수께끼 부서의 수석 서기죠."

"탐정인 찰스 언원입니다."

"어제 여기서 가장 유능한 부하 직원을 14층에 뺏긴 이유를 이제 알겠군요. 한 부서에서 다른 부서로 승진시키는 일은 흔하지 않아요. 두 사람을 동시에 승진시키다니 터무니없어요. 여기 사람들이 약간 당황한 것 같아요."

"제 자리를 메운 여자 직원이 이곳에서 일을 했군요?"

언원이 물었다.

"그래요. 여기 온 지 고작 두 달밖에 되지 않았지만 내가 아는 한 최고의 하급 서기였죠."

위스키보다 더 짜릿한 놀라움이었다. 격자무늬 코트의 여자, 클레오 그린우드의 딸은 중앙역에서 언원의 눈에 띄기 오래전부터 이곳에서 근무를 했던 것이다. 그러면서 무삭제판 『탐정 매뉴얼』을 찾아 훔쳐 냈을 것이다. 그게 아니라면 그녀가 무엇을 했겠는가?

"그녀가 없으니 이제 뭘 어떻게 해야 할지 모르겠어요."

벤저민 양이 말을 계속했다.

"그녀는 자신의 업무를 무척 차분하게 처리했죠. 그 결과 다른 사람들도 차분하게 업무를 하게 되었어요. 저기 밖에서 종알거리는 늙은이들 가운데 조만간 누군가는 사다리에서 떨어질 거예요. 게다가 위에서는 아직도 결원을 보충해 주지 않았어요. 이 문서 보관소 자체가 산산조각이 날 지경이에요."

그녀는 말문을 닫고 고개를 들어 덧문을 보았다. 마치 덧문 밖의 문서 보관소가 불길에 휩싸여 불이 붙은 서류들이 사방을 날아다니고 파일 서랍장 기둥들이 무게를 이기지 못하고 무너지는 모습이라도 보는 듯한 눈길이었다. 언원은 그녀가 탐정 회사 밖온 세상이 와해되는 중이라는 사실을 알고나 있는지 궁금했다.

"그 여직원은 왜 승진이 되었습니까? 누가 통보를 해 줬습니까?"

언원이 물었다.

벤저민 양이 눈을 깜박거려 환상을 몰아냈다.

"그게 무슨 상관이 있는지 모르겠군요."

그녀는 두 사람의 잔에 위스키를 좀 더 따랐다.

"언원 씨, 탐정은 문서 보관소의 출입이 엄격히 금지되어 있다는 사실을 누구보다 잘 아실 거예요. 이 층에서 저 층으로 마음대로 돌아다닐 수 있는 사람은 배달원뿐이죠. 그리고 어떤 상황에서도 탐정은 수석 서기와 술을 마시고 있어서는 안 돼요. 자, 당신은 지금 여기서 뭘 하고 있죠?"

질문에는 질문으로 대답하라. 이 구절이 떠올랐다. 매뉴얼에서 본 구절이었다.

"수석 서기는 모두 몇 명입니까?"

그러자 벤저민 양이 미소를 지었다.

"당신을 돕지 않으려는 게 아니에요, 탐정님. 다만 협력에는 대가가 따른다는 말이죠. 자, 당신은 내 문서 보관소에서 무엇을 찾고 있었죠?"

언윈은 수석 서기의 솔직한 태도가 마음에 들었다. 하지만 믿을 수 있을지 확신이 서지 않았다.

"제가 예전에 담당했던 사건 서류를 찾고 있었습니다."

이 정도면 거짓말은 아니었다. 그 사건 파일들에도 관심이 있었다. 특히나 에드윈 무어를 만난 후 알게 된 사실들을 고려해보면 당연한 일이었다.

벤저민 양이 웃음을 터뜨렸다. 그러자 부스 밖에서 발을 끄는 소리가 났다.

언윈이 되물었다.

"놀라셨습니까? 저는 상당히 많은 사건 파일을 작성했습니다. 최고령 피살자 사건이며 베이커 대령의 세 번의 죽음 같은 사건들을 다루었죠."

"그래요, 그래요. 하지만 당신은 사건이 일어난 후의 수사에 대해 말하고 있군요, 언윈 씨. 해결책 말이에요. 하지만 여기는……."

벤저민 양은 주위를 에워싼 색인 카드 보관장과 더 나아가 파일 서랍장을 가리키며 말했다.

"수수께끼 부서입니다."

"오직 수수께끼만요?"

"오직 수수께끼뿐이죠! 도대체 뭘 기대하고 오신 건가요? 모든 게 한 곳의 문서 보관소에 보관되는 줄 아셨어요? 그랬다간 회사의 악몽이 될 거예요. 나는 수수께끼 부서의 수석 서기입니다. 저 밖의 하급 서기들은 오직 수수께끼만 알고 있죠. 그래서 탐정이 뭔지 모르는 겁니다. 알 필요도 없고요. 탐정이 우여곡절을 겪으며 사건을 수사하는 과정은 저들의 업무가 아닙니다. 저들이 아는 것은 이곳으로 수수께끼가 들어와 계속 머무른다는 사실이죠. 그래서 늘 초조하고 신경질적인 겁니다. 상상을 해 보세요. 해답을 모른 채 질문만 가지고 있는 게 어떻겠어요."

"상상해 볼 필요도 없을 것 같군요."

언원이 대답했다.

"셋."

"네?"

"여기에 수석 서기가 몇 명이냐고 물으셨죠. 세 명입니다. 나를 비롯해서 버그레이브 양과 폴즈그레이브 양이 있죠. 버그레이브 양은 해결책 문서 보관소의 수석 서기입니다. 당신이 잠입했어야 할 문서 보관소는 제가 관할하는 이곳이 아니라 그곳이었다는 말이죠."

그녀는 천천히 눈을 내리깔더니 이렇게 덧붙였다.

"물론 이야기를 나눌 사람이 있는 것도 그다지 나쁘지 않군요. 평범한 하급 서기들은 여자와 클립 한 더미도 구별하지 못해요."

언원이 위스키를 한 모금 더 마셨다. 벌써 머리가 어질어질했기 때문에 최대한 맛만 보았다.

"폴즈그레이브 양의 문서 보관소는요? 그곳에는 무엇을 보관하죠?"

언원이 물었다.

"내가 알고 싶은 건 따로 있어요. 아무리 승진을 했다고 해도 일개 서기가 왜 자신이 작성한 파일을 찾아보려는 거죠? 당신들은 자신이 맡은 사건을 처음부터 끝까지 다 아는 거 아닌가요?"

"그렇습니다. 내용 때문이 아니라 교차 참조하기 위해서라고 할까요."

벤저민 양은 아무 대꾸도 하지 않았다. 언원은 조금이라도 사실을 들려주지 않을 수 없었다.

"그 사건 파일은 해결책으로 분류되어 있습니다. 마땅히 그래야겠죠. 그 해결책은 상상할 수 있는 범위 내에서 가장 뛰어나고 철저한 해결 방법이니까요. 그런데 오류가 있었다면 어떨까요. 모종의 사악한 의도 때문에 파일들 중 하나에 오류가 생겼다면요? 그 결과 해결책의 어떤 부분이 수수께끼가 되어 버렸다면요? 그렇다면 어떻게 하시겠습니까, 벤저민 양?"

"설마 당신이 오류를 범했다는 말은 아니죠?"

"제가 그랬습니다, 벤저민 양. 그것도 수도 없이 말이죠. 물론 저는 알아차리지 못했지만요. 어떤 비밀을 지키기 위해 어떤 남자가 살해되었다고 저는 믿고 있습니다. 문서 보관소들 어딘가에는 분명 해결책으로 위장된 수수께끼가 숨어 있습니다. 수수께끼들은 원래 이곳에 있어야 합니다. 벤저민 양, 당신의 문서 보관소에요. 하지만 당신에게 의도적으로 전해지지 않은 겁니다.

일반적인 상황이었다면 배달원을 통해 조사를 했을 겁니다. 사건 파일들을 차례로 가져오게 해서 참조 사항을 확인하고 퍼즐 조각을 맞춰 나가겠죠. 그런데 그러려면 시간이 걸립니다. 게다가 평소의 연락 수단을 어디까지 신뢰해야 할지도 모르겠고요. 도와주시겠습니까, 벤저민 양? 해결책 문서 보관소로 가는 길을 알려 주세요."

언원은 이게 잘하는 짓인지 자신할 수 없었다. 하지만 무어가 레코드판에 녹음된 내용을 알아내는 열쇠는 이곳 문서 보관소에 있다고 똑똑히 말했다. 첫 번째 문서 보관소에 없다면 두 번째에 있을지 모른다.

가만히 서 있는 벤저민 양의 키는 컸다. 언원보다 삼십 센티미터가량 더 커 보였다. 그녀는 근심 어린 표정을 하고 팔짱을 꼈다.

"해결책 문서 보관소로 가는 길은 여러 개가 있어요. 하지만 대부분 너무 위험할 거예요."

벤저민 양은 의자를 옆으로 치우고 닳아 빠진 푸른색 깔개의 가장자리를 들었다. 그 아래로 작은 문이 있었다.

"이 통로는 수석 서기들만 사용하고 있어요. 우리 세 명 외에는 이제 이 통로를 기억하는 사람이 없을 거예요."

그녀는 놋쇠로 된 고리를 들고 문을 잡아 열었다. 나선 계단이 어두컴컴한 지하로 이어져 있었다.

"고맙습니다."

언원이 인사를 했다.

벤저민 양이 한 발자국 다가왔다. 창문에 덧문마저 닫아 실내의 기온이 점점 올라갔다. 이제 언원은 숨쉬기조차 힘들었다. 숨을 들이마실 때마다 벤저민 양의 입술에 묻은 달콤한 위스키 향기가 들어와 더 힘들었다.

"언원 씨, 나는 탐정에 대해 한두 가지 알고 있어요. 몇 마디 말만으로 당신은 내 심장을 훔칠 수 있었어요. 하지만 당신은 명예를 아는 탐정이군요, 그렇죠?"

벤저민 양이 말한 몇 마디가 뭘까. 매뉴얼에 과연 그 몇 마디가 실려 있기는 할까. 언원은 이런 의문이 즉각 들었지만 굳이 부인하지 않았다.

"세 번째 문서 보관소는 뭐죠? 폴즈그레이브 양에 대해서는 말해 주지 않았잖아요."

벤저민 양이 한 발자국 뒤로 물러났다.

"말 안 할 거예요. 어쨌든 여기는 수수께끼 부서니까요. 그리고 폴즈그레이브 양의 업무는 그녀 몫이죠."

언원은 모자를 쓰고 계단을 내려가기 시작했다. 벤저민 양이 훌쩍 커 보였다. 바닥 위로 상반신만 보일 정도까지 내려간 언원은 고개를 들고 그녀를 보았다. 그녀는 갈색 모직 치마를 입은 뚱한 얼굴의 인형처럼 보였는데, 무시무시하고 웅장한 탑처럼 우뚝 솟아 있었다.

"안녕히 계십시오, 벤저민 양."

그녀는 은제 술병에 뚜껑을 닫은 후 한숨을 푹 쉬었다.

"아홉 번째 계단을 조심해요."

벤저민 양이 이렇게 말하면서 작은 문을 발로 쳐 언원의 머리 위로 닫는 바람에 그는 머리를 푹 숙여야 했다.

계단을 밝히는 불빛이라고는 암호를 전달하듯 깜박거리는 흐릿한 전등이 다였다. 계단에는 난간도 없었다. 밟을 때마다 목제 계단이 끼익 소리를 내는 바람에 언원은 한 계단을 완전히 내려 밟기도 전에 구둣발 끝으로 계단을 느낄 수 있을 정도였다. 위스키가 장난을 부린 걸까? 내려가면 갈수록 통로의 벽이 점점 좁아지는 것 같았다. 아니면 원래부터 폐쇄 공포증이 있었는데, 그걸 몸으로 확인할 일이 없어서 지금까지 몰랐던 걸까?

아홉 번째 계단은 다른 것들과 마찬가지로 튼튼해 보였지만 언원은 벤저민 양의 조언에 따라 그냥 뛰어넘었다. 언원은 뭐가 되었든 일단 수를 세기 시작하면 좀처럼 멈추지 못했다. 솔직히 양을 세는 건 그에게 밤을 뜬눈으로 지새우는 가장 확실한 방법이었다. 아침이면 그는 어마어마한 무리의 시끄러운 양들로 넓은 목장을 가득 채울 수 있었다. 언원은 계단의 수를 헤아렸다. 스무 번째 계단까지 내려갔을 즈음 확실히 계단폭이 좁아지고 천장도 낮아지고 있다고 확신하게 되었다. 계단은 아래로 어디까지 이어질까? 벤저민 양이 그를 속여 지하 감옥으로 보낸 건 아닐까? 지금쯤이면 작은 문에 자물쇠를 채우고 스크리드 탐정에게 연락을 보냈을지도 모른다. 어쩌면 더든 씨가 이미 연락을 했을지도 모르지.

아래로 갈수록 전등의 숫자는 줄어들고 그만큼 더 어두워졌다. 언원은 에드윈 무어가 자신이 무슨 말을 하는지 알고 했기를 바랐다. 노인의 기억을 믿어도 될까? 마지막 계단 몇 개를 내려갈 때는 몸을 숙여야 했다. 쉰두 번째 계단으로 끝이었다.

다 내려가자 높이가 120센티미터를 조금 넘는 평범한 나무 문이 나왔다. 문 뒤에서는 쉴 새 없이 탁탁거리는 소리가 들렸는데, 수많은 사람들이 쉬지 않고 타자를 치는 소리 같았다. 언원은 손잡이를 찾아 문을 더듬었지만 아무것도 없었다. 할 수 없이 그냥 밀어 봤는데 문이 소리도 없이 스르르 안으로 열렸다. 몸을 웅크리고 들어간 언원은 문을 지나서도 등을 펼 수 없었다. 그도 그럴 것이 천장이 너무 낮았다.

방은 언원의 사무실에 있는 책상만 한 것 같았다. 사방이 천장의 샹들리에 불빛을 받아 반들거리는 검은색 목재로 마감되어 있었다. 하급 서기 한 부대가 있을 줄 알았는데, 체구가 자그마한 여자 한 명만 보였다. 여자는 하얀 머리카락을 정수리에 틀어 올려 핀으로 고정했고 방 중앙의 책상에 앉아 있었다. 언원은 너무 작은 동굴에 들어온 무례한 거인처럼 그녀 위로 몸을 잔뜩 구부렸다. 그런데도 그녀는 언원을 알아차린 티를 전혀 내지 않았다. 여자가 타자를 치는 속도는 언원이 본 중에 최고였다. 에밀리보다 빨랐다. 심지어 금발 턱수염의 남자보다도 빨랐다. 키 하나를 치고 다음 키를 치는 소리가 구별되지 않았다. 그 결과 먹끈 걸개에 달린 벨은 빠른 속도로 연속해서 줄의 끝을 알린 후 딸랑 하고 다시 울리기를 반복했다.

"버그레이브 양?"

언원이 여자에게 말을 걸었다.

여자는 타자를 멈추고 그를 빤히 쳐다보았다. 어찌나 집중하고 있었는지 눈과 입 주위에 주름이 져 있었다. 입술에 칠한 루즈는 새빨간 색이었고 부드럽게 처진 양 볼은 분홍 장미의 분홍색이었다.

"오, 당신이군요."

그러더니 다시 타자를 치기 시작했다.

그녀의 작은 손이 흐릿해지면서 손가락이 백 개는 되는 것처럼 보였다. 종이는 책상 앞에 놓인 커다란 두루마리에서 나와 타자기로 들어갔다. 첫 번째 두루마리가 끝나자마자 곧장 두 번째가 시작되었다. 이런 시스템이니 새 종이를 끼우기 위해 작업을 멈출 필요가 없었다.

언원은 무슨 내용을 치고 있는지 궁금해 몸을 숙여 읽으려고 했다. 그러자 버그레이브 양이 또다시 손을 멈추고 그를 쏘아보았다. 기세에 눌린 언원은 재빨리 몸을 뒤로 빼다가 그만 머리를 천장에 부딪혔다.

버그레이브 양이 말문을 열었다.

"이러면 안 되죠. 아시잖아요, 일정대로 움직이는 게 어떤 건지. 물론 당신을 불필요하게 비난하지 않겠어요. 그랬다가는 쓸데없이 반복하는 것일 테고, 이미 나는 당신과 말을 섞는 위험을 감수하고 있는데다, 그런 위험을 감수하는 위험을 다시 감수하고, 그렇게 함으로써 감수를 감수하고 있어요. 이런 식이라면 끝도 없겠죠. 내 말에 동의하지 않나요? 그렇게 고집스러운 분이신가요? 나는 수사학적으로 질문을 합니다. 그러니 앞으로 내 발언의 가치는 깎아 들으세요."

"버그레이브 양, 무슨 말씀을 하시는지 잘 모르겠군요. 하지만 혹시라도 문서 보관소에 저를 들여보내 주신다면……."

"들여보내 주신다면."

그녀가 불쑥 언윈의 말을 자르며 그의 말을 따라했다. 그녀의 주름살이 더 깊어졌다.

"언윈 씨, 이 층에서는 아무리 미미한 정도라고 해도 수수께끼를 허용하지 않습니다. 그 마음 약한 내숭쟁이가 바닥 문으로 들여보내 주었나 보군요. 그러니 당신은 규정을 위반해도 된다고 믿고 있고요. 물론 그러기 위해 내 도움을 받아야 한다고 생각하겠죠."

언윈은 아무 말도 하지 않았다. 자신도 모르게 책상 위에 쌓여 있는 서류에 다시 눈길을 주었다.

버그레이브 양은 계속 말을 이었다.

"사실들, 죽은 사실들, 죽은 사실들로부터 억지로 뽑아낸 모든 질문들, 질문의 종착역으로 이어진 모든 조사의 길, 대답과 대답에 대한 대답들, 길이나 온 세상의 끝. 그래요. 가끔 이미 세상이 끝장나서 창문마다 커튼이 쳐 있고, 별들은 활활 불타올라 작고 검은 구슬이 되고 달은 더 이상 이지러질 수 없을 정도로 이지러지고 생명이 있는 것은 모두 재로 돌아갔는데 나만 남아 무슨 일이 벌어졌는지 설명하려고 일을 하는 게 아닌가 싶을 때가 있어요."

"누구에게 말입니까?"

"아하, 이제야 본론에 도달했군요."

버그레이브 양이 자리에서 일어섰다. 그런데 서 있어도 어린 아이 키보다 크지 않았다. 그녀는 언원에게 비키라는 듯 손을 내저은 후 감춰져 있던 벽장의 문을 열었다. 그곳에서 책 한 권이 나왔다. 크기는 『탐정 매뉴얼』만 했지만 표지가 녹색이 아니라 붉은색이었다. 그녀는 책장을 펼치더니 필요한 곳을 찾는 시늉조차 않고 곧장 단락 하나를 큰 소리로 읽었다.

사건을 배정받은 탐정의 보고서로부터 핵심을 뽑아낼 것을 위임받은 서기들이 정리하여 배달원이 앞서 상술된 부서로 전달한 해결책은 해결책 문서 보관소에서 분석하고 공통의 의미에 따라 각각 다른 것과 연관을 지은 후 감독관이 검토할 수 있도록 확실하게 준비를 한다. 이 업무는 해결책 문서 보관소의 수석 서기에게만 위임한다. 그러므로 수석 서기는 부하가 업무로 방해를 하거나 상관이 행동으로 간섭을 하는 일 없이 단독으로 일하게 해야 한다.

"그렇다면 당신의 하급 서기들은 어디에 있습니까?"

언원이 물었다.

버그레이브 양은 한숨을 쉬었다. 그녀는 뭔가를 버린 사람처럼 보였다. 신념이랄까, 어쩌면 희망일지도 몰랐다. 그녀는 책을 다시 집어넣고 벽장의 문을 닫은 후 언원에게 책상 뒤에 있는 문으로 뒤따라 들어오라는 시늉을 했다. 문을 지나 통로에 들어서자 언원은 비로소 등을 펼 수 있었다. 서기의 업무가 조용하게 진행되는 소리가 들렸다. 속삭이는 소리며 펜이 종이를 슥삭슥삭 스치는 소리, 잰걸음으로 지나가는 발소리 같은 것이었다. 그런데 기다란 홀 어디에도 이런 소리를 내는 주인공들이 보이지 않았다. 홀에서 가지처럼 뻗어 나간 수많은 공간에서도 서기는 없었다. 벽에 파일 서랍장이 두 줄로 튀어나와 있었다. 한 줄은 바닥에 가까운 높이였고 나머지 하나는 허리 높이였다. 그래서 내용물을 한눈에 내려다볼 수 있었다. 가끔 서랍들이 벽 속으로 사라졌다가 금세 다시 튀어나왔다.

버그레이브 양은 함께 걸어가면서 설명을 계속했다.

"우리는 해결책 문서 보관소의 벽과 벽 사이에 있어요. 내 하급 서기들은 벽 너머에서 내가 메모나 당김줄, 색 코드 신호 같은 다양한 방법으로 전달한 지시 사항에 맞춰서 자신들이 필요한 서류에 접근하죠. 그 사람들은 나를 몰라요. 나도 그 사람들을 알아보지 못해요. 다만 헛기침 소리로 그들을 구별할 뿐이죠."

그녀는 어두운 구석에 있는 발판을 가져다가 딛고 올라선 후 어떤 서랍 위로 뻗어 있는 전등의 스위치를 켰다. 그녀는 눈을 가늘게 뜨며 콧잔등에 걸린 안경을 고쳐 썼다.

"이게 바로 당신이 여기까지 온 이유겠죠, 분명."

언윈은 재빨리 제목을 훑었다. 파일들이 있었다. 시간순으로 말이다. 탐정 회사에서 지난 이십 년 칠 개월하고도 며칠 동안 작성한 서류가 모두 있었다. 유명한 사건이든 덜 알려진 사건이든, 어마어마한 범죄든 소소한 수수께끼든 모든 사건 파일의 모든 단어가 그곳에 있었다. 그가 작성한 파일들이 서랍 하나를 채우고 있었다.

버그레이브 양은 언윈이 최고령 피살자의 파일을 꺼내는 모습을 주의 깊게 지켜보았다. 기다란 카드 하나가 파일의 뒷면에 고정되어 있었는데, 문서 보관소들 어딘가에 있을 파일의 참조 번호들이 타자로 잔뜩 쳐져 있었다. 일단 벤저민 양의 문서 보관소에 있는 최초의 수수께끼 파일에 대한 참조 번호가 있었고 그것과 함께 탐정의 사건 파일 참조 번호가 있었다. 그 아래에는 다른 문서 보관소 즉, 세 번째 문서 보관소의 참조 번호가 적혀 있었다.

언윈은 버그레이브 양에게 물었다.

"이것들은 폴즈그레이브 양이 보관하는 파일들의 참조 번호인가요? 이 파일들은 어디에 있습니까?"

버그레이브 양이 인상을 쓰며 대답했다.

"벤저민 양은 명색이 수수께끼 문서 보관소의 수석 서기면서 말이 참 많군요. 마그레이브 양이 있던 시절이 얼마나 그리운지. 벤저민 양의 전임자였죠. 그때는 입단속을 할 줄 아는 여자가 있었다 이 말입니다. 그녀는 은퇴한 지 며칠 만에 죽었어요. 그리 유별난 죽음은 아니었어요. 일을 빼면 아무것도 남지 않는 사람들도 있으니까요. 회사에는 그런 신드롬 같은 게 있어요. 서기와 하급 서기는 면역이 되어 있으니까, 괘념치 마세요. 무엇에 대해서든 무엇이라도 아는 사람은 누구라도 은퇴 기간이 짧은 건 당연한 일이죠. 나도 곧 은퇴를 할 거예요, 아마도. 비례 법칙을 적용할 수 있다면 내 은퇴 기간도 무척 짧을 거예요. 당신의 관찰자도, 그러니까 당신네 탐정들의 관찰자요, 곧 은퇴할 예정이에요. 좋은 사람이죠, 에드 레이미크. 그 사람이 그리울 거예요."

언원은 버그레이브 양이 최근의 승진 건에 대해 아무것도 모른다는 사실을 깨달았다. 왜 아니겠는가? 승진은 언원에게도 수수께끼였다. 게다가 버그레이브 양은 오직 해결책만 알았다. 그러므로 그녀는 레이미크가 살해된 사실조차 모를 것이다.

"무슨 말을 할지 망설이고 있군요. 이 층에서는 수수께끼 같은 태도를 용납하지 않는다고 이미 경고를 했을 텐데요."

언원은 단어를 조심스럽게 골랐다.

"제가 여기까지 오게 된 여러 수수께끼 가운데에는 레이미크 씨의 죽음을 발견한 것도 있습니다, 버그레이브 양."

그녀는 자그마한 손으로 입을 막고 다른 손으로는 파일 서랍장을 잡아 쓰러지지 않고 버텼다. 이윽고 그녀가 말문을 열었다.

"오, 에드 레이미크, 그 사람과 나는 함께 카드를 치던 사이였어요. 물론 이렇게 되기 오래전 일이죠. 마그레이브 양과 내가 책상을 함께 쓰던 시절이었어요. 문서 보관소라고 해 봤자 방의 뒤쪽에 놓아 둔 종이 상자 두 개가 다였어요. 하나는 수수께끼 문서용이고 다른 하나는 해결책 문서용이었어요. 에드윈 무어가 파일을 순서대로 정리했어요. 탐정들이 범인 식별용 얼굴 사진과 도시의 지도들을 늘어놓은 방의 중앙에는 커다란 테이블이 있었어요. 탐정들은 담배를 피우고 허풍을 늘어놓으면서 함정 수사 계획을 짜곤 했어요. 에드는 그런 무리들 중에서도 목소리가 제일 컸어요. 하지만 항상 다정한 말을 할 줄 아는 사람이었죠. 누구든 키가 더 커진 것처럼 느끼게 만들 줄 아는 남자였어요. 가끔 밤에 테이블을 죄다 치우고 모여 앉아 카드를 몇 판이나 쳤어요. 그래요. 언제든 시간이 나면 에드 레이미크와 다시 카드를 칠 수 있으리라 생각했어요."

버그레이브 양은 불을 끄고 말했다.

"이 디딤대에서 내려가도록 도와주세요, 언원 씨."

언원은 그녀를 도와주었다. 그런데 바닥에 내려와서도 그녀는 손을 놓지 않았다.

"이쪽으로 오세요."

버그레이브 양이 그를 벽 사이의 어둠 속으로 점점 더 빨리 이끄는 바람에 눈이 어둠에 적응할 여유조차 없었다. 서랍이 열리거나 닫힐 때마다 그 틈으로 문서 보관소의 불빛이 새어 들어와

바닥을 잠시 휙 밝혔다가 사라졌다. 그게 끝이었다. 언윈은 혼자
서는 절대로 돌아가는 길을 못 찾을 것만 같았다. 두 사람은 어
떤 복도에 다다랐다. 그 복도는 암흑천지나 다름이 없었는데, 벽
에 튀어나온 파일 서랍장이 없었다.

"이제 저쪽으로 가세요. 그리고 폴즈그레이브 양에게 내가 보
냈다고 하세요. 물론 내 말에 대해 그녀가 더 이상 신경을 쓸 것
같지는 않지만요."

버그레이브 양이 말했다.

그녀는 그제야 손을 빼더니 이렇게 덧붙였다.

"폴즈그레이브 양은 문서 보관소에서 일하지만 우리 두 사람
과는 전혀 달라요. 정말 다르죠. 그녀의 이력은 아무리 좋게 말
해도 별나다는 말밖에 달리 표현할 길이 없어요. 그녀를 조심하
세요. 예의 바르게 행동하시고요."

언윈이 대답했다.

"알겠습니다, 버그레이브 양. 그런데 한 가지만 더 알려 주십
시오. 하급 서기를 기침 소리로만 알아볼 수 있다고 하셨는데,
저는 어떻게 아신 겁니까?"

"오, 언윈 씨, 당신은 내 아이들 가운데 한 명이 아니었나요?
오랫동안 당신이 작성한 서류는 내게 즐거움을 줬어요. 당신은
보고서를 남길 때면 항상 모든 사항을 일목요연하게 정리해 두
죠. 당신에게 행운을 빌어 드리지는 않겠어요. 성공하든 실패하

든 적절한 경로를 통해 듣게 되겠죠."

그녀의 발걸음 소리가 점점 멀어졌다. 혹여 열려 있는 파일 서랍을 지날 때면 은빛 머리카락이 반짝 보였다. 이윽고 버그레이브 양의 모습이 완전히 사라졌다.

언원은 어둠 속을 혼자 걸었다. 통로는 아래로 내려가면서 왼쪽으로 구부러졌고 땅속으로 나선을 그리며 이어졌다. 그는 가끔 눈을 뜨고 있거나 눈을 감고 있었다. 뜨나 감으나 거의 차이가 나지 않았다. 버그레이브 양이 언원에 대해 한 말은 옳았다. 그는 확실히 일목요연하게 문제를 정리해 두었다. 그것이 그가 만들어 낸 오류였다. 수수께끼를 해결책인 양 너무 꼼꼼하게 정리한 결과 그가 담당한 탐정의 착오와 완벽한 파일을 구별할 수 없게 만들어 버린 것이다. 어떻게 했는지는 몰라도 그는 거짓을 진실로 탈바꿈시켰다.

마침내 손에 단단한 것이 잡혔다. 언원은 벽을 여기저기 더듬다가 차갑고 둥근 것을 찾았다. 문손잡이였다. 아래로 열쇠 구멍이 만져졌다. 그는 무릎을 꿇고 열쇠 구멍을 들여다보았다.

어둡고 큰 방의 중앙에는 파란색의 둥근 깔개가 깔려 있고 그 위에 벨벳 의자 두 개가 놓여 있었다. 의자 사이에는 파란색 갓을 씌운 플로어 스탠드가 서 있었다. 스탠드 불빛 속에서 축음기가 돌아가고 있었다. 졸음을 부르는 듯 현악기와 관악기만 연주되는 가운데 여자가 곡에 맞춰 노래를 불렀다. 그가 아는 곡조였다.

그것은 범죄일지도 몰라요.

하지만 나는 당신이 내 것이라고 확신해요.

나를 꿈꾸는 당신을 꿈꾸는 내 꿈속에서

언원은 손잡이를 돌렸다. 그리고 탐정 회사의 세 번째 문서 보관소로 들어갔다.

13
암호에 대하여

암호화된 메시지는 아무런 생명력이 없이 미라가 되어 매장된 것에 불과하다.
암호학자 지망자에게 우리는 무덤 도둑이나 동굴 탐험가,
전설에 등장하는 마법사에게 하는 것과 똑같은 조언을 해 주어야 한다.
당신이 무엇을 손에 넣게 되든 조심하라. 그것은 당신의 것이므로.

하나는 분홍색이고 다른 하나는 연한 녹색인 의자 두 개까지
언윈은 오십 보 정도 떨어져 있었다. 언윈은 전깃불의 따스함과
축음기에서 흘러나오는 나른한 음악, 그린우드 양일 수밖에 없
는 목소리에 묘하게 끌렸다. 마치 동굴 한가운데에 안락한 응접
실이 꾸며져 있는 것 같았다. 언윈은 혼자이고 별 볼일 없는 존
재인 듯한 기분에 휩싸인 채 의자로 다가갔다. 그의 눈에는 자신
의 팔도 다리도 보이지 않았다. 심지어 구두도 보이지 않았다.
오로지 보이는 것이라고는 의자 두 개와 스탠드, 축음기였고 들
리는 것은 음악 소리뿐이었다.

바닥은 반듯하고 부드러웠다. 걸을 때마다 끽끽 소리가 날 줄

알았는데 아무 소리도 나지 않았다. 어둠이 소리마저 집어삼킨 거야. 언원은 문득 이런 생각이 들어 입을 꾹 다물었다. 어둠 속으로 아무 소리도 내보내고 싶지 않았다.

언원은 파란색 깔개 가장자리까지 가서 우뚝 멈췄다. 그곳은 세계와 세계의 경계였다. 한쪽 세계에는 의자 두 개와 음악과 불빛이 있었다. 다른 쪽 세계에는 이런 것들이 없었다. 심지어 의지와 음악, 불빛이라는 단어조차 없었다.

그는 경계를 넘어가지 않고 말 없는 어둠이 주는 안전함 속에서 계속 지켜보기만 했다. 레코드판들이 녹색 의자 옆의 캐비닛 하나를 꽉 채우고 있었다. 캐비닛 위에는 책이 일렬로 세워져 있었다. 책들 가운데 한 권은 버그레이브 양이 사무실의 비밀 보관소에서 꺼낸 붉은 책과 똑같아 보였다. 응접실에 있는 것들은 모두 분홍색 의자의 지배를 받는 것 같았다. 크기만 해도 분홍색 의자가 녹색 의자의 세 배는 되었다. 누가 앉아도 아이처럼 보이게 만들 크기였다. 언원은 이처럼 사악해 보이는 가구를 처음 보았다. 자신이 그 의자에 앉아 있는 상황이 도무지 그려지지 않았고 의자에 앉아 있는 사람과 대면하는 상황도 마찬가지였다.

그는 한 걸음 물러났다. 틈을 보이는 순간 의자가 훌쩍 뛰어올라 그를 통째로 삼켜 버릴 것 같았다. 이름을 부르면 길을 들일 수 있을지 몰랐다. 에드윈 무어에게 우산을 주지 않았다면 우산을 펼쳐 방패처럼 모습을 가릴 수도 있었을 텐데.

멀리 벽이 움푹 들어간 곳에서 불빛이 명멸했다. 작은 태양이 죽음을 맞이하듯 순간적으로 환하게 불타오르는 순간 언윈은 그 부근의 벽을 보았다. 뭔가가 일렬로 늘어서 있었는데, 파일 캐비닛이 아니라 레코드판이 들어찬 선반이었다. 빛이 나온 거대한 기계에는 각종 밸브와 파이프, 피스톤 들이 미로처럼 어지럽게 달려 있었다. 쉭쉭거리며 증기를 뿜어 대는 모습을 보니 대형 와플을 굽는 기계와 비슷했다. 빛은 기계의 조작자가 꽉 누르고 있는 두 개의 커다란 판 사이의 공간에서 팍 하고 터져 나왔다. 어깨가 넓고 팔뚝이 굵은 여자였다. 빛에 의한 착시 현상인지 원근감 때문인지는 모르겠지만 터무니없이 덩치가 컸다. 지옥의 화덕 앞에 선 대장장이 거인 같았다.

언윈은 그 여자가 수석 서기인 폴즈그레이브 양이리라 직감했다. 분홍색 의자는 그녀 전용이겠지.

시야가 흐릿해질 즈음 축음기에서 나오던 노래도 끝이 났다. 바늘이 마지막 홈에 도착하자 저절로 판이 올라오더니 멈춰 섰다.

어둠도 거대한 폴즈그레이브 양의 의자도 더 이상 위압적으로 느껴지지 않았다. 오히려 새 판을 걸기 위해 폴즈그레이브 양이 몸소 다가올지도 모른다는 생각이 더 끔찍했다.

언윈은 어둠 속으로 물러났다. 발걸음을 옮길 때마다 기온이 점점 올라갔다. 어딘가에서 방전이 되었을 때나 누군가 늦잠을 잘 때의 숨결처럼 퀴퀴하고 타는 듯한 냄새가 주위에서 풍겼다.

사방에서 기침 소리, 쉰 듯한 소리, 괴상하게 웅얼거리는 소리가 났다. 언원은 혼자가 아니었던 것이다. 그런데 묘한 소리를 내는 사람들은 언원이 있다는 걸 알기나 할까?

뭔가에 발이 걸려 하마터면 넘어질 뻔했다. 무릎을 꿇고 바닥을 더듬거리다가 바닥을 타고 이어져 있는 전선을 찾았다. 전선을 따라 얼마간 가니 탁자 다리가 나왔다. 무릎 높이인 탁자 위에는 스탠드가 있었다. 언원은 스위치를 찾아 스탠드를 켰다.

전등갓 아래의 전구에서 새어 나온 흐릿한 노란색 불빛으로 좁고 낮은 침대가 보였다. 침대를 차지한 사람은 하급 서기였다. 그는 유행 지난 회색 양복을 입고 중산모를 가슴에 놓고 누워 있었다. 침대에는 칙칙한 올리브색 담요가 깔려 있었다. 그런데 하급 서기는 담요를 덮기는커녕 깔고 누워 있었다. 휴 하고 숨을 부드럽게 내쉴 때마다 짧은 턱수염이 떨렸다. 발은 맨발이었다. 침대 옆 바닥에는 두 마리 토끼처럼 털이 복슬복슬한 갈색 슬리퍼 한 켤레가 놓여 있었다.

탁자 위 스탠드 옆에는 부드럽게 빙빙 도는 작은 축음기가 하나 있었다. 모양새가 중앙에 있는 것보다 훨씬 단순하고 실용적이었다. 레이미크의 사무실에서 찾은 것과 똑같은 유령처럼 하얀 레코드판이 바늘 아래서 회전하고 있었다. 하지만 언원의 귀에는 아무 소리도 들리지 않았다. 소리를 키우는 스위치도 없었다. 대신 둥글납작한 헤드폰이 하나 달려 있었는데, 하급 서기는 그 헤드폰을 쓴 채 잠들어 있었다.

주위를 둘러보니 침대가 더 있었다. 14층의 책상 배치처럼 침대가 길게 세 줄로 배치되어 있었다. 침대마다 하급 서기가 누워 잠들어 있었다. 담요를 덮은 사람도 있고 안 덮은 사람도 있었다. 양복 차림이나 잠옷을 입은 사람도 있고 까만 수면 안대를 한 사람도 있었다. 모두 윙윙거리며 돌아가는 축음기에 똑같이 생긴 헤드폰을 연결해 듣고 있었다.

언윈은 하급 서기의 머리 쪽으로 몸을 숙이고 헤드폰을 살짝 들어 나오는 소리를 들었다. 헤드폰에서는 잡음밖에 들리지 않았다. 하지만 잡음치고는 음향의 패턴이 무척 다채로웠다. 파도처럼 소리가 올라갔다가 내려왔다가 점점 커지다가 뚝 끊어지나 싶더니 서서히 작아졌다. 다른 소리가 들리기 시작했다. 몇 블록 떨어진 곳에서 나는 자동차 소리처럼 작게 빵빵거리거나 바다 위를 선회하는 새 소리인 듯 끼룩거리는 소리였다. 바다 깊은 곳에서 울리는 동물 소리와 바다 밑바닥의 모래 위를 더 작은 동물이 재게 달리는 소리도 들렸다. 누군가 책장을 넘기는 소리도 났다.

그때 하급 서기가 눈을 뜨고 그를 보며 물었다.

"추가로 도와줄 사람을 보냈군요, 그렇죠? 아슬아슬했어요."

언윈은 헤드폰을 놓고 벌떡 일어났다.

하급 서기는 눈을 감았다. 금세 잠에 빠져드는 것처럼 보였지만 이내 고개를 흔들며 헤드폰을 벗고 말했다.

"이런 적은 처음인데. 무슨 일이죠, 벌써 오후 2시인가요? 그런데 여전히 새 녹음을 보내고 있어요."

하급 서기는 벌떡 일어나 앉아 양손으로 얼굴을 벅벅 문질렀다.

"아무도 잠에서 깨지 않는 것 같아요. 목표물들을 그렇게 만들어 놓고 정작 그들의 의식은 어떤 식으로도 조정해 두지 않다니, 이것 참. 이미지 묘사가 어찌나 생생한지 목표물이 직접 만드는 게 맞나 싶을 정도예요. 보다 보면 더 작은 이미지 덩어리가 계속 나타나는데, 이런 덩어리들은 전부 겹치는 이미지가 있어요. 다시 말해서 딱 보면 알겠는 비슷비슷한 묘사가 포함된 이미지 덩어리가 꽤 있다는 거예요. 그런데 그 이미지라는 게 구조가 참 엉성하더라고요."

그는 축음기의 바늘을 들어 올리고 기계를 껐다.

"뭐였나요?"

언원이 물었다.

"뭐가요?"

"계속 나타나는…… 딱 보면 알겠는 비슷비슷한 묘사라는 거요."

언원이 간신히 말했다.

"아, 카니발요."

하급 서기가 눈을 흘기며 히죽 웃었다.

폴즈그레이브 양의 기계에서 다시 빛이 번쩍하자 두 사람은 그곳으로 시선을 돌렸다.

하급 서기가 목소리를 잔뜩 낮추어 말을 시작했다.

"처음에는 변환 오류인 줄 알았어요. 어쨌든 그 여자에게 말을 해 봐요."

하급 서기는 레코드판을 꺼내서 케이스에 넣은 후 침대 옆의 슬리퍼를 신었다. 그러더니 일어서서 담요를 반듯하게 매트리스 네 귀에 맞춰 펴고 베개를 툭툭 두드려 부풀리고는 다시 말문을 열었다.

"그러니까 이제 당신이 들어야 하잖아요. 서커스 무리로부터 또 들어오면 사양 말고 내 보고서를 재활용해서 써요. 곧 지겨워서 이런 소리를 더 듣고 싶지 않을 거예요. '해야 할 일, 가야 할 곳.' 아무리 간략해도 그렇지 이게 무슨 역치 지시일까요?"

그는 언원의 어깨를 툭 치더니 어둠 속으로 사라졌다. 잠시 후 문이 열리고 닫히는 소리가 났다. 그는 또다시 잠에 빠진 하급 서기들 사이에 홀로 남겨졌다.

언원은 침대 가장자리에 걸터앉았다. 그는 필시 몹시 지쳤을 터였다. 하지만 두뇌만큼은 발이 그랬던 것처럼 전속력으로 돌아갔다. 하급 서기는 택시 운전사와 승객들이 서로를 알아보기 위해 말했던 구절을 반복했다. 그들은 똑같은 기묘한 꿈속에서 헤매고 있었던 것이다. 그런데 호프만은 도대체 무슨 목적으로 이런 일을 획책한 걸까? 그는 무어의 수사에 진척이 있기를 기대했다.

언윈이 고개를 돌려 문서 보관소의 중앙을 보았다. 그곳에는 폴즈그레이브 양이 분홍색 의자에 앉아 있었다. 그녀는 라벤더색 원피스를 입었고 갈색 머리카락을 구불구불 자연스럽게 늘어뜨리고 있었다. 멀리서 보니 그녀의 눈은 시커먼 구멍 같았다. 게다가 그를 보고 있는 것 같았다.

언윈은 일어서서 그곳까지 들리도록 목소리를 높여 말을 했다.

"폴즈그레이브 양, 저는……."

그녀는 이내 손가락 하나를 입술에 대었다.

가장 가까운 곳의 하급 서기들이 침대에서 몸을 뒤척였다. 어떤 이는 잠꼬대를 하기도 했다. 한 명은 헤드폰을 조정하며 이렇게 말했다.

"여기서 일을 하려고 하는 것."

폴즈그레이브 양이 축음기의 크랭크 손잡이를 돌리기 시작했다. 다 돌리자 바늘을 내렸다. 그러자 아코디언의 반주로 노래를 부르는 클레오 그린우드의 목소리가 또다시 문서 보관소를 가득 채웠다. 뒤척이고 잠꼬대를 했던 하급 서기들이 조용해졌다. 언윈도 슬슬 음악의 영향을 받는 것 같았다.

그는 서류 가방을 내려놓고 스탠드를 끈 후 침대에 자리를 잡았다. 침대는 작아도 편안했다. 끈을 풀지도 않은 채 신발을 그대로 벗어 던지고 다리를 붕 들어 매트리스로 털썩 내려놓았다.

베개는 무척 폭신폭신했으며 담요도 덮어 보니 세상에서 가장 호사스럽고 포근했다. 실크로 만들었나 봐. 언윈은 이렇게 생각했다.

모자도 벗어서 구두 옆에 떨어뜨렸다. 다시는 이런 것들이 필요하지 않으리라. 그는 아무도 그를 모르고 남은 평생 잠만 잘 수 있는 이곳에 계속 누워 있으리라. 그래서 그가 죽으면 사람들이 그를 기다란 파일 서랍에 넣고 라벨에 이름을 써 넣고 영원히 닫아 놓아도 좋으리라. 잠시 마음이 잠의 들판을 맴돌았다. 단어들은 따스한 바람에 몸을 실은 것처럼 의미의 족쇄를 끊고 들판 주변을 떠돌았다. 단어 몇 개가 굵은 활자로 나타날 즈음 그는 바람에 몸을 실을 뻔했다. 그러다 큰 소리로 중얼거리며 퍼뜩 깼다.

"종이와 비둘기들."

이렇게 말한 그는 자신이 뭔가 중요한 것을 잊고 있었다는 사실을 퍼뜩 깨달았다.

언윈은 그린우드 양의 최면성 목소리의 손아귀에서 벗어나려고 애쓰면서 침대 옆으로 손을 뻗어 서류 가방의 걸쇠를 풀었다. 그리고 레이미크의 사무실에서 가져온 레코드판을 찾아 커버에서 꺼냈다. 그는 침대 옆 전기 축음기의 턴테이블 위에 레코드판을 올리고 서투른 손놀림으로 축음기를 조작해 판을 틀었다. 그리고 헤드폰을 찾아서 귀에 썼다.

그린우드 양의 목소리가 사라졌다. 더불어 우울한 음조의 아코디언 연주도 들리지 않게 되었다. 어느새 익숙한 잡음이 들렸다. 쉬쉬거리면서 리드미컬하게 탁탁 하는 소리였다. 무슨 언어 같았지만 언윈은 한마디도 알아들을 수 없었다. 문득 그는 소리를 듣지 않고 대신 보기 시작했다. 잡음이 형태를 이루나 싶더니 어느새 부피감마저 갖기 시작했다. 잡음은 거꾸로 흐르는 폭포처럼 위로 솟구친 상태로 얼어붙었다. 더 많은 벽들이 위로 솟아올랐다. 앞에 있는 벽 하나에는 창문이 하나 있었다. 뒤에 있는 벽에는 문이 하나 있었다. 줄지어 선 다른 벽 두 개는 푸른색과 갈색 등의 책들이었다. 잡음은 바닥으로 흘러내려 카펫이 되고 의자 여러 개의 그림자가 되더니 이내 의자들도 만들어 냈다.

탁탁 소리는 창가를 두드리는 빗소리였다. 쉬쉬 소리는 책상 안의 비밀들이 쉬쉬 하는 소리였다. 책상 위에는 녹색 갓의 스탠드와 타자기가 있었다. 책상에는 어떤 남자가 눈을 감은 채 숨을 천천히 쉬며 앉아 있었다.

"안녕하시오, 언윈 씨."

에드워드 레이미크가 말했다.

"안녕하십니까."

언윈이 대답을 했지만 레이미크는 말없이 손을 들었다.

"쓸데없이 말을 하지 마시오. 나는 당신을 들을 수 없으니까. 솔직히 내가 말하고 있는 사람이 언윈 씨 당신이 맞는지조차 자신할 수가 없소. 이번 꿈을 녹음하면서 나는 수많은 만약의 상황 가운데 딱 하나만 대비를 하고 있소. 이 파일을 당신 손에 직접 쥐여 줄 수 있기만 바랄 뿐이오. 내가 직접 전해 주지 못하거나 혹시라도 적의 손에 들어간다면……."

레이미크는 눈썹을 찡그려 감정을 드러내며 말했다.

"그렇게 되면 적들은 내 의도를 이미 알아차렸을 테니 이런 것들이 더 이상 중요하지 않겠죠."

레이미크는 눈을 떴다. 언원이 전날 아침 보았던 눈과는 완전 딴판이었다. 그의 눈은 물기가 많고 푸른색이었으며 생기가 넘쳤다. 하지만 언원을 앞에 두고도 장님이나 다름없었다.

레이미크가 자리에서 일어났다. 그의 손에 모자가 나타났다. 모자를 쓰자 그에 어울리는 레인코트가 그의 어깨로 떨어졌다.

"내가 제대로 설명할 수 있을지 모르겠소. 하지만 당신이 이 모습을 보고 있다면 내 지시를 받아서 파일을 세 번째 문서 보관소로 가져갔다는 뜻이겠죠. 그렇다면 이제 당신은 많은 것을 알게 되었을 거요. 이곳에서 시간은 다르게 흘러요. 그래서 익숙하지 않은 사람은 혼란스러울 거요. 그게 우리에게 유리하게 작용을 하겠죠. 함께 걸읍시다. 당신이 알아야 할 것들을 알려 줄 테니. 약속 장소에 가기 전에 처리해야 할 일들이 몇 가지 있다오."

그는 문을 향해 걸어왔다. 그러자 언원은 그를 피하기 위해 옆으로 풀쩍 뛰었다.

레이미크는 계속 말을 이었다.

"혹시 궁금해할까 봐 이야기하는데, 나는 거의 이 사무실에서부터 시작한다오. 우리 관찰자들은 특정한 패턴을 고수할 때 이미지 재현을 가장 잘하죠. 어릴 때 살았던 집을 시작점으로 잡는 사람도 있고 숲이 있는 곳으로 잡는 사람도 있죠. 어떤 여자 관찰자는 수없이 많은 선로가 사방으로 교차하는 지하철역을 이용한다더군요. 나는 이 사무실이 익숙해요. 그래서 비교적 편하게 이곳을 재구성할 수 있다오. 비록 아무 의미 없는 세부적인 것들이지만 말이오. 앉아 있소? 그렇다면 일어나시오."

레이미크는 문을 열었다. 노란 전구와 청동 명판이 보이는 36층의 복도 대신 어둡고 비가 쏴쏴 쏟아지는 꼬불꼬불한 골목길이 보였다. 두 사람이 밖으로 나오자 문이 닫혔다. 언원은 모자를 쓰고 있으면 좋겠다 싶었는데 어느새 쓰고 있었다. 우산이 있으면 좋겠다고 생각하자마자 우산을 펼쳐 들고 있었다. 레이미크와 벽돌을 높이 쌓은 담 사이로 난 미로를 걷는 동안에도 언원에게는 침대의 따스한 담요와 폭신한 베개의 감촉이 의식 일부분에 남아 있었다.

레이미크가 말문을 열었다.

"이건 다 재현한 거요. 솔직히 말하자면 임의로 재현한 거죠. 이 정도로 선명하게 재현하려면 오랜 시간 경험을 쌓아야 해요. 이 골목길을 잘 짜여진 도면의 한 부분이라고 생각해 봐요. 그렇게 생각하니 무척 쓸모가 있더군요. 여기에는 필요한 만큼 문이 있어요. 도면의 문들은 각각의 부분이 어디로 연결되는지 논리적으로 보여 주죠. 나보다 더 빨리 작업을 하는 관찰자도 있어요. 그 사람들은 이런 부분까지 굳이 신경 쓰지 않거든. 하지만 그들은 자신의 일에서 즐거움을 느끼는 법을 잊어버린 거라오. 일에서 즐거움을 느끼는 건 왠지 좋지 않소, 안 그렇소? 밤이고 사방으로 빗물이 튀고 있죠? 우리는 남몰래 뒷골목과 곁길을 따라 어둠 속에서 움직이고 있어요. 너무 세세한 부분까지 파고들었다면 사과드리리다. 많은 일이 순식간에 벌어졌어요. 차근차근 이 상황을 이해하려는 중이라오."

구름 뒤에서 달이 나왔다. 레이미크가 고개를 들어 달을 보더니 살짝 미소를 지었다. 하지만 미소는 곧 자취를 감추었다. 그는 코트 깃을 단단히 여미고 말했다.

"세 번째 문서 보관소에 있는 폴즈그레이브 양의 기계는 감탄을 자아내죠. 우리는 뭐든 중요한 것, 그러니까 서류로 만들어야 할 만한 것에 접근하면 그녀에게 알려요. 그러면 폴즈그레이브 양이 내용에 딱 맞는 주파수를 붙여 주죠. 그녀는 직접 당신의 마음속으로 들어갈 수도 있어요. 필요하다면 당신을 따라다니며 이쪽 마음에서 다른 마음으로 옮겨 갈 수도 있죠. 사실을 털어놓자면 이것이 호프만은 없고 우리에게만 있는 몇 가지 장점 가운데 하나라오. 다시 말해서 녹음을 하고 검토해서 연관성을 찾고 비교하는 능력 말이오. 호프만이 무슨 짓을 꾸미는지 우리가 전부 알 수는 없죠. 하지만 도시의 꿈을 녹음하다 보면 호프만다운 패턴을 찾아낼 수 있어요. 그러면 그의 다음 수를 막을 조치를 취할 수 있지 않겠소."

그는 이렇게 덧붙였다.

"이 녹음은 특히 더 가치가 있을 거요. 약간의 위험을 감수할 가치가 있겠죠. 나는 물론이고 당신도 아마 그럴 거요."

쓰레기 더미의 그림자에 몸을 숨긴 채 두 사람은 낡은 문으로 다가갔다. 낡은 목재 표면에서 푸른색 페인트칠이 벗겨져 있었다. 레이미크는 문으로 몸을 기울인 채 귀를 기울였다가 말했다.

"다 왔군요."

레이미크가 문을 열자 환한 빛이 축축한 벽돌들 위로 미끌어지며 골목길을 밝혔다. 레이미크의 어깨 너머로 말도 안 되는 모습이 보였다. 드넓은 해변과 끝도 없이 펼쳐진 깊은 바다, 하늘 꼭대기에 걸린 환한 태양이 보인 것이다. 언원은 레이미크를 따라 모래 해변으로 나갔다. 이쪽으로 오자 문은 허물어져 가는 비치 하우스의 입구가 되었다.

열기가 대단했다. 언원은 모자를 벗고 소매로 눈가의 땀을 닦았다. 그는 우산을 계속 펼쳐 들고 수면에 반사된 햇빛을 가렸다.

파도가 닿는 부근의 가장자리 근처에는 매끄러운 검은 돌들이 산더미처럼 있었다. 둥글둥글한 체형의 여자가 주름 장식이 달린 수영복을 입은 채 돌무더기에 기대 바다를 보고 있었다. 레이미크가 다가오는 모습을 보더니 몸을 돌려 그에게 손을 흔들었다. 여자는 목에 모양이 고르지 않은 진주알로 만들어진 목걸이를 하고 있었다. 흰머리 몇 가닥이 하얀 수영모 아래로 삐져나왔다.

그녀가 레이미크를 불렀다.

"에드워드, 집에 언제 올 거예요? 기다리는 동안 은식기를 다 닦았어요. 그것도 두 번이나요. 광을 내느라 얼마나 피곤한지 알겠죠. 전화선을 또 뽑았더군요?"

언원은 레이미크의 책상 위 전화기에 선이 뽑혀 있었던 사실을 기억해 냈다. 알고 보니 선을 뽑은 사람은 관찰자 자신이었다. 녹음을 하는 동안 아무 방해도 받지 않도록 확실하게 조치를 취하고 싶었으리라.

레이미크는 모자를 벗고 여자의 볼에 입을 맞추었다.

"오늘은 늦게까지 일을 해야 해."

"일거리를 집으로 가져오면 안 돼요?"

그가 고개를 가로저었다.

"잘 자라는 인사를 하러 왔어."

그녀는 바다를 바라보았다. 얼굴에는 성난 기색이 엿보였다. 그녀의 두 볼은 햇빛과 바람으로 붉게 상기되었다.

"이상하게도 내가 진짜 당신과 이야기를 했는지 어쨌는지도 모르겠다니까요. 당신을 너무 보고 싶어서 꿈을 꾼 것 같아요."

"걱정 마, 레이디버그, 나야. 약속이 있어서 그래, 별일 아니야."

"레이디버그? 그렇게 부르는 거 퍽 오랜만이네요."

레이미크는 자신의 발을 보며 모자로 다리를 톡톡 두드렸다.

"요즘 옛날이 많이 생각나. 대도시의 어린 한 쌍이 힘들게 일을 하며 밤이면 라디오의 음악에 맞춰 춤을 추고 길모퉁이 바에서 술을 마시던 때 말이야. 그 집 이름이 뭐였지? 래리스였나 해리스였나."

여자는 형태가 고르지 못한 목걸이의 진주알을 만지작거렸다.

"세라, 할 이야기가 있어. 난 단지 당신이……."

"그만해요. 그 이야기는 아침에 해요."

"세라."

"아침에 봐요."

그녀는 딱 잘라 말했다.

레이미크는 인상을 쓰며 코로 숨을 깊이 들이마셨다.

"알았어."

마침내 그가 대답했다.

바람이 점점 거세졌다. 세라가 입은 수영복의 프릴 장식과 수영모 밑으로 빠져나온 잿빛 곱슬머리가 살랑거렸다. 그녀가 다시 바다를 바라보았다.

"이 꿈은 항상 같은 식으로 끝나요."

"어떻게 말이야?"

레이미크가 되물었다.

그녀는 잠시 후에 말문을 열었다.

"에드워드, 아이스박스에 남은 음식이 있어요. 이만 가 볼게요."

그녀는 불쑥 일어나서 양손으로 옆구리를 훑어 내리더니 뒤도 돌아보지 않고 바다로 달려갔다. 진주 목걸이가 앞뒤로 출렁거렸다. 수평선 위로 구름이 뭉게뭉게 피어나자 바다가 시커멓게 변하면서 출렁이기 시작했다.

"갑시다."

레이미크가 웅얼거리듯 말했다. 그는 몸을 돌려 비치 하우스 쪽으로 걷기 시작했다.

언원은 세라가 물속으로 재빠르게 들어가는 모습을 잠시 지켜보았다. 무릎까지 들어가자 파도를 향해 몸을 날리더니 헤엄을 치기 시작했다.

"어서 갑시다."

레이미크는 언원이 가만히 있는 걸 보지 않아도 안다는 듯 다시 재촉했다.

언원은 바람에 우산이 날려 가지 않도록 접은 후 서둘러 레이미크의 뒤를 따랐다. 발아래로 부드러운 모래밭의 감촉이 그대로 전해졌지만 발자국은 남지 않았다.

레이미크의 레인코트가 바람을 받아 부풀어 오르더니 펄럭거렸다. 그는 양손을 주머니에 넣고 레인코트로 몸을 폭 감쌌다. 고개를 푹 숙이고 어깨를 웅크린 채 걸었다. 그는 뒤돌아보지 않았다.

언윈은 뒤를 돌아보았다. 세라가 보이지 않았다. 그녀는 물속으로 모습을 감춘 지 오래였다. 수평선에 커다란 파도가 나타났다. 해변으로 밀려오는 파도는 바닷물을 집어삼키며 소용돌이치고 부풀어 오르고 끓어올랐다. 언윈은 발을 더 빨리 놀렸다. 하지만 파도에서 시선을 뗄 수 없었다. 파도는 이미 높이로 겨룰 빌딩이 없을 정도로 하늘로 훌쩍 솟아올랐다. 파도의 굉음은 사방으로 뻗은 도로에서 나는 도시 소음보다 더 요란했다. 물마루 위를 날아다니는 갈매기들이 소리를 질러 댔다. 넓적한 얼굴 같은 파도의 매끄러운 수면 위로 물고기와 불가사리와 거대한 오징어가 헤엄을 치는 모습이 보였다. 바다 생물들은 건조한 육지로 용솟음치는 게 아니라 여전히 심해에 있다는 듯, 평소와 아무것도 다르지 않다는 듯 제 할 일을 하고 있었다. 바람은 톡 쏘는 소금기를 잔뜩 머금고 있었다.

벌써 레이미크는 흐릿한 푸른 문에 도착했다. 그가 문을 열자 언윈도 머리 위로 우산을 펼쳐 들며 골목길로 되돌아 나갔다. 레이미크는 곧장 문을 닫지 않았다. 그는 거대한 파도의 그림자가 해변을 뒤덮는 모습을 지켜본 후 비로소 문을 닫았다.

"자고 있는 아내의 의식을 자주 들여다보지 않으려고 애쓰고 있다오. 이건 우리 같은 직업의 폐해죠. 사랑하는 사람의 마음속을 너무 많이 알아 버리게 되니까. 하지만 아내를, 말하자면 그녀의 영역에서 만날 때마다 그곳에서 벌어지는 사건의 어마어마한 규모에 감탄하곤 한다오. 솔직히 털어놓자면 살짝 겁이 날 정도죠."

그는 모자를 다시 쓰고 골목길을 걸어갔다. 언윈은 잠시 서서 구두에 묻은 모래를 털어 버리고 싶은 충동을 간신히 누르며 상관의 뒤를 따랐다.

14
적수에 대하여

당신의 동기와 성향을 제대로 이해하려면
당신과 정반대로 행동하는 사람을 만나는 것이 제일 좋다.

레이미크의 꿈이 그리는 닳고 닳은 벽돌 길은 가면 갈수록 기
묘하고 빙 둘러가는 기분이 들었다. 두 사람은 머리를 숙이고 녹
이 슨 비상계단 아래를 지나 해초와 축축한 흙냄새가 진동하는
터널도 지났다. 오물이 넘쳐 나는 시궁창도 훌쩍 뛰어넘었다. 철
망으로 된 임시 다리에 푹 파인 홈도 두 번이나 뛰어넘었다. 다
리 아래로 또 다른 골목길과 터널들, 시궁창들이 보였다. 레이미
크가 만든 꿈속의 세상은 여러 겹으로 되어 있어서 미로 위에 또
다른 미로가 얹힌 꼴이었다. 탐정 회사의 도면처럼 구조를 보여
주기 위해서라기엔 기묘한 선택이라고 언원은 생각했다. 뭐든
가능하다면 집이나 탐정 회사 건물 자체여도 상관없지 않은가?

어차피 문을 여닫을 때마다 꿈 사이를 이동할 수 있다면 파일 서랍 같은 구조도 활용할 수 있지 않을까?

하지만 레이미크는 그곳이 집이라도 되듯 편안해 보였다. 유령 도시에 사방으로 얽혀 있는 샛길을 지긋한 나이와 불룩한 뱃살이 무색할 정도로 종횡무진 돌아다녔다. 한편 언원은 앞으로 일어날 일을 알려 줄 수 없어서 너무나 답답했다. 그러나 설령 입 밖에 소리 내어 말할 수 있다 한들, 골목이 공간을 구부리듯 시간을 구부릴 수 있다 한들 정작 무슨 말을 해야 할지 알 수 없었다. 관찰자가 목숨을 빼앗길 때의 상황은 여전히 오리무중이었다. 꿈이 사람을 죽일 수도 있을까? 지금 이 꿈이 자고 있는 레이미크의 목을 조를 수도 있을까?

머리 위로 환기용 팬이 빙빙 돌아가며 미지의 꿈들이 모여 있는 건물로 공기를 빨아들였다. 미지의 꿈이 아닐지도 모르지. 언원은 문득 그런 생각이 들었다. 레이미크와 다른 관찰자들에게 이런 꿈은 들어갈 수 있는 방이고 펼쳐서 훑어볼 수 있는 책일 테니 말이다.

언원의 생각이 눈앞에 떠오르기라도 한 것처럼 레이미크가 말했다.

"당신이 아까 보았던 것처럼 어디나 쉽게 감시를 할 수 있는 건 아닙니다, 언원 씨. 내 아내는 내가 곁에 있어 주기를 바랐어요. 그래서 그곳으로 가는 문이 열린 거죠. 때로는 꼭 닫혀 있거나 자물쇠가 채워진 문도 있어요. 꽁꽁 숨겨 놓아서 도저히 찾을 수 없는 문도 있고요. 어떤 사람의 마음은 들어가 보는 것조차 위험하기도 해요. 우리 관찰자들은 평범한 사람의 꿈속이라면 힘을 발휘할 수 있어요. 하지만 꿈을 탐정하는 기술이 숙련된 사람의 꿈은 온전히 그 사람의 영역이라오. 들어갈 수는 있겠지만 그곳에 도사리고 있는 끔찍한 것들 때문에 미쳐 버리고 말 겁니다. 완벽할 정도로 선명한 영상을 불러내서 침입자를 구슬리고 조롱하거든요.

누구의 수법을 말하는 건지 잘 아시겠죠."

언윈은 눈을 들어 앞쪽에 펼쳐진 광경을 살폈다. 그곳은 지금까지 걸어온 곳과 완전히 달랐다. 도시의 블록 몇 개를 합친 것만 한 면적의 빛이 번쩍번쩍하며 환하게 밝혀져 있었다. 근처 건물들에 빛이 반사되었다. 마치 숨을 들이쉬듯이 전체적으로 부풀어 오르고 구부러져 있었다. 언윈은 순간 바다인가 싶었다. 세라 레이미크의 꿈속에서 본 바다가 여전히 반짝이며 곧장 이 구역으로 쏟아져 들어온 줄 알았다. 그런데 눈앞에 펼쳐진 광경을 보는 것만 아니라 들을 수도 있었다. 그의 귓가에 들어온 소리는 파도가 부딪치는 소리가 아니었다. 그곳에서 계속 윙윙거리는 음악 소리가 들렸다. 잊으려야 잊을 수 없는 반복적인 선율이었다.

카니발이었다. 레이미크가 언윈을 이끌고 온 곳은 바로 카니발이었다.

관찰자가 말을 이었다.

"대부분 가장 큰 도전은 자신의 목표물에게 들키지 않는 것이죠. 다른 사람의 꿈에서 계속 머무르려면, 꿈의 일부가 되어야 해요. 녹음을 이렇게 보는 것과는 다른 일이죠. 그렇다면 관찰자는 어떻게 계속 몸을 숨길 수 있을까요? 요는 꿈꾸는 사람의 그림자에 딱 붙어 있는 겁니다. 그래서 마음속 더 어두운 곳까지 따라가는 거죠. 그가 감히 눈길조차 주지 못할 구석과 좁은 공간에 숨어드는 거예요. 사람의 마음속에는 그런 곳이 많거든요."

두 사람은 양 갈래 길에 도착했다. 레이미크는 발걸음을 멈추고 양쪽을 번갈아 바라보았다. 언원에게는 두 길이 거울에 비친 이미지처럼 똑같아 보였다. 레이미크는 선뜻 결정하지 못하더니 어깨를 으쓱하고 왼쪽 길을 택했다.

"하지만 관찰자의 수사에는 목표물이 꾸는 꿈이라는 한계가 있죠. 가령 꿈에서 벽장문을 보았다고 합시다. 목표물이 벽장문을 열지 않으면 관찰자는 도저히 벽장 안을 들여다 볼 수가 없어요. 그래서 우리는 문을 열도록 그 사람의 옆구리를 슬쩍 찌르는 법을 배워 두는 겁니다. 가령 이렇게 속삭이는 거죠. 저 안에 뭐가 있는지 궁금하지 않아? 어느새 호기심이 일어 그가 문을 열면 짜잔! 지난 화요일에 저지른 살인의 기억이 나오는 겁니다."

언원은 두 사람이 온 길을 뒤돌아보았다. 레이미크가 갈림길에서 망설였다는 사실이 영 꺼림칙했다. 갈림길이 나타나기 전만 해도 관찰자는 길을 선택할 때 조금도 망설이지 않았다. 직접 만든 공간에도 잘 모르는 곳이 있다면 위험에 노출된 것은 아닐까? 혹시 엉뚱한 길을 고른 건 아닐까?

레이미크는 계속 말을 했다.

"신기하게도 폴즈그레이브 양의 장치는 이런 경계를 살짝 밀어내는 경향이 있어요. 녹음을 다시 보면 목표물의 순간적인 시야 밖까지 볼 수 있어요. 예를 들면 모퉁이 주위를 살피거나 책을 열어 보거나 침대 밑을 살필 수 있는 거죠. 그 장치는 잠재 의식의 깊숙한 곳에서 발산되는 하위 신호까지 잡아낼 수 있는 것 같더군요. 주변 시야 같은 게 있어서 꿈을 꾸는 사람도 관찰자도 설마 봤을 리 없다고 생각하는 것까지 보는 겁니다. 이것 또한 호프만보다 우리가 유리한 조건이죠."

여전히 어깨 뒤를 보고 있던 언윈은 놀라운 장면을 목격하고 말았다. 문이 하나 열리더니 어떤 여자가 살그머니 골목길로 나오는 것이 아닌가. 그녀는 벽에 딱 붙어서 그림자와 그림자 사이를 움직이며 빗속을 뚫고 빠른 속도로 레이미크를 따라왔다. 달빛 한 줄기에 여자의 얼굴이 드러났을 때 언윈은 너무 놀라 하마터면 잠에서 깰 뻔했다. 그 순간 세 번째 문서 보관소에 누워 있던 언윈의 다리가 움찔했고 두 발은 담요를 깊이 파고들었다.

그 여자는 그린우드 양의 딸이었다. 그녀는 격자무늬 코트에

허리띠를 단단히 매고 핀으로 단단히 고정한 머리에 회색 모자를 쓰고 있었다.

레이미크는 자신의 꿈에 누가 침입했다는 사실을 전혀 알아차리지 못했다. 언원이 소리를 치고 레이미크의 코트를 잡아당기고 추적자를 가리켰지만 부질없었다. 격자무늬 코트의 여자는 어느새 몇 걸음 뒤까지 바짝 따라왔다. 언원은 그녀에게 보이지 않았다. 그녀도 녹음의 일부였으니 말이다. 그녀는 레이미크에게서 한시도 시선을 떼지 않았다. 회색 모자를 고쳐 쓸 때만 잠시 발을 멈추었다.

'저 여자는 잠들어 있어. 이건 엊그제 밤의 꿈이야. 몇 시간 후면 그녀가 중앙역으로 갈 테고 거기서 우산을 떨어뜨리지만 내가 미처 주워 주지 못하겠지.'

언원은 마침내 상황을 파악했다.

그들은 점점 카니발에 가까워졌다. 거리는 몽롱한 하얀 불빛으로 가득했다. 언원은 이제 음악을 또렷하게 들을 수 있었다. 손풍금으로 연주한 곡이었다. 관찰자는 눈을 비비고 몇 번 깜박이며 모퉁이를 돌아갔다. 언원이 그를 뒤따르고 격자무늬 코트의 여자도 계속 따라왔다.

"탐정 회사가 꿈을 탐정하는 기술을 기본 수사법으로 채택한 후 초기에는 이 기술을 배우지 않은 수사원들에게 우리 관찰자들이 실제로 무슨 일을 하는지 알려 줬어요. 물론 지금은 아니죠. 그러니까 언원 씨, 당신이 지금 이걸 보고 있다면 당신은 두 사람 중 하나일 거요. 다른 하나가 누구인지 당신이라면 짐작할 수 있겠죠."

언원의 이름이 들리자 격자무늬 코트의 여자가 눈을 가늘게 뜨고 주위를 살폈다. 아무도 보이지 않자 그녀는 미행을 계속했다. 하지만 그녀는 방금 전보다 상당히 뒤처져 있었다. 그랬다. 클레오파트라 그린우드의 딸은 언원의 이름을 알고 있었다. 그렇다면 중앙역에서 그녀가 우산을 떨어뜨렸을 때 이미 언원을 알고 있었을까? 이유는 모르겠지만 그녀는 하급 서기로 회사에 들어간 뒤 자신이 언원의 자리로 승진하도록 손을 쓴 것 같았다. 그녀의 재능은 숙련된 관찰자의 꿈에 숨어들어 올 정도로 대단했다. 클레오가 딸의 안전을 걱정했을 수도 있지만 언원은 그녀가 자신의 안전을 걱정했을 수도 있다는 생각이 들었다.

"일주일 전에 누군가 내 『탐정 매뉴얼』을 훔쳐서 시바트에게 줬어요. 물론 그 책은 시바트도 아는 책이죠. 아는 정도가 아니라 처음부터 끝까지 샅샅이 꿰고 있죠. 그런데 도둑맞은 책은 다른 점이 있었어요. 그 책에는 저자가 '꿈의 탐정술'이라고 이름 붙인 기술을 소상하게 설명한 열여덟 번째 장이 있었죠. 시바트가 불같이 화를 내더군요. 그동안 왜 내게 그 기술을 말해 주지 않았느냐. 왜 아무도 말해 주지 않았느냐. 자네는 왜 알려 주지 않았느냐. 그날 아침 내 사무실에 쳐들어와서는 다짜고짜 이런 질문을 퍼붓더군요.

무슨 말이든 해야 했어요. 그래서 진실을 들려줬죠. 꿈의 탐정술은 너무 위험해서 감독관이 초판 이외의 『탐정 매뉴얼』에 계속 실을 수 없다고 판단했다고 말입니다. 감독관은 관찰자에게만 비밀을 털어놓기로 했죠. 어쨌든 이 기술의 도움을 받고 있는 탐정들에게는 알리지 않기로 했어요. 시바트는 모른 채 있으려고 하지 않았어요. 그는 전쟁에서 꼭 이기고 말겠다고 하더군요.

무슨 전쟁? 제가 되물었죠.

그러자 시바트는 이넉 호프만을 쳐부수는 전쟁이라더군요.

시바트는 자고 있는 호프만의 의식으로 들어가기만 하면 그자의 비밀을 알아낼 수 있을 거라고 생각했어요. 그자를 잡으려는 우리의 노력에도 불구하고 호프만이 몇 년째 숨어 있다는 사실은 안중에도 없었어요. 우리의 최정예 요원들 중에 그 남자의 의식에 삼십 초 이상 머무르려는 사람이 아무도 없다는 사실도 마찬가지였죠. 시바트는 둘 사이에 끝내지 못한 일이 있다고 생각했어요.

도저히 막을 수가 없었어요. 그래서 규칙 몇 가지를 깰 수 있도록 도와줬죠. 일단 담당 서기가 누구인지 살짝 알려 줬어요. 시바트는 오래전부터 자신의 서기를 존경하고 있었다오, 언원 씨. 당신이라면 자신을 도울 수 있으리라 생각했죠. 그는 자신을 제일 잘 아는 사람이 당신이라고 했어요. 그가 보고서에 기록을 했지만 사건과 관련이 없어서 파일에는 실리지 않은 소소한 정보까지 아는 사람이잖소. 당신이 삭제했던 세부 사항들이 이제와 중요해졌다오. 물론 그게 뭔지 시바트는 말해 주지 않더군요.

그다음으로 나는 폴즈그레이브 양에게 녹음을 하나 해야 하는데, 세 번째 문서 보관소에 그것을 등록하지 않으면 좋겠다고 했어요. 내게 직접 보내 달라고 했어요. 그래야 당신에게 전해 줄 수 있을 테니 말이오. 이 정도면 충분하기를 바라오."

카니발은 칼리가리의 것과 몹시 비슷했다. 거대한 동물의 머리처럼 생긴 가건물들이 서 있고 꼭대기에 삼각 깃발을 단 줄무늬 텐트들도 있고 게임장이 늘어서 있었다. 하지만 이곳은 아무 문제 없이 잘 돌아가는 것 같았다. 물이 차 넘친 둑길이나 고장난 놀이 기구, 허물어진 가건물은 어디에도 없었다. 그곳은 공기처럼 하늘거리는 듯했다. 사방에서 흐릿한 빛을 발산했고 언원의 꿈속 피부로는 느낄 수 없는 바람이 스쳐 갈 때마다 그곳이 부풀어 오르며 파르르 떠는 것 같았다. 즉시 사방에서 음악이 들렸다. 머리 위 구름은 B급 영화의 유령처럼 빛이 났다.

레이미크의 발걸음이 훨씬 느려졌다. 그는 발걸음을 내디딜 때마다 각별히 조심을 했다.

"이곳은 당신이 생각하는 것과 달라요. 적어도 정확히는 아니죠. 우리는 호프만의 마음이 있는 정확한 위치를 포착할 수가 없었어요. 그러니 이런 구조물들은 단지 하나의 가능성일 뿐이죠.

그는 가는 곳마다 자신의 반향을 남겨요. 추적을 따돌리기 위해서요. 이곳에 재현된 사람들은 아마 칼리가리의 떨거지들일 겁니다. 더 나쁠 수도 있어요. 평범한 시민일 뿐인데 자신이 마술사의 의지대로 움직이는 걸 모를 수도 있으니까요. 최근 몇 주 동안, 특히 시바트가 사라진 후로 이 구역은 놀랄 정도로 확장되었죠."

그들은 이제 카니발의 중심부였을 장소 근처까지 왔다. 대관람차가 천천히 돌 때마다 축에 달린 차들이 삑삑 소리를 냈다. 레이미크는 우뚝 멈춰 서서 한 바퀴 빙 돌며 주위를 살폈다. 격자무늬 코트의 여자는 매표소 끝으로 몸을 숨겼지만 관찰자를 시야에서 놓치지 않았다.

"인정하고 싶지는 않지만 이곳의 풍경은 내가 택한 것과 다르군요. 호프만의 능력은 이 정도입니다. 다른 사람의 마음속에도 자신의 것과 똑같은 것을 재현할 수 있죠. 진심인데, 이거 정말 짜증 나요. 게다가 나는 음악도 별로 좋아하지 않죠."

언원은 더 이상 침대의 안온함을 느낄 수 없었다. 이제 그에게는 카니발의 차가운 불빛이 현실로 느껴졌다. 그 빛과 언원의 우산에 툭툭 떨어지고 구두에 튀기는 빗물뿐이었다. 양말이 점점 축축해졌다. 그의 양말은 늘 물에 젖었다. 꿈속에서도 예외는 없었다.

"저기 보세요."

레이미크가 말했다.

언원이 그 말에 따라 넓은 계단이 달린 땅딸막한 건물로 시선을 돌렸다. 계단은 창문이 달린 회랑으로 이어졌다. 내부에는 카니발의 풍경이 끝도 없이 이어질 것 같은 복도를 따라 반사되고 굴절되어 있었다. 거울의 집이었다. 레이미크의 모습이 수십 개로 늘어나는가 싶더니 어느새 몸이 왜곡되거나 여러 조각이 났다. 팔은 여기, 다리는 저기, 몸통은 그 너머. 이런 식이었다. 언원은 거울에 비치지 않았다. 그런데 아주 잠깐 패널들 사이에서 뭔가가 움직이는 것을 보았다. 그것은 모자와 잿빛 레인코트, 시가의 호박색 불빛이었다.

레이미크는 그 모습을 향해 살짝 숨을 몰아쉬며 재빨리 달려갔다. 언원도 옆을 지켰다. 하지만 두 사람이 거울의 집에 도착했을 즈음 거울에 비친 모습은 사라지고 없었다. 레이미크는 한쪽 발을 계단에 올린 후 무릎 위로 몸을 숙였다. 두 사람은 잠시 기다렸다.

"호프만은 시바트가 꿈속으로 들어오자마자 붙잡았을 겁니다. 지금 호프만이 할 수 있는 일이라고는 시바트를 인질로 잡아 두기 위해 계속 자는 걸 테죠. 어쩌면 그보다 더 끔찍한 일이 벌어지는 중일지도 몰라요. 훨씬 더요. 시바트가 오래 잡혀 있을수록 마음을 잃어버릴 가능성이 높습니다. 호프만은 그가 아는 것을 모두 알아내려고 하겠죠. 생각은 물론 정체성까지도요. 결국 시바트는 아무것도 아닌 존재가 될 거예요. 식물인간이 되는 거죠.

아니면 어리석은 앞잡이가 되어 마술사의 의지에 절대적으로 복
종하거나."

시바트가 다시 나타났다. 그의 이미지는 셀 수 없이 많고 모두
작았다. 분명 거울의 집 깊숙한 곳에 있으리라. 그래서 두 사람
이 열 번도 넘게 재반사된 이미지를 본 것이다. 시바트도 두 사
람을 본 것 같았다. 왜냐하면 몸을 웅크리고 모자를 뒤로 젖히고
있었기 때문이다.

"트래비스! 내 말 듣고 있나?"

레이미크가 소리쳐 불렀다.

작은 시바트들이 몸을 곧추세우더니 입에서 시가를 뺐다. 그
가 입을 뻐끔거리는 것 같았다. 하지만 빗소리와 삐걱거리며 돌
아가는 대관람차 소리밖에 들리지 않았다. 언윈과 레이미크는
몸을 앞으로 더 내밀었다. 그때 거울에서 뭔가가 변했다. 그러더
니 언윈의 시야가 흐릿해졌다. 눈을 감았다가 떠 봐도 마찬가지
였다. 문제는 그의 눈이 아니었다.

두 사람 뒤의 카니발의 이미지가 움직이고 있었다. 어떤 곳은
희미해지고 어떤 곳은 환하게 빛이 났다. 어떤 배경은 뒤로 멀찌
감치 물러났고 어떤 배경은 더 가까이 다가와 있었다.

언윈에게는 더 이상 우산을 때리는 빗방울 소리가 들리지 않
았다. 거울의 집 자체가 두 사람을 에워싸고 있었다. 레이미크
는 당황해서 주위를 한 바퀴 돌아보더니 투명한 벽으로 뒷걸음

질을 했다.

"어떻게 된 거야?"

그리고 통화중에 연결이 불량한 것처럼 이렇게 말했다.

"여보세요?"

그때 수많은 시바트가 움직이며 레이미크를 불렀다.

"에드 레이미크."

일부는 사라지고 이내 새로운 시바트들이 생겨났다.

"여기 이 시간에 왜 온 거…….."

시바트는 순간 말을 잇지 못했다.

"이보게, 친구. 지금이 낮인가 밤인가? 나는 길을 잃어버렸네."

"살아 있어서 다행이군, 트래비스. 나는 누군가에게 이곳을 보여 주던 참이라네. 그게 다야."

"그런 일을 하고도 월급을 받는군, 응?"

시바트들은 모퉁이로 몸을 숨겼다. 몇몇 이미지들은 점점 더 커졌다. 그가 점점 가까이 오고 있었다.

"지금 누구와 같이 있나?"

"우리를 도울 수 있는 사람일세, 그렇게 믿고 있어. 자네를 도와줄 거야, 트래비스. 어쩌면 자네를 여기서 꺼내 줄지도 모르지."

"그거 잘되었군, 에드."

시바트가 신랄한 어조로 쏘아붙였다.

"자네가 아직도 내 뒤를 봐주고 있다니 다행이야."

레이미크가 모자를 휙 벗었다.

"가지 말라고 했잖나. 자네는 우리 모두를 위험에 빠뜨렸어. 호프만의 의식 속에 탐정 회사 최고 수사원 한 명이 갇혀 있다니!"

"칭찬이 과하군."

"우리는 좋은 팀이야, 트래비스. 하지만 이곳은 깊은 물이나 다름없어. 자네가 생각하는 것보다 더 깊은 물이지. 나는 이곳에 오는 것만으로도 위험해."

레이미크는 손에 벽이 만져지는지 모자로 벽을 두들겼다. 마침내 거울 사이로 벌어진 곳을 발견하고 그곳으로 들어갔다. 언윈이 뒤를 따랐다.

"그자들은 이곳을 유령의 집이라고 부르지. 미리 말해 두지만 우리가 지금까지 잡아들인 악당들을 처넣은 곳들과는 비교가 안 될 정도로 끔찍하다네. 그자가 가끔 나를 확인하러 와. 그럴 때면 내 두개골의 윗부분을 뜯어내고 손전등으로 안을 비추는 것 같아. 아프네, 에드. 자네는 내가 어떤 상대와 대적하고 있는지 미리 경고해 줘야 했어."

"노력했어, 트래비스. 그렇게 해 봤다고."

시바트의 이미지 일부가 사라졌다. 이제 남은 이미지는 몇 개 되지 않았다. 그는 가까이 있었다. 하지만 레이미크는 도저히 가까이 갈 길을 찾지 못했다.

시바트와 이미지들이 말했다.

"그자가 이런 일을 어떻게 하는지 아나? 모두 칼리가리에게 배웠다더군. 도시에 카니발을 끌고 온 장본인 말일세. 기억하나. '내가 들려준 이야기는 모두 사실, 당신이 보는 것도 당신만큼 현실.' 그게 무슨 뜻이었겠나?"

레이미크가 반박을 했다.

"아니야. 기술은 탐정 회사에서 흘러 나갔네. 누군가 기밀을 훔쳐서 호프만에게 전달했어. 그린우드였겠지."

"그건 단지 추측일 뿐일세. 무성한 소문에 지나지 않아. 진실은 말일세, 우리가 지금 까마득한 옛날 일을 파헤치고 있다는 걸세. 과거로 거슬러 가 시작점까지 돌아갈지도 몰라. 그 기술은 카니발과 함께 들어왔어. 그런데 무슨 수를 썼는지 자네 상관이 그걸 손에 넣었지. 그게 없었다면 더 나았을지도 모르겠군."

"자네가 어떻게 아나?"

"설마 내가 들어오자마자 곧장 잡혔다고 생각하는 건가? 내 눈으로 직접 보았다네. 물론 매뉴얼에 나온 대로는 아니었지. 다짜고짜 제일 깊은 곳으로 첨벙 뛰어들어서 무시무시한 것을 정통으로 건드렸어. 그자가 어쩌다 그렇게 되었는지 이유를 알고 싶었어."

레이미크는 숨을 헉하고 내쉬었다. 걸음을 멈추고 양손으로 무릎을 짚었다.

"그래서?"

"그자는 목소리를 변조하는 기술을 누구한테 배운 게 아니야."

시바트가 대답했다. 그가 앞뒤로 서성거리며 말을 하자 거울에 비친 이미지들도 커졌다가 작아졌다.

"태어날 때부터 그랬던 거야. 시골에 있는 작은 마을 출신이지. 이주민 가정인데 근면한 사람들이었더군. 그자는 빵집 주인마누라의 목소리를 흉내 내서 빵을 훔쳤어. 마누라 목소리로 빵 가게 주인을 밖으로 불러냈거든. 똘똘한 꼬마였지, 응? 나중에는 교회 발코니에 숨어서 천사인 척하면서 목사를 꼬드겨 설교 내용을 고치게 했다네. 세상의 질서를 뒤엎어 버리는 괴상한 것들을 집어넣도록 했지. 구원 따위는 없고 모든 게 뒤죽박죽인 세계가 어쩌고저쩌고. 결국 어떻게 된 일인지 알게 된 마을 사람들은 꼬마를 악마 같은 존재로 여기게 되었어. 카니발이 받아 주지 않았다면 마을 사람들의 손에 죽었을지도 모르지."

뭔가가 잘못되고 있었다. 시바트의 목소리가 떨리고 있었다. 언원은 시바트의 여러 이미지 중 하나에서 얼굴을 잠깐 보았는데, 눈물을 본 것 같았다. 레이미크도 마찬가지였다. 그가 말문을 열었다.

"트래비스, 이렇게 이야기나 하고 있을 시간이 없네."

시바트는 시가를 입에서 빼더니 바닥에 던졌다.

"중요한 이야기일지 몰라, 에드. 한 번만이라도 이야기를 귀담아 들어 주겠나? 호프만이 고작 꼬마였을 때 그의 어머니가 카니발로 그를 보냈어. 괴물 칼리가리가 그를 가르쳤지만 완전하지는 않았지. 그래서 호프만은 혼자 터득하기로 마음먹은 거야. 그는 어느 날 밤 노인의 의식으로 몰래 들어가 비밀을 알아내려고 했지. 칼리가리가 붙잡아 그곳에 가둬 버렸어. 고문했지. 절대 깨어나지 못하게 했어. 최악이었던 건 호프만은 칼리가리가 뭔가를 숨기고 있다는 걸 알고 있었다는 거야. 칼리가리는 항상 뭔가를 숨겼어. 칼리가리는 자신을 강력하게 만들어 준 비밀을 알려 줄 생각이 전혀 없었지."

레이미크는 어느새 차분해져 있었다. 어떤 사실을 깨달은 것 같았다.

"호프만에게 교훈이 필요했던 것 같군, 트래비스. 그는 너무 섣불리 행동했던 거야."

이제 남은 시바트의 이미지는 두 개였다. 두 이미지는 시선을 피하며 양손을 허공으로 들었다.

"자네가 뭘 아나? 내가 본 것을 보지도 못했으면서. 어쨌든 계획에 나를 끼워 주는 게 좋을 거야. 도대체 누구를 뽑았나? 좋은 사람이면 좋겠군."

그러자 레이미크가 말했다.

"상황이 상황이니만큼 말을 하지 않는 편이 낫겠네."

두 시바트가 잠시 입을 다물었다. 그러더니 두 시바트는 똑바로 서며 목에서 우두둑 소리가 나도록 몸을 죽 폈다. 돌아선 두

이미지는 눈을 감고 미소를 짓고 있었다.

"정확히 어떤 상황인데 그러나?"

"당신이 누군지 알아."

레이미크가 말했다.

시바트들이 깊이 숨을 들이쉬었다. 그러자 쩍 소리가 나면서 더 가까이에 있는 이미지의 얼굴이 느슨해지며 가장자리부터 쭈글쭈글해지더니 바닥으로 툭 떨어져 오믈렛처럼 접혔다.

언윈이 뒤로 휙 물러났다. 세 번째 문서 보관소에서 자신이 베개에 얼굴을 파묻으며 훌쩍이는 소리가 들렸다.

가면을 쓰고 있던 얼굴은 사각형에 가깝고 둔하고 지루해 보였다. 이녁 호프만이 눈을 뜨고 소매를 걷어 올렸다. 복화술사는 푸른색에 가장자리가 붉은 잠옷 차림이었다.

진짜 시바트는 투명한 벽으로 물러나 있었다. 꼭두각시를 조종하던 끈들이 끊어진 것이다. 그는 정신이 오락가락하고 피곤해 보였다. 마치 정신에 보이지 않는 멍이 든 것 같았다. 그의 의식은 이미 한낱 먼지가 되었을까? 아니었다. 그는 레이미크를 보더니 기침을 하고 인상을 쓰며 간신히 손을 살짝 흔들었다.

"목을 졸라 주마."

호프만이 관찰자에게 말했다. 평소의 목소리는 시바트가 보고서에 쓴 그대로였다. 높고 속삭이는 것 같아서 잘 들리지 않았다. 게다가 위협을 할 때조차 아무런 감정이 섞여 있지 않았다.

레이미크가 말했다.

"그러려면 네놈부터 잠에서 깨야 하겠지. 그런데 그럴 생각이 없지 않나, 안 그런가? 마침내 시바트를 잡았으니 절대 놓아주고 싶지 않겠지. 시바트만 아니라 네놈도 감옥에 갇힌 거야."

마술사는 들은 척도 안 했다. 그는 언윈이 서 있는 곳에 시선을 고정하고 언윈에게 다가왔다. 그러자 언윈의 축축한 옷가지가 딱딱하게 얼어붙는 것만 같았다. 거울의 집 복도들이 늘어났다. 마술사는 저 멀리서 도저히 피할 수 없는 악몽처럼 다가오는 듯했다. 호프만의 표정은 읽을 수가 없었다. 나무를 깎아 만든 얼굴이라고 해도 믿을 것 같았다.

"네놈이 달고 온 녀석은 누구지?"

그가 다시 물었다.

언윈은 마지막 순간에 옆으로 비켜섰고 호프만은 그대로 그를 지나쳤다. 호프만은 거울로 된 벽을 돌아가더니 격자무늬 코트 여자의 팔목을 붙잡아 끌고 왔다. 호프만이 홱 잡아당겨 일으켜 세우자 여자는 비명을 지르며 앞으로 휘청거렸다. 그 바람에 모자가 헐거워졌다. 그녀는 균형을 잡고 똑바로 서서 코트의 매무새를 만졌다.

"안녕하신가."

시바트가 일어서며 말했다.

레이미크가 모자를 다시 썼다.

"이 여자는 어디서 나타난 거야?"

시바트가 코웃음을 쳤다.

"자네를 뒤따라왔지, 어리석은 친구야. 에드 레이미크, 퍼넬러피 그린우드를 소개하겠네. 그녀는 자네보다 자네의 행동을 더 잘 안다네. 자네의 생각을 모두 알고 있고 말 한마디 하지 않아도 자네에게 상처를 줄 수 있지. 그녀도 독학이었어. 진짜 천재지. 이넉, 당신은 잘 알고 있겠지?"

호프만은 자신의 정체를 드러낸 후 처음으로 동요하는 듯했다. 여자를 바라볼 때 아랫입술이 파르르 떨렸다.

"아빠, 이야기 좀 해요."

그녀가 말했다.

레이미크가 시바트를 바라보았다.

"그린우드? 그 여자와 호프만이? 트래비스, 왜 보고하지 않았나?"

호프만이 레이미크에게 알 수 없는 몸짓을 했다. 관찰자가 양손을 들고 무슨 말을 시작했다. 하지만 모자가 두 배로 커지면서 레이미크의 머리를 삼켜 버린 통에 무슨 말을 해도 밖으로 들리지 않았다. 그는 양손으로 모자를 쥐어뜯었지만 챙이 턱 아래에 걸리고 펠트 천이 두꺼워 고함 소리가 흡수되어 버렸다.

호프만이 양팔을 벌리고 격자무늬 코트의 여자에게 한 발자국 다가왔다.

"찾았단다. 너를 찾으려고 얼마나 애를 썼는지 몰라."

"아빠가 나를 찾아내는 걸 바라지 않았어요."

그녀는 아버지의 시선을 피하며 코트에서 보푸라기를 뜯었다.

"네 엄마가 내게서 너를 데려갔어."

"엄마가 붙잡히도록 아빠가 함정을 팠잖아요. 아빠는 일이 더 중요했으니까요."

퍼넬러피가 말했다.

시바트는 무릎을 꿇고 시가를 집어 들며 부녀의 말다툼에 귀 기울였다. 하지만 다 아는 이야기라는 모습이었다. 문득 언윈은 정말 시바트가 다 알고 있다는 사실을 깨달았다. 그도 그럴 것이 시바트가 어떤 역할을 한 일이기 때문이다. 호프만과 퍼넬러피는 11월 12일 사건에 대해 이야기했다. 시바트가 클레오파트라 그린 우드를 중앙은행에서 붙잡아 도시 밖으로 보내 버린 날 말이다. 그 는 보고서에 이렇게 썼다.

'무슨 이야기를 했는지는 말하지 않겠네. 그녀를 기차에 태우 기 직전에 무슨 일이 있었는지도 말하지 않겠어.'

두 사람은 이 이야기를 했던 것이다. 그린우드 양의 어린 딸. 두 사람은 그날 중앙역에서 계획을 세웠을 것이다. 어떻게 퍼넬 러피를 이 도시로부터, 제 아버지로부터 빼돌릴지 결정을 했을 것이다.

"그 이야기나 하려고 온 게 아니에요. 제 새 직장에 대해 알려

드리려고 왔어요. 모든 게 지하에 있죠. 아빠가 아는 것보다 더 대단해요. 그들이 아빠를 앞지르고 있어요. 힐다 폴즈그레이브 기억하시죠? 카니발에서 불꽃놀이를 담당했었잖아요?"

언원이 숨을 헉하고 들이쉬었다. 정말로 말이다. 힐다! 거인 힐데가르트. 시바트는 칼리가리를 만난 날 그녀와도 만났다. 그녀가 불꽃놀이에 쓸 검은색 가루를 혼합하는 동안 이야기도 나누었고 말이다. 그런데 그녀가 지금 세 번째 문서 보관소의 수석 서기가 되었다. 어떻게 칼리가리의 옛 심복이 탐정 회사 편에 서게 되었을까?

호프만이 격분했다.

"너희 둘 다 지금 탐정 회사에서 일을 한다고? '그자' 밑에서?"

언원은 '그자'란 감독관일 거라고 생각했다. 그린우드 양이 이넉 호프만보다 더 악질이라고 말했던 남자 말이다.

그 무렵 레이미크는 땅바닥에 쓰러져 몸을 비틀고 데굴데굴 구르며 양 주먹으로 모자를 마구 두드렸다. 이제 어떻게 된 일인지 어렵지 않게 알 수 있었다. 레이미크는 이렇게 숨이 끊어진 거구나. 언원은 마침내 진실을 깨달았다. 자신의 모자에 질식된 것이다. 그는 애초에 이것을 멈출 방도가 없었다. 레이미크가 죽으면 녹음도 끝날 것이다. 언원에게는 시간이 별로 없었다.

"페니, 페니."

복화술사가 노래를 부르듯 딸의 애칭을 부르며 속삭였다.

"우리는 아주 오래전에 헤어졌어. 그동안 어디에서 지냈니? 네 눈은 태어날 때 마치 거울 같았단다, 정말 예뻤어! 칼리가리는 너를 보자마자 자신의 아이라고 했지. 하지만 때맞춰 내게 돌아왔구나. 도움이 필요하단다. 전처럼 힘을 합치는 거야."

시바트가 웃음을 터뜨렸다.

"그렇겠지. 그리고 힘을 합친 결과도 알고 있지."

그러자 호프만이 이렇게 쏘아붙였다.

"11월 12일 사건은 그저 네놈의 운이 좋았던 거야."

시바트는 그 말을 무시하듯 손을 내저었다. 그러나 격자무늬 코트의 여자는 무척 관심을 보였다. 그녀와 호프만은 서로 마주 보며 섰다. 딸보다 삼십 센티미터 가까이 작고 구겨진 잠옷을 입은 호프만의 모습은 쓸쓸해 보이기까지 했다.

시바트가 그녀에게 말했다.

"애야, 네 아버지 이야기는 듣지 마."

퍼넬러피가 그의 말을 무시하고 아버지에게 말했다.

"이야기 좀 해요. 단둘이서요."

시바트는 레이미크를 신경질적으로 힐끔 보더니 모자를 잽싸게 벗었다. 호프만은 한 번 더 재주를 부릴 준비가 되어 있지 않았다.

"저자에게서 눈을 떼서는 안 돼."

"저 사람이 뭘 할 수 있겠어요? 아빠의 뇌 뒤쪽에 버려진 쓰레기나 뒤지겠죠. 그래 봤자 아빠가 악당이라는 사실이나 확인할 거고요. 잠시 돌아다니게 내버려 두세요."

그녀는 시바트에게 의미심장한 눈빛을 건넨 후 덧붙였다.

"금방 돌아와서 잡아들이면 되잖아요."

호프만은 인상을 찌푸렸지만 결국 한숨을 쉬며 말했다.

"좋아, 그러자꾸나."

그가 손가락을 딱 튕겼다. 그러자 뒤쪽의 거울 하나가 안개로 변했다. 그곳에는 카니발로 내려가는 계단이 있었다.

시바트는 어깨를 으쓱하더니 모자를 썼다. 그리고 시가의 불빛이 호박색에서 붉은색이 될 때까지 몇 모금 빨았다.

"당신들 참 재미있군."

그는 이렇게 말하고 마지막으로 고통으로 온몸을 뒤틀고 있는 레이미크를 본 후 경쾌하게 거울의 집을 떠났다.

언원은 시바트를 뒤따랐다. 밖에서는 카니발의 섬뜩한 불빛이 점점 환해지더니 불타는 듯 달아올랐다. 놀이 기구들은 목이 부러질 정도로 빠르게 휙휙 돌며 칙칙 소리를 냈다. 공기 중으로 팝콘과 신선한 톱밥 냄새가 났고 손풍금 소리가 응응 울렸다. 시바트는 빙글빙글 회전하는 회전목마의 발판으로 훌쩍 뛰어올랐다. 언원도 서둘러 뛰어올라 목마의 고삐를 잡아 균형을 잡았다. 시바트는 곧장 반대편에 닿은 후 카니발의 외곽으로 훌쩍 나갔다.

탐정은 사전에 미리 계획을 짜 놓은 것처럼 용의주도하게 움직였다. 퍼넬러피 그린우드와 사전에 입을 맞춰서 이렇게 잠깐 틈을 만든 걸까? 언윈은 어디까지 따라갈 수 있을지 감을 잡을 수 없었다. 폴즈그레이브 양이 녹음을 한 부분이 끝났는데도 에드 레이미크의 꿈속에 머무르고 있으니 말이다. 게다가 자꾸 누가 뒤통수를 잡아당기는 것 같았다. 이 꿈은 인형을 열면 인형이 자꾸 나오는 공예품처럼 원래 녹음에 슬쩍 끼워져 있었다. 혹시 세 번째 문서 보관소의 수석 서기가 그 꿈을 보았다면 주파수를 바꿔서 이 꿈에서 저 꿈으로 초점을 바꾼 것은 아닐까? 레이미크는 그녀가 그렇게 할 수 있다고 말하지 않았던가. 언윈의 추측이 옳았다. 언윈이 시바트를 따라가면 갈수록 꿈의 이미지는 점점 더 정교하게 완성이 되었다.

시바트는 카니발의 끝 부분에 도착했다. 그곳 경계 부근에는 작고 거의 완벽하게 사각형인 건물이 있었는데, 창문에 카니발의 불빛이 반사되었다. 탐정은 계단을 올라가 손잡이에 손을 올렸다. 그러더니 눈을 감고 눈썹을 찌푸렸다.

"좋았어. 라디오 다이얼을 돌리는 것처럼 간단하구만."

그는 손잡이를 돌린 후 요란하게 열어젖혔다.

문 저편은 언윈의 욕실이었다.

시바트는 안으로 들어가 주위를 둘러보았다. 하품을 하고 기지개를 켜더니 코트를 벗어 샤워 커튼 위로 휙 걸쳤다.

"점점 더 좋아지려는데."

그는 이렇게 툭 내뱉었다. 뜨거운 물을 틀고 옷을 벗더니 코트 주머니에 손을 뻗어 작고 까만 유리병을 꺼냈다. 그는 뚜껑을 열고 쿵쿵 냄새를 맡더니 욕조에 부었다. 욕조는 거품으로 가득 찼다. 목욕물이 준비되자 그는 발끝으로 물의 온도를 확인한 후 안으로 들어갔다. 모자로 얼굴을 덮은 후 시가를 뻐끔거리며 피웠다. 재가 물에 떨어져도 개의치 않았다. 욕실에서 유일하게 색을 갖고 있는 것은 호박색으로 빛나는 시가의 끝 부분뿐이었다. 어찌나 뜨겁게 타는지 욕조 위의 김마저 발갛게 달아올랐다.

탐정 회사 건물의 세 번째 문서 보관소에서 하급 서기 침대에 누워 담요를 덮고 있는 언윈이 다리를 쭉 뻗었다. 그는 시바트의 꿈을 꾸는 호프만의 꿈을 꾸는 레이미크의 꿈을 꾸는 자신의 꿈 속에서 팔에 깨끗한 수건을 걸고 가운의 허리를 단단히 졸라맨 채 욕실 문을 열었다. 시바트는 손잡이가 기다란 솔로 발을 벅벅 밀고 있었다. 꿈속의 언윈이 물었다.

"시바트 탐정님, 제 욕조에서 뭘 하고 계신 겁니까?"

시바트는 꿈속의 언윈에게 이름을 말하지 말라고 했다. 누군가 들을지도 모른다고 말이다. 그는 언윈에게 자꾸 잊어버린다고 역정을 냈다. 이렇게 말이다.

"지금부터 무슨 이야기를 할 텐데 절대 잊으면 안 되네. 준비되었나?"

"준비되었습니다."

꿈속의 언원이 대답했다.

"좋아, 잘 듣게. 자네는 모든 걸 일목요연하게 정리해야 한다는 걱정에 푹 파묻혀 있어. 자네가 내 보고서를 어떻게 처리하는지 지켜보았네. 파일들을 읽었거든. 자네는 좋은 부분들을 다 삭제했더군. 자네는 오직 세부 사항과 실마리, 누가 무엇을 왜 했는지만 신경을 쓰지. 하지만 언원, 잘 듣게. 그것들보다 더 중요한 것이 있어. 그건 말이야…… 나도 모르겠네."

시바트가 시가를 흔들며 말을 이었다.

"모든 것에 중요한 의미가 있어. 수수께끼가 있지. 나쁠수록 더 좋아. 사랑에 빠지는 것과 같아. 아니면 사랑이 식어 버리는 것과 같은가? 어느 쪽인지 잊어버렸군. 사실 관계는 비교도 되지 않아. 그러니 잘해 보게, 알겠나? 제발 좋은 부분은 그대로 내버려 둬!"

그러자 언원이 말했다.

"죄송합니다. 뭐라고 하셨죠? 잠시 딴생각을 하느라고요."

"괜찮아. 다만 이것만은 꼭 기억해 두게. 제18장. 알겠나?"

"네."

"내 말을 따라하게. 제18장."

"코끼리 장."

언원이 말했다.

15
속임수에 대하여

당신이 지금 덫을 놓는 게 아니라면 지금 하는 일은 그 속으로 걸어 들어가는 것일 터.
이 두 가지를 동시에 하는 것이 바로 덫의 달인이라는 증거다.

어디선가 코끼리가 울었다. 어디선가는 자명종이 울렸다. 여
기 레이미크의 도시에서 누가 비명을 질렀다.

언원의 뇌 뒤쪽을 계속 잡아당겼던 줄이 점점 팽팽해지더니
그를 꿈속의 꿈에서, 그의 욕실에서, 카니발에서 홱 잡아당겨 끝
없이 내리는 빗속으로 되돌려 놓았다. 발치에서 시커먼 형체가
몸부림을 치고 있었다. 그것은 여전히 죽을힘을 다해 모자를 벗
으려고 하는 레이미크였다. 얼굴을 덮었던 모자가 점점 줄어들
어서 지금은 펠트 천 아래로 코와 눈썹이 보였다. 언원은 어떻게
든 도와주고 싶어서 그의 위로 몸을 구부렸다. 불가능한 일이라
는 걸 잘 알았지만 어떻게든 모자를 벗겨 주고 싶었다.

레이미크는 조약돌이 박힌 길 위로 구두를 벗어 던지고 비명을 질렀다. 몸을 비틀고 뒹굴자 셔츠가 삐져나왔다. 마침내 모자가 원래대로 돌아왔다. 땀에 젖은 얼굴은 벌겋고 입은 공기를 빨아들이느라 완벽한 원을 그리고 있었다.

모자는 제 모습을 잃고 바닥에 떨어져 있었다. 죽어 버린 작은 생물 같았다. 레이미크가 손으로 모자를 쳐서 배수로로 넣어 버리자 이내 물에 쓸려 내려갔다. 그는 천천히 무릎을 세워 반쯤 일어서서 헉헉 숨을 쉬며 모자가 떠내려가는 모습을 지켜보았다. 마침내 양손으로 옷을 털며 완전히 일어났다. 그랬다. 에드 레이미크를 살해한 자는 이넉 호프만이 아니었다.

레이미크는 시선을 딱히 어디에 두지 않은 채 말했다.

"이제 여행은 끝났소. 당신을 도울 만한 게 별로 없구려. 우리는 한 배를 탄 몸이니까요, 언윈 씨. 이렇게 되어야만 하는 거요."

그는 소매로 이마를 닦았다. 숨을 쉬는 모습도 한결 편해 보였다. 하지만 목소리는 여전히 잠겨 있었다.

"더 잘할 수도 있었을 텐데. 당신에게 더 많은 것을 보여 줄 수 있었는데 말이오. 우리는 지금 위험에 처했소. 우리 전부 말이오. 당신이 받은 매뉴얼을 읽어 보시오. 할 수 있다면 시바트를 찾아요. 그가 일을 더 망치기 전에 어서 그곳에서 데리고 나와요."

레이미크는 주머니에 손을 집어넣고 주위를 둘러보았다.

"자, 이제 일어나요."

언원은 잠에서 깨어났다.

몸을 덮고 있던 두툼한 면 이불 아래에 양말을 신은 발이 땀으로 푹 젖어 있었다. 머리가 무거웠다. 베고 있는 베개마저 무겁게 느껴졌다. 그는 두개골이 자석이 되었던 것 같은 묘한 인상을 받았다. 그도 그럴 것이 입속에 불쾌한 금속의 맛이 남아 있었기 때문이다.

세 번째 문서 보관소에서는 더 이상 음악이 들리지 않았다. 폴즈그레이브 양이 기계를 두고 어디로 가 버린 것이다. 거인 힐데가르트였던 힐다이자, 언원이 추측하기에 이 모든 것의 '수석 서기'인 여자는 어디에도 보이지 않았다. 주위에는 그녀의 하급 서기들이 여전히 잠을 자며 근무중이었다. 호프만과 그의 딸은 꿈들을 보기 위해 어떤 묘한 꿈을 꾸었을까? 절대 잠들지 않는 재스퍼만이 두 사람의 공격에도 끄떡없을 것이다. 이 사실을 떠올리자 재스퍼가 제 형제를 죽인 남자를 찾기 위해 도시로 돌아왔을 거라는 생각이 퍼뜩 들었다.

축음기 바늘은 레이미크의 마지막 꿈이 담긴 레코드판의 끝에 다다라 있었고 소리 없는 원을 그리며 계속 돌고 있었다. 언원은 기계를 끄고 레코드판을 뒤집었다. B면에도 홈이 파여 있었다. 레이미크는 더 이상 볼 것이 없다고 했지만 그도 일어난 일을 모두 이해하지 못했던 것은 아닐까. 언원은 좀 더 보아야 했다. 그는 바늘을 판에 내려놓고 눈을 감았다.

또다시 소리가 들리나 싶더니 소리가 패턴을 이루었고 패턴이 형태를 갖추어 갔다. 이번에는 위에서부터 꿈속으로 빠져들었다. 잠시 그는 아래에 펼쳐진 레이미크의 도시를 보며 현기증을 느꼈다. 그는 엄청난 속도로 하강했다. 빗방울이 떨어지는 속도와 같아서 기다란 물방울들이 눈앞에 가만히 매달려 있는 것 같았다. 그는 고개를 들었다. 더 많은 물방울이 단검처럼 그의 눈 위에 떠 있었다. 우산이 있으면 좋겠다 싶었다. 그러자 우산이 나타나 활짝 펼쳐졌다. 우산을 낙하산처럼 머리 위로 쓰자 그는 우산 아래에서 진자처럼 좌우로 흔들렸다. 빗방울이 여전히 그의 머리 위로 툭툭 떨어졌다.

레이미크는 어떤 건물의 입구로 가고 있었다. 도시의 그 구역에서 가장 높은 건물이었다. 아마도 도시 전체에서 가장 높으리라. 시커먼 오벨리스크처럼 솟은 건물은 주위 건물들과는 약간 이질적이었다. 어딘가 낯이 익은 구석이 있었다. 언원은 발이 땅에 닿자마자 이유를 알아차렸다. 그곳은 탐정 회사 건물이었다.

언원은 레이미크의 뒤를 따라 그가 로비 문을 닫기 전에 재빨리 들어갔다. 그가 다른 로비, 즉 진짜 로비에서 몇백 번이나 했던 것처럼 승강기로 가면서 우산을 접었다. 호프만의 마음이 거울의 집으로 재현되었다면 이곳은 도대체 누구의 꿈속 생각을 담고 있을까?

레이미크는 승강기의 문을 지나치며 계속 무슨 말을 중얼거렸다.

"멍청해, 멍청해."

혼잣말로 이렇게 말하는 것 같았다. 그러더니 머릿속에서 생각을 몰아내려는 듯 머리를 가로저었다. 로비의 뒤쪽에 도착하자 그는 희미한 빛에 손목시계를 비스듬히 비쳐 보았다. 누군가 소리쳐 그를 불렀다.

"어서 오게, 에드. 시간에 딱 맞춰 왔군."

언윈이 모르는 목소리였다. 목소리는 검은색 글자가 찍혀 있는 문 뒤에서 들렸다.

관리인

레이미크가 들어가자 언윈의 귀에 익숙한 소리가 들렸다. 종잇장이 펄럭거리고 비둘기가 구구 우는 소리였다. 그 소리에 언윈은 못이라도 박힌 듯 잠시 얼어붙었지만 간신히 정신을 차리고 때마침 문을 닫는 레이미크의 팔 아래로 몸을 숙여 따라 들어갔다.

방은 작았다. 그런데 집기며 물건이 방의 크기에 비해 턱없이 많았다. 종이가 기둥처럼 바닥에서 천장까지 쌓여 있었는데, 일부는 몇 뭉치씩 묶여 있고 일부는 낱장이었다. 서류 캐비닛이 줄

지어 서 있었는데, 이상한 각도로 늘어선 바람에 미로가 만들어
져 있었다. 방 안에는 살아 있는 바람이 사는지 한쪽 기둥의 종
이를 들어 다른 기둥에 내려놓거나 바닥에 버리곤 했다. 열려 있
는 서류 캐비닛은 대부분 비둘기들의 차지였다. 잔가지와 종이
와 쓰레기로 만든 둥지들이 들어 있었다. 비둘기들은 레이미크
가 친숙한지 그의 코트가 자신들의 서랍을 스쳐 지나가도 신경
쓰지 않았다.

"이곳을 청소할 맘이 아예 없나?"

레이미크가 묻고 서류 캐비닛을 돌아서 양손을 주머니에 넣은
채 섰다.

"아서, 여기에 의자가 하나 있었는데."

관리인은 다른 곳만큼 어수선한 작은 책상에 앉아 있었다. 아
코디언이 뒤쪽 벽에 걸려 있었고 그 아래의 널찍한 개수대에 대
걸레 자루가 삐죽이 나와 있었다. 아코디언 옆에는 권총이 든 총
집이 걸려 있었다. 그 방은 관리인의 진짜 방과 똑같겠지만 설마
실제 서류 캐비닛도 이렇게나 많을 것 같지는 않았다. 이 비둘기
들도 전부 다 키우지는 않으리라. 물론 총은 말할 것도 없고.

아서는 보고 있던 서류에서 고개를 들어 레이미크를 잠시 보
더니 안경을 벗었다. 언윈은 그때 처음으로 남자의 눈을 보았다.
눈동자의 색이 옅었고 눈빛은 주의 깊었다. 마침내 그가 말문을
열었다.

"에밀리, 우리 손님에게 앉을 자리를 마련해 주게."

노란색 실내복과 파란 슬리퍼 차림의 에밀리 도펠이 방 안쪽에 산처럼 쌓인 종이 더미 뒤에서 나오자 언원은 하마터면 그녀의 이름을 소리쳐 부를 뻔했다. 그녀는 연필을 머리에 꽂더니 관리인의 책상을 돌아 나왔다. 팔을 휘저어 의자에 자리를 튼 비둘기들을 몰아낸 후 그 위에 쌓인 종이 더미를 다른 종이 기둥 위에 내려놓았다.

"꼼꼼하기도 하군."

레이미크가 그 모습을 지켜보며 툭 뱉었다.

"대단한 여자야. 여기를 정리하라고 불렀는데 하는 일이라곤 십자말풀이뿐이야. 얼마나 푹 빠져 있으면 자면서도 퍼즐을 풀겠나."

아서가 대꾸했다.

그 말에 에밀리가 코웃음을 쳤다.

"월급을 잘 받아야 할 텐데."

레이미크가 에밀리에게 말했다.

"돈은 안 줘요. 제게 이런 증상이 있거든요. 깨어 있어야 할 때 잠이 들어 버려요. 그래서 나를 이곳으로 불러올 수 있는 거예요. 밤에도 마찬가지고요. 항상 탐정 회사의 수사원이 되기를 꿈꿨지만 이런 식은 아니었어요."

"주간 근무로 바꿔 달라고 해 봐요."

레이미크가 말했다.

"주간 근무로 바꿔 주세요."

그녀가 아서에게 말했다.

"뭐라고! 그래서 근무중에 깜박깜박 졸려고? 예쁜이, 그건 안 된다는 거 알잖아."

"그럼 때려치울래요."

에밀리가 말했다. 두 남자는 그녀가 소지품을 주섬주섬 챙기는 모습을 지켜보았다. 검은색 도시락 통과 신문, 베개였다. 그녀는 레이미크를 지나 문을 쾅 닫으며 방을 나가 버렸다. 비둘기들이 구구거리며 수선을 피웠다.

"저 여자는 매일 저런다네. 다른 식으로는 나가는 법을 몰라. 저런 여자지만 그녀를 위해 몇 가지 계획을 마련해 두었어. 지금은 적당한 임무를 줄 때를 기다리고 있지. 자, 어서 앉게. 앉아."

아서의 말에 레이미크가 어깨를 으쓱하며 앉자 코트 앞섶이 벌어졌다. 그의 얼굴은 모자와의 사투 이후로 계속 벌겋게 달아올라 있었다. 꿈을 뒤이어 꾸고 있는데 인식을 못 하는 것 같았다.

아서가 혀끝으로 치아를 훑더니 천장을 올려다보았다.

"내 메모들 말일세."

레이미크가 손을 내저었다.

"아서, 자네도 알다시피 규칙을 모두 지키기는 어려워. 이러다간 규칙을 지키기 위한 규칙을 만들어야 할 것 같아."

관리인이 꼿꼿하게 등을 세우더니 안경을 책상으로 던졌다. 그는 얼굴을 붉히며 레이미크를 쏘아보았다.

"이 규칙들이 기본이야, 에드. 자네는 자네의 매뉴얼이나 잘 추적하게. 알잖나."

레이미크가 고개를 떨어뜨렸다.

"누구 짓인가?"

"모르겠네."

"이번 사태 때문에 너무 피곤해. 생각해 보게. 자네 꿈속에서조차 피곤하니 어떻겠나."

레이미크는 잠시 가만히 있더니 이렇게 물었다.

"무슨 일인가, 연 사흘이나 자네가 내 꿈에 나오다니."

아서가 웃음을 터뜨리며 대답했다.

"사흘인지 나흘인지. 이게 다 쇼지, 안 그런가? 나는 클레오를 감시하려는 걸세. 그게 다야."

언윈은 그린우드 양이 바지선에서 뒤통수에 달린 눈에 대해 했던 말이 떠올랐다. 관찰자의 눈이 아니라 바로 이 남자의 눈이었다. 탐정 회사 관리인의 정체는 뭘까? 무엇을 하는 자이기에 꿈을 감시하는 걸까?

"가장 오래 머물렀던 때는 여섯 시간이었지. 순전히 우연이었어. 무엇보다 기묘한 일이기도 했고. 목표물은 자신이 잠을 깨는 꿈을 꾸었어. 덩달아 나도 그녀가 실제로 잠에서 깬 줄 알았지. 그래서 잠시 내 볼일을 보았는데, 내가 여전히 그녀 머릿속에 있지 뭔가."

레이미크가 털어놓았다.

"허!"

아서가 말했다.

"내 말 좀 들어 보게. 그린우드가 이곳에 돌아왔어, 안 그런가? 어쩌면 내 책을 훔쳐 갔을지도 몰라. 그러니 내 손으로 그 여자를 추적하겠네. 내가……."

아서가 책상에 종이 묶음을 쾅 하고 내려놓으며 레이미크의 말을 끊었다. 그는 종이를 가지런하게 정리했다. 커다란 손가락들이 아코디언을 연주하듯 재빠르게 움직였다.

"이제 그만할 수 없나, 에드? 그때 은퇴를 할 수도 있었어. 칠 년 전이지? 이 일은 위험해. 다시 말할 필요도 없겠지. 자네는 아내와 아이들이 있지 않은가."

"손녀도 있지. 아직 어려. 이제 네 살이라네. 크면 제 할아버지처럼 되고 싶어 한다네."

레이미크가 말했다.

아서가 알 만하다는 듯 혀를 살짝 차고는 방금 정리한 책상 위에 양손을 내려놓았다.

"결국 뭔가가 잘못될 걸세."

"결국."

레이미크가 말했다.

바로 그때 창문으로 비둘기가 날아 들어왔다. 레이미크가 고개를 숙이며 피하자 비둘기는 깃털과 종이를 흩날리며 책상에 앉았다. 아서가 한 손으로 새를 달래며 다른 손으로는 다리를 잡았다. 비둘기의 다리에는 작은 금속 통이 달려 있었다. 아서가 통을 열어 돌돌 말린 종이를 꺼냈다.

전서구군. 언윈이 생각했다. 꿈에서 활동하는 탐정 회사의 배달원이었다.

임무를 끝낸 비둘기는 푸드덕 날아올라 파일 서랍들 사이의 둥지를 찾아갔다.

"복도 끝 자네 친구에게서 온 거야. 앨리스 캐시디. 그녀의 탐정이 최근에 바빴다는군."

아서가 메모를 읽으며 말했다.

레이미크가 몸을 기울이며 물었다.

"새뮤얼 피스 말인가? 그자가 왜?"

"옛날 베이커 저택에 잠입하게 했지. 최근에 호프만이 그곳에 숨어 있으리라 짐작하고 있거든. 때가 때이니만큼 무슨 내용이든 소문이 나돌면 끝까지 파헤쳐 봐야 하지 않겠나."

아서는 종이를 도로 말았다.

"바깥 날씨는 어떤가?"

레이미크는 의자에 기대앉으며 대답했다.

"하늘은 청명하고 미풍이 분다네."

거짓말이었다.

"햇살이 얼굴을 따뜻하게 비춰 주지. 낙엽이 잔뜩 쌓여 있고. 애들이 서로 깔깔대고 비웃으며 뛰어다녀. 빌어먹을 이 모든 상황을 비웃지."

아서는 인상을 쓰며 커다란 손톱 하나로 얼굴 옆쪽을 긁었다.

"자네 사건은 어떤가, 에드?"

"시바트가……."

레이미크가 이야기를 시작했다.

"사라졌지, 그렇지?"

관찰자가 벌떡 일어섰다. 침이라도 뱉고 싶은지 턱을 이쪽저쪽으로 움직였다.

"자네는 다 아는군. 뭐든 알고 있어. 뭐하러 번거롭게 이런 약속을 잡나? 다음에는 비둘기를 보내겠네. 이만 가 봐야겠네."

"앉게."

레이미크는 나직하게 욕설을 뱉더니 팔짱을 끼고 앉았다.

아서는 온화하게 미소를 지었다.

"직접 듣고 싶어서 그러네. 당사자로부터 직접. 그는 화가 났나? 격분했나? 그렇다면 얼마나? 그런 이야기를 해 주게."

"내 매뉴얼을 가져간 자가 시바트에게 넘겼네. 무삭제판을."

그때 전화가 따르릉 울렸다. 아서가 책상 위 종이 더미를 뒤지는 광경을 레이미크는 믿을 수 없다는 듯 지켜보았다. 언뜻 보기에 전화기는 탐정 회사의 여느 사무실에서 볼 수 있는 것과 똑같은 모양이었다. 다만 소리가 달랐다. 마치 터널의 반대편 끝에서 울리는 것 같았다.

마침내 아서가 낚아채듯 수화기를 들었다.

"그래……. 뭐라고? 아니, 들어 봐. 들어 보라고……. 이봐, 좀 들어! 그자가 다음 주에도 같은 걸 먹든 말든 난 상관 안 해. 그자에게서 눈을 떼지 마. 자네 담당이잖나. 자네 주파수를 확인해 봐……. 그럼 다시 확인해. 나는 다음에 확인하겠네."

그리고 전화를 뚝 끊었다.

"재미있군."

레이미크가 말했다.

아서는 이를 빨며 대답했다.

"폴즈그레이브 양은 그 기계의 마법사야. 이것은 우리가 가장 최근에 거둔 성과야. 녹음 내용을 전송 장치에 연결해서 전화기로 보낼 수 있다네. 다시 말해서 평범한 공중전화로 꿈을 꾸는 마음과 즉시 통신을 할 수 있다는 거야. 아직 통신 품질은 썩 좋지 않아."

레이미크는 말을 듣는 내내 고개를 내저었다.

아서는 전화기 쪽으로 고갯짓을 하며 말을 이었다.

"니콜라이였어. 오늘 시립 박물관에 있었지. 에드윈 무어를 찾아낸 것 같다더군. 시바트가 무단이탈을 하기 직전에 내통을 한 사람이 바로 그 친구가 아닌가 짐작하고 있어."

"뭐라고? 자네는 이 사건들이 다 관련되어 있다고 생각하나?"

"들어 봐, 에드. 도움이 필요해. 호프만이 시바트의 머리를 너무 깊이 파고들면 우리 모두 곤란해질 거야. 어서 시바트를 찾아야 해."

"호프만은 직접 시바트를 지키고 있네. 설령 우리가 시바트를 찾아내더라도 깨울 수는 없을 거야. 시바트는 지금 함정에 빠졌어."

"깨우는 법에 대해 누가 말하는 걸 듣지는 못했나?"

아서가 물었다.

레이미크는 불편한 듯 의자에서 몸을 꼼지락거렸다. 그러더니 마치 뭔가에 놀란 것처럼 주위를 둘러보았다.

"왜 그러나?"

아서가 물었다.

"무슨 소리가……."

"집중하게, 에드."

레이미크가 투덜거리듯 말했다.

"호프만은 지금 엄청난 일을 계획중이야. 11월 12일 사건에 맞먹을 정도로 큰 계획이야. 그런데 캐시디와 피스가 나보다 더 많이 아는 것 같군. 피스가 자네와 직통으로 일을 한다고 들었네. 시바트가 거기에 갇혀 있을 경우 호프만을 떨쳐 내야 해. 호프만이 뭔가를 계속 궁금해하도록 만들어야 해. 그래서 우리는 전대미문의 조치를 취할 거야. 다시 말해 규칙 몇 개를 깨야 한다는 뜻일세, 아서. 우리는 누군가를 승진시킬 거야. 절대 수수께끼를 풀 능력이 없는 인물을 말일세. 그자가 우리에게 시바트를 찾을 시간을 벌어 줄 거야. 이자를 추적하기 어려울수록 호프만의 부하들은 점점 더 멀리 샛길로 빠지겠지."

아서가 농담하지 말라는 듯한 표정으로 바라보았다. 그러더니 얼굴을 시뻘겋게 물들이며 온몸이 덜덜 떨릴 정도로 웃기 시작했다. 분노에 차 숨을 씩씩거릴 정도로 웃었다.

"마음에 들어."

아서는 살짝 울부짖듯 대답했다.

"다행이군. 이미 메모를 보냈거든."

레이미크가 말했다.

그 말에 아서는 또다시 웃음을 터뜨렸고 이번에는 레이미크도 함께 웃었다. 관리인이 너무 웃어서 눈물을 닦아 낼 때까지 두 사람은 실컷 웃었다. 관리인은 휘파람을 불듯 한숨을 쉬고는 책상 위의 종이들을 만지작거렸다.

"그런데 정말 이상한 일이 있었다네."

레이미크가 말했다.

"오, 그래?"

"호프만을 막 만났네."

"지금 막?"

"그의 은신처에서 곧장 오는 길이라네."

"그것참. 그자가 무슨 말을 하던가?"

"이런저런 헛소리뿐이었어, 대부분. 그런데 한 가지 묘한 이야기를 들었네. 우리의 표준 절차 말이야. 그는 18장을 만든 건 탐정 회사가 아니라더군. 꿈을 탐정하는 기술은 우리 이전에도 있었다고 말이야. 우리에게서 그 기술을 훔쳐 간 게 아니라 우리가 그에게서 훔쳐 갔다고 했네."

아서는 안경을 다시 썼다.

"그러니까 이런 생각이 드는 거야. 지금 우리가 호프만이 시바트의 머릿속을 더 깊이 파헤치는 문제를 걱정했던 게 맞나? 오히려 시바트가 호프만의 머릿속으로 더 깊이 들어갈까 봐 걱정했던 건 아닐까?"

아서가 천천히 고개를 끄덕였다.

"에드, 자네는 멍청이가 아니군. 보게, 나는 카니발이 이곳에 왔을 무렵 그린우드를 처음 만났어. 최고령 피살자 사건이 일어나기도 한참 전이었지. 그때 그녀와 호프만은 작은 사이드쇼를 하고 있었어. 미래를 알고 싶어 두 사람의 천막으로 가면 클레오가 자네를 잠재우고 호프만이 머릿속으로 들어가 자네 마음속을 훤히 들여다보았을 거야."

"알 만하군. 사소한 협박 작전이겠지. 그러니까 그런 짓거리 때문에 자네가 그자들의 올가미에 걸려들었다는 건가?"

"이 조직을 넘겨받은 직후였다네. 그래서 모든 걸 바꾸고 규칙들을 만든 거야. 숨길 수 있는 한 숨겨야만 했으니까."

레이미크가 턱에 힘을 꽉 주었다.

"그렇게 해서 호프만이 우리의 작전에 대해 속속들이 알게 되었겠군."

"자네에게는 말했어야 한다는 거 알아, 에드. 하지만 이건 업무라기보다 개인적인 일이었어. 그 후로 클레오와 나는 점점 친해졌어. 우리는 어렸어. 사랑에 빠졌지. 하지만 호프만에게 들키지 않고 만날 수 있는 방법은 잠이 든 후 오래된 잠과 꿈의 땅에서 만나는 것뿐이었어. 연애 한번 대단하게 했지! 나는 그녀에게 그걸 어떻게 하는지 가르쳐 달라고 졸랐어. 그래서 나도 그녀의 꿈속으로 찾아갈 수 있게 되었어. 뭐 그런 이야기일세.

호프만이 내게 사실을 털어놓았어, 에드. 꿈을 탐정하는 기술을 그에게 가르쳐 준 사람은 바로 칼리가리였지. 물론 칼리가리는 다른 이름으로 불렀지만. 그 후 호프만이 클레오에게 기술을 전수했고 그녀는 내게 그것을 가르쳐 주었어. 그리고 기술은 탐정 회사로 넘어왔지. 물론 그녀와 내가 마지막이 아니었어. 그 후 상황은 복잡해졌고 결국 우리는 반대 진영에 서게 되었어."

레이미크는 이야기를 끝까지 들었다.

"그녀는 지금 어리둥절하겠군. 옛 남자 친구가 밤낮으로 자신을 감시하고 있으니."

"나는 클레오에 대한 공세를 강화하고 있어, 에드. 그녀는 뭔가를 감추고 있어. 뭔지는 모르지만 그리 오래 버틸 수는 없을 거야. 내가 불빛을 좀 더 환하게 밝혀 놓았어. 그래서 그녀도 점점 지쳐 가고 있어."

레이미크가 실내를 둘러보더니 말했다.

"또……."

"뭐라고?"

"무슨 소리를 들었어. 여기 말고. 내 사무실."

아서가 손을 흔들며 말했다.

"그건 나야."

레이미크가 무슨 소리인가 하는 표정으로 바라보자 아서가 일순 어깨를 으쓱했다.

"에드, 내가 자네 사무실에 있어."

그는 굳이 설명을 하자니 번거롭다는 표정을 지었다.

"최근에 이곳에서 시간을 보내는 동안 내내 잠이 든 채 일을 하고 있다네. 아시다시피, 내가 가 봐야 할 곳이 한두 군데인가."

"쓰레기통을 비우러 들렀나 보군."

"바로 그걸세. 깨끗하게 정리하려고 들른 거지."

"그럼 이제 가 봐야겠군. 깨어나면 악수를 하겠네, 나가려는 참이니."

그러자 아서가 말했다.

"문이 잠겨 있어. 내가 깨기 전에는 자네도 못 일어나."

레이미크가 턱을 좌우로 움직였다. 하지만 화가 났다기보다 생각에 잠긴 것 같았다.

아서가 말을 이었다.

"자네는 지금껏 내게 삼촌 같았어. 내가 처음으로 직원이 되었을 때 여러 길을 보여 줬지. 내가 배달원 멜빵을 차고 돌아다니던 시절을 기억하나? 자네가 아니었다면 지금도 그걸 차고 있겠지. 자네는 내가 쥐뿔도 모를 때도 내가 뭘 좀 알고 그러는 것처럼 대했어. 덕분에 일은 어렵게 되었고."

"뭐가 어렵다는 건가?"

"거짓말을 하기가 말이야, 에드. 자네에게 죽 거짓말을 했어. 그것도 아주 많이. 원숭이를 속이려면 조련사를 속이는 수밖에 없거든. 물론 원숭이란 바로 시바트야. 자네는 늘 알고 있었지. 이제 속 시원하게 털어놓고 싶어."

"새삼스럽게 왜?"

레이미크가 물었다.

"에드, 잘 듣게. 시바트의 사건은 모두 엉터리였어."

"그의 사건이 모두?"

레이미크가 되물었다.

"자네의 사건이기도 하지. 전부 헛소리에 말도 안 되는 소리지. 그동안 해결한 사건들은 모두 엉터리였어. 그러니까 두 사람 말이야. 자네들은 좋은 팀이었어. 우리가 원하던 대로였어. 덕분에 중요한 사실을 은폐할 수 있었다네. 하지만 11월 12일 사건은 예외였어. 어떻게 된 일인지 시바트가 그 사건은 제대로 풀어버렸거든."

"어깨에 있는 게 자네 손인가, 아서?"

"내 말 잘 듣게. 자네는 대단한 일을 했어, 에드. 이 조직에서 날 위해 일하는 자들 중에 자네만큼 중요한 일을 한 친구도 없지. 단지 자네가 생각한 방식대로는 아니지만. 그날 밤 카니발에서 호프만이 나를, 그러니까 우리 모두를 손아귀에 넣었다는 걸 알게 되었을 때 거래를 해야 한다는 걸 깨달았어. 한 손으로 다른 손을 씻자고 말이야."

"더럽힌다는 쪽이 더 맞겠군."

"진정하게, 에드."

레이미크가 물었다.

"어떤 거래였지? 그자가 범죄를 저지르고 다닐 때마다 자네가 은폐 공작을 해 준다는 조건이었나? 회사는 돈을 벌고 자네의 꼭두각시는 영웅처럼 보이고 그자는 원하는 것을 챙기고."

곰곰이 따져 보니 그렇게 생각하면 모든 상황이 딱 맞아떨어졌다. 언윈은 욕지기가 날 지경이었다. 가짜 미라며 베이커 대령이 멀쩡하게 살아 있는 걸 보면 호프만과 아서는 분명 사전에 모든 것을 조율해 두었을 것이다. 호프만은 그가 원했던 귀중한 전리품을 챙겼고 베이커 대령의 유산도 손에 쥐었을 것이다. 한편 회사는 언론에 대서특필되는 스타 탐정을 얻었다. 시바트는 매번 잘도 속아 넘어갔고 덩달아 언윈이, 결국 온 도시가 속아 넘어갔다.

"자네에게는 털어놓아야 했네, 에드. 어떻게 된 건지 알려 줘야만 했어."

레이미크는 자신의 목을 만졌다. 그의 손가락이 옷깃 근처에서 뭔가 잡을 수 없는 것을 잡으려는 듯 격렬하게 움직였다. 그는 망령의 손과 싸우고 있었다. 언윈도 손길을 느낄 수 있을 것 같았다.

"중요한 것이 있을 수도 있어."

레이미크가 헐떡이며 말했다.

아서는 차분하게 맞은편 남자를 지켜보았다.

"자네가 아직 내게 말하지 않은 것? 내가 알고 있어야 하지만 아직 모르는 것? 아마 아닐걸, 에드. 나는 감독관이야. 너무나 많은 것을 보는 사람이라고."

하지만 정말 중요한 것이 있었다. 언윈은 알았다. 퍼넬러피 말이다. 그린우드 양이 아서로부터 숨기려고 그렇게 애를 쓰다가 결국 죽도록 지쳐 버린 이유인 퍼넬러피 말이다. 레이미크는 자신이 알아낸 사실과 목숨을 바꾸려 했을까?

"자네는 그를 잘 관찰해야 했어. 그게 자네 일이었지, 에드. 하지만 이 상황은 그러지 못했기 때문에 벌어진 게 아니야. 오히려 자네가 너무 잘한 게 문제였어."

아서가 계속 말을 이었다.

언원은 레이미크에게 다가갔다. 그의 목을 조르는 손을 느껴 보려고 했다. 언원의 손가락이 안개를 지나가듯 관찰자의 손을 통과해 모습이 흐릿해졌다. 언원은 섬뜩한 공포에 휩싸였다. 비명을 지르며 공중으로 손을 휘두르고 주먹을 날렸다.

"이제 자네 사무실을 청소해야겠군. 정리를 해야겠어."

아서가 말했다.

언원은 꿈꾸는 눈을 꼭 감았다. 하지만 앞에서 몸부림치며 앉아 있는 남자의 모습을 머릿속에서 지울 수 없었다. 꿈은 방금 목격한 것이 사실이라고 주장했다. 레이미크가 이곳에서 죽을 때 36층의 관찰자 사무실에 있던 그의 육체에서도 생명력이 빠져나갔다. 그가 경련을 일으키자 펄럭거리는 종잇장들 사이에서 괴상한 기하학적 구조가 만들어졌다. 비둘기들은 최면에 걸렸다.

레이미크는 여전히 무슨 말을 하려고 했다. 하지만 아서는 종이를 정리하기 시작했다. 관찰자의 몸부림이 줄어들수록 언원의 감각도 무뎌졌다.

언윈은 침대에서 몸이 위로 들리는 기분이 들었다. 덮고 있던 담요가 툭 떨어졌다. 담요를 잡으려고 했는데 뭔가가 그를 들어 올렸다. 헤드폰이 베개로 떨어졌다. 몸 아래로 커다란 라벤더색 원피스가 보이자 언윈은 자신이 폴즈그레이브 양의 양팔에 안겨 있다는 사실을 깨달았다. 그녀는 언윈을 아기처럼 품에 안고 발에 구두를 신겨 주었다. 이마에 닿은 그녀의 숨결이 따뜻했다. 그녀는 레코드판을 가방에 집어넣고 그에게 주었다. 가방을 받아 드는 언윈의 팔이 부들부들 떨렸다.

문서 보관소의 반대편 끝, 언윈이 들어왔던 곳 근처에서 한 쌍의 손전등 빛줄기가 바닥을 타원형으로 밝히며 어둠을 뚫고 쏟아졌다. 폴즈그레이브 양은 불빛을 보고 한숨을 푹 쉬더니 언윈의 머리에 모자를 씌운 후 걷기 시작했다. 주위의 하급 서기들은 미동도 않은 채 잠들어 있었다.

언윈은 추워서 이가 딱딱 마주칠 정도로 바들바들 떨며 말했다.

"당신은 카니발에서 일했죠. 호프만 밑에서."

폴즈그레이브 양의 목소리는 가느다란 금속성이었다. 마치 깡통 전화기에서 나는 소리 같았다.

"칼리가리 밑에 있었죠. 호프만을 위해 일한 적은 없어요. 그가 쿠데타를 일으킨 후 떠났으니까."

"그리고 탐정 회사로 왔고요."

"문제는 어디에 속해 있느냐가 아니에요, 언윈 씨. 탐정 회사든 카니발이든 고를 수 있는 진영은 언제나 존재하죠. 문제는 어디든 한쪽에 너무 오래 속해 있는 거예요."

언윈은 레이미크의 마지막 꿈속에서 본 작은 사각형 건물이 떠올랐다. 그것은 언윈의 마음이었다. 그 건물은 카니발의 가장자리에 서 있었다. 혹시 어느새 자신의 마음이 카니발과 하나가 된 걸까?

"내가……."

언윈은 말문을 열었다. 하지만 질문을 어떻게 끝내면 될지 좋은 생각이 떠오르지 않았다.

폴즈그레이브 양이 그를 내려다보았다. 어둠 속에서 보이는 것은 어슴푸레 빛나는 그녀의 두 눈뿐이었다.

"잠자는 왕과 문을 지키고 선 미치광이. 한쪽에는 일종의 질서가 있고 다른 쪽에는 일종의 무질서가 있어요. 우리는 두 가지가 다 필요해요. 늘 그래 왔죠."

"하지만 당신의 상사가…… 제 상사죠. 그는 살인자예요."

"저울의 추가 한쪽으로 너무 많이 기울었어요."

폴즈그레이브 양도 동의했다.

"호프만은 감독관과 거래를 했어요. 그때부터 카니발이 아니라 자신을 위해서 일하기 시작했죠. 거래는 11월 12일 사건으로 깨졌어요. 시바트가 사건을 제대로 해결하는 바람에 호프만은 파트너가 배신했다고 믿었거든요. 카니발이 빗속에서 녹슬고 있는 동안 탐정 회사는 어느새 도를 넘었어요. 지난 세월 동안 호프만은 점점 더 절박해졌죠. 그는 도시를 악몽에 가라앉힐 셈이에요. 다시 한번 이곳을 자신의 것으로 만들기 위해서요."

두 사람은 문서 보관소의 맞은편 끝에 있는 거대한 기계로 다가갔다. 그곳에서는 밀랍과 전선이 타는 듯한 냄새가 났다. 근처의 바퀴 달린 수레에는 갓 제작된 레코드판이 늘어서 있었다. 언윈은 감독관의 본색을 알게 되자 그곳을 새로운 시각으로 보게 되었다. 그곳은 도시에서 가장 은밀한 생각과 환상, 욕망이 보관된 곳이었다. 알고 싶은 것을 알아내기 위해 강압과 고문을 마다하지 않고 자신의 비밀을 안전하게 지키기 위해 오랜 친구마저 죽여 버리는 남자의 손에 모든 것이 들어 있었다. 탐정 회사의 깜박이지 않는 눈의 주의를 끈 적이 있는 사람들의 꿈과 내 꿈도 여기 함께 있겠구나. 언윈은 문득 이런 생각이 들었다.

"어떻게 당신은 아서에게 그런……."

언윈은 적절한 단어를 찾으려고 머리를 굴렸다.

"월권행위를 허락한 거죠?"

"한때는 그렇게 해야 한다고 생각했거든요. 호프만은 너무 위험했어요. 그래서 모든 수단을 강구해 맞서 싸워야 했어요."

"그럼 지금은요?"

그녀는 선뜻 대답을 못 하는 것 같았다.

"지금은 많은 것들이 바뀌어야 해요."

그때 언윈이 스크리드 탐정과 함께 탄 승강기에 있었던 두 탐정, 피크와 크랩트리가 문서 보관소 중앙에 도착했다. 두 사람은 딱딱한 눈빛으로 거대한 분홍 의자와 스탠드, 깔개를 힐끔 쳐다보았다. 피크가 손전등으로 손바닥을 치며 말했다.

"예비 건전지를 깜박했군."

"소리 낮춰."

크랩트리가 더 큰 소리로 말했다.

탐정들은 다리를 절고 있었다. 피크는 얼굴이 베이고 멍든 상처로 가득했고 크랩트리의 녹색 재킷은 한쪽 어깨가 찢어지고 없었다. 벤저민 양이 아홉 번째 계단에서 조심하라는 경고를 하지 않은 게 분명했다. 두 사람은 손전등으로 문서 보관소의 안쪽을 비추었다. 하급 서기 몇 명이 침대에서 일어나 헤드폰을 벗고 부신 눈을 깜박거렸다.

폴즈그레이브 양이 언윈에게 말했다.

"이넉과 아서는 둘 다 멍청해졌고 굶주리게 되었어요. 누군가는 둘을 몰아내야 해요. 누군가 예전의 균형을 되찾아야 해요."

언윈이 대뜸 말했다.

"저는 아닙니다."

폴즈그레이브 양이 한숨을 쉬었다.

"그래요, 그런 것 같군요."

축음기들의 수레 뒤에는 쇠창살이 쳐진 평평한 대가 있었는데, 소형 승강기였다. 폴즈그레이브 양이 비어 있는 손으로 창살문을 열더니 그 안에 언원을 살며시 내려놓았다.

"이제 저는 어디로 가죠?"

언원이 물었다.

"올라가요."

몸을 숙여 대답한 그녀는 천장에 달린 밧줄을 잡고 당기기 시작했다. 언원은 작은 승강기가 공중으로 솟아오르자 바닥으로 쓰러졌다. 덕분에 공중에서 순간적으로 문서 보관소를 한눈에 볼 수 있었다. 스탠드 불빛 아래 빛나는 분홍 의자며 잠에서 깨어나 앉아 있는 하급 서기들, 라벤더색 원피스를 입은 거구의 폴즈그레이브 양이 보였다. 그녀는 탐정들에게 포위된 순간 커다란 팔의 힘으로 언원을 공중으로 밀어 올렸다.

멀리 위쪽의 도르래에 걸린 줄이 팽팽하게 당겨지며 끼익 소리가 나기 시작하자 언원은 숨을 쉬어야 한다는 사실을 애써 떠올려야 했다. 그곳과 저 아래 사이의 이도 저도 아닌 공간에서 느려진 시간이 딸꾹질을 하더니 앞으로 훌쩍 뛰어갔다. 그의 정신은 여전히 육체와 분리되어 누군가의 꿈속을 떠도는 보이지 않는 유령이 된 것 같았다. 탐정 회사 건물의 층층에 있는 사무실로 통하는 비밀 문의 틈새로 새어 나온 빛줄기들이 휙휙 지나갔다. 언원은 벽 너머에서 새어 나오는 목소리와 타자기 소리, 발걸음 소리를 들었다. 이제 다른 쪽에서 세상을 보고 있었다. 수수께끼의 중심에서 얼마 전까지 살았던 환한 곳을 바라보았다.

승강기가 갑자기 멈추더니 작은 벨이 딸랑 울려 도착을 알렸다. 언원은 바로 앞에 놓인 벽을 두드렸다. 그러자 문이 열렸다. 소형 승강기에서 기어 나와 주위를 둘러보자 그는 또다시 36층, 에드워드 레이미크의 사무실에 와 있었다.

관찰자의 시체는 더 이상 보이지 않았다. 하지만 역시 혼자는 아니었다. 스크리드 탐정이 양손에 종이 몇 장을 쥔 채 책상 옆에 서 있었다. 그는 언원을 보더니 손에 쥔 종이를 재킷 주머니에 급히 쑤셔 넣고 권총을 꺼냈다. 그러더니 그제야 마침내 전부 알겠다고 말하는 듯 고개를 끄덕였다.

"범인은 늘 현장으로 돌아오지."

그가 말문을 열었다.

16
체포에 대하여

마침내 자신의 적수를 붙잡은 자에게 화 있을진저.
오직 두 사람이 크리비지 카드 게임을 하고 있었을 뿐이라는 사실만 알게 될 테니.

스크리드는 기쁨인지 경멸감인지 아니면 둘 다인지도 모를
감정에 휩싸여 가느다란 콧수염을 구부리며 언원을 위아래로 훑
어보았다.

"꼬락서니가 형편없군. 그리고 이번에도 36층 모자가 아니야."

스크리드의 군청색 정장은 언원이 그를 처음 보았을 때와 똑
같았다. 빨아서 다려 입었든지 완전 똑같은 새 양복으로 갈아입
었든지 둘 중 하나였다. 에밀리가 무사히 스크리드에게 메모를
전달했는지는 알아낼 수 없었다. 스크리드는 총구를 언원에게
겨눈 채 그를 툭툭 쳤다. 철저하게 몸수색을 했지만 찾아낸 것이
라고는 언원의 재킷 주머니에서 꺼낸 자명종뿐이었다. 그는 자

명종이 곧 폭발할 것처럼 잠시 조심스럽게 들고 있었다. 그는 시계를 흔들고 귓가에 대 보더니 자신의 주머니에 쑤셔 넣었다.

그는 권총을 쥔 손에 힘을 빼며 말했다.

"나는 그리 거친 사람이 아니야. 보아하니 자네나 나나 신사로군. 그러니 일단 이건 치우도록 하지. 신사답게 말로 하자고. 알겠나?"

스크리드는 언윈의 대답을 기다리지도 않고 권총을 어깨에 찬 권총집에 다시 넣었다. 그러더니 주먹을 쥐고 언윈의 턱을 잽싸게 강타했다. 언윈은 뒷벽으로 나가떨어졌다.

"이건 어제 엉뚱한 차에 탄 몫일세."

스크리드는 언윈의 셔츠를 잡아 복도로 끌고 나왔다. 그곳은 조용했다. 다른 관찰자들의 사무실은 모두 문이 닫혀 있었다. 두 사람은 승강기를 타고 로비까지 내려갔다. 스크리드는 언윈을 이끌고 모퉁이를 돌아 그곳에 세워 놓은 자신의 차로 데려갔다. 그는 불을 붙이지 않은 담배를 문 채 시립 공원의 동쪽 면을 따라 시 외곽으로 향했다.

가는 곳마다 몽유병자들이 사방에 깔려 있었다. 그들은 잠이 든 채 거리를 돌아다니며 잠결에 벌이는 드라마를 주도적으로 이끌고 있었다. 신사복 차림의 남자는 공원의 가장자리에 서서 씨앗을 자신의 머리 위에 쏟아 부었다. 그러자 비둘기 한 무리가 그것을 먹기 위해 내려왔다. 그의 얼굴은 온통 할퀸 상처로 그득

했고 더럽혀진 양복은 너덜너덜했다. 근처 나무에는 소년들이 잔뜩 매달려서 신문으로 만든 종이비행기를 날리고 있었다. 언윈이 물끄러미 보고 있으니 나뭇가지에 올라탄 소년이 너무 멀리까지 몸을 기울이는 바람에 툭 떨어졌다.

스크리드는 길 한복판에 웅크리고 있는 할머니에게 경적을 울리며 차를 옆으로 틀어 피했다. 할머니는 흙투성이 양손으로 길에 흙을 한 무더기 쌓아 놓고 꽃을 심고 있었다.

"요즘 사람들이란!"

스크리드가 툭 내뱉었다.

이 탐정은 일상에서 벗어난 묘한 일이 벌어지고 있다는 생각은 전혀 들지 않는 모양이었다. 마치 이 모습이 매일 벌어지는 대혼란에 불과하다는 듯한 태도였다.

'나는 온갖 형태의 불결함을 혐오하지.'

그는 이렇게 말했다. 어쩌면 호프만이 만들려는 세상은 스크리드가 당연하게 생각하는 세상의 모습일지 몰랐다. 스크리드는 신호등에 걸려 차를 세운 틈을 타서 입에서 담배를 빼고 백미러를 보며 이를 쑤셨다.

언윈은 스크리드에게 한 방 먹은 턱을 문지르면서 예전에 읽은 수많은 기록에서 용의자들이 검거된 후 마구잡이로 주장하는 내용을 떠올렸다. 자신의 주장도 필사적인 변명으로밖에 들리지 않을 것 같았다. 하지만 어떻게든 스크리드가 자신의 결백을 믿게 만들어야 했다. 언윈이 말문을 열었다.

"메모를 보내 드렸죠. 그중에는 시바트 탐정의 사건에 관한 것도 있었습니다."

"어어."

스크리드가 말했다.

"시바트 탐정님이 여러 건에서 실수를 했다는 사실을 알아냈습니다. 그가 해결한 사건은 대부분 엉터리였죠. 스크리드 탐정님, 그 기록을 바로잡을 사람이 당신이 될 수도 있습니다. 우리는 여전히 서로 도움이 될 수 있습니다."

"오, 서로 도움이 되는 사이가 되자고."

그가 이렇게 말하며 교차로에서 속도를 높였다.

스크리드는 재킷 주머니에 손을 넣어 레이미크의 사무실에서 가져온 메모장을 꺼냈다. 그리고 언윈이 제일 앞면을 읽을 수 있도록 들고 있었다. 앞장에 썼던 글씨의 흔적이 보이게 하려고 연필을 비스듬히 기울여 표면을 칠해 놓은 것이 보였다. 언윈은 자신의 필적을 알아보았다.

'길버트 호텔 202호.'

두 사람은 호텔 앞길 맞은편에 차를 세웠다. 스크리드는 로비를 지나 레스토랑으로 언윈을 데리고 갔다. 그곳은 어둑어둑했고 높은 천장에는 먼지가 두껍게 쌓인 샹들리에가 달려 있었다. 금색 점들이 소용돌이무늬로 찍혀 있는 벽지는 오랜 세월 담배 연기에 절어 누렇게 변색되어 있었다. 테이블마다 놓인 화병에 시든 백합 몇 송이가 꽂혀 있었다. 두 사람은 레스토랑의 안쪽에 자리를 잡았다.

"자네 공범 말인데."

스크리드가 말문을 열었다.

"이 주 전에 이곳으로 돌아온 직후부터 감시중이었네. 우리는 하루 동안 여기저기서 그녀를 놓쳤어. 하지만 식사는 꼭 길버트 호텔에서 한다는 걸 알고 있지. 자네도 알겠지만 그녀는 현재 이 호텔에 묵고 있으니까."

레스토랑에는 손님이 거의 없었다. 옷을 잘 차려입은 나이 지긋한 남자들이 레스토랑 중앙 근처에 앉아 조용하게 이야기를 나누었다. 언윈은 남자들이 소곤거리는 말 중에 숫자만 알아들을 수 있었다. 그들은 어떤 종류의 계좌인지 아니면 그 계좌에 대한 꿈에 대해서인지 모를 이야기를 나누는 중이었다. 언윈의 왼쪽에는 어떤 남자가 냅킨을 셔츠 깃 안쪽으로 쑤셔 놓고 혼자 앉아 있었다. 뾰족한 금발 턱수염을 기른 그는 오믈렛을 샅샅이 살피며 조금씩 잘라 내어 입에 넣고 꼼꼼하게 씹었다. 자신을 보는 언윈을 알아차리더니 의기양양하게 활짝 웃었다.

스크리드가 말을 이었다.

"우리는 여기서 그린우드 양이 오기를 기다릴 거야. 자네는 자리에 가만히 앉아서 인사를 하게. 그녀가 자네를 보면 어떻게든

이 자리에 앉도록 만들라고. 나에 대해서는 탐정 회사에 잠입하려는 계획에 끌어들인 사람이라고 하게. 당신들이 잘하는 교활하면서도 뭔가를 암시하는 것 같은 그런 표현 있잖나. 그런 걸 써 가면서 말이야."

언윈에게는 그의 말에 따르는 것 외에 선택의 여지가 없었다.

"그럼 의심할 텐데요. 설령 이 자리에 합석을 한다고 해도 무슨 말을 한다는 보장은 없습니다."

"그건 자네에게 달렸지. 나는 자네에게 날 도울 기회를 주는 거라고, 언윈. 그러니 감사해야지. 이제 좀 마시라고. 잔이 가득 차 있으니까."

스크리드는 두 사람 몫으로 위스키 사워를 주문했다. 레스토랑에는 웨이터가 없어 붉은 재킷을 입은 사환인지 아니면 사환의 꿈을 꾸는 소년인지 모를 아이가 주문을 받고 음료수를 내왔다. 언윈은 위스키 사워를 한 모금 마신 후 인상을 찡그렸다.

"좋아."

스크리드는 속으로 자신에게 한 질문에 대답을 했다.

"내 최고의 사건이 될 거야."

그는 잔에 담긴 마라스키노 체리를 집어 이로 꼭지를 끊어 냈다.

사환이 레스토랑으로 돌아왔다. 소년의 눈빛이 묘하게 초롱초롱했다. 사환의 몸놀림은 언윈이 본 어느 몽유병자들보다 정확했다. 그는 금발 턱수염 남자에게 가서 엄지와 새끼손가락을 펼친 채 귓가로 가져갔다. 전화가 왔다는 뜻이었다. 남자는 성가시다는 표정을 지었지만 오믈렛을 찍어 든 포크를 내려놓고 자리에서 일어났다. 그가 사환을 따라 로비로 가는 내내 냅킨이 셔츠에 꽂혀 덜렁거렸다.

언원은 감독관이 요원으로부터 새로운 소식을 듣고 싶어 초조해져 전화를 한 것이 아닌지 궁금했다.

잠시 후 사환이 돌아왔다. 이번에는 너덜거리는 프록코트를 입은 노인을 모시고 왔다. 그는 노인에게 가까운 테이블을 잡아주었다. 그런데 노인은 자리에 앉으려는 순간 스크리드를 보았다. 언원을 보았다가 다시 스크리드를 보더니 고개를 끄덕이고는 침통한 표정으로 체념하듯 눈을 꼭 감았다.

노인은 셔브룩 베이커 대령이었다. 두 사람처럼 그도 완전히 깨어 있었다.

"마침내 나를 찾았군. 늙고, 세파에 찌들고, 미천한 도망자 신세가 되어 이제 아무에게도 위협이 되지 않을 나를. 어쨌든 당신들이 나를 찾아냈으니 항복을 요구할 테지."

스크리드는 언원을 노려보았다. 이런 상황이 다 언원 때문이며 가만히 있는 게 나을 거라고 말하는 것 같았다.

대령은 계속 말을 했다.

"인생이 불쌍한 쓰레기가 되고 나서 처음으로 나는 다른 사람들과 함께 식사를 하기로 했네. 그런데 그때 당신들은 그 노인네를 잡는 거야. 그렇게 되면 된 거야. 의자에 앉은 채로 온몸이 뻣뻣하게 굳고 눈이 젤리처럼 흐물거리는 걸 룸서비스가 발견할 때까지 얼마나 걸릴까 고민하면서 감방 같은 객실에서 홀로 죽는 것보다 이게 백번 낫겠지."

베이커 대령이 다가와 테이블에 같이 앉자 스크리드의 콧수염이 씰룩거렸다.

"나는 셔브룩 투키디데스 베이커요. 올해 여든아홉이지. 이제부터 당신들에게 세 번이나 죽었던 이야기와 미치광이와 그자의 위험한 하수인들 때문에 계획이 실패로 돌아가게 된 사연을 죄다 털어놓으리다."

스크리드는 대령의 이름을 알고 있었다. 그도 다른 이들만큼 시바트의 사건을 속속들이 알았다. 물론 시기심에서 비롯된 것이었지만 말이다. 그제야 상황을 파악하게 된 스크리드는 이렇게 대꾸했다.

"잘 생각했군, 베이커. 그럼 제일 처음부터 시작해 보실까?"

그는 주머니에서 레이미크의 사무실에서 넣어 온 메모장을 꺼내 언원에게 주었다.

"자네는 서기잖아. 진술을 기록하게."

언원은 가방에서 연필을 꺼내서 대기했다.

"어느 날 밤 그 여자가 우리 집에 나타났소. 초대도 하지 않았는데 연락도 없이 불쑥 말이오. 카니발에서 온 그린우드라는 여자였지. 그녀가 제안한 계획이 아니었다면 마침 닦고 있던 총으로 그 자리에서 쏘아 버렸을 거요. 이닉 호프만이 약간의 대가만 받고 내가 죽은 걸로 위장해 주겠다는 내용이었소. 그녀가 그러더군. 최고의 마술사에게는 식은 죽 먹기라고 말이오. 이야기를 들어 보니 이득이 되겠더군."

스크리드는 팔꿈치를 테이블에 받치며 몸을 불쑥 내밀었다.

"알겠소. 그래서 호프만이 가짜 장례식을 치르도록 손을 썼군. 나머지 이야기는 보고서에서 읽었소. 당신 아들을 속이기 위해서였지."

대령은 냅킨을 쥐고 마구 구겼다. 그의 목소리가 갈라졌다.

"레오폴드, 내 아들!"

"진정해요."

스크리드는 언원이 잘 받아 적고 있는지 힐끔 보며 말했다.

"두 번째 죽음은 어떻게 된 거요?"

대령은 자신의 접시에 냅킨을 떨어뜨렸다.

"호프만이 나를 배신했소. 그자는 내 형제에게 연락을 해서 계획에 따라 내가 있을 곳을 알려 주었소. 레지널드는 나를 저지하고 내 보물의 소유권을 주장하려고 나타났지."

스크리드가 말을 받았다.

"그래서 레지널드를 해치웠고. 단도로 여덟 번이나 찔러서."

"녀석은 얼마나 지겨운 인간이었던지. 지루함이 생명을 얻어 당신 입술과 똑같이 생긴 입술에서 흘러나오는 모습이 얼마나 끔찍한지 아시오. 전쟁을 잊고 언덕에서 보낸 우리의 어린 시절도 잊고. 고슴도치 사냥도 잊어. 내가 그것들을 얼마나 싫어했는데! 그런 게 다 어디에 있어, 어디에?"

스크리드가 이야기가 곁길로 새는 것을 막으려는 듯 냉큼 말했다.

"그래서 당신은 도망을 쳤지."

"다시 죽었소. 게다가 살인자까지 되었지. 나는 시립 공원의 오래된 부두로 갔소. 가을에 가끔 그곳을 찾는 게 즐거웠었지. 한번은 아들을 데려가 총안이 있는 흉벽에서 전망을 보여 준 적도 있다오."

대령은 작은 소리로 껄껄 웃고는 전진해 오는 연대의 행진 소리에 박자를 맞추기라도 하듯 손가락으로 테이블 가장자리를 두드렸다.

스크리드는 어찌할 바를 몰랐다. 음료를 마신 후 고개를 내저었다.

그때 언윈이 끼어들었다.

"시바트 탐정이 당신을 찾아냈죠. 당신은 다리로 도주를 했고요."

"아니오, 다리가 아니라고! 호프만에게로, 그가 카니발에서 하는 사이드쇼로 도주한 거요. 그는 유원지에 있는 자신의 천막에 있었소. 아주 우쭐해서는 말이오. 가 보니 파티가 한창이더군. 내게 들어오라고 하더니 다른 손님들을 소개해 주었소. 서 있는 키가 내 무릎만 한 남자가 기억나는군. 음탕한 곡예사들도 있었고 털 없는 고양이에게 목줄을 채워 데리고 있는 여자도 있었어. 전부 꼴 보기 싫어서 역정을 냈지. 그랬더니 호프만이 나를 밖으로 데리고 나가서 불가에 앉히고는 브랜디 한 잔을 주더군. 그에게 잘난 척 말라고 했소. 누가 봐도 그의 주변이 얼마나 조악하고 비천한지 알 거라고 했지. 사람들은 마술사가 자신의 비법을 절대 보여 주지 않는다고 하지. 하지만 그때 악의를 품은 호프만은 어떻게 내 죽음을 가장했는지 알려 줬소."

"사람들이 당신 코트를 강가에서 찾았잖아."

스크리드가 대꾸했다.

"내 아들이었소!"

대령은 냅킨을 집어 비틀며 소리쳤다.

"그린우드가 그 애를 찾았어. 그 여자는 호프만의 계획을 마무리하려고 공작중이었지."

금발 턱수염 남자가 레스토랑으로 돌아왔다. 냅킨이 여전히 덜렁거리고 있었다. 그는 상황을 대번에 이해하고 턱수염을 앞으로 내밀며 세 사람이 앉은 테이블로 다가왔다.

"가엾고도 가여운 레오폴드. 그 애는 내가 죽었다고 생각했지. 모두 그 애를 의심했어. 그린우드는 그 애를 찾아내서 다 끝났다며 내 코트를 입으라고 줬어. 그 애는 도망칠 방법이 없었어. 작은 사자, 내 아들. 그 애는 늘 그랬지. 그 애는 코트를 입었어. 그 다리에는 내가 가야 했는데, 그 애가 아니라!"

"그만해!"

금발 턱수염 남자가 소리쳤다. 그는 스크리드의 어깨를 잡더니 말했다.

"이 조사를 당장 중지하고 사건을 종결해. 지시는 상부에서 내린다."

다른 테이블의 노신사 세 명이 주위를 둘러보았다. 주위가 소란해지자 신경이 쓰인 듯했지만 그들의 눈에는 소리의 근원지가 보이지 않았다. 그들은 신경질적으로 알아들을 수 없는 숫자를 마구 뱉어 냈다. 언성도 점점 높아졌다.

대령이 계속 말했다.

"눈치챘겠지만 호프만이 내 아들로 위장을 했다오. 최고의 마술사에게는 식은 죽 먹기였지. 나도 죽고 내 형제도 죽자 마침내 내 아들로 위장한 호프만이 모두 물려받았소. 내 수집품과 집 전체를. 그곳에서 근사한 파티를 열 작정이라더군. 더 이상 조악하지 않고 비천하지 않은 파티를. 내 난롯가에서 브랜디를 마실 거라고도 했소."

금발 턱수염 남자가 테이블을 빙 돌아와 언원의 연필을 빼앗으려고 했다. 하지만 어찌나 연필을 세게 쥐고 버텼는지 연필이 그만 두 동강이 나고 말았다.

"그는 수집품 중에서 딱 한 가지만 가지고 가게 해 줬소. 뭐든 고르라고 했지."

대령은 주머니에서 골동품 군용 권총을 꺼냈다. 늘 닦아서 표면이 반들거렸고 흠집 하나 없을 정도로 매끄러웠다. 마치 바다에서 인양한 골동품 같았다. 권총은 방에서 가장 반짝거리는 물건이었다.

"중지해, 중지!"

금발 턱수염 남자가 노인을 덮치며 소리쳤다.

대령은 전장의 함성이라도 들은 듯 그 말에 반응을 보였다. 그는 으르렁거리며 공격해 온 남자의 양팔을 잡았다. 그의 입에서 침이 튀었다. 두 사람 다 완력이 대단하지 않았다. 두 사람은 어설픈 춤을 추듯 드잡이를 하며 빙빙 돌았다. 대령은 금발 턱수염이 자신의 얼굴에 닿지 않도록 몸을 뒤로 젖혔다. 그러다가 뒤로 나자빠졌고 금발 턱수염 남자가 그 위로 쓰러졌다. 직후에 총소리가 울렸다.

베이커 대령이 무릎으로 일어섰다. 테이블의 가장자리를 잡고 똑바로 섰다. 한편 금발 턱수염 남자는 그대로 바닥에 쓰러져 있었다. 남자의 이가 덜덜 떨렸다. 그 소리는 마치 공중전화에 넣은 동전이 떨어지는 소리 같았다.

"한 가지만 더 말하리다."

대령이 말했다. 여전히 낡은 군용 권총을 손에 쥐고는 총이 왜 여기 있는지 모르겠다는 듯 놀란 표정을 지었다.

"나는 필요한 걸 챙겼소."

스크리드가 권총을 꺼냈지만 대령이 총구를 스스로에게 가져 가는 것을 막을 수 없었다. 언원은 베이커 대령의 네 번째이자 최후의 죽음을 알리는 총소리가 울리기 직전 고개를 돌렸다.

스크리드는 테이블에 권총을 내려놓고 냅킨을 집어 얼굴로 가 져갔다. 그는 작은 소리를 내며 재빨리 숨을 쉬었다. 잠시 후 그 는 냅킨을 내려놓고 술을 들이켰다. 자신의 잔을 비우자 언원의 술마저 마셔 버렸다.

언원은 레스토랑의 얼룩덜룩한 녹색 벽지를 등진 채 서 있었 다. 언제 자리에서 일어섰는지조차 기억이 나지 않았다. 스크리 드가 무슨 말을 했지만 언원에게는 입술이 움직이는 것만 보였 다. 이윽고 귀가 다시 들렸다.

"당신 말이 사실이었군. 시바트의 사건들 말이야."

스크리드가 말했다.

바닥에 쓰러진 금발 턱수염 남자는 이제 아무 말도 하지 않 았다.

"그래요."

"내가 원하는 건 그 사건들이 아니야. 이넉 호프만이지."

스크리드가 말했다.

언원은 생각할 시간을 벌기 위해 숨을 몇 번 몰아쉬었다.

"그렇다면 대신 나를 놓아주시죠."

스크리드의 턱수염이 씰룩거렸다.

"좋아. 자네를 놓아주지."

언원은 마음속으로 계획을 세웠다. 허점투성이였지만 『탐정 매뉴얼』이 권고하는 대로 꼼꼼하게 검토할 여유가 없었다. 엉터리나마 그에게는 그 계획이 전부였다.

"좋아요. 내가 준비를 해 두죠."

"필요한 건 없나?"

스크리드가 물었다.

"자명종요."

스크리드가 재킷에서 자명종을 꺼내 언원에게 내밀었다. 마침 알람이 요란하게 울렸다.

"내일 아침 6시에 캣 앤드 토닉으로 가세요. 베이커 대령의 서 재였던 방으로 가서 기다려요."

"왜?"

"호프만이 거기 있을 테니까요. 당신이 지키고 있을 줄은 꿈에도 모를 거예요. 대신 정확한 때를 기다려야 합니다. 때가 오면 알 수 있을 거예요."

이 말은 시바트가 시간을 더 벌기 위해 했을 법한 대담한 발언이었다. 시바트는 때로는 약속을 지켰지만 때로는 규칙을 바꿔

서 약속 자체가 더 이상 중요하지 않을 때도 있었다. 언원은 이
날 밤만 잘 넘기면 승산이 있다고 생각했다.

언원은 가방에 자명종을 넣고 정문으로 나갔다. 골목길에서
비상계단에 체인이 걸려 있는 자신의 자전거를 찾았다. 전날 밤
매어 놓고 간 곳에 그대로 남아 있었다. 그도 한 가지는 옳았다.
체인에는 항상 기름을 듬뿍 쳐야 한다.

17
해결책에 대하어

유능한 탐정은 모든 것을 알려고 한다.
하지만 위대한 탐정은 끝까지 버틸 수 있을 정도만 안다.

언원은 자전거를 도로로 끌고 나갔다. 그런데 골목길 입구에 호텔의 사환이 길을 막고 서 있었다. 소년은 쓰고 있던 커다란 검은 우산을 언원에게 내밀며 말했다.

"분실물 보관소에 있던 겁니다. 필요하실 것 같아서요."

소년의 목소리는 또랑또랑했지만 눈은 반쯤 감겨 있고 초점이 없었다.

언원은 천천히 다가가서 고개를 숙이고 우산 아래로 들어갔다. 그리고 붉은 재킷에 달고 있는 이름표를 힐끔 본 후 말을 걸었다.

"톰, 왜 다른 사람들보다 내가 더 우산이 필요할 거라고 생각했지?"

톰은 그에게 시선을 돌리지도 않고 대답했다.

"여기서 캣 앤드 토닉까지 자전거로 한참 가셔야 하니까요."

언윈은 갑자기 한기를 느꼈다. 그럼에도 불구하고 그는 자전거를 끌고 빗속으로 물러났다. 그날 아침에 본 꿈이 떠올랐다. 그 오두막에서의 놀이며 호프만의 멍한 눈빛.

'그 마술사는 누구든 될 수 있어.'

"톰, 캣 앤드 토닉에 간다는 걸 어떻게 알았지?"

사환이 인상을 쓰며 고개를 흔들었다. 적당한 단어를 찾으려고 애쓰는 것 같았다.

"몰라요. 저는 그저 사환인걸요. 하지만 아빠는 늘 말씀하시죠. 머리만 제대로 쓰면 접수계로 승진할 수 있다고요."

사환이 대답하는 동안 언윈은 그의 주위를 천천히 돌았다. 그런데 톰이 손목을 잡아 자리에 세웠다. 소년은 손아귀 힘이 셌다.

"저는 캣 앤드 토닉이 뭔지도 몰라요. 하지만 사람들에게 메시지를 전하는 데는 소질이 있죠."

"내게 전할 메시지가 있다고? 누가 보낸 거지?"

언윈은 톰이 대답할 때 숨결마저 보았다.

"그녀는 지금 14층에 있어요. 당신의 옛 책상에 머리를 대고 잠들어 있죠. 더든 씨가 깨우려는 참이니까 곧 일어날 거예요.

그동안 그녀와 저는……."

톰은 다시 인상을 쓰며 말끝을 흐렸다.

"우리는 직접 교신을 하는 상태고요."

언원이 주위를 살폈다. 길거리에는 아무도 보이지 않았다. 위쪽으로도 창문에서 내려다보는 사람이 아무도 없었다. 그는 다시 우산 속으로 들어가 속삭였다.

"직접 교신이라고? 퍼넬러피 그린우드 말이야?"

"이름은 말하지 마세요. 혹시라도 누가……."

톰이 재빨리 말했다.

"누가 들을지도 모른다는 말이겠지. 알겠다, 톰. 전할 말이 뭐지?"

"그녀와 그녀의 아버지는 지금 안개 속에 있어요. 아니, 한가운데에 있어요. 여러 의지가 충돌하는 한가운데요. 그녀는 자신의 아버지를 막으려고 해요. 그녀는 당신 편이랬어요."

"하지만 나는 부녀의 재회를 목격했어. 그녀의 아버지가 그랬어. 이제부터 함께하자고. 이게 처음이 아니라는 말도 했지."

언원이 말했다.

톰은 귀가 안테나라도 되는 듯 더 잘 들으려는 것처럼 고개를 갸웃했다.

"그녀는 11월 12일 사건이 일어났을 때 열한 살이었어요. 그가 자신의 딸을…… 끌어들였어요."

"정확히 어디로 말이야?"

톰은 눈을 감고 살짝 몸을 흔들면서 천천히 숨을 쉬었다. 일 분이 흘렀을까. 소년은 더 이상 그와 대화를 할 수 없어 보였다. 정확히 뭘 어떻게 하는 건지 모르지만 퍼넬러피와의 교신이 끊어진 것이 분명했다. 이윽고 사환이 조용하게 말했다.

"꼭두각시 인형을 부리는 사람은 그녀의 아버지가 아닙니다. 그녀의 스승은 다른 사람입니다. 스승으로부터 그녀가 배웠습니다. 들어가는 법은 물론 그곳에 뭔가를 남겨 두고 오는 것까지요."

"어떤 걸 남겨 두지, 톰?"

"지시 사항입니다."

톰이 대답했다.

이날 아침 에드윈 무어가 호프만의 계획을 다 맞추지 못해 고민했던 퍼즐 한 조각이 드디어 나왔다. 마술사는 잠자는 사람들의 마음에 암시를 불어넣을 줄 몰랐다. 그 부분은 딸의 몫이었다. 칼리가리에게서 기술을 전수받았을 테니 말이다.

"지시 사항이라. 한밤중에 일어나 달력의 다음 날에 가위표를 치라는? 아니면 이웃의 자명종을 훔치라는 지시 사항? 아니면 더 나아가서 모든 이성을 집어던지고 이 세상을 전복시키는 데 일조를 하라는 지시 사항인가?"

언원은 옷 가방을 들고 호텔을 떠나는 남자를 가리켰다. 그는 인도를 걸으며 보는 것마다 자신의 옷을 입히고 있었다. 벌써 우편함과 소화전이 옷을 입고 있었다. 이제는 가로등에 재킷을 두르고 단추를 채우려고 애쓰는 중이었다.

"그녀는 자신의 짓이 아니라고 했습니다. 두 사람은 지난밤 이도시의 잠자는 사람들의 마음속으로 들어갔어요. 그녀는 아버지가 시키는 대로 했죠. 사람들의 마음속 가장 깊은 선반을 찾아 죄다 열어 놓았어요. 하지만 당신과 탐정 회사의 사람들만큼은 건드리지 않았어요. 그리고 어떤 사람들의 마음에는 저항의 씨앗을…… 뿌렸어요. 어…… 역…… 역치……."

"역치 지시."

언윈은 세 번째 문서 보관소의 하급 서기가 했던 말이 떠올랐다. 해야 할 것, 가야 할 곳. 그랬다. 무어가 따라간 몽유병자들은 특수 요원들이었다. 물론 그들은 이넉 호프만이 아니라 퍼넬러피 그린우드를 위해 일하고 있었다.

"그렇다면 제 아버지를 속였군. 그런데 그 명령은 뭐였지? 그녀가 남긴 지시 사항은 뭐였어?"

톰은 언윈의 손목을 더 꽉 잡으며 팔을 흔들었다.

"당신은 그를 막아야 해요, 찰스. 그녀의 아버지가 낌새를 맡았어요. 그녀에게는 이제 시간이 별로 없어요."

"시바트 탐정님은?"

"그에겐 이제 남은 게 거의 없어요."

톰은 이제 언원을 똑바로 보며 말했다. 눈도 거의 다 뜬 상태였다.

"그는 망가졌어요. 우리 중 누구도 도울 수 없어요."

"내게 계획이……."

"시간 없어요. 캣 앤드 토닉으로 가세요. 얼른요. 이걸 끝내요."

사환이 그에게 우산을 들려 주었다. 그러더니 손바닥을 쫙 펼친 채 팔을 쭉 뻗었다. 순간 언원은 팁을 요구한다는 사실을 알아차렸다. 그는 주머니에서 이십오 센트 동전을 꺼내 주었다.

그때 우산에 후드득 떨어지는 빗소리 사이로 칙칙폭폭 하며 덜커덩거리는 소리가 들려 소리가 나는 곳을 돌아보았다. 언원이 절대 모르고 지나칠 수 없는 소리였다. 루크 형제의 증기 트럭 소리였기 때문이다. 트럭은 그리 멀리에 있지 않았는데, 엔진에서 천둥 같은 굉음이 들리고 차가 거세게 삑삑거리는 것으로 보아 전속력으로 달리는 것 같았다. 재스퍼가 언원을 잡으러 온 것이었다.

사환이 소리쳤다.

"찰스, 어서 가요!"

언원은 우산을 접어 겨드랑이에 끼고 자전거를 도로로 가져간 후 페달을 밟기 시작했다. 다리가 뻣뻣해 힘들었지만 전속력으로 페달을 밟았다. 공원을 따라 북쪽으로 달렸다. 전날 밤 그린우드 양과 다른 몽유병자들이 갔던 길을 최대한 따라가려고 했다. 차가운 빗물이 모자챙을 따라 떨어져 옷깃 안으로 들어와 등줄기를 타고 내려갔다. 바지는 길거리에서 진창이 튀어 더러워졌고 구두 속 양말은 젖어서 쩍쩍 소리가 났다.

도로에는 차가 한 대도 없었다. 차량과 택시 몇 대가 도로 한가운데를 달리거나 모퉁이를 돌던 상태 그대로 내버려져 있었다. 이렇게 기묘한 정적이 감도는 가운데 증기 트럭의 굉음이 점점 더 크게 들려왔다. 트럭 소리는 건물의 전면과 땅거미가 진 공원 사이로 메아리를 치며 사방에서 동시에 들리는 것 같았다.

언원은 시립 박물관 앞에서 자전거를 세웠다. 에드윈 무어가 언원이 준 우산을 쓰고 벌벌 떨며 제일 아래 계단에 앉아 있었다. 그는 물끄러미 바라보던 물웅덩이에 언원의 모습이 비치자 고개를 들고 숱 많은 하얀 눈썹을 찡그리며 바라보았다.

"무어 씨, 어떻게 된 겁니까?"

언원이 물었다.

"제가 아는 분인가요?"

무어가 물었다. 그는 언원의 얼굴을 찬찬히 뜯어보더니 고개를 절레절레 흔들었다.

"기억이 나지 않아요. 아는 분 같기도 하고. 그런데…… 언원 씨. 당신 이름이죠, 그렇죠? 우리가 함께 일을 했나요?"

"저는 찰스 언원입니다. 함께 구명보트에 타고 있었습니다. 그러다가 택시……."

"택시."

무어의 눈빛에 살짝 총기가 돌아왔다.

"그래요, 나는 수많은 택시 가운데 하나를 타고 갔죠. 그리고 걸어서 그곳까지 온 사람들과 합류를 했어요. 모두 유원지로 향했죠, 언윈 씨. 사람들은 위대한 임무를 수행하기 위해 모인 몽유병자 군단 같더군요. 우리는 졌어요. 이제 확실히 알겠어요. 호프만이 이긴 거죠."

"왜요? 그들이 뭘 했는데요?"

언윈이 물었다.

"그들은 연장을 모았어요. 사다리와 톱과 드릴을 가져왔죠. 칼리가리의 떨거지들은 처음에는 화들짝 놀라서 그들을 쫓아내려고 했어요. 잠에서 깨우려고 했죠. 하지만 침입자들의 목적을 알아차린 후에는 그냥 내버려 두더니 어느새 합류해서 이래라저래라 일을 지시하기까지 하더군요. 나도 같이 일을 거드는 수밖에 없었어요. 안 그러면 들킬 테니까요!"

무어는 점점 더 벌벌 떨었다.

"칼리가리의 카니발이 재건되고 있어요, 언윈 씨. 그곳의 죄악까지 모두 말이에요. 호프만의 옛 은신처가 복구되고 있어요. 그자는 우리를 비웃고 있죠. 비웃고 있다고요."

언윈은 자전거를 길에 눕힌 채 늙은 서기 옆에 무릎을 꿇었다. 그는 한 손을 무어의 무릎에 올린 후 말했다.

"무어 씨, 이런 짓을 저지른 자가 과연 호프만인지 이제 잘 모르겠어요."

"그럼 누구란 말입니까?"

"격자무늬 코트를 입은 여자요. 그날 밤 잠든 당신에게 최고령 피살자의 금니를 보여 준 여자이기도 하죠."

무어가 벌떡 일어나 계단에 올라섰다.

"내 꿈을 들여다보다니, 당신 누구요?"

"아니, 그런 게 절대 아닙니다. 우리는 이 사건에서 좋은 팀 아닙니까. 기억 안 나십니까?"

언원이 말했다.

무어는 계단을 몇 칸 더 올라갔다. 그는 다가오는 증기 트럭의 엔진 소리가 더 커지자 거리를 살펴보았다.

"당신도 '그들' 중 하나군. 나는 아무것도 기억이 나지 않아. 아무것도! 원한다면 당신 보고서에 그렇게 써도 좋소."

무어는 우산을 집어 던진 후 계단을 허겁지겁 올라갔다. 언원은 제발 멈춰 서기를 바라며 그 모습을 지켜보았다. 하지만 늙은 서기는 육중한 기둥들 사이로 들어간 후 회전문을 통해 박물관으로 들어갔다.

이제 와 그를 뒤쫓아간들 무슨 소용이 있을까? 무어는 이제부터 평소와 다름없이 늘 다니던 길대로 홀로 박물관의 복도를 걸어갈 것이다. 오늘은 방문객도 오지 않고 울며불며 부모를 찾는 미아도 없을 것이다. 이윽고 최고령 피살자가 잠들어 있는 방으로 갈지도 모른다. 그곳에서 시신에 남아 있는 금니가 반짝거리는 것을 알아차릴 것이다. 그는 탐정 회사에 전화를 걸어 시바트 탐정에게 얼른 달려와 본인이 저지른 실수를 직접 보고 바로잡으라고 말하겠지.

땅바닥에 버려진 우산에는 빗물이 가득 고여 있었다. 언원은 우산을 버려 둔 채 페달을 밟기 시작했다.

해가 저무는 시간에 보니 베이커 저택의 담은 황폐해질 대로 황폐해져 있었다. 군데군데 돌들이 헐거워져 인도에 무더기로 쌓여 있었던 지 오래였다. 전날 밤 호프만의 몽유병자 손님들이 열어 놓고 가 버렸다고 생각했던 철제 대문은 그저 경첩이 녹슬어 열려 있는 것뿐이었다. 그는 긴 진입로를 따라 다리가 아플 정도로 열심히 페달을 밟았다. 자전거 타이어가 지나가면서 비에 젖은 시커모어 열매들을 흩뜨려 놓았다.

언덕에 올라서서 저택을 바라보니 군데군데 황폐해져 있었다. 전날 밤 불을 환하게 밝힌 채 마법의 전등처럼 빛날 때는 그렇게도 웅장해 보였는데. 지금 언원의 눈앞에 펼쳐진 저택은 노후했고, 현관 베란다는 폭삭 주저앉았고, 발코니는 허물어져 갔고, 창유리는 깨졌고, 지붕널은 듬성듬성 빠져 있었다. 그는 자전거에서 내려 자전거를 끌고 남은 길을 올라갔다. 정상에 올라가서는 현관 기둥에 자전거를 세웠다.

현관문은 잠겨 있지 않았다. 그는 로비로 들어갔다. 옷에서 마룻널로 물이 뚝뚝 떨어졌다. 전날 밤 그린우드 양이 노래를 불렀던 방에는 우유가 말라붙은 하이볼 잔들이 테이블 위에 버려져 있고 재떨이에는 담배꽁초와 뭉툭해진 시가들이 넘쳐 났다. 바닥에는 진흙 발자국이 가득했는데, 대부분 맨발 자국이었다.

그는 계단을 오르기 시작했다. 지붕을 때리는 빗소리 외에 계단이 삐걱거리는 소리밖에 들리지 않았다. 그는 복도로 접어들어 호프만의 방으로 향한 뒤 마침내 방문을 열었다.

벽난로는 차갑게 식어 있었다. 굴뚝에서 불어온 바람이 재를 휘저어 바닥에서 작은 소용돌이를 만들고 있었다. 호프만은 여전히 의자에 앉아 잠들어 있었다. 누군가 덮어 준 담요가 떨어져 그의 발목을 휘감고 있었다. 그는 뭐라고 중얼거리며 몸을 벌벌 떨었다. 무릎 위에 내려놓은 양손도 떨고 있었다. 그는 누구에게도 해를 끼치지 않는 푸른 잠옷을 입은 노인으로밖에 보이지 않았다.

퍼넬러피는 시바트를 이미 포기했지만 언윈은 차마 그럴 수 없었다.

'그러니 자네는 내게 최고의 기회인 걸세.'

탐정은 언윈의 꿈속에서 그렇게 말했다. 그것도 두 번씩이나 말이다. 첫 번째는 그의 침실에서였고 두 번째는 세 번째 문서 보관소에서였다.

'이번 기회를 잘 살려. 알겠나?'

그래서 언원은 기회를 잘 살릴 작정이었다. 퍼넬러피가 시바트의 강한 의지력을 과소평가했을지도 모르지 않는가.

언원은 가방에서 자명종을 꺼내 태엽을 감았다. 그리고 손목시계에 맞춰 바늘을 돌렸다. 시간은 정확히 6시였다. 그는 알람을 최대한 나중으로 맞춘 후 바닥을 거의 드러낸 브랜디병 옆 테이블 위에 조심스럽게 내려놓았다.

이제 남은 시간은 열한 시간 오십구 분. 모든 것을 제자리로 돌려놓기 위해 주어진 시한이었다. 만사는 타이밍에 달렸다. 계획대로 된다면 그린우드 양이 들려준 그 모든 물레와 왕이 하나 빠뜨린 물레에 관한 이야기처럼 될 것이다. 물론 새로 쓸 이야기에서는 누군가가 잠이 드는 것 대신에 잠에서 깨어날 것이다. 실제로 몇 명이겠지만.

그림자 하나가 바닥에 어른거렸다. 언원이 고개를 돌리니 창가에 클레오 그린우드가 서 있었다. 그녀의 붉은색 레인코트에서 떨어진 물방울이 깔개를 적셨다. 그녀는 방 한구석에서 모든 것을 지켜보고 있었다. 아마도 베이커 대령의 오랜 비밀 통로 중하나로 들어왔을 것이다. 몹시 지쳐 보였지만 권총을 쥔 손은 확고부동했다. 베이커 대령의 수집품 중 하나였다. 벽에 걸린 것을 가져온 모양이었다.

"내 앞을 막고 있네요."

그녀가 말문을 열었다.

언원은 똑바로 서서 마술사 앞을 막고 섰다.

"호프만이 이미 다 말했어요, 그린우드 양. 어쨌든 그는 문제의 반에 불과해요. 내게 기회를 주면 감독관을 당신 앞에 데려오겠어요."

언원은 다시 한번 호언장담을 했다. 그는 다음에 잠이 들면 조만간 감독관의 손가락이 자신의 목을 움켜쥐리라는 사실을 잘 알았다. 다시 잠이 든다면 말이지만. 그는 계속 말을 이었다.

"당신의 뒤통수에 붙은 눈들. 그것들로부터 비밀을 지키려고 온갖 수를 써야 했을 겁니다. 이제 왜 그에게 당신 딸의 존재를 알리고 싶어 하지 않았는지 알겠어요. 그는 당신을 괴롭혔던 것처럼 그녀도 괴롭혔겠죠. 만약 그녀가 감독관의 편이 되면 탐정회사의 눈을 피할 수 있는 방법은 어디에도 없을 거예요. 아서는 곧 당신을 무너뜨릴 수 있을 거라고 생각해요."

"그래요."

그녀가 대답했다.

"그러니 제가 돕게 해 주세요."

"그러면 당신은 무엇을 얻게 되죠?"

"시바트 탐정님이죠. 어쩌면 이전 업무로 되돌아갈 수도 있겠죠."

그녀는 잠시 얼어붙은 듯 가만히 있더니 총이 없는 빈손으로 얼굴을 가렸다.

"당신은 서기죠. 오, 이런, 당신은 그의 서기였어요."

그녀가 어깨를 떨며 말했다.

언원이 대답했다.

"그리 뛰어난 서기는 아니었죠. 제 파일은 오류로 넘쳐 나니까요. 지금 그 오류들을 바로잡으려고 노력중일 뿐입니다."

호프만이 또다시 잠꼬대를 했다. 마술사 옆의 테이블에 놓인 자명종이 희미하게 재깍거리고 있었다.

"오랜 세월 당신은 마술사의 조수였습니다. 저는 당신이 어떻게 베이커 대령을 속여서 전 재산을 가로챘는지 잘 압니다. 그리고 당신은 그날 밤 원덜리호에도 있었죠. 시바트가 엉터리 시체를 박물관에 가져가도록 만들려고요."

그는 방의 뒤쪽에 있는 전시 상자를 몸짓으로 가리켰다.

"진짜 최고령 피살자는 저기에 있죠. 박물관의 시체는 칼리가리일 거예요. 아닌가요?"

그린우드 양은 부정하지 않았다. 언원은 짐작이 옳았음을 직감했다. 호프만은 도시의 지하 세계를 장악하기 위해 노인의 카니발이 어떻게든 필요했으리라. 그러다가 탐정 회사와 거래를 한 후에는 더 많은 것을 원하게 되었을 것이다. 트래비스 T. 시바트에 의해 일망타진되는 부하들이며 폭력배, 스파이 역할을

할 믿음직한 배우들을 또 어디서 찾을 수 있었겠는가. 일단 칼리
가리를 해치운 후 그의 시신을 뻔히 보이는 곳에 두는 것이 마술
사와 감독관이 결탁해 처음으로 해치운 계획이었을 것이다.

"나는 빠져나갈 기회가 생기자 그 기회를 잡았어요."

마침내 그녀가 말문을 열었다. 언원이 대꾸했다.

"하지만 이렇게 돌아왔죠. 모두를 잠재우기 위해 호프만은 당
신이 필요했으니까요. 11월 12일 사건에서 그랬던 것처럼. 그때
라디오에는 당신 노래가 나왔어요. 우리 모두 그걸 듣고 잠이 들
었죠. 하지만 사람들을 재우는 것만으로는 충분하지 않았어요.
호프만은 사람들의 꿈속으로 들어갈 수 있었지만 그걸로 전부가
아니었죠. 그는 사람들의 마음속에, '우리' 모두의 마음속에 한
가지 암시를 걸어 놓아야 했어요. 달력에서 하루를 지워 버리라
는 암시였죠. 바로 그 부분에서 당신 두 사람의 딸이 등장한 겁
니다."

그러자 그린우드 양이 말했다.

"그 애의 능력을 알아차린 사람은 칼리가리였어요. 칼리가리
는 그 애가 태어났을 때부터 관심을 가졌어요. 타고난 최면술사
라더군요. 그런 재능이 제대로 훈련을 받지 않고 혼자 커 버리
게 내버려 두면 위험하게 될지도 모른다고 했어요. 한번은 꿈속
에서 나를 지켜보는 딸아이를 본 적이 있어요. 그때가 예닐곱 살
정도였죠. 그저 서서 나를 가만히 보고 있더군요. 그 애의 눈 말

이에요, 언원 씨. 나는 그 눈을 본 순간 그 애가 더 이상 내 딸이 아니라는 사실을 직감했어요. 그리고 다시는 내 딸이 될 수 없으리라는 사실도요. 나는 무서웠어요. 이넉도 그랬죠."

"딸의 재능을 포기할 정도로 무서워하지는 않았나 보군요."

밖에서 시끄러운 소리가 들렸다. 루크 형제의 증기 트럭이 도착했다. 요란한 소리가 뚝 그치더니 차 문이 열렸다 요란하게 닫히는 소리가 들렸다.

그린우드 양도 그 소리를 들었다. 그녀는 총의 손잡이를 쥐어짜듯 꼭 쥐었다.

"이넉이 그 애를 어떻게 이용하려는지만 알면 그를 저지할 수 있을 거예요. 그래서 지금 여기에 있는 거예요."

"그렇다면 왜 퍼넬러피도 여기에 있죠? 왜 그녀는 칼리가리의 카니발을 재건하려고 하는 겁니까?"

골동품 권총을 든 손이 덜덜 떨렸다. 언원은 그린우드 양이 왜 놀랐는지 알 수 없었다. 그가 퍼넬러피의 이름을 알고 있기 때문일까? 아니면 그의 질문 때문일까?

"제 아버지에게 카니발을 주기 위해서거나 아니면 뺏기 위해서겠죠."

그녀가 대답했다. 그녀는 살짝 비틀거리며 선 상태로 잠이 들지 않으려고 갖은 애를 썼다. 현관문이 벌컥 열리고 계단을 올라오는 무거운 발걸음 소리가 들렸다.

언윈은 호프만을 힐끔 보았다. 마술사의 눈이 눈꺼풀 뒤에서 맹렬하게 움직이고 있었다. 그로부터 열기가 올라왔다. 팝콘 익는 냄새가 나는 것 같았다. 시바트가 여전히 그곳에 있었다. 호프만이 도시의 꿈속에 세워 놓은 유령인 또 다른 카니발 속에 감금되어 있었다. 그린우드 양이 방아쇠를 당기면 시바트는 어떻게 될까?

"클레오, 제발요."

언윈이 애원을 했다.

문이 벌컥 열리고 재스퍼 루크가 와락 들어왔다. 그의 녹색 눈동자는 거대한 모자챙 아래에서 열기를 발산했다. 재스퍼는 한 걸음씩 다가올 때마다 점점 더 커지는 것 같았다. 어느새 그들은 재스퍼의 그림자가 뿜어내는 시커멓고 무지막지한 열기에 휩싸였다. 언윈이 방어하기 위해 우산을 펼쳤지만 재스퍼가 옆으로 날려 버렸다. 언윈은 뒷걸음질을 치다가 뒤로 꽈당 넘어졌다.

재스퍼가 숨이 막힐 듯한 거대한 손을 활짝 펼친 채 달려들었다. 그는 양손으로 언윈의 눈을 가렸다. 언윈은 괴물의 그림자 속으로 서서히 빠져드는 기분이었다. 그 속은 바닥이 없고 엄청난 두통을 몰고 왔다.

그때 그린우드 양이 다가와 재스퍼의 어깨를 팔로 감싸 안았다. 그녀는 재스퍼를 안고 귓가에 뭔가를 속삭였다. 재스퍼의 눈꺼풀이 파르르 떨리는가 싶더니 몸에서 스르르 힘이 빠지면서 뒤로 휘청거렸다. 그린우드 양이 그를 부축해 깔개에 눕히고 머리를 자신의 무릎에 뉘었다. 그녀는 재스퍼의 모자를 벗긴 후 손으로 머리카락을 쓸어 주었다. 그러면서도 여전히 그의 귓가에 무슨 말을 속삭였다.

"재스퍼는 지쳤어요. 아마 오랫동안 잠을 잘 거예요."

그녀가 언윈에게 말했다.

언윈은 일어서서 우산을 집어 든 후 호프만의 의자 등받이에 기대섰다. 방 안의 공기가 다시 서늘해졌다.

"이 일이 끝나면 저도 그럴 겁니다."

그린우드 양은 아무 말도 하지 않았다. 하지만 지칠 대로 지친 그녀의 모습에서 언윈은 뭔가를 보았다. 이 상황에서조차 차마 입에 담을 수 없는 뭔가를 말이다. 그녀는 두 남자를 사랑했고 그 두 남자는 그녀를 파괴하려고 했다. 호프만은 11월 12일 사건에서 그녀가 잡혀가도록 공작을 했고, 아서는 그녀의 꿈을 감시하고 숨통을 조였다.

일종의 질서와 일종의 무질서.

그린우드 양은 둘 사이에 휘몰아치는 폭풍우 속에서 고통을 당했다.

재스퍼 루크는 그녀의 무릎을 피난처 삼아 코를 골기 시작했다.

두 사람은 잠에 곯아떨어진 재스퍼를 방에서 끌고 계단을 내려갔다. 무슨 일이 일어나도 재스퍼는 깨지 않았다. 심지어 언윈이 그를 놓치는 바람에 뒤통수가 계단에 요란하게 부딪히기도 하고 밖으로 나오자 빗방울이 얼굴에 떨어졌지만 상관없었다. 두 사람은 사력을 다해 간신히 재스퍼를 트럭의 짐칸에 실었다. 그린우드 양은 방수포를 찾아 그에게 덮어 주었다. 두 사람이 베이커 저택의 부지를 떠날 즈음 시곗바늘은 막 7시를 지나고 있었다.

그린우드 양은 기묘한 증기 트럭의 운전 장치를 잘 알았다. 그녀는 계기판에 늘어선 측정기에서 시선을 떼지 않는 한편 타륜처럼 바퀴살이 달린 커다란 핸들 아래에 있는 레버 여러 개로 엔진을 조절했다. 뒤쪽에서는 보일러가 쿵쿵거리고 쉭쉭거렸다.

조수석에 앉은 언윈은 말없이 창밖을 보았다. 모퉁이에는 아이가 어떤 여자의 팔을 흔들며 울고 있었다.

"일어나요, 엄마! 얼른 일어나요!"

어떤 아파트에는 불이 들어와 있었다. 그런 집들의 창문으로 불안하고 당혹스러운 표정의 얼굴이 여럿 보였다. 어떤 이들은 잠에서 깨어나 집으로 돌아갔다. 호프만의 장악력이 약해지기 시작한 걸까?

"이제 이런 상황이 나타났다 사라지기를 반복할 거예요. 호프만이 사람들을 계속해서 잠재울 수는 없어요. 어떤 이는 잠에서 깨어나겠죠. 하지만 그런 사람들도 자신이 정말 깬 게 맞는지 확신하지 못할 거예요."

트럭 안은 더웠다. 그래서인지 계기판의 바늘들이 가끔 빨간 칸으로 넘어가기도 했다. 그린우드 양은 남쪽으로 방향을 잡아 탐정 회사 건물을 지나고 오래된 항구 마을로 차를 몰았다. 두 사람은 포티 윙크스 앞에 트럭을 세우고 재스퍼를 그대로 둔 채 차에서 내렸다. 그곳이라면 카니발에서 온 사람이 재스퍼와 트럭을 쉽게 찾을 수 있을 것이다. 8시 27분, 언윈과 그린우드 양은 묘지로 들어갔다.

언윈은 마주치는 묘비에 새겨진 이름을 읽으며 걸었다. 두 발가락 잘리며 세이더 버디그리스, 파더 잭, 리키 쇼트체인지 같은 이름이 새겨져 있었다. 세인츠 힐은 오래전부터 범죄자들이 묻히는 곳이었다. 이들은 까마득한 옛날의 범법자, 도둑, 사기꾼이었다. 이넉 호프만이 위세를 떨치기 시작하자 그런 시절도 끝이 났다. 언윈도 탐정 회사 파일 중에서도 가장 오래된 파일에서 읽어 아는 이름들이었다.

언윈이 말문을 열었다.

"칼리가리는 호프만을 어렸을 때 거둬 주었어요. 그로서는 그런 노인의 살해를 모의하기가 썩 마음이 편치 않았겠군요."

그린우드 양이 대답했다.

"둘은 카니발을 어떻게 사용할지를 두고 늘 뜻이 맞지 않았어요. 칼리가리는 카니발을 말썽을 일으킬 도구로 본 것 같아요.

물론 그가 보기에 일으킬 만한 가치가 있어야 했어요. 그는 카니발이 들를 마을에 항상 먼저 가서 방을 잡고 말썽을 찾았어요. 그걸 '상황을 정찰하러 간다'고 했죠. 그곳 사람들의 꿈을 엿본다는 뜻이었어요."

"뭘 찾아서요?"

"한 번도 가르쳐 주지 않았어요. 게다가 엿보기에 정해진 기준이 있었던 것도 아니었죠. 그래도 그는 대부분 뭔가를 숨기고 있는 사람들을 용케 찾아냈어요. 칼리가리는 일단 목표물을 찾아내면 그때부터 얼마든지 무자비해질 수 있었어요. 하지만 때로는……."

그녀는 잠시 발걸음을 멈추고 어느 묘비에 한 손을 올려놓고 가쁜 숨을 몰아쉬었다.

언원은 기다렸다. 그러자 그를 만나고 처음으로 그녀가 미소를 지었다.

"때로는 카니발은 그냥 카니발이었어요."

그녀는 영묘 하나로 그를 이끌어 문으로 데리고 들어갔다. 두 사람이 힘을 합쳐 석관의 뚜껑을 밀어젖히자 시신이 있어야 할 곳에 비스듬한 계단이 보였다. 안쪽에는 불이 켜져 있었다. 그린우드 양이 먼저 내려갔고 언원이 뒤를 따라가며 뚜껑을 원래대로 해 두었다.

계단을 내려가자 눅눅한 지하철역이 나왔다. 금이 가고 물이 뚝뚝 떨어지는 천장에서 식물의 뿌리들이 삐져나와 자라고 있었다. 8호 기차가 역에 들어와 문을 열고 있었다. 승객이라고는 언원과 그린우드 양이 전부였다. 기차가 움직이기 시작하자 비로소 언원이 말했다.

"호프만은 어땠나요? 카니발을 이윤을 내는 수단으로 보았을까요?"

"아서를 만났을 무렵에는 분명 그랬어요. 돈을 벌고 통제력을 손을 넣을 기회였겠죠. 지금 이넉이 하는 짓을 보면 그때 종종 말했던 계획과 비슷해요. 탐정 회사와의 계약이 틀어졌을 경우 이 도시를 완전히 장악하는 방법이죠. 아서와의 이해관계는 11월 12일 사건을 계기로 깨졌죠. 시바트가 그의 머릿속으로 들어오자 그는 최악의 상황이 벌어졌다고 생각했을 거예요."

"당신의 딸은 바로 그런 상황을 예상했어요. 그래서 시바트에게 『탐정 매뉴얼』을 훔쳐서 가져다준 거고요."

언원이 말했다.

"이제 그 애가 무슨 짓을 꾸미고 있는지 알겠어요. 그 애는 항상 칼리가리를 아버지로 여겼고 늘 그의 뒤를 따르고 싶어 했어요. 칼리가리는 카니발 사람들에 대해 늘 이렇게 말했어요. '우리는 모두 집 열쇠를 잃어버린 사람들이야. 그러니 집 열쇠를 잃어버린 사람들은 누구든 우리 이웃인 거야.' 그 애는 그 말을 따라하곤 했어요.

언윈 씨, 아시겠지만 그 애는 카니발을 남아 있는 사람들에게 되돌려줄 생각이에요. 카니발의 진정한 목적을 왜곡하고 있는 사람에게서 빼앗아서요."

기차는 선로를 달리며 끼익 소리를 내더니 커브를 돌며 살짝 흔들렸다. 두 사람은 손잡이를 꼭 붙들어야 했다.

만약 퍼넬러피가 성공하면 문지기를 바꾸려는 이 계획에서 폴즈그레이브 양의 역할도 끝이 나겠군. 언윈은 이런 생각이 들었다.

한참 후 그린우드 양이 말문을 열었다.

"자, 이제는 당신의 계획을 들려주어도 되지 않을까요?"

언윈은 그녀에게 계획을 들려주었다. 그도 계획 중 일부분은 이야기를 하면서 확실히 이해했다. 어쨌든 그린우드 양은 참을성 있게 들어 주었다. 이야기가 끝나자 두 사람은 잠시 가만히 있었다.

마침내 그녀가 입을 열었다.

"그다지 좋은 계획은 아니군요."

두 사람은 중앙역에서 내려서 중앙 홀로 가는 계단을 올라갔다. 중앙역에서 출발하는 열차들 가운데 일부는 여전히 정시 운행중이었다. 두 사람이 탑승한 열차는 10시를 조금 지나 역을 빠져나갔다. 이제 여덟 시간이 조금 안 되는 시간이 흐르면 호프만의 테이블 위에 올려놓은 자명종이 울릴 것이다. 차장이 두 사람이 앉은 객차로 들어오자 그린우드 양은 자신의 표를 샀고 언윈은 아흐레 전에 구입했던 표를 내밀었다. 격자무늬 코트의 여자를 처음 목격한 아침이었다. 차장은 표를 쳐다보지도 않고 구멍을 찍은 후 다음 칸으로 갔다.

밖은 어두웠지만 언윈은 창밖으로 지나가는 풍경을 하나도 빠짐없이 기억해 두려고 했다. 도시의 모습이 점점 사라지고 어느새 나무들만 지나갔다. 강에는 다리가 걸려 있고 저 멀리 우뚝 솟은 산봉우리들이 보였다. 그는 낮에는 이 풍경이 어떤 모습일지 상상해 보려고 했다.

그린우드 양은 자지 않고 잡지를 읽었다. 언윈은 그녀가 졸 때마다 붉은색 레인코트의 소매에 손을 집어넣고 그녀를 꼬집었다. 아주 잠깐 조는 것만으로도 모든 것을 망칠 수 있다는 사실을 알면서도 그녀는 꼬집힐 때마다 욕을 했다.

두 사람이 종착역에 도착했을 때는 다섯 시간도 채 남지 않았다. 그들은 역에서 아무도 마주치지 않았다. 마을은 언윈이 상상했던 모습과 똑같았는데, 보고 있으면 마치 기억이 떠오르는 것 같았다. 어쩌면 정말 기억이 '나는' 것일지도 몰랐다. 어쩌면 그가 어렸을 때 다른 아이들과 놀이를 했던 마을 아닐까? 그 놀이는 '찾아다니다가 찾아내기'였던가? 아니면 '부르고 숨기'였던가?

두 사람은 마을의 유일한 도로를 따라 북쪽으로 걸었다. 언윈은 걷는 동안 발걸음을 세면서 모든 것을 마음에 기록했다. 말뚝 울타리의 널빤지 사이를 돌아다니는 회색 고양이, 우편함의 색깔들, 강에서 불어오는 미풍 등을 말이다. 두 사람이 흙길을 따라 숲으로 들어갔다. 숲으로 들어가니 서늘해져서 언원은 잠시 멈춰서 재킷의 단추를 채웠다. 보기도 전에 벌써 연못 냄새를 맡았다.

"저는 시바트 탐정님이 보고서에서 이 장소를 언급한 부분을 삭제했어요. 지어낸 이야기라고 생각했거든요."

언원이 말했다.

"그의 상상력을 과대평가했군요."

그린우드 양이 대꾸했다.

떡갈나무 잎이 군데군데 떨어져 있는 수면은 시커멓고 달빛이 비쳐 차가워 보였다. 연못의 가장자리에 선 나무에는 타이어 그네가 매달려 있었다. 그네를 힘껏 차면 수면 위로 멀리 보낼 수 있을 만큼 연못과 가까웠다. 그가 원하면 그대로 달려가 그네를 탈 수도 있었다.

그네 너머로 보이는 언덕은 블랙베리 덤불로 뒤덮여 있었다. 언덕의 꼭대기에는 그린우드 양과 그녀의 딸이 도망쳐 와 구 년 동안 살았던 작은 집이 있었다. 창문 하나에서 고무를 입힌 전선 하나가 길게 내려와 있었다. 그들은 전선을 따라 동쪽으로, 숲으로 들어갔다. 연못에서 점점 더 멀어졌다. 언원은 진창에 난 발자국이 나온 꿈이 떠올랐다. 꼬마였던 이닉 호프만을 만난 꿈이었다. 그 생각에 절로 몸이 떨렸다.

공터는 시바트가 보고서에서 묘사한 모습 그대로였다. 다만 한가운데에 낙엽 더미 대신 폭이 좁은 청동 침대가 하나 있었고 침대 옆의 테이블에는 녹색 갓을 씌운 스탠드와 타자기 한 대가 놓여 있었다. 스탠드의 플러그가 전원에 연결되어 있었기에 전구가 노랗게 빛났다. 시바트는 노란 면 이불을 덮고 잠들어 있었다. 담요 위에는 낙엽이 두 번째 이불처럼 깔려 있었다. 그는 모자로 눈 위를 가린 채 코를 골고 있었다. 얼굴에는 수염이 까칠하게 자라 있었다.

침대 위 나무에는 활짝 펼친 우산 열두 개가 조립식 캐노피처럼 걸려 있었다. 사다리를 밟고 올라간 시바트가 우산을 그렇게 배치했을 것이다.

그린우드 양이 말했다.

"시바트에게 이곳을 써도 좋지만 내 방에서 자는 건 싫다고 했어요. 나는 당연히 소파에서 자거나 안쪽에 남는 방을 쓰라는 뜻으로 알아들었겠지 했어요. 그런데 내 침대를 여기까지 끌고 나왔군요."

언윈은 시바트가 이곳에 대해 쓴 글귀가 떠올랐다. 낮잠 자기 좋은 곳. 그는 시바트의 모자를 벗기고 눈꺼풀을 유심히 살폈다. 눈꺼풀이 보라색으로 멍이 든 것 같았다.

"일어나요, 일어나세요."

그가 조용하게 말했다.

그린우드 양은 어느새 탐정의 발목을 잡고 있었다.

"손목을 잡아요."

그녀가 말했다.

그들은 시바트를 침대에서 내려 공터를 가로질러 떡갈나무의 뿌리에 기대 놓았다. 언원은 탐정의 모자를 다시 머리에 씌워 준 후 침대로 갔다. 시바트의 체온이 남은 시트는 여전히 따뜻했다. 그는 베개를 정돈한 후 우산에 떨어지는 빗소리를 들으며 눈을 감았다.

그린우드 양이 말했다.

"네 시간 반 남았어요. 남은 시간을 계속 확인할 수 있겠어요?"

"그것보다 잠이 들 수 있을지 더 걱정입니다. 피곤할 만도 한데 피곤하지 않네요."

언원이 대답했다.

그러자 그린우드 양이 몸을 숙여 언원의 귀에 무슨 말을 속삭였다. 그 말들은 거기에 있는 줄도 몰랐던 자물쇠의 열쇠처럼 딱 맞아 들었다. 어느새 잠이 들어 꿈을 꾸기 시작했을 즈음에는 무슨 말을 들었는지 잊어버리고 말았다.

18
꿈의 탐정술

이것을 기술이라고 부를 수 있을지 모르겠으나,
이 기술에는 수많은 위험이 뒤따른다.
무엇보다 시행자가 깨어나서도 자신이 본 것들이 실제인지
단지 상상력의 산물인지 분간하지 못할 수도 있다.
사실 본서의 저자는 여기에 기술한 기법이
실제로 존재하는지 확실하게 말할 수 없다.

언윈은 자신의 침실에서 잠을 깨는 꿈을 꾸었다. 그는 침대에서 일어나 가운을 입었다. 목욕물을 받을 시간이 없었기에 뜨거운 물로 기분 좋게 샤워를 했다. 그는 꿈을 세세하게 꾸는 사람이었기에 그날 아침에 매어야 할 넥타이를 정확하게 매고 오트밀이 타기 전에 스토브의 불을 껐다. 지각을 하고 싶지 않았다. 그는 구두를 문가로 가져가 복도에서 신었다. 항상 그랬던 것처럼 말이다. 그리고 우산을 집으려다가 태양이 쨍쨍 빛나고 구름 한 점 없는 꿈을 꾸고 있다는 사실을 떠올렸다.

밖에는 여전히 가로등이 켜져 있었다. 도로를 다니는 차량은 우유와 청량음료를 배달하는 트럭들뿐이었다. 맞은편 빵집은 벌

써 문을 열었다. 시원한 공기에서 빵 굽는 냄새가 났다.

모든 것이 당연히 그래야 하는 대로였다. 하지만 자전거는 여전히 캣 앤드 토닉에 있었기 때문에 그는 걷기 시작했다. 모퉁이에서 누가 지켜보는 듯한 기분이 잠시 들었다. 빵집 문가에 서 있는 형체를 본 게 아닌가? 그는 『탐정 매뉴얼』에서 미행을 당하는 것 같은 사람들에게 어떤 조언을 했는지 떠올리려고 했다. 미행자에게 친절하게 굴라는 이야기였던 것 같은데. 사실 미행을 당하든 말든 중요하지 않았다. 어차피 몇 블록만 가면 되니까 말이다.

중앙역에 도착해 보니 아침을 파는 매점에는 줄을 선 사람이 아무도 없었다. 하지만 언원도 커피를 살 필요가 없었다. 누가 왜 이곳에 왔냐고 물으면 사실대로 대답할 것이기 때문이다. 그는 제일 먼저 이 도시를 떠나는 기차를 잡아타고 종착역까지 갈 것이었다.

낡은 시간표가 여전히 주머니에 들어 있었다. 그는 안내소 위에 달린 사면 시계를 보며 시간표를 확인했다. 그가 타야 할 기차는 몇 분 후면 도착할 예정이었다.

그는 꿈에서 여전히 격자무늬 코트의 여자를 처음 본 날 아침에 끊은 표를 가지고 있었다. 어느새 꿈속의 그는 기차의 앞좌석에 앉아 있었다. 차장이 표에 구멍을 내자 언원은 몸을 돌렸다. 그러는 내내 누가 지켜보고 있다는 기분을 떨치기 위해 애를 썼다. 객차에는 그 말고도 승객이 몇 명 있었는데, 모두 졸거나 신문을 읽고 있었다.

기차가 움직이기 시작했다. 언윈은 기차가 역을 빠져나와 동이 트는 아침을 향해 나가자 의자에 편히 기대앉았다. 선로 양쪽으로 도시 풍경이 펼쳐지더니 점점 인적이 드물어졌다. 기차는 다리 아래를 지나 강을 따라 북쪽으로 방향을 틀었다. 계곡에 보이는 나무마다 알록달록한 단풍이 들어 있었다. 강의 표면을 물들인 단풍을 보고 있으니 현기증이 났다. 그는 눈을 감고 잠시 졸았다.

그는 교외로 최대한 멀리 가는 기차를 탔다. 그 노선의 종착역은 붉은 벽돌로 지은 건물로 녹색 문이 달려 있었다. 풍경을 보는 것만으로 아이들과 했던 놀이가 또 떠올랐다.

'숨바꼭질.' 그 놀이의 이름은 숨바꼭질이었다. 그때 누군가 생일이었지. 언윈은 문득 생각이 났다.

그는 마을의 유일한 길을 따라 북쪽으로 걸었다. 회색 고양이가 말뚝 울타리의 널빤지 사이를 돌아다니다가 전혀 그를 따라오지 않는 척하며 그를 따라왔다. 마지막 우편함을 지나자 숲으로 난 흙길이 나왔다. 숲속 그늘진 곳이 서늘해서 재킷의 단추를 채웠다. 땅은 보드라웠지만 축축하지는 않았다.

또다시 그림자에 한 쌍의 눈동자가 숨어 있을 것만 같아 고개를 돌려 확인했다. 그곳에는 아무도 없었다. 다만 고사리를 향해 달려가는 작은 동물이 있을 뿐이었다. 탐정이 된 지 고작 이틀이었건만 벌써 모든 것이 의심스러웠다.

언원은 연못과 타이어 그네에 도착한 뒤 숲으로 이어진 전선을 따라 시바트가 좁은 청동 침대를 옮겨 놓은 공터로 갔다. 스탠드가 켜져 있고 타자기 위에는 낙엽이 몇 장 떨어져 있었다. 시바트는 모자로 눈을 가리고 이불을 덮고 누워 있었다.

언원은 침대 발치에 서서 그를 흔들었다. 시바트는 꼼짝도 하지 않았다. 아주 조금 움찔하지도 않았다. 캣 앤드 토닉에 가 보면 마술사는 아직도 자신의 죄수를 감시하며 잠들어 있을 터였다. 언원은 손목시계를 보았다. 이제 몇 분 후면 알람이 울릴 터였다.

"비키시오, 언원."

여전히 회색 작업복을 입은 아서가 길이 끝나는 지점에 나타났다. 권총을 쥐고 있었다.

"결국에는 내가 직접 나서야 할 거라는 걸 알고 있었지."

언원이 옆으로 비켜섰다.

"내가 이곳에 오리라는 것도 알았군요."

"'여기'가 어딘지는 몰랐어. 하지만 더 이상 가 볼 데가 없다는 걸 알았지. 자네를 승진시켰을 때 레이미크도 똑같은 생각을 했다는 걸 알아냈어. 시바트가 사라진 곳을 아는 사람이 있다면 그건 자네였어."

감독관이 침대의 다리 쪽으로 다가왔다. 미풍이 담요 위에 떨

어진 낙엽을 휘저었고 나무에서 낙엽 몇 개가 떨어졌다. 언윈에
겐 타이어 그네가 연못 위에서 삐걱거리는 소리밖에 들리지 않
았다.

아서는 계속 떠들어 댔다.

"어제 아침 자네에게 말을 걸려고 했어. 8호 기차에서 봤을 때
말이야. 메모를 받았다는 말을 하고 싶었지. 자네가 레이미크에
게 보낸 메모 말일세. 누구든 책임자에게 전달되리라는 것을 알
고 있었겠지. 자네 요청은 수락되었네, 언윈. 자네는 이제 탐정
이 아니야. 다시 말해서 이곳을 지켜볼 필요가 없어."

"저는 남겠습니다."

언윈이 말했다.

"좋을 대로 하게."

아서는 권총을 들어 한쪽 눈을 감고 조준을 했다.

"빗나갈 겁니다. 총에 장전은 되어 있나요?"

언윈이 물었다.

아서의 팔이 살짝 흔들렸다. 그는 탄창을 열어 확인한 후 언윈
에게 지겹다는 표정을 지었다. 그러더니 총을 찰칵 흔들어 탄창
을 닫고 다시 겨냥을 했다.

언윈이 또 말했다.

"빗나갈 겁니다. 심지어 시바트를 겨냥하지도 않았잖아요. 지
금 저를 겨누고 있어요."

"자네 참 이상한 사람이군, 언윈."

그는 숨을 내쉬고 팔을 내렸다.

"총이 왜 이렇게 무거워?"

"총이 아닌데요. 당신의 아코디언 같아요. 사무실에서 나오는 길에 엉뚱한 걸 집어 왔나 보네요."

아서는 잇새로 숨을 내쉬었다.

"이런 멍청한."

"창피해할 필요는 없어요. 잠을 자면서 걷다 보면 혼동하기가 쉬우니까요."

"잠을 자면서 걷다니 무슨 소리인가. 나는 자네의 아파트 건물 밖에서 자네를 기다리고 있었어. 맞은편 빵집에 숨어 있었지. 중앙역까지 몇 블록을 가는 동안 내내 미행을 했단 말일세. 표를 한 장 끊고 자네가 탄 객차 바로 뒤 객차에 올라타 종착역까지 타고 왔어. 그때도 내내 깨어 있었다고."

"하지만 저는 지금 잠들어 있어요. 그러니 당신도 자고 있겠죠. 그런 거 아닌가요? 문은 잠겨 있어요. 내가 깨기 전에는 당신도 못 일어나요."

아서가 총을 다시 들었다.

"헛소리하지 마."

"솔직히 레이미크 씨의 이야기에서 힌트를 얻었어요. 그분의 마지막 꿈에서요. 당신이 그분을 죽일 때 그분이 했던 말, 기억하시죠."

아서는 잠시 생각에 잠긴 채 턱을 좌우로 움직였다.

"오, 그러신가? 그가 무슨 말을 했기에 자네가 이런 생각을 하게 되었나?"

"그분은 이렇게 말했죠. 한번은 조사를 하던 중에 목표물이 잠에서 깨는 꿈을 꾸고는 정말 잠에서 깼다고 생각했다고 말했어요. 그래서 한참 동안 볼일을 보다가 아직도 잠에 빠진 채 자신이 숨어든 꿈속에 있다는 사실을 깨닫게 되었다고."

"무슨 근거로 나도 그런 착각을 한다고 생각하는 거지?"

"저는 꿈을 세세하게 꾸니까요. 언제나 그랬거든요. 저는 지난밤에 기차를 타고 도시를 빠져나왔어요. 그린우드 양도 저와 함께 있었죠. 저는 그 길에 본 것을 모두 기억했습니다. 나중에 그 모습을 꿈에서 볼 줄 알았으니까요. 완벽하게 꿈을 꾸고 싶었거든요. 여기에 와서 시바트 탐정님이 침대에 잠들어 있는 것을 보았어요. 스탠드가 켜진 채 달빛을 받고 있었죠. 저는 탐정님을 침대에서 끌어내리고 대신 제가 누웠어요.

그린우드 양이 제가 잠들도록 도와줬죠. 집에 있는 꿈을 꿨어요. 꿈속에서 저는 잠에서 깼어요. 밖으로 나와 거리에서 빵을 굽는 냄새를 맡는 꿈을 꾸기 시작했어요. 바로 그때부터 당신이 저를 미행하기 시작했죠. 저는 중앙역으로 가서 교외로 나가는 첫 번째 기차를 탔어요. 당신이 미행하도록 꿈을 잘 꾸었죠.

당신은 너무나 오래 잠이 들어 있었어요. 그러니 깨어 있는 것이 어떤 건지 벌써 잊어버렸을 거예요. 저는 지금 잠들어 있어요. 당신도 잠들어 있죠. 당신 손에 들려 있는 것은 확실히 아코디언이에요. 눈을 감은 채 벽에서 엉뚱한 걸 집어 왔겠죠. 그러니 이제 저를 겨냥하는 건 그만두시죠."

아서는 이야기를 듣는 동안 점점 더 불안해하더니 이제 온몸을 떨고 있었다.

"그따위 이야기를 누가 믿을까 보냐."

"저는 당신이 레이미크 씨를 죽이는 모습을 봤어요. 폴즈그레이브 양이 그 꿈을 녹음했거든요. 그녀도 당신이 죽었다는 걸 알아요. 이런데도 그녀가 계속 당신에게 충성을 다할 거라고 생각하나요? 어느 관찰자가 당신에게 충성할까요?"

아서는 으르렁거리며 방아쇠를 당겼다. 그러자 반동으로 총을 든 손이 튕겨 올라갔다. 총격의 충격에 침대가 흔들리고 나무에서 낙엽이 더 떨어졌다. 총소리가 어찌나 컸던지 언윈과 아서 모두 잠에서 깼다.

언윈은 침대에서 일어나 앉은 후 가슴부터 만져 보았다. 상처는 없고 축축한 낙엽뿐이었다. 낙엽을 떼어 낸 후 손목시계를 보았다. 시곗바늘이 6시를 막 지났다. 캣 앤드 토닉에서는 그가 남겨 두고 온 자명종으로 이녁 호프만이 일어났을 터였다.

시바트도 잠이 깼다. 탐정은 침대 옆에 서 있었다. 모자를 눈썹 위까지 푹 눌러쓴 채 총구를 감독관에게 겨누고 있었다. 아서는 자신의 아코디언을 내려다보았다. 그는 참피나무 끈을 잡아 아코디언을 들고 있었는데, 바람통을 채우지 않고 그냥 덜렁거리게 했다. 그 바람에 바람통의 끝 부분이 땅바닥에 거의 닿을 정도로 늘어져 있었다.

"여기에 맞는 노래는 아무것도 모르겠군."

아서가 말했다.

시바트는 목덜미를 문지르며 말했다.

"너무 쓰라리군. 찰스, 적어도 베개는 내게 양보하지 그랬나?"

그린우드 양이 아픈 다리를 심하게 절며 공터로 들어왔다. 그녀는 시바트 옆으로 다가가 섰다. 어찌나 피곤해하는지 두려움 따위 잊어버리고 정신이 나간 것처럼 보일 정도였다. 아서를 바라보는 그늘진 눈빛은 기묘한 불길로 가득했다.

언윈은 침대 가장자리로 몸을 숙이고 구두를 신기 시작했다.

"멍청한 것들. 그 미치광이가 무슨 짓을 하는지 알잖아. 내 도시에. 우리의 도시에 말이야. 당신들은 내가 필요해."

아서가 말했다.

"웃기시네."

시바트가 툭 내뱉었다.

"언윈, 자네도 세 번째 문서 보관소를 봤지. 탐정 회사가 늘 필요로 했던 것은 사건 없는 녹음이었어. 우리의 일만 아니라 도시의 일도 말이야. 도시의 비밀과 생각과 꿈 들은 좋기도 하고 나쁘기도 하지. 그것들은 우리의 지하실에 보관되어 있어, 모조리. 그게 다 호프만 때문에 필요한 거야. 우리가 감시의 끈을 늦춘다면 그자는 언제든 이 세상을 뒤죽박죽으로 만들어 버릴 테니까."

잠시 언원은 그 말을 그대로 받아들이고 싶었다. 기록들을 보관하고, 중요하게 다루고, 꿈에서 본 것을 모두 기록으로 남기고, 각각의 사람이 금고이자 수문장이자 열쇠인 수수께끼의 해결책을 영원히 보관한다면 모두 더 안전하게 살 수 있지 않을까. 이런 생각이 들었다.

하지만 모든 것을 알 수 있다면 아무것도 안전하지 않다. 그래서 보초병은 환영받지 못하는 손님이자 침입자가 될 뿐이다. 적을 물리칠 수단이 아니다. 단지 그 적의 거울일 뿐이다.

언원이 말문을 열었다.

"호프만은 그쪽에서 처리할 겁니다. 지금쯤이면 스크리드가 신병을 확보했겠죠."

그 말에 시바트가 불같이 화를 냈다. 그는 언원에게 다가와 따졌다.

"벤저민 스크리드? 그 못된 자식 말이야? 찰스, 이건 그의 사건이 아니야. 한 번도 그의 사건이었던 적이 없었어. 자네 실수한 거야!"

아서는 두 사람을 설득하기를 포기했는지 그린우드 양을 유심히 바라보았다. 그는 아코디언을 똑바로 한 후 양손으로 잡았다.

그는 손가락으로 건반을 훑으며 말했다.

"한 곡 어때, 달링? 돌아갈 시간이 거의 다 되었을 때 늘 연주하던 걸로."

그녀는 붉은색 레인코트 주머니에서 권총을 꺼냈다. 호프만의 전리품 방에서 가져온 골동품 권총이었다.

"갈 시간이 거의 다 되었군."

그녀가 말했다.

아서는 바람통을 채우며 몇 소절을 연주했다.

"잠깐, 기다려. 거의 다 생각났어."

그와 다른 사람들은 숲길을 따라 누군가 오는 소리에 고개를 돌렸다. 그늘 속에서 뭔가가 반짝였다. 에밀리 도펠의 안경이었다. 잠이 든 채 걷는 감독관을 뒤따라온 것이 분명했다. 어쩌면 기차에서 감독관의 옆자리에 있었을지도 몰랐다. 그녀는 한 손에는 언원의 권총을, 다른 손에는 도시락 통을 들고 있었다.

그녀는 공터에 모인 사람들을 한참 동안 둘러보았다. 언원은 그녀가 도시락 통의 모형들로 이와 같은 시나리오를 만들어 봤었을지 궁금했다. 수사관과 용의자, 정보원, 범죄자까지. 이들이 어떤 사건을 벌이고 해결하도록 만들지 경우의 수는 너무나 많았다.

언원이 일어서 그녀에게 다가갔다.

"우리가 해냈어요, 에밀리. 시바트 탐정님을 찾았어요."

"정말요? 그럼 이제 뭘 하죠?"

그녀의 목소리는 무미건조했다.

"이제라. 나도 그 생각을 계속했어요. 우리 계속 같이 일을 하면 어떨까요? 규정이 정확히 어떤지는 모르겠지만 우리가 같이 사건을 해결하는 걸 막을 규정이 설마 있겠어요? 수수께끼 해결이 점점 더 익숙해지는 것 같아요. 당신이 없으면 어떻게 할 수 있을지 모르겠어요."

그녀는 그의 눈을 마주 보았지만 금세 시선을 돌렸다.

"언원 탐정님, 저는 탐정 회사에 세 번이나 지원을 했어요. 제일 처음 지원했을 때가 열두 살이었죠. 배달원이 되고 싶었어요. 하지만 면접을 보던 중에 그만 잠이 들어 버린 거예요. 일 년 후 다시 지원을 했어요. 하지만 회사에서는 저를 기억하고는 들어오라는 말조차 하지 않았어요. 마지막으로 시험을 본 게 일 년 전이었어요. 서기 자리에 지원을 해 볼까 싶었어요. 하지만 마지막 순간에 마음을 바꿔서 탐정이 되고 싶다고 했죠. 그보다 낮은 자리로는 도무지 성에 찰 것 같지 않았거든요. 그들은 여전히 저를 기억했어요. 어떻게 알아냈는지는 모르겠지만 도시락 통에 무엇이 들어 있는지도 알았어요.

'꼬마 아가씨, 그냥 집에 가서 그 장난감이나 가지고 놀아.'

이러더군요.

저는 너무 화가 나서 카니발로 갈 뻔했어요. 거기 떨거지들이 받아 줄지 궁금해서요. 하지만 그러기도 전에 아서가 내 꿈에 찾아왔어요."

그녀는 잠시 감독관을 보았다.

"그는 아무도 가지지 못할 기회를 줬어요.

'여기 와서 내 비서가 돼. 내가 전부 가르쳐 줄 테니.'

이렇게 말하더군요. 처음에는 그냥 환상을 보는 줄 알았어요. 기분이 좋아지려고 내가 지어냈다고 생각했죠. 하지만 그런 게 아니었어요. 저는 굶아떨어질 때마다 사무실에 가 있었어요. 그곳에서 들은 사건들이 며칠 후면 신문에 실리더군요. 그게 현실이었어요. 탐정 회사의 수장이 제게 모든 것을 가르쳐 주었어요."

에밀리의 시선이 클레오에게 가 머물렀다.

"그린우드 양, 이제 총을 버려요."

아서가 씩씩거리는 것 같더니 어느새 웃고 있었다.

"잘했어. 자네를 믿어도 될 줄 알았어."

그가 여전히 아코디언으로 곡조를 연주하며 말했다.

그린우드 양은 아무것도 들리지 않는 것 같았다. 그러자 에밀리가 그녀에게 한 걸음 더 다가갔다.

그때 시바트가 에밀리에게 말했다.

"이봐, 아가씨. 총 내려놓으시지."

그린우드 양에게 총을 겨누고 있는 에밀리에게 시바트가 총을 겨누었다. 매뉴얼에 지금 벌어지고 있는 상황에 대한 설명이 나와 있던가? 이 세 사람은 아무도 움직이지 않은 채 영원히 이렇게 있어야 할지도 몰랐다. 왜냐하면 어떻게 행동하든 좋은 결과가 나올 리 없었기 때문이다. 그린우드 양이 고개를 저었다. 사실 그녀는 자신의 주위에서 벌어지는 상황을 거의 인식하지 못하는 것 같았다. 그녀는 총을 쥐고 있다는 사실을 알았고 누구에게 겨누고 있는지도 알았다. 아마 그녀에게는 그게 전부일 것이다.

감독관은 여전히 쌕쌕거렸다. 그는 에밀리를 보며 말했다.

"뭘 꾸물거려?"

그녀는 아서의 재촉을 무시하고 언원에게 말했다.

"저는 아서를 설득해서 탐정님이 승진한 후 탐정님의 비서가 되었어요. 그래서 계속 감시한다는 계획이었죠. 엉뚱한 길로 빠지지 않도록, 다시 말해 우리 대신 시바트 탐정을 찾아 주도록 말이에요."

언원은 문득 비서에게 처음으로 지시한 내용이 떠올라 섬뜩했다. 에밀리에게 탐정 회사의 관리인을 찾아가 복도에 쏟은 페인트를 청소하라고 전하게 하지 않았는가. 물론 그들은 그녀가 잠이 들 때마다 하던 대로 쏟아진 페인트보다 더 많은 이야기를 나누었을 것이다.

"그렇다면 당신은 일을 잘 해낸 거군요."

언원이 말했다.

"잘한 정도가 아니죠."

그녀가 대꾸했다. 말을 하면서 도시락 통을 흔들었다. 안에서 주석 모형들이 짤랑거렸다.

"이렇게 되어서는 안 되었어요……."

아서가 갑자기 웃음을 멈췄다.

"그래, 맞아, 에밀리. 규칙이 있지."

에밀리는 그의 말이 안 들리는 것 같았다.

"레이미크 씨의 『탐정 매뉴얼』을 훔친 사람은 바로 저예요."

아서의 손에서 아코디언이 축 늘어지면서 귀에 거슬리는 바람 빠지는 소리가 났다.

"에밀리."

그가 조용히 불렀다.

"처음에는 제가 보고 싶었을 뿐이에요. 하지만 다 읽고 나니 그 책으로 무엇을 할 수 있을지 알겠더군요. 그 책으로 다른 사람이 어떤 행동을 하도록 만들 수 있다는 걸 알게 된 거예요. 그래서 시바트 탐정님의 사무실에 그 책을 두었어요. 거기라면 그 책을 볼 테니까요. 기다리기만 하는 건 더 이상 견딜 수 없었어요. 누군가 행동에 들어가기를 바랐어요. 진짜 행동 말이에요. 호프만이 돌아오고 탐정 회사가 그에 대항해 싸울 준비를 하는 모습을 보고 싶었죠."

언원은 눈을 감은 채 자신의 실수를 곰곰이 따지며 그녀로부터 한 걸음 물러났다. 무삭제판 『탐정 매뉴얼』을 훔친 사람은 퍼넬러피 그린우드가 아니었다. 최고령 피살자의 금니를 보여 준 사람은 그녀였지만 에밀리와 한통속이라도 된 듯 같은 목적을 향해 움직였던 것이다. 두 사람은 서로의 존재에 대해 잘 알지도 못한 채 탐정 회사와 카니발 사이의 해묵은 전쟁의 불씨를 다시 지폈다.

미풍이 불어와 나뭇잎들을 건드리자 종이처럼 바스락 소리가 났다. 에밀리는 고개를 흔들며 땅을 보았다.

"내가 무슨 짓을 한 거죠. 더 좋은 일을 할 수도 있었는데."

"너무 자책하지 마시오."

시바트가 위로했다.

그녀는 눈을 반쯤 감은 채 읊조렸다.

"'현대의 탐정은 보상으로 진실을 듣는 경우는 드물다. 대개는 벌을 받을 때 진실을 알게 된다. 만약 수수께끼를 따라 그 추악한 동굴 깊숙한 곳까지 들어갈 자신이 없다면 어둠의 가장자리에 서서 그것을 진실이라고 부르는 것으로 만족하라.'"

그녀는 총을 내리며 아서를 보았다.

감독관은 몸속의 스프링이 갑자기 풀리기라도 한 듯 아코디언에 기대며 연주를 시작했다. 손안에서 바람통이 벌어졌다가 줄어들었다가 했고 커다란 손톱들이 건반 위에서 춤을 췄다.

"이렇게 하는 거지, 그렇지? 자기?"

그가 물었다.

그린우드 양이 그에게 다가가며 말했다.

"날 그렇게 부르지 마."

아서의 노래는 자장가가 아니라 시끌벅적하고 요란한 곡이었다.

"알았어."

그는 발로 박자를 맞추며 대답했다.

"그래. 이거야. 가사가 뭐였더라? 당신과 나 사이, 바다로 가는 동안, 당신의 꿈을 꾸는 내 꿈속에…….."

그 순간 그린우드 양이 총을 발사했고 아서가 뒤로 벌러덩 넘어갔다. 그는 늙은 떡갈나무의 뿌리에 발이 걸리며 줄기에 기댄 듯 쓰러졌다. 팔은 그 자세로 계속 움직였지만 총알이 바람통에 만든 구멍 두 개로 공기가 들어왔다 빠져나가더니 연주 소리가 점점 속삭이듯 작아졌다.

시바트는 모자를 벗고 침대 가장자리에 걸터앉았다. 그는 고개를 숙인 채 아코디언 소리가 잠잠해지기를 기다렸다. 그러더니 스탠드를 껐다.

식탁은 작은 집에 비해 덩치가 컸다. 언윈은 자신의 자리로 가기 위해 벽에 등을 대고 걸어야 했다. 시바트가 부엌에서 소란을 떠는 동안 언원은 주위를 둘러보았다. 벽마다 낡은 책들이 꽂힌 선반과 사진이 걸려 있었다. 사진은 모두 액자에 끼워져 따닥따닥 붙어 있었다. 그래서 수레와 건초 더미 무늬의 빛바랜 벽지는 잘 보이지도 않았다. 어떤 노란색 사진에는 거인 힐데가르트가 나무 그루터기에 앉아 있었고 그 주위로 여기저기에 불꽃놀이 상자들이 열려 있었다. 나무 그늘 속 왕좌에 여왕처럼 위엄 있고 차가운 표정으로 앉은 그녀는 턱을 살짝 치켜들고 시선은 살짝 내린 채 카메라를 응시하고 있었다.

다른 액자에는 젊은 그린우드 양이 싸구려 잡화점의 카운터에서 음료수 잔에 빨대를 꽂은 채 앉아 있었다. 미소를 짓고 있지만 조심스러워 보였다. 그녀 옆에는 여자아이가 스툴에 앉아 있었다. 발목을 꼰 다리가 대롱거렸다. 머리를 땋고 불신이 가득한 눈빛으로 카메라를 바라보는 그 아이는 퍼넬러피였다.

"잠시만 기다리게."

부엌에서 시바트가 소리쳤다.

언원은 자신이 손가락으로 식탁을 두드리고 있다는 것을 알아차리고 멈췄다. 창문으로 언덕 아래 연못의 풍경이 들어왔다. 에밀리와 그린우드 양이 이야기를 나누며 물가를 거닐고 있었다.

시바트가 어깨에 푸른색 행주를 걸친 채 방으로 왔다. 그는 재킷과 셔츠를 벗고 러닝셔츠 위에 멜빵만 걸친 상태였다.

"자네가 배가 고프면 좋겠군."

그는 이렇게 말하며 베이컨과 달걀 프라이를 그득 담은 쟁반을 내려놓았다. 노른자는 대부분 깨져 있었다. 그는 부엌으로 가서 접시와 포크, 토스트와 팬케이크 잔뜩, 블랙베리 한 그릇과 버터를 가지고 왔다.

탐정은 가져온 음식을 샅샅이 보더니 인상을 썼다. 다시 부엌으로 가 이번에는 커피 한 주전자와 크림 그릇을 가지고 왔다.

"최근에 아무것도 못 먹었잖나."

탐정은 이렇게 말하더니 냅킨을 옷깃에 끼웠다.

언윈도 배가 고팠다. 그는 팬케이크 몇 장과 블랙베리를 한 줌 먹었다. 시바트는 베이컨을 포크로 찍어 접시에 내려놓으며 말했다.

"내가 어디 있는지 알아내는 데 한참 걸렸군."

"처음부터 말씀해 주셨으면 좋았잖아요."

"안 돼. 알려 줬으면 자네가 다 망쳤을 걸세. 오늘처럼 여기 우리 친구들이 모두 깨어 있지 않았다면 아서는 분명 총을 기억하고 가져왔을 거야."

밖을 보니 에밀리와 그린우드 양이 타이어 그네 근처에 있었다. 두 사람은 여전히 이야기를 나누었다. 어떤 종류의 합의에 도달한 분위기였다. 그린우드 양은 고개를 끄덕이며 양팔을 배 앞에서 맞잡았고 에밀리는 한 발을 타이어에 올린 채 서 있었다.

시바트가 음식을 들며 말했다.

"저 에밀리가 폭죽인 셈이군. 보고 있으면 클레오의 딸이 생각 나. 페니는 괴상한 아이였어. 말도 통 없었지. 뭔가를 기록하는 것처럼 늘 듣기만 했지. 그 애를 저 그네에 태워 주곤 했다네. 하 지만 한 번도 진짜 놀고 있는 느낌이 들지 않았어. 뭐라고 하면 좋을까. 그 애는 그저 '기다리는' 것 같았어."

언윈이 팬케이크에 버터를 펴 발랐다.

"제가 레이미크 씨의 꿈속에서 부녀를 봤을 때 호프만은 퍼넬 러피를 두려워했어요."

시바트는 미소를 지으며 포크로 베이컨을 하나 더 찍었다.

"그럴 거야. '자신의' 몽유병자들을 데리고 그 애가 무슨 짓을 하는지 알아차리던 순간을 자네도 봤으면 좋았을걸. 나는 그의 두개골이 쩍 갈라져서 우리 둘 다 튀어나가는 줄 알았어.

페니는 내가 이곳으로 떠나던 날 중앙역에서 나를 찾아왔어. 우리는 사전에 계획을 짜 두었지. 이 작전에서 우리의 요원으로 자네를 점찍었고. 그 후에 상황이 진행되는 내내 더 이상 교신 을 해서는 안 되었어. 이넉과 아서 사이에서 안전한 채널은 없 었거든."

"그래서 퍼넬러피가 매일 아침 중앙역으로 온 거군요. 그녀 는 탐정님이 돌아와 끝났다는 사실을 말해 주기를 기다렸던 거 예요."

시바트는 음식을 꼼꼼하게 씹고는 커피와 함께 삼켰다.

"나는 돌아가지 않을 걸세, 찰스."

그때 두 사람이 들어왔다. 그린우드 양은 곧장 커피를 마시러 갔고 에밀리는 문가에 서서 머뭇거렸다. 시바트가 들어오라는 몸짓을 하고는 "앉아서 들어요"라고 말하자 내키지 않는 듯 의자에 앉으며 도시락 통을 식탁 위에 내려놓았다.

시바트가 도시락 통을 보며 물었다.

"혹시 은퇴할 계획인데 코트 속에 쓸 만한 직감을 가지고 있는 늙은 탐정 모형도 있소?"

"아뇨. 모두 활발하게 임무를 수행중이에요."

에밀리가 대답했다.

"그런가. 나는 이제 그런 시절을 졸업했지."

시바트는 이렇게 대꾸하더니 그린우드 양을 보며 물었다.

"당신은 어때?"

"저는 눈 좀 붙일래요."

그녀가 말했다.

"여기서 아니면 감방에서?"

에밀리가 대답했다.

"여기요. 하지만 그건 언원 탐정님에게 달렸죠. 보고서를 쓰셔야 할 테니까요."

그린우드 양이 커피 잔 너머로 언원을 보았다.

"저는 제가 아는 대로 쓸 겁니다. 하지만 지금은 다시 서기예요. 그렇다면 사건과 관계가 있는 것과 없는 것을 결정하는 것이 제 일이구요."

시바트가 고개를 저으며 낄낄 웃었다.

"말하는 게 꼭 진짜 첩자 같군."

한동안 그곳에는 포크가 접시에 부딪히고 숟가락이 커피 잔에 쨍그랑거리고 옆방에서 시계가 똑딱거리는 소리 외에 아무 소리도 들리지 않았다. 마침내 배가 찼는지 시바트가 의자에 몸을 기대며 머리 위로 양손을 들어 올렸다.

"지금도 나는 우리 모두 여기 앉아 이번 사건에 대해 이야기를 해 봤으면 좋겠어. 당신과 나, 호프만 이렇게 셋이서. 아서도 있으면 좋고."

그린우드 양이 의자에서 꾸벅꾸벅 졸다가 그가 이야기를 시작하자 정신을 차리고 듣기 시작했다. 그녀의 목소리는 차가웠다.

"당신이 회고록을 쓰는 데 도움이 되겠네요."

시바트는 불편한 듯 몸을 뒤척였다. 언윈은 모두 같은 생각을 한다는 것을 알았다. 시바트가 정말로 회고록을 쓴다면 지금 그들이 아는 대로가 아니라 사건 파일에 있는 이야기를 쓸 수밖에 없으리라. 탐정은 도움을 청하듯 언윈을 보았다. 하지만 먼저 말문을 연 쪽은 에밀리였다.

"어쩌면 탐정님에게 문서 보관소를 공개할 수도 있을 거예요.

자료 조사를 위해서요."

시바트가 옷깃에서 냅킨을 꺼내면서 말했다.

"좋아. 그러면 좋겠군."

그는 일어서서 다 먹은 접시들을 주섬주섬 치웠다.

얼마 후 시바트와 그린우드 양이 언원을 역까지 바래다주었다. 한편 에밀리는 공터로 돌아갔다. ("누군가는 정리를 해야 하니까요." 그렇게 말했다.) 강가에서 시원한 바람이 불어왔다. 언원이 꿈에 그 장소를 그릴 때 재현하지 못한 소소한 풍경들이 눈에 들어왔다. 가령 마을의 남쪽 끝에는 교회의 두 번째 첨탑이 서 있었다. 물가에는 쓰레기가 떠 있었고 길옆으로 오래된 철길이 잡초 속에 파묻혀 있었다. 아서가 그렇게 오랫동안 잠들어 있지 않았다면 언원을 뒤따라오면서 이상한 낌새를 챘을 것이다. 하지만 끝에 가서 그는 깨 있는 상태와 꿈꾸는 상태를 명확하게 가늠할 수 없었다.

하지만 꿈의 내용 중 일부는 결국 현실 세계와 일치했다. 비는 그쳤고 청명한 하늘에 해가 떠 있었다. 하지만 아무도 믿을 수 없다는 듯 기차를 기다리는 사람들은 너 나 할 것 없이 레인코트 차림에 우산을 들고 있었다.

차장이 탑승 시작을 알렸다. 시바트는 갑자기 쑥스러워하며 턱에 난 까칠한 수염을 문질렀다.

"언제 술 한번 하자고 한 것 같은데, 찰스."

"다음 기회에요. 다음 달 어때요, 탐정님 생일 축하 기념으로요."

언원이 말했다.

"뭐라고? 자네 알아냈나?"

언원이 알아낸 것은 시바트가 보고서에 쓴 것처럼 11월 12일 아침에 어떤 예감이 있었던 게 아니라는 사실이었다. 아서와 호프만이 하필 일 년 중 그날을 골랐기 때문에 탐정은 그날이 없어졌다는 사실을 알아차린 것이다.

시바트는 언원에게 타자기를 건넸다. 그가 잠든 내내 침대 곁에 둔 것으로 지금은 케이스에 들어가 있었다.

"낡은 휴대용 타자기야. 더 이상 쓸 일이 없을 것 같아. 사무실에 돌아가면 어떤 일이 벌어질지 장담할 수가 없네. 정신을 바짝 차려야 할 거야, 내 말 알겠지?"

언원은 타자기 상자를 받아 들고 무게를 가늠했다. 생각보다 가벼웠다. 그런데 걸쇠 옆에 열쇠 구멍이 보였다. 시바트는 언원이 열쇠 구멍을 보는 모습을 놓치지 않았다.

"잘 보게."

탐정은 이렇게 말하더니 날렵하면서도 우아한 손놀림으로 언원의 귀 뒤로 손을 가져갔다. 그가 손을 빼자 그의 손바닥에 열쇠가 있었다.

그 순간 시바트의 얼굴에서 미소가 사라지더니 핏기마저 사라졌다.

"이런 묘기를 할 생각도 안 했는데. 일주일 전만 해도 어떻게 하는지도 몰랐어. 솔직히 이런 건 호프만의 스타일이지. 우리가 그동안 함께 꼼짝 않고 들어앉아 있어서 부작용이 생긴 걸까? 어쩌면 그 늙은 악당이 아직도 여기에 있는 건 아닐까?"

언원은 오래전에 어린 페니가 시바트의 손금을 읽은 후 했던 말을 떠올렸다. 그는 오래 살겠지만 그 목숨의 대부분은 탐정의 것이 아니라고 하지 않았던가. 언원은 열쇠를 집었다.

"고맙습니다. 타자기는 완벽하군요."

탐정은 두려움에 질린 표정으로 덜덜 떨고 있는 자신의 손을 바라보았다. 그때 그린우드 양이 그 손을 꼭 쥐며 언원에게 말했다.

"걱정하지 말아요. 내가 잘 보살필게요."

언원은 기차에 올라 강을 마주 보는 쪽에 자리를 잡았다. 기차가 움직이자 언원은 작은 집을 향해 온 길을 되돌아가는 시바트를 힐끔 돌아보았다. 그는 그린우드 양과 팔짱을 끼고 나란히 걷고 있었다.

언원은 무릎 위에 상자를 내려놓고 타자기를 꺼냈다. 떡갈나무 잎 하나가 타이프 바 사이에 끼어 있었다. 그는 그 잎을 주머니에 넣고 새 종이를 한 장 끼워 보고서를 작성하기 시작했다.

'나는.'

그는 결국 이 표현을 넣을 수밖에 없다는 생각이 들었다.

'세부 사항을 단서로 착각하지 않도록 다음을 기억하라. 나는 매일 자전거로 출퇴근을 한다. 비가 오는 날도 마찬가지다. 그래서 지난 수요일 아침에 양손에 짐을 들고 겨드랑이에 우산을 낀 채 중앙역에 있게 되었다. 이렇게 물건들이 거추장스러웠기에 누군가가 우산을 바닥에 떨어뜨렸지만 집어 줄 수가 없었다. 이 모든 사건에서 그 누군가가 맡은 역할에 대해서는 이 보고서를 통해 차차 설명하도록 하겠다. 사람들의 말처럼 그 여자는 처음부터 '그 일에 관련되어 있었고' 반면 나는 단지 '술래'에 불과했다. 그래서 지금 달려가서 숨고 그 숨은 아이들을 찾아내는 아이들의 놀이에서 쓰는 표현을 한 것이다.

우리는 그런 놀이를 했다. 수많은 사람들이 엄청난 시간 동안 말이다. 우리 가운데 어떤 사람들은 그런 놀이를 하고 있다는 사실조차 몰랐고 어떤 사람들은 놀이의 규칙도 알지 못했다.

지금 나는 이런 보고서를 작성하고는 있지만 솔직히 내 자신을 어떻게 규정해야 할지조차 모르겠다. 나는 서기이자 탐정이다. 하지만 사건의 특성상 나는 지금 서기도 탐정도 아니다. 기차는 당신을 왔던 곳으로 되돌려 보내 줄 것이다. 하지만 기차도 당신을 집으로 돌려 보내 주지는 않는다.'

기차가 계곡을 따라 내려가며 역마다 정차할 때마다 검은 레인코트를 입은 승객들이 수십 명씩 기차에 올랐다. 바퀴가 덜커덩거리는 소리와 언윈이 타자를 두드리는 소리의 박자가 맞아

떨어졌다. 사방에서 신문이 바스락거렸다. 그는 신문의 헤드라인 하나에 시선이 꽂혔다.

한 번도 떠난 적 없던 카니발의 귀환

그는 계속 써 내려갔다.

'적어도 나는 이 보고서를 누구를 위해 쓰고 있는지 알고 있다. 그린우드 양의 딸이 내 서기이니 그녀는 모든 세부 사항과 단서를 처음부터 끝까지 소상히 알고 싶어 할 것이다.'

7시 27분. 기차가 평소처럼 일 분 늦게 중앙역에 도착했다. 언윈은 타자기를 치우고 첫 번째 보고서 몇 장을 가방에 여분으로 가지고 다니는 서류철에 넣었다. 검은 레인코트 승객들이 모두 문을 빠져나가기를 기다렸다가 그 뒤를 따라 14번 게이트로 나갔다. 격자무늬 코트의 여자가 까치발을 하고 서 있었다. 그녀는 언윈을 보자 두리번거리는 걸 그만뒀다. 언윈이 그녀에게 다가갔다. 그녀는 오랫동안 그를 기다리고 있었다.

그는 그 후로 며칠 동안 에밀리를 보지 못했다. 마침내 그녀와 마주친 곳은 승강기 안이었다. 그녀는 함께 일하게 되었을 때 입고 있던 푸른색 모직 원피스를 입고 있었다. 처음에는 그를 못 본 척하더니 잠시 후 말을 걸었다.

"미안해요. 우리가 이야기를 하는 건 회사의 정책에 위배되어서요."

"승진했군요."

"네."

"고위직이길 바라요."

"아주 고위직이죠."

그녀는 머리에 꽂은 연필을 만지며 말했다.

"관찰자 가운데 날 눈여겨 본 사람이 있었던 것 같아요. 아시다시피 공석이 생겼잖아요."

언원은 폴즈그레이브 양이 문지기를 바꿀 거라고 한 말이 떠올랐다. 에밀리가 결국 에드워드 레이미크의 자리를 이어받은 것이 아니라는 사실도 어렴풋이 알 것 같았다. 그녀는 감독관의 유일한 비서였다. 그러니 그녀보다 그 일을 잘 알 사람도 없지 않겠는가. 그녀가 근무중에 그 모형들을 책상 위에 올려 둘지 궁금했다. 모형들은 이제 그녀가 지휘하는 수사원들의 모습을 하고 있으리라. 퀭한 눈빛의 비둘기보다야 낫겠지. 언원은 이렇게 생각했다.

"큰 변화가 곧 뒤따르겠군요."

언원이 말했다.

그녀의 눈빛이 갑자기 딱딱해졌다.

"음, 변화는 시간이 걸려요. 그리고 이곳에 대해 당신만큼 잘

아는 사람은 얼마 되지 않죠, 언원 씨. 앞으로도 계속 그러리라
믿고 있어요. 나를 따를 건가요?"

"그러지 않을 것 같군요."

"제발 내 곁에 있어 주세요, 언원 씨. 당신은 우리에게 몹시
소중한 존재예요."

그녀의 목소리가 한결 부드러워졌다.

"그러니까 내게는요. 당신이 나를 곤란한 입장에 빠뜨리면 정
말 끔찍해질 거예요."

"곤란한 입장이라."

언원이 말했다.

그녀는 그의 손을 잡고 뭔가를 쥐여 주었다. 그는 손바닥의 느
낌으로 모양을 짐작할 수 있었다. 그것은 자신을 닮았다고 생각
했던 모형이었다. 무릎에 양손을 짚고 놀란 표정을 짓고 있는 모
형 말이다. 그녀는 승강기가 29층에 도착할 때까지 그의 손을 잡
고 있었다. 언원은 모형을 주머니에 슬쩍 넣고 승강기에서 나와
작별 인사를 하려고 몸을 돌렸다. 미소 짓는 에밀리의 얼굴이 슬
퍼 보였다. 그 모습을 보니 순간 그녀의 삐뚤빼뚤한 치아를 보면
가슴이 찢어질 듯 아플지도 모른다는 생각이 들었다. 아주 약간
이었지만 정말 그랬다. 그는 그녀에게 이유를 말할 수조차 없었
다. 어쨌든 지금은 아니었다. 그녀가 보고서를 받아 보면 이해할
지도 모르지만 말이다.

승무원이 문을 닫자 에밀리는 고개를 돌렸다.

그는 자신의 물건을 재빨리 챙겼다. 은제 종이칼과 돋보기, 여분의 타자기 먹끈이었다. 타자용 종이를 챙기는 것도 잊지 않았다. 새 종이와 먹끈을 아주 한참 동안 구할 수 없을지도 몰랐다.

사무실에서 나와 문을 닫고 돌아서니 복도에는 스크리드 탐정이 기다리고 있었다.

"불을 붙여야 하는데 좀 도와주게."

스크리드가 말을 걸었다. 그는 오른쪽 팔에 깁스를 하고 있었다. 그래서 왼손으로 라이터를 잘 켜지 못했던 것이다. 언윈은 라이터를 받아 들고 불을 켠 후 탐정이 물고 있는 담배에 불을 갖다 댔다. 언윈은 스크리드가 담배를 피우는 모습을 처음으로 보았다.

"모든 게 자네가 말한 대로였어. 캣 앤드 토닉은 텅 비었고 의자에서 자고 있는 호프만뿐이더군. 자명종이 울리자 벌떡 일어나서는 나를 보고 어찌나 놀라던지! 내가 그자를 잡았지, 언윈."

"그자를 잡으셨군요."

언윈이 되풀이했다.

"내겐 시간이 필요했어. 신문사의 적당한 사람들과 연락을 취해야 했거든. 모두가 이 역사적인 사건을 알고 싶어 할 것 같았지. 나는 내 벽장 속에 호프만을 가둬 놓고 준비를 했지."

"하지만 그가 복화술사라는 사실을 깜박하셨군요."

언원이 말했다.

스크리드를 바닥을 내려다보며 코를 통해 담배 연기를 내뿜었다.

"딱 일 분 동안 자리를 비웠을 뿐이야. 사무실에 돌아와 보니 피크와 크랩트리가 몰래 숨어서 기다리고 있었지 뭐야. 그 녀석들이 나를 덮쳤어. 호프만이 내 목소리로 둘을 불러서는 호프만이 나를 벽장 안에 가둬 놓고 나중에 죽이러 돌아올 거라고 믿게 만들었지. 우리가 상황을 파악했을 무렵에 그는 이미 도망치고 없었다네."

스크리드는 언원을 똑바로 보려 하지 않았다. 호프만을 다시는 못 잡을지도 모른다는 사실을 두 사람은 잘 알고 있었다. 호프만이라면 어디로든 갈 수 있었고 누구든 될 수 있을 테니 말이다. 그런데 시바트의 머릿속에 호프만의 의식이 조금이라도 남아 있다면 반대의 경우도 가능하지 않을까? 마술사의 의식에 탐정의 의식 한 조각이 남아서 일거수일투족을 감시할 거라고 생각하니 언원은 문득 재미있어졌다.

이윽고 언원이 말했다.

"적어도 최고령 피살자는 찾았잖아요."

스크리드가 한숨을 푹 쉬었다.

"박물관의 늙수그레한 직원 한 명이 엄청 좋아하더군. 다른 사람들은 별로 신경도 안 쓰는 것 같던데. 명판에 있는 시바트의 이름도 그대로 남겨 둘 것 같더군."

언원이 자리를 떠나도 스크리드는 팔을 움직일 때마다 움찔거리며 담배를 피웠다.

언원의 다음 목적지는 14층이었다. 서기들이 그를 못 본 척했기 때문에 옛날 책상에 가기가 한결 수월했다. 지금도 그곳에서 나는 온갖 소리가 발길을 잡아당겼다. 그는 잠시 눈을 감고 앉아서 타자기를 두드리고 파일 서랍을 여닫는 소리를 가만히 듣고 싶었다.

퍼넬러피 그린우드는 물건을 종이 상자에 챙겨 놓았다. 언원을 보자 상자를 겨드랑이에 끼고 회색 모자를 썼다. 두 사람이 승강기로 가는 모습을 더든 씨가 지켜보았다. 언원이 뒤를 돌아보자 더든 씨는 손목을 비틀고 있었다.

건물을 빠져나오자 언원은 페니와 잠시 햇빛을 쬐며 기다렸다. 세 번째로 손목시계를 확인하자 페니가 그의 손목을 살며시 잡으며 말했다.

"찰스, 이 일은 절대 시간에 늦으면 안 돼요."

그녀는 칼리가리의 죽음에 복수를 하려고 돌아왔다. 하지만 복수가 유일한 동기는 아니라는 사실을 언원은 알게 되었다. 그녀는 카니발이 아버지에게 넘어갔을 때 잃어버린 것을 되찾는 것이 자신의 의무라고 생각했다.

"미지의 것은 언제나 끝도 없이 나올 거요."

칼리가리는 이렇게 말했다. 퍼넬러피 그린우드가 그 말을 현실로 만들 작정인 것 같았다.

언윈은 탐정 회사의 누군가는 자신들의 조직에 대적할 만한 적수가 다시 나타났다는 소식을 오히려 좋아할 것 같았다.

칼리가리의 카니발이 모퉁이를 돌아 나왔다. 카니발은 완전히 재건되어 다시 순회를 시작했다. 옛 유원지를 뒤덮은 진창을 씻어 내고 곳곳에 붉은색이나 녹색 혹은 노란색을 새로 칠했다. 사방에서 종이띠를 던지고 음악을 연주했다. 남은 단원들은 트럭을 타고 길거리에서 소리치는 아이들에게 손을 흔들거나 경적을 요란하게 울렸다. 퍼레이드의 앞부분이 보였다. 도로를 올라갈 때는 힘이 부친 듯 보이기도 했다. 선두에는 코끼리들이 꼬리를 이으며 일렬로 걸어왔다. 퍼넬러피가 그들을 씻기고 먹이를 주고 귀 뒤를 긁어 주었었다. 세 마리 중에 제일 늙은 코끼리조차 힘이 넘쳐 보였다.

퍼레이드가 점점 다가오자 쿵쿵 울리는 소리가 지축을 뒤흔들었다. 언윈과 페니는 발밑의 시멘트에 금이 쩍쩍 가고 탐정 회사의 로비에서 뜨겁고 매캐한 공기가 뿜어져 나오자 팔짱을 꼭 끼었다. 몸을 돌려 보니 문에서 연기가 피어오르는 중이었다. 그와 함께 중절모를 머리에 꼭 눌러쓴 채 당황해서 얼굴이 벌겋게 달아오른 사람들이 와락 쏟아져 나왔다. 휘파람을 불듯 쉬익 하는 소리와 화약이 펑 터지는 소리가 뒤따라 들렸다.

하급 서기들이 고함을 지르고 기침을 하며 허둥지둥 지나가는 틈바구니에서 페니와 언윈은 더 꼭 달라붙었다. 잠옷 위에 재킷을 허겁지겁 입는 사람들도 있었다. 그들이 거리의 퍼레이드로 난입하자 행진은 멈출 수밖에 없었다. 광대와 하급 서기들은 엎치락뒤치락하고 트럭 운전수들은 운전석에서 고함을 질러 댔다. 사방에서 모자와 베개, 풍선이 날아다녔다. 거리 여기저기에서 사람들이 창문을 열고 진풍경을 구경하기 시작했다. 가장 어린 코끼리는 그 상황이 재미있는지 화가 나는지 뒷발로 서서 코로 울음을 울었다.

힐데가르트 폴즈그레이브가 로비 문으로 몸을 구부리고 빠져나오자 비로소 진동이 멎었다. 그녀의 양팔과 얼굴에 온통 검댕이 묻어 있었다. 그녀는 뒤로 거대한 분홍색 의자를 끌고 나왔는데, 그 위에는 그녀의 축음기가 놓여 있었다.

"몇 년 만에 처음으로 불꽃을 터뜨렸어요."

퍼넬러피가 거인의 원피스에 묻은 검댕을 털어 주며 말했다.

"감이 녹슬지 않으셨는데요."

언윈은 탐정 회사 건물의 전면을 올려다보았다. 층마다 창문이 열려 있었다. 서기들은 창문에서 가장 가까운 줄부터 순서대로 거리에서 벌어지는 모습을 구경했다. 탐정들은 더 높은 층에서 고개를 절레절레 흔들며 아래 풍경을 보고 있었다. 그보다 더 위 언윈이 표정조차 알아볼 수 없을 정도로 높은 층에서는 관찰자들이 안락한 개인 사무실에서 이 광경을 지켜보았다. 그 위로는 언원이 직함과 직무가 뭔지조차 알지 못하는 훨씬 적은 수의 요원들이 있었다.

에밀리가 새로운 직책을 맡은 첫 주에 그녀가 기대했던 것보다 변화가 훨씬 빠르게 일어났다. 관찰자들은 새 감독관에게 다음 조치에 대해 물을 것이다. 그도 그럴 것이 세 번째 문서 보관소의 수석 서기가 자신도 힘을 보태 함께 만든 것을 파괴해 버렸기 때문이었다.

에드거 즐라타리가 루크 형제의 트럭을 운전했다. 그는 군중을 피해 천천히 차를 몰아 증기 엔진을 털털거리며 모퉁이에 세웠다. 단검 던지기 명수인 시어도어 브록이 옆에 앉아 있었고 재스퍼는 여전히 짐칸에서 잠에 곯아떨어져 있었다. 폴즈그레이브양이 재스퍼 옆에 의자를 올리고 자신도 올라탔다.

"포티 윙크스는 어쩌고요? 당신 일은 어떻게 했어요?"

언원이 즐라타리에게 물었다.

"아무도 술을 안 마시고 아무도 죽지 않은 곳이 있으면 나한테한번 알려 줘 봐. 그러면 그곳에 머무를 준비가 된 사람을 보여주지. 게다가 묻어 줘야 할 노인네가 있어. 장례식이 한참 미뤄진 것 같더군."

언원이 퍼넬러피를 바라보자 그녀가 미소를 지었다. 그들은진짜 미라를 되찾자 박물관에서 칼리가리의 시신을 재주껏 빼냈을 것이다.

폴즈그레이브 양이 운전석의 지붕을 쿵 쳐서 떠날 준비가 되었음을 알렸다. 그녀가 가진 여행 가방 안에는 그린우드 양의 노래가 녹음된 레코드판이 잔뜩 있었다. 재스퍼 루크를 잠재우기 위해 필요한 것들이었다.

언윈도 피로했다. 그는 삭제하고 수정하고 지우고 교정하며 자신을 몰아붙였다. 거의 아무것도 남지 않을 정도로 말이다. 지금 깨어 있다고 그에게 아직도 시간이 남아 있을까? 그는 정해진 일과며 타자를 친 서류며 원고가 이제 지긋지긋했다. 이대로 낮이 계속되어 그가 잠을 자지 못하게 되어도 뭐가 달라질까 싶었다. 달라질 게 과연 있기나 할까 싶었다.

마침내 혼비백산한 하급 서기들이 빠져나가자 카니발은 퍼레이드를 계속하기 위해 대열을 정비했다. 코끼리들은 짜증이 나는 듯 발을 쿵쿵 굴렸고 운전수들은 운전석으로 돌아갔다. 그러자 페니가 언윈의 곁을 떠나 대열의 선두에 섰다.

즐라타리가 태워 주겠다고 했다. 하지만 언윈은 괜찮다고 하고 대신 휴대용 타자기와 서류 가방을 자리에 실었다. 그는 그 주에 요행히도 자전거 체인에 기름을 칠 시간이 있었다.

페니의 말이 옳을지 몰랐다. 이런 일은 절대 시간에 늦어서는 안 된다. 그는 다른 트럭의 옆에 선명하게 새겨진 칼리가리의 모토를 힐끔 보았다.

내가 당신에게 들려준 이야기는 모두 사실

당신이 보는 것도 당신만큼 현실

설령 그 말이 옳다고 해도 언원이 본 것 중 현실은 아무것도 없고 똑딱거리는 시계는 단지 다른 마술사의 트릭에 불과할 것이다. 그에게는 시간이 있었다. 그것도 아주 많이. 필요한 만큼 시간이 있었다.

하급 서기 일부는 문서 보관소에서 덮고 있던 담요로 몸을 둘둘 만 채 얼빠진 표정으로 퍼레이드를 지켜보았다. 어떤 이들은 이 모든 광경과 소리에 당황했는지 아니면 그저 갈 데가 없었는지 퍼레이드를 따라갔다. 다른 사람들도 건물들 사이를 서쪽으로 빠져나가는 카니발을 따라갔다. 그들은 분명 퍼넬러피의 몽유병자들로 그녀의 저항군의 일원이었을 것이다. 그들은 잠이 든 채 카니발의 재건을 돕고 그것이 중요하다는 사실을 기억해 냈다. 카니발의 규모는 그 도시에서 사라졌을 무렵에 비해 두 배나 커졌다.

언원은 마지막으로 탐정 회사 건물을 바라보았다. 예전에도 수없이 그랬던 것처럼 그곳은 감시탑이나 무덤처럼 보였다. 하지만 그곳에서 이제 그의 보고서를 기대하고 있는 상관은 없을 것이다. 물론 감독관이 된 그녀는 기대하고 있겠지만. 언원이 먼

곳에서 보고서를 한 부 보내면 받은 사람은 발신지가 적의 진영이라는 사실에 화들짝 놀라지 않을까? 언원은 생각만으로도 미소가 절로 지어졌다. 그 미소는 놀랍게도 웃음으로 번졌다. 실컷 웃다가 하마터면 강가에서 불어온 바람에 모자가 날아갈 뻔했다. 그는 모자를 꾹 누른 채 한손으로 자전거를 위태위태하게 몰았다.

행진이 멈추고 그가 차분하게 타자기로 작업을 하려면 적어도 몇 시간은 더 있어야 했다. 그래서 그는 최대한 작업을 계속하기로 했다. 그는 지금까지 이어진 보고서의 마지막이자 새 보고서의 시작이 될 보고서의 초안을 마음속으로 짜기 시작했다.

'나는 한동안 증기 트럭과 함께 자전거를 몰았다. 이윽고 트럭을 추월한 후 대열의 앞쪽으로 나아갔다. 퍼넬러피 그린우드는 선두 코끼리의 고삐를 손에 쥔 채 걸었다. 코끼리가 바람에 귀를 펄럭거렸다. 카니발의 무엇에 우리는 두려움을 느낄까. 카니발이 우리 마을을 찾아오거나 늘 그러듯이 떠나기 때문이 아니다. 내 생각에는 카니발이 떠나서 영영 돌아오지 않으며 떠날 때 우리를 데려갈지 모르기 때문에 두려워하는 것이다.

지금 카니발이 나를 데리고 가고 있다. 그래서 나는 두렵고 살아 있음을 느끼며 활짝 깨어 있다.

우리는 이제 어디로 갈까? 무슨 목적을 가지고 갈까? 페니는 자신이 칼리가리의 과업을 이어 갈 것이라고 한다. 그러므로 무슨 일이 일어나든 누군가는 그 내용을 기록해야 한다. 그렇게 생각하면 어떤 의미에서 나는 예전의 직업을 되찾았다. 하지만 단어는 아무 의미도 없다. 모든 것이 수수께끼다. 게다가 수수께끼가 들어설 자리는 늘 충분하다.

앞으로 그 수수께끼를 기록할 것이다. 하지만 그것은 다른 보고서가 될 것이다. 이 보고서는 여기서 끝난다. 코끼리들이 자신들이 기억하는 길을 따라 우리를 이끌고, 호프만이 1001가지 목소리를 간직한 채 어디엔가 살아 있고, 탐정 회사 수사원들이 이미 우리 뒤에 따라붙었고, 도시가 깨어 있고, 강도 깨어 있고, 발밑의 길도 깨어 있고, 자명종들이 하나같이 바다의 밑바닥에서 요란하게 울리는 이 순간, 강 위에 걸린 다리 위에서.'

해설

　탐정 회사의 '서기'인 찰스 언윈은 매일 자전거로 출퇴근을 한
다. 심지어 그는 비가 와도 우산 손잡이를 자전거 핸들에 걸어
우산을 쓴 채 자전거를 모는 재주까지 익혔다. 그런 그의 재주는
유용하기 짝이 없으니, 그가 사는 이름 없는 도시에서는 거의 매
일 같이 비가 내리는 것 같기 때문이다.

　그런데 과연 언윈이 사는 곳은 어디인가? 보다 정확히 말하면
언제의 어디인가? 대답하기 어렵다. 중앙역과 같은 막연한 이름
이 드문드문 제시될 뿐, 고유 명사는 거의 언급되지 않기 때문이
다. 시대는 적어도 우리가 살고 있는 현대가 아니다. 활자들 너
머를 뚫어져라 응시하면 모자를 쓰고 구식 양복을 입은 사람들

이 걸어 다니는 것이 흐릿하게 보인다. 1950년대? 그 전일 수도 있다. 많이 뒤는 아닐 것이다. 적어도 『탐정 매뉴얼』에서 제더다이어 베리가 그리고 있는 세계는 1970년대 이후로는 존재하지 않았다.

그렇다면 제더다이어 베리는 시대물을 쓰고 있는 것일까? 그럴 수도 있다. 이름도 모르는 여자에게 반해 그 여자를 만나러 출근길 위에 있지도 않은 중앙역을 매일 거치면서 커피를 사는 언윈의 수줍은 행동은 분명 20세기 초중반에 속해 있다. 갑자기 주인공에게 떨어진 임무, 사라진 명탐정, 살해당한 상사, 미모의 의뢰인 등등으로 이어지는 이야기는 모두 시대를 앞으로 옮겨 20세기 초중반 소설의 천진난만한 모방이라고 주장하지 않으면 다소 민망할 정도로 순진무구하다. 시대극은 이치에 맞는다.

하지만 그런 의심은 찰스 언윈이 직장 탐정 회사로 출근하면서 사라져 버린다. 꼭대기에 가까울수록 층들이 빗줄기에 가려 흐릿해 보이는, 인근 몇 블록을 통틀어 가장 높은 고층 빌딩 전체를 차지하고 있는 탐정 회사라? 게다가 배달원, 서기, 탐정, 관찰자로 구별된 회사 내의 엄격한 계급은 도대체 어디에 쓸모가 있는 것인가? 이곳은 오로지 프란츠 카프카화된 관료 사회의 악몽에서나 가능한 곳이다.

사전 정보 없이 무작정 뛰어든 독자들도 여기서부터는 패러디를 의심할 것이다. 사립 탐정들이 현실 세계의 구차함을 벗어던지고 위대해지는 세계, 수상쩍고 컬러풀한 악당들이 '베이커 대령의 세 번째 죽음'이나 '최고령 피살자' 같은 괴팍한 사건을 일으키는 세계. 그들의 의뢰인들은 언제나 아름답지만 비밀을 간직한 신비한 여성인 세계. 그러고 보니 책에서 다들 그렇게 중요하다고 주장하는 『탐정 매뉴얼』이라는 책은 어딘지 모르게 더글러스 애덤스의 『은하수를 여행하는 히치하이커를 위한 안내서』(2005, 김선형·권진아 옮김, 책세상)의 분위기가 풍기지 않는가?

패러디 자체는 낯설지 않다. 추리 소설처럼 패러디하기 쉬운 장르는 없다. 장르가 완전히 굳어지기 전인 셜록 홈스 시절만 해도 엄청나게 많은 패러디들이 있었다. 심지어 본격파 추리 작가들도 농담기가 발동하면 당시 유행했던 괴팍한 탐정들이나 인위적인 트릭들을 놀려 먹는 농담들을 태평하게 자기 작품 안에 집어넣었다. 장르가 본격파, 하드보일드, 이상 심리 스릴러 등등으로 세분화되면서 패러디들도 따라 증식했고 이들 중에는 히트작도 많았다. 닐 사이먼의 희곡 〈5인의 명탐정Murder by Death〉(1976)이나 칼 라이너의 코미디 영화 〈죽은 자는 체크무늬를 입지 않는다 Dead Men Don't Wear Plaid〉(1982) 같은 작품들이 떠오른다. 후자는 스티브 마틴이 연기하는 사립 탐정이 고전 필름 누아르 클립으로만 구성된 세계에서 벌이는 모험담인데, 『탐정 매뉴얼』을 읽다 보면 은근히 생각난다.

그러나 여기엔 사소하지만 무시할 수 없는 차이가 있다. 애덤스가 속해 있는 SF의 세계는 별다른 제약이 없다. 판타지와 SF를 엄격하게 구분하려는 장르광들이 있긴 하지만 그래도 대충 과학 용어로 둘러대면 뭐든지 허용이 된다. 하지만 추리물은 아무리 패러디라고 해도 지켜야 할 규칙이 있다. 완벽하게 사실적일 필요는 없지만 그래도 최소한의 현실성은 필수적이다. 그래야 페어 플레이가 가능하기 때문이다.

그런데 아무리 봐도 『탐정 매뉴얼』은 그 현실성을 무시하고 있는 것처럼 보인다.

책의 표지를 본다. 수상 내역을 본다. 베리는 이 책으로 2009년에 해밋 상을, 2010년에 크로퍼드 상을 수상했다. 이 두 상은 쉽게 섞일 성질이 아니다. 해밋 상은 이름만 봐도 알 수 있듯, 『몰타의 매』(2012, 김우열 옮김, 황금가지)와 『붉은 수확』(2012, 김우열 옮김, 황금가지)의 하드보일드 거장 대실 해밋을 기리는 범죄 소설 상이다. 하지만 크로퍼드 상은 첫 판타지 소설을 쓴 작가에게 주는 상이다. 해밋 상은 책의 소재가 무엇인지 보여 준다. 크로퍼드 상은 책의 장르 정체성을 보여 준다. 다시 말해 『탐정 매뉴얼』은 추리 소설이 아니라 추리 소설에 대한 판타지인 것이다. 그리고 아까도 말했지만 SF와는 달리 추리 소설의 장르 구분은 가차 없다. SF는 아무리 판타지를 부어도 SF지만 추리 소설에 판타지를 부으면 그것은 판타지가 된다. 추리 비중이 아무리 높아도 그것은 장르 혼합이라 불릴 것이다.

여기서 우린 『탐정 매뉴얼』을 논평하는 비평가들에게 공통된 특징이 있음을 발견하게 된다. 그들은 이 책을 설명하고 비평하기 위해 모두 두 명 이상의 선배 작가들의 이름들을 동원한다. 그 이름들이 쌓이면 거의 전화번호부 한 권 분량이 쌓일 판이다. 호르헤 루이스 보르헤스, 움베르토 에코, 폴 오스터, 재스퍼 포드, 길버트 키스 체스터턴, 이탈로 칼비노, 프란츠 카프카 기타 등등 기타 등등. 모두 쟁쟁한 이름이지만 이렇게 많으면 좀 지치게 된다. 그리고 비교 대상이 이렇게 많이 나온다는 것에는 잘나가는 선배들과 비교해 칭찬하는 것 이외에 다른 의미가 숨어 있지 않을까?

다시 우리는 패러디로 돌아오게 된다. 저 위에 언급된 작가들은 대부분 영국의 추리 작가이며 비평가인 줄리언 시먼스가 『블러디 머더』(2012, 김명남 옮김, 을유문화사)에서 '조커'라고 불렀던 작가군에 해당된다. 추리 소설을 패러디하는 것을 넘어서 추리 소설 자체를 소재로 삼는 작가들이다. 시먼스는 이들을 심술궂은 국외자 취급을 했지만 세월이 흐르는 동안 그들은 국외자 취급을 하기엔 너무 많아져 버렸다. 그리고 베리의 시대가 되자마자 그들 역시 진중하게 탐구하고 인용해야 할 텍스트가 된 것이다.

우리의 주인공 찰스 언윈이 사라진 명탐정 시바트를 찾아 나서는 이름 없는 대도시가 판타지의 영역에 속할 수밖에 없는 이유도 여기에 있다. 메타에 메타에 메타가 겹겹으로 쌓인 이 세계에서 오로지 현실만을 찾는 것은 자기기만이다. 오히려 꿈만이 이 세계의 현실을 말해 줄 수 있다.

『탐정 매뉴얼』의 도시는 거대한 도서관이고 영화관이며 무엇보다 박물관이다. 이 책에 나오는 모든 것들을 있는 그대로 받아들여서는 안 된다. 그들 중 누군가가 피투성이 살인자일 수도 있기 때문이 아니라, 도시에 있는 모든 사람들, 아니 모든 존재들이 장르적 꿈의 산물이기 때문이다. 명탐정, 슈퍼 악당, 팜파탈……. 이 모든 것들이 추리 소설의 정중한 매너에 따라 움직인다. 보통 다들 주인공이라고 생각하는 사람들이 반쯤 꿈꾸는 상태에서 조금씩 자유 의지를 잃은 상태인 것이다.

여기에 찰스 언윈이 조커로 뛰어든다. 그는 탐정이 아닌 서기로, 이 이야기의 도시에서 주인공이나 작가가 아닌, 독자나 편집자를 대변한다. 여기서 무게는 편집자에 쏠린다. 베리가 이 책을 쓰기 전에는 전문 편집자였다는 사실을 잊지 말자. (그가 일했던 스몰 비어 프레스는 켈리 링크 같은 쟁쟁한 판타지 작가들의 터전이다.) 『탐정 매뉴얼』은 지금까지 다른 사람들의 책을 읽고 다듬는 것이 직업인 작가가 쓴 책이다. 베리가 지금까지 남의 책들을 읽고 다듬으며 익숙해진 세계를 무대로 첫 소설을 쓰는 과정과 책상에 앉아 담당 명탐정의 활약을 정리해 기록하던 서기가 탐정의 해결이 몽땅 틀렸다는 사실을 알아내고 진상을 찾으러 나서는 과정은 뻔뻔스러울 정도로 일치하지 않는가.

이제 살인 사건이 아닌 꿈이 주인공이다. 낯선 등장인물처럼 툭툭 튀어나오던 꿈은 몽유병자들의 정신 속에서 악당들에게 조종되다가 결국 홍수처럼 흘러넘친다. 이들은 모두 장르적 꿈, 정확히 말하면 장르적 아이디어의 파편들이다. 그리고 베리와 찰스 언윈의 임무는 이미 존재하는 이 파편들에 질서를 부여하고 그 안에 숨겨져 있던 이야기를 완성하는 것이다.

다시 편집자의 비유가 등장하고 이것은 자연스럽게 기존의 추리 소설 장르 규칙들을 가져와 첫 판타지 소설을 쓰는 편집자의 이야기로 돌아온다. 물론 이것은 아무리 추리 소설을 닮아도 판타지여야 한다. 편집자들은 책 속의 현실을 위에서 굽어보는 존재이기 때문에. 이런 그림 속에서 책 속의 현실을 지탱하는 것은 현실을 넘어서는 무언가여야 하기 때문에.

여기서 베리가 그가 만든 사립 탐정들과 악당들을 카니발로 끌어들이는 것도 당연한 일이다. 아하, 잽싼 비평가들은 벌써부터 레이 브래드버리와 앤절라 카터의 이름을 꺼낼 준비를 하고 있다. 아마 칼리가리가 로베르트 비네의 표현주의 영화 〈칼리가리 박사의 밀실^{Das Cabinet Des Dr. Caligari}〉(1919)에서 가져온 최면술사의 이름이라는 걸 이야기하고 싶어 죽을지도 모르지. 하지만 비교와 인용과 영향을 떠나 생각해 보라. 무대의 차원을 어디에 두건, 위태로운 가상의 현실과 그를 지탱하는 원초적인 환상을 한군데에 놓고 축제를 펼칠 수 있는 곳이 카니발 말고 어디 있겠는

가. 지금까지 장르의 재료들을 갖고 투명하고 거의 차가운 문장으로 판타지 세계를 다듬어 온 편집자 출신의 작가가 막판에 모든 것을 터뜨리고 정직한 결말을 내려면 당연히 카니발이 필요하다. 여기서 박수를 쳐도 좋고 환호성을 질러도 좋다. 여러분은 지금까지 애벌레였던 동물이 고치를 터뜨리고 나와 나비 날개를 펄럭이는 걸 보고 있으니까.

듀나(소설가, 영화 평론가)

옮긴이 이경아

한국외국어대학교 러시아어과와 같은 대학 통역번역대학원 한노과를 졸업했다. 현재 한국외국어대학교 통역번역대학원에서 강의하면서 전문 번역가로 활동중이다. 옮긴 책으로 『제인 오스틴 왕실 법정에 서다』, 『오시리스의 눈』, 『영국식 살인』, 『붉은 머리 가문의 비극』, '탐정 글래디 골드' 시리즈 외 다수가 있다.

탐정 매뉴얼
The Manual of Detection

초판 발행 2014년 6월 18일

지은이 제더다이어 베리
옮긴이 이경아
펴낸이 강병선

책임편집 김세화 │ **편집** 임지호 지혜림 이송
표지 디자인 이경란 │ **본문 디자인** 백주영 │ **일러스트** Atmosphere
저작권 한문숙 박혜연 김지영 │ **마케팅** 정민호 한민아 정진아
온라인마케팅 김희숙 김상만 한수진 이천희
제작 강신은 김동욱 임현식 │ **제작처** 영신사

펴낸곳 (주)문학동네 / **출판등록** 1993년 10월 22일 제406-2003-000045호 / **임프린트** 엘릭시르

주소 413-120 경기도 파주시 회동길 210
문의 031-955-2637(편집) 031-955-8886(마케팅) 031-955-8855(팩스)
전자우편 editor@elmys.co.kr / **홈페이지** www.elmys.co.kr

ISBN 978-89-546-2488-6 (03840)

엘릭시르는 출판그룹 문학동네의 임프린트입니다.